泉香心语

张桂珍／著

天津出版传媒集团
百花文艺出版社

图书在版编目（CIP）数据

泉香心语 / 张桂珍著. -- 天津 : 百花文艺出版社, 2023.7
ISBN 978-7-5306-8528-0

Ⅰ. ①泉… Ⅱ. ①张… Ⅲ. ①散文集－中国－当代 Ⅳ. ① I267

中国国家版本馆 CIP 数据核字 (2023) 第 065244 号

泉香心语
QUAN XIANG XINYU
张桂珍 著

出 版 人： 薛印胜 **责任编辑：** 张 雪
装帧设计： 谢蔓玉 **特约编辑：** 翟玉梅
出版发行： 百花文艺出版社
地址： 天津市和平区西康路 35 号 **邮编：** 300051
电话传真： +86-22-23332651（发行部）
+86-22-23332656（总编室）
+86-22-23332478（邮购部）
网址： http://www.baihuawenyi.com
印刷： 涿州市荣升新创印刷有限公司
开本： 660 毫米 ×960 毫米 1/16
字数： 290 千字
印张： 21.5
版次： 2023 年 7 月第 1 版
印次： 2023 年 7 月第 1 次印刷
定价： 59.80 元

如有印装质量问题，请与涿州市荣升新创印刷有限公司联系调换
地址：涿州市百尺竿镇毛家屯工业区中心路 3 号院
邮编：072750

我踏着微光从洁白中走来，踩碎了所有的疼痛，在最年轻的土地上与你遇见、牵手，开启温暖的旅程。你成功地住进了我的心房，我幸福地追逐着你的脚印，洒下一路汗水，一路笑语……

张桂珍

2023年6月于东营

序｜情真意切感人心

——读张桂珍散文集《泉香心语》之感受（代序）

憨仲

当我读完张桂珍厚厚的《泉香心语》初稿时，我真的落泪了。这是好长时间没有的事情了，是怎样的情感让我如此这般呢？人所共知，优秀的文学作品除了具有诗意、哲思、生命力的成分外，无一不是以真情实感、动人心弦而取胜的。诚然，张桂珍的文字便将一个“真”字演绎得淋漓尽致。

说来，憨某与家住黄河入海口的桂珍女兄，相距不过百余公里，日常往来自在情理之中，深交已久。除平常的交往，我们曾一道游览苍山洱海、漫步大理古城、叩访摩梭人家、徘徊蝴蝶泉边，也曾经一块领略热带雨林、感知傣民文化、体验曼丢真趣、品味孔雀宴席，还曾结伴岭南莞城、触摸虎门炮台、领悟硝烟风云、体味可园韵致、解读南社古风。在一次次的零距离接触中，我对这位聪慧、善良、热情、美丽的女史，有了诸多的了解。知道了她幼年丧母、命运多舛；知道了她刻苦勤奋、发愤励志；也知道了她胸襟宽阔，善良博爱。生活的坎坷历炼出她刚强的秉性、坚韧的毅力，正因如此，生活的磨难，成就了她与众不同的坚强，这一切，具在这部《泉香心语》散文集中多有体现。

说句掏心的话，我这个人看书比较挑剔，平日里除了历史典籍、名家手笔，极少阅读今人的口水文字。在近二十年的文学编辑生涯里，我接触了各个层面的文学作者，对作品的优劣甄别有了一定的标准，故而才形成了不似常人的挑剔心态。成套的崭新赠书落满了灰尘，有的甚至都没有拆封，实在是罪过。每天的事务成大堆，会议、审稿、文字债，家务、会友、喝小酒，加之忙里偷闲生个病，人的精力终归是有限的，哪里还有空闲去看那些可有可无的老生常谈、回忆文字、旅游日记、心灵鸡汤呢？

不管是情感因素，还是爱屋及乌，以及上苍捆住手脚的天意。《泉香心语》书稿的每个字、每句话我都是认真阅读和领悟的。因此，才感知到弥漫其间的款款真情。桂珍女儿的这部大作共分为“爱的呢喃”“亲情悠悠”“岁月剪影”“文学浪花”“山川履痕”五辑，她之所以将“爱的呢喃”列为首辑，是有其原因的。无论是《牵你的手，赏最美的秋》《醉赏月下荷》《银杏树下，我种上诗意的幸福》《让我陪你慢慢变老》，还是《最暖的光》《爱人生日心语》《秋千梦》《我用秋天的名义爱你》，抑或是《和你一起幸福》《七月心曲》《做你生命里的秋阳》，她用笔墨诠释着堪比《梁祝化蝶》《孔雀东南飞》的爱情故事，既有浪漫、甜蜜、渴望、憧憬，也有苦涩、哀思、伤怀、悲戚。不管处境何等恶劣，经历了风雨的爱情终将修成正果。然而，曾经的过往却是刻骨铭心的。读着感人至深的“沉甸甸的五十二封信啊，就像五十二个爱情的天使，把我们的心紧紧牵在一起，见证了我们坚贞不渝的爱情……”“我正一个人站在院子里，仰望天空，独自沉浸在月下孤独的思念时，不知何时，夫君回到家里，轻轻走到我的身后，环腰相拥。没有甜言蜜语，没有更加亲昵的举动，就这轻轻的一个相拥，我的世界便像春天的江河融化一般……”“时至今日，我都不曾记得你说过‘我爱你’三个字，但是，三十七年了，你的余温还在，你的手依然是我触摸过的最温暖的地方。只是，当年的羞涩，换成了如今的坦然，当年的炽热，变成了如今的温暖……”没有华丽辞藻的堆砌，没有卿卿我我的甜言蜜语，一枚书签、一个鸡蛋、一把雨伞、一首短诗，甚至一个拥抱，都能折射出他们纯洁、崇高、动人的甜美爱情，体味着这些质朴无华的心里话，我怎能不为他们数十年忠贞不渝的爱情而拍手叫好呢？

试问，这世间有谁会有四位母亲呢？然而，这种情况就偏偏被命运多舛的张桂珍遇到了，结果是不幸又是万幸。给了她血肉之躯的生母自不必说，视如己出的养母恩重如天，情同生母的继母是上苍的恩赐，而疼爱有加的婆母则是她的福分。正因如此，她的生命里才有了异于他人的别样亲情。桂珍女兄是个懂得感恩的人，对于懵懂时期的生母祭奠虔诚，为养母养老送终天经地义，为继母恪尽孝道毫无怨言，对婆母尽心尽力无怨无悔。生母留给她的箱子相伴一生，成为她对娘亲的无尽思念；与养母同住一个屋檐，历经四十四个春秋，回报反哺之义、跪乳之恩，照顾二老直至老去；几十年如一日地善待婆母，为便秘的她手抠粪便感天动地；继母临终嘱托照顾好弟弟妹妹让人动容，充分体现出人间大爱。请看她在文字中的真情流露吧："我不到两周岁，娘亲就病逝了。我记不得娘的样子，连模糊的模样也没有。只有一个红色的樟木箱子，哥哥说那是娘亲留下的，送给我留个念想。至今搬了七次家，换了一次又一次家具，我都没有舍得换掉……四十四个春夏秋冬，我把养母读深读透，把恨读成爱，把苦读成甜，读出了一份人间母女真情……结婚三十五年来，我和婆母没有吵过架，甚至没有红过脸，而是像亲生母女一样亲近。我吃过婆母给我亲手做的手擀面，滑溜、细长、喷香，和我养母做的手擀面一个味道……继母并没有像招待客人一样过分地招待我，而是让我真正感受到一种家的温馨。继母不停地向我说家里的大小事情，让我了解了爸爸、哥哥、弟弟、妹妹的很多故事。好像我就是这个家的一分子……"对于她与"娘"之间的亲情如此这般，对于兄弟姊妹的手足之情也不例外，在她的笔墨中亦演绎得淋漓尽致。我想，无须在此赘言，当大家读罢《亲情悠悠》等篇章，便会完全明白了。

岁月是什么？每个人都有着不一样的经历和感受，而对于从小丧母的张桂珍来说，上天注定安排她与常人有着不一样的命运。这一点，不难从其《岁月剪影》里看出来。翻读着《醉雪》《好一朵茉莉花》《悼念恩师王运昆》《怀念陆兄》《清明札记》《老友疗伤》《承载生命与希望的恩情》《三只“虎”三结拜》《有一种幸福是被人想起》几篇文章，曾经感人至深的时光印记，不经意间便清晰如昨地映现出来，给人以心灵的触动。《与狼对峙》中，她告知着人们：“爹爹确定有人看见了我们的求救信号，不停地甩鞭子来震慑狼。只见这两只狼更加不安起来，在原地来回转圈。爹爹趁机不停地晃动刀，并让我敲击两把镰刀。‘咣咣’的金属碰撞声，配合远处鞭子的‘啪啪’声，鼓舞了我们的士气，更加震慑了狼……”惊险、刺激、真实场景，让人不由得捏了一把汗。自其纯真的《发小情谊》里，不难看出“凤子总是一次又一次地等着我。跑累了，我们就滚在一起，仰面躺在麦地里，说着悄悄话，吐露只有我们三人才能知道的秘密。直到天快亮了，我们才依依不舍地走出麦田……”无邪的童趣跃然纸上。无独有偶，这样的文字，在《雪夜念发小》中也呈现出来：“抱着大树，闭着眼睛转三圈，一边转，一边念口诀，还要烧纸烧香，最后再抓一把香灰放在衣兜里，就完成了。回家时，一路小跑，别回头，回头就不灵了……”没有感受至深的亲身体会，是不会有这般的语言表述。不难看出，情真意切是桂珍女兄文章的鲜明特色，也是她内心世界的表达。

人所共知，散文贵在真，取材要真、情感要真，所写对象必须建立在实事求是的基础上，不能凭空虚构或主观臆测，真实是散文写作的灵魂，是其立身之本。想象出来的东西，和真实存在的物象，给人带来精神上的冲击，令人心头震颤，其感受是完全不一样的。桂珍女兄就较好地注意了这一点，每篇作品、每段文字都会打上“真实”的印记。尤为突出者，当属《让我陪你慢慢变老》《养父的两件憾事》《妹妹找哥泪花流》《有一种幸福是被人想起》等作品。当然，仅仅取材于现实是远远不够的，书写之真也是作品成功的一大关键。既要客观地将表述对象反映出来，又要尽最大能力用文字把真挚情感体现出来。只有这样，才能达到不迎合、不虚伪、不造作、不欺世、不昧心的崇高境界。当我品味着“不知何时我的手在你的手里变凉，你诧异地望着我，问：‘在想什么？’你一边问一边用双手握住我的手，试图让我暖起来。这个动作让我想起我们初识不久的情景……”的章节，体会着“我吃着面条，看着哥哥，看着看着感觉不那么陌生了，他两只眼睛炯炯有神，眼神里满是疼惜，满是关切。我的眼里也有了泪光，我终于找到了我的哥哥……”的滋味，欣赏着“站在屋中央，不知道今天该怎样打发？懒散的心情，空白的心绪，无由的寂寞与孤独，就这样不时地敲打着心房……”的情怀时，似乎案底一望而知，无须再用过多的话语来赘述张桂珍文章的感人与否、成败与否。

桂珍同道的爱诗情结在她的作品中毫无疑问地彰显出来。诗词为其文章平添了独特的色彩。我知道，作为山东省诗词学会会员的她，在诗词创作方面有着一定的造诣。将这种独一无二的文学形式，巧妙地嫁接于散文写作中，不能不说是张桂珍的一大创举：她不仅将“银杏树下举浆琼，万千思绪追忆中。时光不老爱不老，相依相伴夕阳红”“银杏叶儿千里飞，飞入吾家书中藏。星夜思君君不见，书签伴我读书忙”等诗句，运用于甜美的浪漫爱情中，还在《异地闺蜜情缘 》《悼念恩师王运昆》《清明札记》《三只虎三结拜》《大爱至雅写春秋》《遇见美好》等作品中也大胆地使用诗词。形式多样，不拘一格，较好地起到了画龙点睛的效果。当我读着铿锵作响的“浑然苍劲稳如松，气韵天成不露锋。横看蛟龙行古道，竖观飞瀑下苍穹……”“大爱至雅写春秋，悟庐文集情悠悠；虚怀若谷品高尚，诗情画意数风流”“高风畅谈古今事，亮节书写身边人；大爱挥毫舞香墨，小雅杯茶话知音”等诗词时，禁不住为这位才思敏捷的当代女作家所折服。

掩卷之余，我想到了一个问题。也许，读者一看到《泉香心语》这一书名，会与我刚刚拿到书稿时产生一样的疑问。经了解，原来今天的张桂珍，就是昨天的高泉香，说白了，高泉香就是张桂珍的曾用名，是亲生父母为她起的名字。为什么书名不是《桂珍心语》呢？当然，她是有着一番心思的。这个一路从白山黑水走来的苦命人，经历了太多的人生磨难，也不甘命运安排，立志“吾将上下而求索”。

闻鸡起舞，自强不息，终于以知识改变了自己的命运，走出了那个流淌着苦和乐的大同村。《发小情谊》《醉雪》《特别的母亲特别的爱》等故事，无不是取自她在大同生活的经历。因之，《泉香心语》有着她诸多刻骨铭心的回忆，以此作为书名，其内涵便不言而喻了。

诚然，张桂珍的文章并非尽善尽美，仍然脱不开“平”的窠臼，但作为一个文学爱好者而言，她做到这一步已经很不易了。她让我欣喜地看到，她已经成功地登上泰山的一天门，峻岭阔谷的中天门、双峰夹峙的南天门就在前面等着她。我深信：凭着她的天赋与勤奋，以及顽强的毅力和精神，一定会攀登上文学的岱顶。

我期盼着……

憨仲，本名石绍宏。中国散文学会会员，山东省作家协会会员，淄博市残疾人联合会副主席，淄博市文学艺术研究会主席，发表文学作品两百余万字，出版文学专著十三部，两度荣获中国散文精英奖。

• 目录 •

◎第一辑 爱的呢喃

◎第二辑 亲情悠悠

◎第三辑 岁月剪影

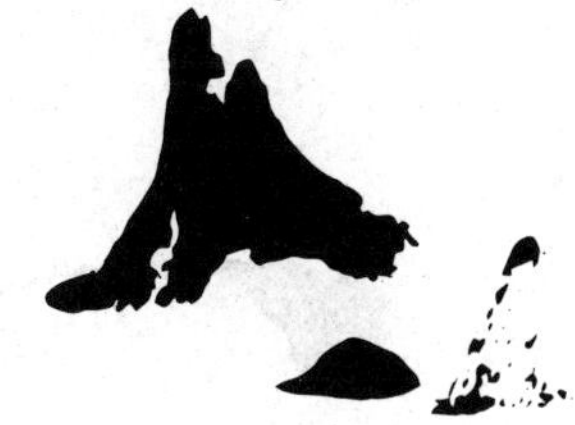

◎第四辑 文学浪花

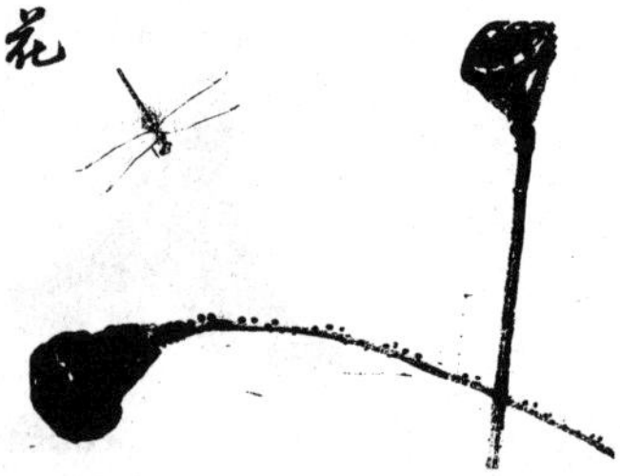

◎第五辑

山川旅痕

◎第一辑

爱的呢喃

双清图　　李线长 / 绘

牵手　吕幸端 / 摄

牵你的手，赏最美的秋

岁月的剪刀，剪掉了春天的嫩芽，剪掉了夏天的葱绿，正在修剪秋天这炫黄、嫣红的身姿，以及鬓角上的那片斑白。秋阳里我们十指相扣，走在小区那落满五角形的、干枯且卷曲的古铜色叶子的小路上，我们无言却分明欣喜地、慢慢地走着、走着……

暖暖的秋阳，透过梧桐树上那摇摇欲坠的叶子，落在你我的头上、脸上，还有你微微驼起的后背上。这种暖，就像你手心的温度，让人留恋，让人回味。

有片叶子，旋转着，飞舞着，正好飘落在你的肩头。我看着它，绿中泛黄，黄中又有些红色的纹理，五条叶脉清晰可见，姿态优雅，分明还有生命的光泽。这样美的叶子，怎么会这么早就离开了大树，飘落下来呢？这么想着，我的眼里竟然潮湿起来。我没有替你掸去这片叶子，甚至阻止了你掸去它的举动。就让它在你的肩头，歇息一下吧！至少你的肩头是干净的、温暖的。哪怕只是一小会儿。

带着这片树叶，我们牵着手，继续走着。我想，这就是它的宿命吧？无论它们在春天多么生机盎然，在夏天多么繁茂青葱，到了深秋季节，它们都要离开大树的怀抱。尽管它们用尽最后的能量，让自己绽放出足以陶醉所有诗人的色彩，也无法抗拒大自然的规律，忍痛离开它所热爱的大树，离开它用所有美丽装点的世界！

我抬头看着头顶那些还在树枝上随风舞动的叶子，想着它们也许明天，也许今天，也许下一秒就会落下来，落到地上，被风吹到河塘，或者被环卫工人扫进垃圾箱……我的心就一颤！这样的悲秋情怀以前或许有过，但绝对没有今天这么强烈。难道是病痛让我的情感脆弱起来？还是年龄的增长让我对落叶有了伤感？

不知何时我的手在你的手里变凉，你诧异地望着我问：“在想什么？”你一边问一边用两只手握住我的手，试图让我的手暖和起来。这个动作让我想起我们初识不久，你用借来的自行车载着我去看电影，你当时也喜欢用一只手握着我的手，一只手握着车把。因为我晕车，西城到东城三十里路都是你用自行车送我回家，一路上你未曾放开我的手，似乎不用语言，手的温度就是最好的表达！时至今日，我都不曾记得你说过“我爱你”三个字，但是，三十七年了，你的手温依旧，依然是我最温暖的地方！只是，当年的羞涩，换成了如今的坦然，当年的炽热，变成了如今的温暖！

我们十指相扣，在小区里漫步，看着小区的秋天是如此美丽，真像一幅五彩斑斓的画卷！那黄栌树的红，灿如丹霞，让人不由得想起“霜叶红于二月花”。那银杏树的黄，那么绚烂，那是夺人心魄的美。每一片金色的扇形叶子，就像一把把小黄伞，在秋风里跳跃、旋转……仿佛在为我们舞蹈，为我们三十七年的不老爱恋祝福！

我伸手接到一片正在飘落的银杏叶，递到你的手里，不无神秘地告诉你：“这是两亿年前留下来的物种，你知道吗？”你两眼放光，很是诧异地问我：“真的吗？你怎么知道？”我说：“它是唯一可以与恐龙相较的物种。根据科学研究，它起源于三亿年前的石炭纪，现有的银杏树也可追溯到七千万年前的古世纪。它跨越了有史时期而生存下来，并能在漫长的地质时期保持遗传稳定，可以说是不折不扣的不老树，也叫长寿树，是地球的活化石和植物界的大熊猫呢！”

我的话引得你久久沉思，你也拾起一片银杏叶，用嘴吹去它的灰尘，把我的那片叠加在一起，郑重地对我说：“那就让这两片神奇的叶子来保佑我们，不求长生不老，只求我们都健健康康、平平安安，一起白头偕老！”看你那认真劲儿，我接过这两片叶子，把它举过头顶，对着身边的银杏树祈祷：“美丽长寿的银杏树，请你允许我们陪伴你慢慢变老，春天我们要来欣赏你的葱绿，夏天我们会来欣赏你的枝繁叶茂，秋天我们会来欣赏你的满树金黄，冬天我们也会来和你说说悄悄话，请你见证我们的永恒真爱。”

我们就这样肆意地享受着这浪漫的金秋带给我们的悦动、向往、回忆和遐思！我顺手把这两片银杏叶，收进口袋，或许它们会幸运地成为我的书签，不用和其他叶子一样，四散漂零了。

水塘边那片银色的芦花，今天也是那么惹我驻足，它再也不像三十七年前那样荒凉，而是“蒹葭苍苍，白露为霜”的意境，让人不由自主地走进《诗经·秦风》里，徜徉难返。还有石榴树上那个早已干枯坚硬的石榴，你在等谁？等我来接你回家吗？或许我的家也不是你最好的归宿，留在秋天的枝头，或许你会成为一道与众不同的风景呢。

还有一棵结满紫黑色果实的树，那一串串像极了小葡萄，挂在秋天难得的绿色里，让人眼前一亮，心生欢喜。但它分明又不是葡萄树。询问过路的人，都说不认识。这倒勾起了我学习的兴趣，马上拿出手机，在百度上查找起来。原来它有个特别的名字——女贞树，为木犀科，属常绿灌木或乔木。它是亚热带树种，枝叶茂密，树形整齐，是常用观赏树种，广泛分布在长江流域及以南地区，华北、西北地区。能耐零下十度左右的低温，叶可蒸馏提取冬青油，用于制作甜食和牙膏等物品的添加剂。成熟果实晒干为中药女贞子，性凉，味甘苦，可明目、乌发，补肝肾。《本草纲目》中也有记载：“此木凌冬青翠，有贞守之操，故以贞女状之。”

传说古代鲁国有一位善良的姑娘，名叫贞子，嫁给了一个老实的农夫。两人都没了爹娘，同病相怜，十分恩爱地过日子。哪知婚后不到三个月，丈夫便被抓去当兵，任凭贞子哭闹求情，丈夫还是一步三回头地被强行带走了。丈夫一走就是三年，音信全无。贞子一人整日哭泣不已，盼着丈夫能早日归来。可是有一天，同村一个当兵的逃了回来，带来她丈夫已战死的噩耗。贞子当即昏死过去。乡亲们把她救过来后，她一连几天不吃不喝，寻死觅活。最后有位邻家二姐劝慰她说，那捎来的信也许不真，这才使她勉强挺过来了，但这一打击却让她本来清瘦的身体更加虚弱，过了半年，她还是病倒了。临死前，贞子睁开眼拉着二姐的手说：“好姐姐，我没父母没儿女，求你给我办件事。”二姐含泪点头。“我死后，在我坟前栽棵冬青树吧。万一他活着回来，这树能向他证明我永远不变的心意。”二姐按她的遗言栽了树，几年后冬青枝繁叶茂。终于有一天，贞子的丈夫回来了。二姐把贞子生前的情形讲了，并带他到坟前，他扑在坟上哭了三天三夜，泪水洒遍了冬青树。此后，他因伤心过度，患上了浑身烦热、头晕目眩的病。贞子坟前的冬青树不久后竟开花了，还结了许多豆粒大的果子。乡亲们对这树能开花结果都感到惊讶，议论纷纷，有的说树成仙了，吃了果子人也能成仙；有的说贞子死后成了仙等等。贞子的丈夫听了怦然心动：“我吃了果子如果成仙，还可以和爱妻见面。”于是他摘下果子就吃，可吃了几天，他没成仙，也没见到贞子，病却慢慢好了。就这样，冬青树果实的药性被发现，它能补阴益肝肾。人们纷纷拿种子去种，并取名为“女贞子”。那些状似小葡萄的果实，具有在整个冬季都不会从树枝上掉下来的特性。当鸟儿没有饲料，饥饿难忍时，冬青树的果实正好可以维持生命。因此，冬青树的花语就是生命。

真是学无止境啊！在小区里住了十多年了，竟然不知道有这样一棵可以入药且有着美好传说的树呢？看来，正如人们所言：很多人都是挖空心思地去外地寻找美景，对身边的美却置若罔闻，视而不见。我又何尝不是呢！外出旅游，一草一木都那样饶有兴趣，一楼一阁都那么潜心探究，而对于常年在身边的美却无暇顾及。如果不是病愈出院，爱人陪伴散心，我又如何能看到自家小区的秋景是如此之美呢？

想到这，我便再次牵起你的手，带着太多的感慨、感动，怀着一腔美好，走向小区的深处，赏最美的秋景！让秋的美浸润我们的爱，也让我们的爱充盈最美的秋。就让我们牵手一生，一起收获最真最美的春华秋实吧！

2020 年于东营

醉赏月下荷

前几日，我在微信公众号《初语阅读》里，读到了《西部散文选刊》执行主编梅雨墨先生的一篇精美散文——《漫天荷香藏心间》，心情激动不已。梅先生笔下那荷花的妩媚、荷苞的俏丽、荷叶的婆娑，无一不让我神醉。同时也让我想起那年我与夫君月下赏荷的温馨画面。

那是 1986 年的夏天，我有了五个月的身孕。夫君在石油测井的前线会战，两个月左右才能回家一次。也许是孕吐比较严重，也许是对夫君思念至深，我的身体和心情都特别糟糕。那个年代，手机还没有普及，家里甚至连一部电话都没有。我们的联系方式只有写信，一个星期才能通一封信。夫君在前线会战，时间相当紧张，常常通宵加班，也腾不出太多时间来写信，能腾出时间写信的办法就是少睡觉或不睡觉。为了不让夫君担心，我也是避重就轻，报喜不报忧。

7 月的一个晚上，我正一个人站在院子里，仰望天空，独自沉浸在孤独的思念中，不知何时，夫君回到家里，轻轻走到我的身后，环住我的腰，与我相拥。没有甜言蜜语，没有更加亲昵的举动，就这轻轻的一个拥抱，我的世界便像江水融化一般，任凭幸福的泪水在脸上肆意流淌。

夫君为弥补长期在外不能陪伴我的歉意，执意不肯回屋休息，坚持要陪我散步。我们走着走着，来到小区的北大门外，来到那片“家属园”。这是我们单位的职工家属利用废弃的稻田地开采的一个荷塘，目的是让职工家属秋后能够吃到新鲜的莲藕。我由于身体不适，加上一个人在家，也没有心情来“家属园”走一走，看一看。

那晚我趁着月色，把这个“荷塘”认认真真看了一遍。这一看不要紧，大有相见恨晚之意。虽然是人工荷塘，面积却不小呢，在月色里一眼望不到边呢。我蹲下身来，仔细端详一番。我发现这些荷花的叶片大小不一，圆的尖的，高的矮的，层层叠叠，斑驳陆离。还真有《荷塘月色》里描写的荷的韵味。风吹来，它们拥挤着，发出细微的沙沙声。有个调皮的青蛙竟然跳到荷叶上，晃动着小脑袋看了看，没有害怕的意思。我不知道它是否看见了我，或许知道我喜欢它它才不害怕？或许急着找它的同伴而并未发现我？我不敢站起来，怕惊扰到它，它会逃离我的视线。果然，不一会儿，又一只青蛙也跳上来，一上来就呱呱地叫个不停，嘴角还鼓起大大的白泡。我正想它们可能是一对情侣，在谈恋爱？在说悄悄话？夫君的一声："亲爱的，你看那荷苞开花呢？"把我的思绪带回眼前，也把两只青蛙吓跑了。我顾不得埋怨老公的冒失，死盯着那朵慢慢开放的荷苞，由刚才尖尖的一个点，慢慢变成三个、五个点，开放的瞬间是那么奇妙，也是那么难以捕捉。而我们偶尔来一次竟然遇到了。它是为我们而盛开的吗？我当然知道，我们不来，它也会这样悄悄地盛开。可此刻，我宁愿相信，它是为我们的出现，为我们的爱情盛开的。它也许真的能够感知我们已经太久没有相见，太久没有面对面聊天了。想到这，我几乎落下泪来。我和夫君可以说是"千里姻缘一线牵"了，一个是在遥远的东北黑土地长大的女孩，一个是地地道道的山东小伙。只因为我偶然到山东探了一次亲，我们两人才能走到一起。我们相爱，却难以相见。好不容易我调动工作，结束两地分居，夫君又上前线会战，一两个月才能见面一次。聚少离多的日子里，我们只有深深的思念。今夜，我们漫步在这片荷塘边，看到多情的青蛙和传奇的荷花的绽放，内心的激动可想而知。我们相拥着看月亮、看星星、看彼此的眼睛，我们听蛙叫、听蝉鸣、听彼此的呼吸声。

我们不想离开这月下荷塘的美景，也不想离开彼此温暖的怀抱。但是，肆虐的蚊子却不解风情，不停地在我们身上下口，我们也只能不停地拍打驱蚊，这太影响心情了。夫君也怕我的身体吃不消，就想拉我回家。我不想回去，我知道这样的时光太少，他下次回来，恐怕月色不再，荷花枯萎，月下赏荷的浪漫实在难得。可我受不了蚊子的残暴，也拗不过夫君的坚持，终于还是依依不舍地离开家属园，离开这片带给我惊喜的荷塘。

走在回家的路上，我情不自禁地背起朱自清的《荷塘月色》：

> 月光如流水一般，静静地泻在这一片叶子和花上。薄薄的青雾浮起在荷塘里。叶子和花仿佛在牛乳中洗过一样；又像笼罩着轻纱的梦。虽然是满月，天上却有一层淡淡的云，所以不能朗照；但我以为这恰是到了好处——酣眠固不可少，小睡也别有风味的。月光是隔了树照过来的，高处丛生的灌木，落下参差的斑驳的黑影，峭楞楞如鬼一般；弯弯的杨柳的稀疏的倩影，却又像是画在荷叶上。塘中的月色并不均匀；但光与影有着和谐的旋律，如梵婀玲上奏着的名曲……

夫君也背起李白《采莲曲》：

> 若耶溪傍采莲女，笑隔荷花共人语。
> 日照新妆水底明，风飘香袂空中举。
> 岸上谁家游冶郎，三三五五映垂杨。
> 紫骝嘶入落花去，见此踟蹰空断肠。

夫君揽着我的肩膀，背着这些诗句，似乎我们正穿越回古代，郎情妾意，你侬我侬，好不令人心醉！

夫君走后，我始终忘不掉那次月下赏荷的温馨，也始终忘不掉那两只青蛙和正悄悄开放的荷花。我不顾身体的笨拙，也不顾夫君临走前的劝阻，趁着月色还在，又一次来到家属园，来到这片荷塘。

荷塘一片宁静。一柄柄荷叶与荷花微微摇摆，飘出阵阵清香。

荷叶挺拔着身姿婆娑迷离，在风中颤动。池中荷叶有大有小，有高有矮，有的手挽手，有的肩并肩，就像一家人，相互帮扶，相互照顾，那么和谐，那么耐人寻味。我仔细寻找那两只青蛙，却始终没有出现。那已经盛开的荷花，抖动着妩媚的身子，就像跳芭蕾的天使，时而起伏，时而抻腰，有的在叶子上微笑，有的在叶子下娇羞，淘气又可爱。我目不转睛地看着眼前的每个荷苞，希望还能看见它们绽放的神态，却一直没能如愿。难道它们知道今晚我是一个人来的？顿时，一股酸涩的味道堵在胸口，眼里泛起雾气。思念就这样轻易地涌进我的脑海，赶也赶不走。想一想，夫君刚刚走三天，还有四十天也许就回来了，我要坚强，有荷花荷叶和荷塘里的小精灵们陪着我，有身体里的小生命陪着我，我还这么想他干吗？这么自言自语着，时间也变得快了些，看看手表上的指针已经到了十点。一个人在这寂静的夜晚，独赏月下荷，思念心上人，别有一番滋味在心头。这个滋味已经整整三十年了，至今回味起来，仍然无法忘怀。每每看到荷的影子，便会想到那个醉人的月夜，想到青荷般不染的思念！

2018 年夏

清荷　李线长 / 绘

爱在深秋

又是一个深秋的季节，又是红叶飞舞的时光。自从走进你的世界，我便不再为落叶而伤怀，也不再为这萧瑟的景象而落寞。飞旋的落叶，在我的眼里便是跳跃的彩蝶，便是梁祝的化身。肃杀的秋风吹落树叶的声音在我听来，便是琴瑟的和鸣，是凤求凰的韵律。只因你，我的爱人，降临在深秋，秋天因你的生辰在我的心里愈加美丽。

光阴如梭，三十五个划过掌心的年轮，带我们一路走过浪漫的春天和炽烈的夏天，如今又引领我们走在秋天的路上。时光在不停地变换，人生的季节也随之更替。那些泛黄的记忆里，留下我们多少难忘的、幸福的痕迹。

你可记得，1983 年，我从东北的小村庄来到东营探亲，经老乡介绍，我们见面了。

我问你的第一句话，不是你的家庭条件，也不是你的工作性质，而是问你是否愿意与我一起赡养我的养父母？我两岁时失去亲生母亲，被父亲送给无儿无女的两位老人家。当我向你叙述养父母含辛茹苦把我养大成人，并节衣缩食供我读书，再苦再难也让我上大学时，你的眼里有了晶莹的泪光。你毫不犹豫、神色坚定地对我说："羊羔可以跪乳，乌鸦可以反哺，何况人乎？孝顺父母是中华民族的传统美德，我们都是中华民族的优秀青年，赡养双方父母是我们的责任和义务！"你运用"羔羊跪乳""乌鸦反哺"来佐证你的观点，表明你的态度，让我看到了一个善良的饱读诗书的好青年，我看到了你眼中那不卑不亢、坚定执着的深情目光。那是纯洁善良的心灵才能流露的光芒，那是心灵相契产生共鸣才能透出的光芒。你的目光让我感动、亲切、信任，你的回答让我有种高山流水遇知音的感觉。初见，你给了我选择初恋的理由，也给了我走进你心灵深处的机会。

恋爱是美好的，初恋更是难忘的。虽然我们没有花前月下的浪漫，也没有电影院、音乐厅的场景记忆，没有卿卿我我、你侬我侬的恋爱经历，有的仅仅是四次见面、“压马路”、吃食堂，最多的是听你的“个人故事会”和“演唱会”，读你写给我的一首首诗。

你从农村讲到油田，从儿时讲到青年，从山东曲阜的孔庙讲到北京毛主席纪念堂，从胜利油田的发现讲到年产三千万……

听你的故事，我更加坚信你是一个才华出众、好学上进、见多识广的好青年，也从中了解了你的家庭境遇，你和我一样都出生在穷苦人家，每月的工资只留下基本生活费，剩余都贴补老家。你的口袋里有不足一百元的积蓄。相同的家境令我们惺惺相惜，我相信穷人的孩子早当家，更相信你会凭自己的能力改变命运。

听你唱《知音》《乡恋》《绒花》《在希望的田野上》等歌曲，我入了迷，在你成熟稳重的外表下，也有一颗懂得生活、热爱生活的心。在你美妙的歌声里，我也听出你对我的一见钟情和深深眷恋。

读你写给我的一封封热烈洋溢又不乏诗意的信笺，读你那些“曾经沧海难为水，除却巫山不是云”“但愿人长久，千里共婵娟”“死生契阔，与子成说。执子之手，与子偕老”等名句，我读出了你的腹有诗书，也读出你的借古明今，读出你的文学素养，也读出我们有着共同的心灵栖息地。

二十一岁还在大学求学的我，还没来得及涉猎情感，是那么单纯，那么稚嫩。我根本就不懂得该如何恋爱，唯一的心愿，就是你能和我一起扛起赡养养父母的重担，也能像大哥哥一样疼爱我、保护我。当比我大四岁的你，用大哥哥般的体贴和温情，将我包围的时候，当你的才艺毫无保留地展示给我的时候，当你的博学与见识深深征服我的时候，我本能地跟随你的脚步，一步步走进爱的殿堂，有了相见恨晚之意，也有了“在天愿做比翼鸟，在地愿为连理枝”“愿得一人心，白首不相离”的心心念念。

四次见面，我们便定下终身之约，这是儿戏还是奇迹？

用我兄长的话说，这是儿戏。兄长在得知你的家庭境况时，表现出不满意的态度。因为有更多家庭条件好的男孩子，在哥哥心里排队，其中不乏劳动局长的儿子。以你这样的家庭境遇，兄长担心我婚后的生活会拮据，担心农村的婆家会拖累我的生活。可是，被你的才华和善良打动的我，又怎会轻易改变初心？为了给你吃上定心丸，我说服了兄长和家人，义无反顾地与你举行了订婚仪式。你给我的定礼就是一件天蓝色的上衣。而这件衣服至今还被我放在箱底珍藏。

你还记得1983年那个阴雨绵绵的秋天，那场大明湖畔的相送吗？对于我来说，这不亚于《梁祝》的“十八里相送”。我要回东北继续学习，你要留在胜利油田继续工作。我们要分别一年，等到来年我毕业后才能相见。这对于相爱的人来说，不能不说是无奈的、残忍的。面对离别，我们唯有相信真爱无价！“两情若是长久时，又岂在朝朝暮暮。让时间去考验我们的爱情吧！”在火车站，你挥着手，怀着这样的信念为我送别。我泪眼模糊，看着渐行渐远的你，泪珠就像这秋天的叶子，极不情愿地飘落下来，数不清，剪不断，理还乱……

一年的离别，我们的爱依旧，没有因为距离遥远而消失，也没有因为不能常常见面而变淡。相反，在这一年里，我们把所有的思念，所有的爱，都写成文字，汇成诗篇，装在鸿雁的翅膀上，让它每周飞跃千山万水，横跨黄河渤海，传递到我们的手中、眼眸里、心坎上。沉甸甸的五十二封信啊，就像五十二个爱情的天使，把我们的心紧紧地牵在一起，见证我们坚贞不渝的爱情，也见证了时间对我们的考验！

1984年的秋天，我来了，我带着养父母和全部家当一起来了！你说：“你来了，我的世界就有了新的色彩和希望，我的生命从此有了温度，我会疼你爱你，不让你再受半点委屈，我会善待你的亲人，像对待我的亲人一样！”那个夜晚我是枕着满满的爱睡着的。

我们要结婚了！这是我们盼了整整一年的时刻，也是我在梦中多少次梦到的幸福模样。我常常一个人闭眼幻想着我们婚礼的样子。我想我们都是穷孩子，不需要大排场，也不需要什么三大件（电视、电冰箱、手表）、三十六条腿（沙发、衣柜、饭桌和椅子、床、高低柜等家具）。只要有一个温馨的粉红色床幔、崭新的床单和窗帘，雪白的墙壁，一张书桌，一个插着白百合的花瓶，还有一套大红的新娘嫁衣就够了。婚礼最好新事新办，简单祥和，有家人祝福，有亲人相送，有朋友一起热闹。婚礼结束后，婚房里就剩我们两个人，坐在粉红色的床幔里，我们四目相对，把彼此最幸福的样子收进眼眸。我们斟满美酒，让甘醇的美酒把我们熏醉。我们借着窗外的月色，轻声朗读我们在分别的每个夜晚写下的诗句：独坐月下思情浓／心随风儿飞东营／待到明年相逢日／花开并蒂举浆琼……

虽知，你拉着我的手满怀歉意地对我说："亲爱的，我家里的情况你是了解的，父母没有钱给我们办婚礼，因为三弟年前刚刚结婚，父母已经很吃力了。这一年我没有攒下钱，我的钱都贴补了家用。如果你想要个像样的婚礼，那我去借钱也要满足你，婚后我们再慢慢还就是。"

听到你说这些话的一瞬间，我心情低落。我不需要大操大办，但是，作为一个女孩子，哪有人不盼着有个难忘的婚礼呢？想起哥哥说过："这是你自己的选择，你不要后悔。人穷志短知道吗？有一天你会明白，因为穷，生活会有很多烦恼的。"面对自己选择的爱人，面对这种困境，我应该与爱人同甘苦，共进退，只要我们相爱，只要我们婚后共同努力，就一定能过上幸福生活。想到这，我做出一个连你也没有想到的决定："亲爱的，我们不办婚礼了！""什么？不办婚礼了？"你惊了，你以为我生气了，不结婚了。"是的，不办了。婚礼就是一个形式，我需要的是一份真正的婚姻。有你的爱，有你善待两位恩重如山的老人就够了。""这，这太委屈你了。"你激动地把我揽在怀里，轻声对我说："谢谢你，亲爱的，等条件好了，我一定给你补办一场像样的婚礼。"

就这样我们买了一些糖果，对单位就说回老家办婚礼去，给大家分发喜糖。回到老家，就说在单位已经举办婚礼了，回来报喜。一场人生大事，就这样静悄悄地过去了。

整整三十五年，我们白手起家，用勤劳、用真情、用智慧认真耕耘我们的爱，让一个一穷二白、缺东少西的小屋，变成相对富足并温馨四溢的家园，让两个仅见四次面，却分别整整三百六十五天的恋人成为生死相依、不离不弃的幸福伴侣。

你还记得吗？1985年的深秋，你在孤东会战，我把浓浓的思念，融在甜甜的蛋糕里，让值班车捎到孤东会战的前线，捎到你的面前，让我的爱，时刻伴随你，给你最安定、最温馨的大后方。而你和战友们分享生日喜悦时，也正是我凭栏望月，孤独思念的时候。

你一定会记得，1986年深秋过后，有一个与我们血脉相连的小生命降临到了我们的世界。他的到来让我们的爱更加成熟了，让我们真正懂得了什么是责任，什么是担当。这个我们愿意用生命去呵护的小生命一路见证了我们的爱，并与我们的爱一起成长、壮大，成为一个可以呵护我们、陪伴我们的男子汉！

你也一定不会忘记，在这三十五年里，我们的生活里不仅有鲜花和阳光，也有冰霜和严寒。我们一起经历了照顾养父母病危的日日夜夜；我们一起给亲生父亲和继母寻医问药，在病床边陪伴他们走完生命的最后一程；我们一起为你的父母，我的公婆尽心尽孝，在公婆最后的日子里，我和你一起陪护照料、做饭送饭；和你一起去济南找专家，为老人家减轻癌症的痛苦，让老人安详地去往西方极乐世界。

你一定记得，我们一起怀着悲痛，送走那个还不到六十岁、曾千里迢迢到东北寻找我、曾为我邮寄学习资料的兄长；我们一起经历儿子高考的煎熬，也一起为儿子工作的问题奔波；我们一起为齐高两个大家庭的和睦努力，一起分享儿子成家立业的幸福，一起迎接小孙女诞生的喜悦。所有这一切仿佛还在昨天，就像这秋天的红叶，在经历了初春的稚嫩、盛夏的繁茂、深秋的严霜，才能变得五彩斑斓，成为最美丽的一道风景。

如果可以，我多想成为一片红叶，装点你深秋的情怀；如果可以，我多想成为你人生之树的一条脉络，为你的生命注入水分和营养，让你永远生机勃勃，伴我童心不老。

浓浓的爱，深深的秋；红红的叶，暖暖的情。就让我守着一份初心陪你慢慢变老，不管时光如何蹉跎，我依旧爱你，爱你胜过当年。你的身影，就是我人生最美的风景。

岁月，终究会在花开花落间走近黄昏，就让我们手牵着手，阅尽人生的秋水长天，不为世俗烦恼，不为付出计较，你陪我林中听雨，我陪你月下漫步，于相惜中无言相伴，于相爱中静默相守。

愿得一人心，白首不相离，等到明年、后年、大后年……年年岁岁，岁岁年年，我都会为你煮字生暖，书写我们的寂静欢喜和岁月安然，也书写一份生日祝福和对生命的敬重与热爱！

爱在深秋，爱在与你相伴的人生之秋。

2019 年 10 月

银杏树下，我种上诗意的幸福

秋天是一年四季里色彩最美丽的季节。那火红的月季、橙黄的玉米、金黄的银杏叶、青翠的松树、湛蓝的天空、紫色的秋葵，构成了一幅多彩的、迷人的画卷。在这众多的色彩中，我最钟情那一树一树金黄的银杏叶。那在秋风中炫舞、飞旋、飘落的银杏叶，那铺满银杏树下的厚实柔软的银杏叶，是我心中幸福的风景。

说起对银杏叶的钟爱，我的心里便泛起一阵阵的热浪，一份份甜蜜的记忆，浮现在眼前。

1983 年的仲秋，还在黑龙江富锦师范学校求学的我，收到一封来自山东胜利油田的信笺。信里有一个略显粗糙的书签，至今仍然夹在我的日记本中。那是两片透明纸夹着的一张白色纸条，纸条的一面粘贴着一片金黄色的扇形树叶。这片树叶，形状与其他树叶迥然不同，古典的扇形美，中间有一个缺口，又似心形，极富诗意。我由衷喜欢，它给了我对远方恋人的想象，也给了我诗意的灵感。我翻过书签的背面，上面果然有一首小诗：

八月十五月儿明，心随叶儿飞大同。
待到明年佳节至，你我相拥举浆琼。

大同是我当年居住村庄的名字。这是我来胜利油田探亲时，哥哥为我介绍的男朋友的字。我们千里相遇，一见钟情，彼此欣赏。见过四次面后，互留联系方式，我便匆匆返回东北，一别就整整一年。

熟悉的笔迹告诉我，这是我日夜思念的恋人为我题写的诗句，字里行间都是对我的思念和再次相逢的期盼。我把这个并不精致的书签放在心口，泪水便不由自主地滴落下来，思念的潮水已然决堤。我多想像这片叶子一样，随风飞到他的身边啊！无奈山高路远，家境贫寒的我们，没有路费长途跋涉，别时难相见更难！整整一年，三百六十五天，我们只能鸿雁传书，所有的相思，都靠一封封信笺传递。

他是参加油田共青团组织的登泰山活动时，在林间捡到的，因为对这片树叶的喜爱，所以捡起来夹在笔记本中。回家后，每每看到这片树叶，都会想到他是如此思念我，于是他亲手做成书签，并配上一首小诗，作为仲秋礼物，随信寄给我。

真是心有灵犀，对于这个礼物，我十分喜爱。虽然没花一分钱，却是他亲手所做，虽然一片银杏叶并不珍贵，却见证了他的一片深情。夜深人静时，思念泛滥时，我就拿出来看一看，摸一摸，在灯下独自欣赏。叶片看似有灵性，在我的意念里，它飞旋起来，变成一只扇形的飞船，载着我飞越高山峻岭，飞跃大江南北，来到那个日思夜想的男孩身边。我用文字、用诗歌记录那些相思的月夜：

银杏叶儿千里飞，飞入吾家书中藏。
星夜思君君不见，书签伴我读书忙。

三十多年过去了，我一直珍藏着这枚书签，我们的爱也一直像这片银杏叶一样，虽然已经陈旧，但形状依然完美，它的内在情脉依然如初。

你看，那高俊挺拔、威风凛凛的银杏树，无论是春夏还是秋冬，无论穿着绿色的衣服还是换上金色的靓装，它都是那么英姿飒爽、傲视群雄。成排成排的银杏树就像阅兵纵队正在接受上级视察。那笔直的树干就像军人的身躯，宁折不弯，无论是风霜雨雪还是电闪雷鸣，它自岿然不动，好一副军人风范！那树冠就像撑开的一把黄绿色的大伞，阳光透过层层叠叠的扇形叶片，跌落在你仰起头看向树梢的脸上，一脸碎金碎银，给你微微遐想，或是微闭眼睑，享受这阳光的抚摸，或是低头避开这刺眼的光线，躲到树下庇荫，给自己一番悠然自得之妙。

如果是深秋时节，还未走近银杏林时，你定会被那抹撞击心扉的金黄所惊叹、所魅惑、所感染。当你走进之时，一定不忍心踏上你带有微尘的步履，去踩疼那些刚刚从那高高的银杏树上飘落的“金色精灵”。可是，这大片大片的金黄，厚厚的一如金色的羽毛织就的毛毯，却让你不舍离开，你会情不自禁地张开双臂扑过去，就像拥抱你久违的童年玩伴，那种忘情、那种喜悦、那种满足，就在那一刹那拥有了。

去年秋季的一个周末，适逢爱人的生日，我正愁着不知该如何为爱人创造惊喜，在微信里看到几位朋友去东营银杏园采风的照片，那抹魅黄就在那张图片里把我俘虏了！我毫不犹豫地问清楚地址和行车路线，去超市买了一些小吃和饮料。还偷偷拿了一瓶法国红酒，那是朋友出国带回来的。十年了，我一直没舍得喝。当然，我也没忘了带上相机和旅行地垫，甚至还有一个小蛋糕。准备好这些基本用品后，我故作神秘地对丈夫说：“今天可否同我一起去公园放松一下心情？”丈夫欣然应允。

我亲自驾车，在导航的提示下一路前行，就在距银杏园不足五百米处，我停下车子。睡着的丈夫迷迷糊糊地被我请下车，他看到那一抹金黄色的第一眼就被惊呆了。丈夫问出了我的心声：啥时候东营有了这片银杏树？这么美的地方我竟然不知道！

丈夫边说边迈开大步，走进了银杏园。园子很大，号称千亩园林，但是开放的只是一小部分。来观赏的人很多，到处都是穿着艳丽服装的女子们在拍照、在跳跃、在尖叫。她们手里的大红色的纱巾，在这金黄色的林间舞动，似乎要把这深秋燃烧起来。孩子们也是不停地在林中穿梭，让这片原本极为宁静的园林，充满动感和活力。

我们选择了一个稍微偏僻一点的、游客相对少的银杏树下，铺上我事先准备好的旅行垫，相对而坐。我们坐在飘落着“土豪金”

片的银杏树下，一扬头就能看到湛蓝色的天空里那一树树、一簇簇、一支支的魅黄，我们四目相对，万千柔情袭上心头。我顺手拾起一片银杏叶，放到丈夫的手心，对他说：“三十五年前，你用它做成书签，作为仲秋礼物送给我，我至今珍藏。今天，我也把这片银杏叶作为生日礼物送给你，希望你喜欢！”丈夫拿着这片银杏叶，盯了足足两分钟，一边转动叶柄，一边回应我：“三十五年了，我们都老了，像这叶子一样褪了色，也变了模样，但是，我们还是当年的心，变不了！”丈夫主动打开红酒，倒满塑料杯，端起一杯给我，拿起另一杯，与我碰一下，说：“亲爱的，三十五年前我遇到你，却没有更好的礼物给你，现在我能给你买金买银了，可是我想给你的是更好的呵护，更多的陪伴。就像这银杏树叶一样，即使落下来，也要落在你的身边，永远陪伴你！”

我记不得当时自己是怎么回答的，我只记得当时流泪了，我的泪是幸福的，是温暖的。我很幸运地遇到了一位长情之人，遇到了值得托付一生的爱人。虽然一路走来，我们穷过、累过、苦过、也争吵过，但是，我们的爱一直都在！我们的心一直在一起，我们相互鼓励、相互支持、相互理解、也相互陪伴，我们是幸福的！

我与爱人再次碰杯，我们一饮而尽。就在这软绵绵的银杏树叶铺就的地毯上，就在这黄蓝相映的情境里，就在这有着特别纪念意义的银杏树下，我们喝着红酒，说着三十年来经历的那些过往，想着我们的千里姻缘来之不易，我们醉了，醉了两颗依然相爱的心，也醉了装满幸福的眼眸！

我打开蛋糕，插上几片银杏树叶，让丈夫许愿。丈夫便虔诚地双手合十，许下他的愿望，然后我们一起品尝这份甜蜜和芳香。带着蛋糕的银杏叶被我贴在丈夫的脸上，我拍照记录了这个快乐的瞬间，却没注意自己的头和脸也没能幸免，被丈夫报复似的涂上了奶油。此时此刻，我们忘了年龄、忘了时间、也忘了所有的疲惫，只有属于我们自己的空间和浪漫，只有银杏树下那满满的幸福味道……

借着微微的醉意，我为丈夫赋诗一首：

银杏树下举浆琼，万千思绪追忆中。
时光不老爱不老，相依相伴夕阳红。

丈夫随即也和诗一首：

金色时空两情浓，别样生辰似梦中。
银杏树下许一诺，相亲相爱度余生。

什么是诗意的幸福？此时此刻，所有的语言都是多余的，唯有相爱的心最能体会。今生今世，我们在银杏树下，种上诗意的幸福，未来我们还会来收获幸福的果子。就让这有着极强生命力的银杏树来见证我们余生的幸福吧！

2019 年秋

让我陪你慢慢变老

——仅以此文作为珍珠婚礼物献给夫君

温润珍珠婚，盈盈三十年。执手如初恋，脉脉一水间。

三十年啊，一万九百多天，你陪着我一路走来，我们从青春年少，步入温润中年，我们从激情燃烧，磨砺成细水长流。

三十年，斗转星移，时光荏苒。我们在彼此的注视下慢慢变老，慢慢长出白发，慢慢长出皱纹，慢慢开始发福，游泳圈不知何时挂在了我们的腰间。我们都慢慢地退出了工作岗位，我们不再那么忙了，我们有的是时间，一起买菜、一起做饭、一起聊天……

三十年，一切都变了，小平房变成了高楼大厦，木板凳变成了大沙发，自行车变成了小轿车。唯一不变的是你的微笑、你的谦和、你的勤劳，还有你对我深深的爱恋。

三十年，弹指一挥间，当年那个喜欢微笑又热情洋溢的你，一直没有走远。我还依稀记得，你和我第一次相见，在我哥哥的宿舍，你侃侃而谈，我却不发一言；你对我嘘寒问暖，我却不敢看你一眼；你走出门后又回返，吓得我站起又赶紧低头退到一边；你的眼里满是期盼，而我只有心慌意乱。你的善良让我义无反顾地与你把手相牵，这一牵就是整整三十年。你把一个害羞、胆小、不爱言语的小姑娘，慢慢打磨成一位开朗、热情、爱说爱笑、敢做敢当的女人。

三十年，流年飞逝，往事依稀。你还记得吗？我们两地相思，鸿雁传书，一年没有见上一面，你想省下路费钱为我妆扮，我想省下路费钱给你织件毛衣御寒。我们把一分钱掰成两半花，我们必须节俭。你说，有我在你身边，再苦也倍觉甘甜。新春佳节，你没有钱给我这个远方的女朋友买礼物，却用心良苦的创造浪漫。忘不了信中“红豆情思”带给我的欣喜，忘不了飞雁传书中泰山松叶上的誓言，同学见到精美书签后羡慕的目光，忘不了你的一首首爱的诗篇。我们的结合，不是建立在金钱和优越的物质基础上，而是一开始就建立在品德和才华上的，这份纯洁的爱，让我们对彼此都心存感激。

三十年一路走来，我们的爱依然没有变，幸福如初。虽然你的位置变了，虽然我的容颜老了，我还是你手心里的宝，还是你那个调皮又善待家人的小妹妹，我们的爱还如当年一般，纯净无邪、晶莹透明。

三十年，不长也不短，我们给了彼此多少寂静和欢喜，拥有多少感动和幸福。朋友们都说，我的性格好，我的心态好，我总是能带给人阳光般的温暖和火热的情感，有我在的地方总是充满欢声笑语。有谁能够懂得，我之所以这样阳光，偌大年纪还有这样的童心，都是因为我心里有爱，我每天都沐浴在你深深的爱里，享受着你的呵护和爱恋。是你的深爱带给我活力和自信。是你的深爱，让我无忧无虑，童心不减。假如我的心是冰冷的，我每天都在痛苦中煎熬，那我又怎会绽放出幸福的笑颜？怎会有火一般的情感？感谢你，给我这深深的、长长的、暖暖的爱，感谢你给我一个温馨和谐的家园。

三十年，我们不懈努力，携手并肩。我们靠自己的双手，撑起一片蓝天。我们孝敬双亲，争做爱老敬老的模范。我们教育儿子，让他做一个正直善良的青年。我们都在各自工作岗位上默默奉献，勇往直前。我们不抱怨生活、我们不计较得失，我们同呼吸、共命运，我们同心同德、互敬互谅，我们风雨同舟、相互支持、理解和尊重。我们在工作上拼搏进取，小有进步；我们在家庭里，共同承担，创建省级文明家庭，荣获管理局十佳好儿女称号。我们的孩子一天天长大，长成了小小的男子汉。我们的爱情也一天天成熟，长成温润的珍珠。婚姻不是我们爱情的坟墓，而是我们爱情的摇篮。我们走进这座围城三十年，走到珍珠婚，我们还想在这围城中再走它三十年、五十年……

三十年，回首过往红尘，点点滴滴都是刻骨铭心的记忆。我们相濡以沫，我们相守相伴。我们不求轰轰烈烈，但求平平安安；我们不求惊天动地，但求无愧心安。如果一切重来，让我重新选择，我还愿意选择你这个小个子、好心眼的穷小子。因为世事变迁，我更加懂得，有人疼爱才是真的幸福，幸福真的不需太多金钱。

亲爱的，剩下的时光我不知道有多少，我也不想知道有多少。也许很短，也许很长。但是，不管长短，就让我陪着你慢慢变老，老在你的怀里，动不了，也要看着你微笑。老在你的眼里，模糊了，也知道有你在就岁月静好。也许，以后的路很黑，也许以后的路很难。但是，只要我们相互搀扶，相互鼓励，我们的爱不变，再黑再难也是一种幸福，对吗？

亲爱的，有一首歌，我很喜欢，就让我们唱着这首歌一直走下去，走到我们的金婚、钻石婚吧！

《今生陪你一起走》

你是我 雨天的一把伞
你是我 冬天一缕温暖的阳光
亲爱的
不管有多少的风风雨雨
我愿意今生陪着你 一起走

今生陪着你 一起走
走过人生每个春秋
今生 和你 手牵着手
相偎相依 慢慢到白头

今生陪着你 一起走
走过人生每个路口
今生和你 肩并着肩

相亲相爱 温暖在心头

就这样陪着你一起走
为了你我不会 为谁而停留
不在乎 生活的困苦
春夏秋冬陪伴你 那也是幸福

就这样陪着你一起走
我愿意跟着你 四处去漂流
风雨同舟 到生命的最后
今生爱的不够 来世再相守

今生陪你一起走 一起走……

2014年夏

最暖的光

曾几何时，我被冰封在东北的小村庄里，除了年迈的养父母，再没有一个亲人可以想念、可以撒娇、可以任性。春天，冰雪还没有融化，春风仍然冷得刺骨，我必须要和爹爹一起下地春耕，把那些秋天收割留下的，又粗又硬的苞米茬子，用大镐头刨出来，背回家。接着就是春种，我和爹爹换着拉犁，就像富人家的牛和马。无暇欣赏那绿油油的、令人迷醉的田园。夏天，我还是要和爹爹一起给庄稼除草、铲地、捉虫，每天还必须去挖野菜喂鸡、喂鸭、喂鹅。秋季，我顾不上享受丰收的喜悦，要和爹爹一起在大雪到来之前，抢收玉米和大豆。可是，由于我家没有劳动力，年年都有一部分粮食被大雪埋在下面，那是一年的口粮啊，我和爹爹必须要在雪地里扒出玉米秆，再一棒一棒把带着冰棱的玉米掰下来。十几岁的我冻得手都麻了，脱下手套用嘴哈哈热气，或者用自己的肚子暖和暖和冰冷的手，再继续掰。跪在雪地里，腿和脚都冻僵了，爬起来，在雪地里跺脚，一直跺热了，再接着干。因为，如果不尽快干完，更大的雪就会覆盖在玉米上，那就更难抢收了。回忆起那个时候才是叫天天不应，叫地地不灵啊！没有任何人可以依靠，也没用任何借口可以不去吃苦受冻。从那时起，我就有一个愿望，我一定努力考出去，带着两位年迈的老人，离开这个冰冷的地方，寻找一个温暖的家。

也许是上苍可怜我这个弱女子的艰辛处境，也许是上苍被我的勤奋与执着感动。在那个夏天，我考上了黑龙江富锦师范学院的分校——绥滨中等师范学校。又是那个夏天，我回山东老家探亲，经人介绍，我认识了一个男孩，他不富有，也不高大，他说他愿意赡养我的养父母，愿意给我幸福的人生。我相信了他，嫁给了他。我带着我的养父母离开了那个小村庄，离开了那个让我又爱又怕的冰雪世界，走进一个陌生而又充满希望的新家，走近这个愿意给我温暖的男人，我的爱人——齐殿峰先生。

还记得，婚后的第一个雨天，我在小学教课，没带雨伞。秋天的雨冰冷冰冷的，下个不停。正在焦急的时候，我办公室的门开了，进来一位身穿雨衣的男士，走到我的跟前，“我知道你没带伞，秋凉雨寒，我怕你感冒。”丈夫一边说一边从怀里拿出一把雨伞给我。此时此刻，我的心被温暖深深地包围了。曾几何时，我也期盼能像其他同学一样，雨天有个哥哥给我送伞。这一刻，我的夫君不仅仅是我的爱人，更是我盼望已久的兄长啊！这一刻，办公室里有多少羡慕的目光，有多少人羡慕我的幸福！

还记得，结婚的第二年，我由于外出听课学习，回来准备公开课，又要给我所带的班级补习落下的功课，过度紧张加疲劳，我病倒了，急性心肌炎，需要住院治疗。丈夫当时在公司担任团委书记，工作非常繁忙。可是，每天中午丈夫都要骑自行车来看我，给我送饭，陪我吃完，再骑自行车回去上班。来回就要几十公里，可想而知，丈夫有多么辛苦。晚上丈夫不听我的劝告，坚持在医院陪护。有时加班，半夜了，还要骑车赶过来。他说不来不放心，年轻的时候辛苦点怕啥。那份细心、那份疼爱，让我相信我嫁对人了，他就是我千年等一回的爱人！

还记得，那年我的养父因为肠癌住院，晚上需要人陪护，而我有近八十岁的养母和一岁半的儿子需要照料，实在无法分身。丈夫就主动承担起值夜班的任务。夜里值夜班照顾病号，白天还有繁重的工作需要完成，半个月下来，他瘦了二十多斤。我是疼在心里却别无他法。养父久治不愈，身体也每况愈下，血色素持续下降，医生说必须输血。四十八元一袋的血浆却难坏了我们。养父母都是农村人，医药费都是我们自费承担，而那时我们的工资不足六十元，四十八元一袋，输上十袋就是半年的工资了，何况老人的继续治疗还需要钱呢！关键时刻，丈夫挺身而出，要把自己的O型血输给养父。看着他消瘦的脸庞，我不忍心再让丈夫输血，身体是革命的本钱，繁重的工作和家庭的责任都压在了丈夫的肩头，我怎么能让丈夫身体受损呢？可是，丈夫还是偷偷地去输血了。养父的脸色渐渐红润起来，丈夫的脸却日渐蜡黄消瘦。这一切没有逃过我的眼睛，在我的逼问下，丈夫不得不说了实情，我是又气又恨又感动，含着泪说他："你不要命了？你要是身体垮了，我和孩子怎么办？"丈夫憨厚地说了句："不碍事，别着急，省点是点吧！"

尽管我们想尽了一切办法，天命不可违，养父还是驾鹤西去了。我因为过度悲伤，吃不下饭，身体极度虚弱。丈夫知道我与养父的感情非同一般，不是亲生胜似亲生。从小我是在养父的怀里长大，养父从没有骂过我，更没有打过我。在心里，他是我最亲的人。养父的离开，对我来说是极大的打击。他不知道怎样才能减轻我的悲伤，就抱紧我，告诉我："爹走了，还有我，我是你的依靠，我来疼你。"简单的几句话，父兄般的温暖，给了我巨大的力量和勇气，我很快走出痛苦的折磨。这份沉甸甸的、温暖如春的爱，是我今天乐观性格形成的唯一源泉。

还记得每个生日，他都为我煮鸡蛋、下面条。每天早晨丈夫都为我做治疗血糖的核桃木耳鸡蛋羹。每一次喝醉时的悉心照料，每一次患病时的精心陪护，一桩桩一件件往事，都让我真实地体会到幸福与温暖。

幸福是什么？不同的人有不同的理解和定义，对我来说，就是有一个温暖的人相伴一辈子。

我幸福，因为我拥有一个可以温暖我一生的男人！

我快乐，因为我抬头遇见的都是最暖的光！

我感谢，感谢苍天的怜爱，感谢生命中这份温暖的相伴！

2014年秋

爱人生日心语

一

亲爱的，又是一年菊花飘香的时节，又是你的生日到来的日子。农历的九月二十日，这是一年中普通的一天，可对我来说却是一个与众不同的日子。二十六年来，这个日子在我的心里一年比一年厚重。这一天成了我最难忘的日子，从此这一天在我的心里便多了一抹诱人的色彩。这一天我常常想起我们的千里相会，想起我们一起经历的苦与乐，想起我们一起抚育儿子的甜蜜，想起我们一起为老人陪床的艰辛，想起我们的点点滴滴。

我记得二十六年来共有四个你的生日我们没有一起度过，都是因为你工作的缘故我们天各一方。可是我也会用书信、电话、短信的方式，为你祝福，为你庆贺。还记得1986年的这一天你在孤东会战，我托人为你捎去生日蛋糕，让你在会战前线也能和战友们一起快乐的度过这一天。还记得1996年的这一天，你在北京学习，我把生日贺卡寄到你学习的学院，你虽远离家乡，也能收到真情的生日祝福，感受到我的真爱。你其余的二十二个生日，我们曾在家里一起吃手擀面，也曾在“十里香”独享二人世界，我们在“西提岛”浪漫，在“老船长”一起荡秋千，也曾在“好乐星”一起跳舞、一起唱歌，更多的是和朋友们一起分享你的生日喜悦。

是啊，无论是在家还是在外，无论是人多还是人少，我们都是开开心心、快快乐乐地度过这个节日般的日子。这个日子在我的记忆深处已经成为了我的节日，因为这一天你最开心，我也就最快乐。

还是那句话“走在一起是缘分，一起在走是幸福”。我希望我们一直走下去，度过你一个又一个的生日，分享你一年又一年的快乐。

亲爱的，也许你并不在意我是否会记住这个日子，因为你宽容。也许你并不想张扬你的生日，因为你朴素。也许你觉得平平淡淡地度过这一天也不错，因为你淡然。可是，亲爱的，也正因为你具有宽容、朴素、淡然的品德，这一天在大家的心里才更加难忘。你看，来给你祝福的朋友、老乡、同事、亲人，他们中有相识二十多年的老友，也有刚刚结识不久的新朋，有普普通通的工人，也有比我们更富有的兄弟姐妹。他们有男有女，他们有老有少，他们都和我一样记住了这个日子。

这一天我们相聚在一起，我们一起为你点燃生日蜡烛，让烛光映着你的笑脸，让你在烛光里溢满幸福和快乐！这是我的心愿，也是我们大家的心愿。在这一天，我们一起为你举杯，让我们把所有的祝福，都凝结在醇香的美酒中，让你饮下这载满我、儿子以及亲朋好友的深情厚意，饮下你在我们心中的厚重。这一天我们还要和你一起分享生日蛋糕的甜美味道，一起唱生日快乐歌，一起牵手欢呼跳跃，一起沐浴在你的快乐里……

亲爱的，请允许我用一首藏头诗——《恭祝夫君殿峰生日快乐幸福永远》——来表达我对你的爱吧！

恭祝夫君殿峰生日快乐幸福永远

恭贺华诞喜对樽
祝福声声庆岁轮
夫唱妇随家和美
君心我意写昆仑
殿蕴厚德与日增
峰峦层叠旭日升
生逢喜事精神爽
日月星辰光晕晟

快意人生何所求
乐与亲朋一路行
幸有儿孙膝前绕
福润今生不了情
永生爱恋终不悔
远见卓识事业兴

写在夫君五十二岁生日前夕

2010 年 10 月 26 日

二

亲爱的，在人生的四季里，你我相伴走过了烂漫的春季和火热的夏季。如今，我们正牵手走在收获的秋季。

在浪漫的春季里，我们为了事业而拼搏，为了孩子的快乐成长而忙碌，也曾为了老人的健康而忧虑。我们还没有来得及体会浪漫的滋味，时光又把我们推到了火热的夏季。火热的夏季里，既有枝繁叶茂的美丽，也有火热气息的烦闷。在这个季节里，我们领略着，孩子一天天成长起来的快乐，我们也承受着，孩子学习压力带给我们的烦恼。我们一边享受着三代同堂的幸福，另一边也经历着照料老人的艰辛。在这个季节里，最让我们欣慰的是事业的进步、家庭的温馨，我们实现了婚前的承诺“家庭事业双丰收”。

岁月匆匆，时光如梭。火热的夏季，不知不觉又从我们身旁偷偷地溜走了，我们又迈进了这红彤彤、金灿灿的初秋时节。初秋的风变得清爽，初秋的雨渐带凉意，初秋的树叶开始泛黄，初秋的知了不再彻夜鸣叫。最迷人的还是那硕果累累的成熟之美，纳尽万流的宽容之美，温情脉脉的暖阳之美，风送千帆的豁达之美；还有那曾经沧桑的柏松之美，那坚毅、深幽、清澈、淡定的秋意之美。

亲爱的，你说我们牵手走在这样迷人的秋韵里，那是怎样的一份情缘？那是怎样的一种浪漫？

亲爱的，我们就这样牵手一路走来，欣赏了春天的新绿，播下了爱的种子，享受了盛夏的美景，付出了爱的努力。而今，我们还要手挽手，去收获爱的果实，去品尝爱的甜美，去存储爱的甘泉，去迎接美好的夕阳！

亲爱的，感谢你，二十九年与我执手共同书写生命的乐章，陪伴我走过由苦到甜的人生。感谢你，二十九年对我的呵护和深爱，让我拥有温暖的家，让我体会到作为女人的幸福。

亲爱的，在你五十五岁生日之际，在这秋风送爽、丹桂飘香的季节，我把千言万语汇成一句知心话——爱你今生永不悔！祝我生命中最爱的人生日快乐！

亲爱的，让我们执手阅尽人间的美景，让我们并肩走完红尘的坎坷，让我们一起拥抱世界的美好，让我们不离不弃共白头！

写在夫君五十五岁生辰

2013 年秋

戏水图　李线长／绘

秋千梦

不知从什么时候起，我和爱人晚上总是喜欢在小区里荡秋千。

记得有一次爱人喝酒回来已经很晚了，却不想睡觉。我就下楼陪他在小区里散步。四周静悄悄的，爱人却一改往日的沉默，侃侃而谈。当我们走到小区的健身区时，我提议一起荡秋千。爱人却很反感，说那是小孩子玩的。可是禁不住我的坚持，爱人还是和我一起荡起了秋千。在皎洁的月光下，在斑驳的树影中，在幽静的夜色里，我们一起坐在秋千上，慢慢荡起来，越荡越高。爱人也被这一刻的浪漫感染了，情不自禁地伸手揽着我不再纤细的腰肢，在夜色的掩护下，我也大胆依偎在爱人的怀里。我们就这样相互依偎，荡呀荡呀，任秋千越来越慢，我们只是享受这一起摇动的感觉，享受这亲密无间的味道。

夜深了，我们依然不舍得离开，我向爱人讲起了儿时的秋千梦。

那是在我八岁的时候，我和养父母在东北生活，家里很穷，吃穿都难，我哪还有玩耍的要求呢！春天到了，柳芽微露，小草泛青，邻居家就在院子里支起木柱子，搭一个秋千，给孩子们玩耍。村子里没几家有秋千的，这个小小的秋千可就是孩子们的乐园了。那时候孩子们的主要娱乐方式就是跳皮筋、踢毽子、打沙包等，荡秋千算是上等的娱乐了。要是能荡一次秋千，女孩子们都会美得不行呢！我呢，就常常做梦荡秋千，想象着自己被抛在空中的感觉，就像踩着云朵飞到天上，多开心呀！有时自己会从梦中笑醒！可是，梦就是梦，到邻居家荡秋千的孩子太多，我排不上队。其实，不是排不上，而是我家没男孩，养父母年龄又大，家里又穷，人家根本看不起我们，也就不让我靠边。再说人太多，秋千也确实受不了啊！邻居就每天限制人数，限制条件。首先能玩的孩子就是要和邻居家的孩子玩得好的，平时来往多的，还有就是家庭富裕点的。富裕点的孩子们为了讨好邻居家的孩子，就主动拿好吃的或者小人书什么的来交换。人家看不起我，也就不和我玩，我又没东西交换，自然就没份了。每天放学后，我做完家务，写完作业，就是趴在院子的墙头上，看那些孩子们争先恐后地抢着荡秋千，一看就是老半天。一墙之隔，墙那边是欢声笑语，墙这边是眼巴巴望着他们的我。妈妈有时看见我的样子，就骂我没出息，拉我进屋，给我找活儿干——煮猪食，剁鸡菜等。有一次因为分神，我差一点把手指头剁掉。妈妈有时也知道我孤单，就和我一起玩“嘎拉哈”（东北的一种抓猪骨头的游戏）。妈妈不知道，我多么想和同龄的孩子们一起玩啊！可惜，妈妈不理解我，怕我受欺负，放学回来，就不让我出门，我的童年就是这样整天面对着父母，童年的记忆里很少有过笑容。

终于有一天，爹爹偷偷地（记忆里爹总是听娘的，大事小事都是娘说了算）问我：“孩子，你就那么想荡秋千吗？”我不知道该怎么回答爹的话，我不知道爹问这话是什么意思。我看着爹的眼睛，点点头。第二天早上，我就看见爹在院子里搓麻绳，下地回来再晚也要搓上一阵子。没过几天，我放学回来，见自己家的房梁上用麻绳吊着一块木板，一晃一晃的。我不知道这是干啥用的，我就想，要是在外面就好了，我可以趁爹娘不在家，偷偷坐上去荡秋千了。这时，娘走过来对我说：“你试试，你爹给你做的秋千好不好？我看比邻居家的还好呢！你爹看你喜欢人家那秋千，人家又不让你玩，咱家也没钱买木头，就想了这么个办法，用麻绳拴在咱家的房梁上，你在家就可以荡秋千了！你爹就是惯着你，他都六十多岁了，为拴这绳子还爬梯子上房梁，多悬呢！”听了娘的话，小小年纪的我笑不出来了。我明白了，爹这两天起早贪黑搓麻绳，原来是为了给我做秋千啊！从那时起，爹就是世上最疼我的人。我那时还小，还不能真正懂得这就是父爱情深啊！当我坐上秋千，娘在后面推我，我的身体被抛在了空中，吓得我一边抓紧绳子，一边叫娘慢点，那时，我和娘都笑了，笑了很久很久……

上学的时候，我就开心地把我家也有秋千的秘密告诉了我的小伙伴们，放学回来，我还把大家领回家一起荡秋千。我笑得像花儿一样，快乐无比，从未有过的欢乐氛围就这样把我包围了。可是，这下可急坏母亲了，她把小伙伴们都撵走，还气呼呼地对我说："这秋千是你爹给你做的，谁叫你领人到咱家的？人家怎么不叫你去玩？这么多人还不得把咱家的房子晃塌吗？你怎么这么不懂事！再领人来，我就把秋千剪了，看你还怎么玩！"娘的话让我的欢乐顿时没了，我记得我的眼泪当时就流出来了。我没有和娘吵架，我只是不再说话，不再笑了。心里充满了对娘的不满，心想：娘和邻居一样抠门，不让大家玩就不玩，我也不玩。从此我也故意不去荡秋千，脸上的笑容也消失了。原来，我真正需要的并不是秋千，而是和同伴们一起玩耍的快乐！现在想起这些，我也能理解娘当年的做法，我们家怎么能面对房子倒塌的危险呢？那时候，任何父母也不会同意的！想想我的养父母做到的这些，就算是亲生父母也做不到啊！虽然我从小不能生活在自己的亲生父母身边，这是一种遗憾，但是我能遇到这样不是亲生胜似亲生的养父养母，也是不幸中的万幸，这份幸福也是弥足珍贵啊！

爱人听了这个故事，拉着我的手说："亲爱的，如果你愿意，我们可以天天晚上荡秋千，我就是你的老伙伴，我陪你荡到老，荡到爬不动为止，好不好？"听了爱人的话，我没有说话，不知道什么样的语言可以表达我的感动和快乐！我只是把头紧紧地靠在爱人的肩上，任凭幸福的泪水流出来。双手握得更紧了，我们又轻轻地荡起来，荡起来……

从那天起，爱人只要有时间，特别是喝酒回来，就会拉我去荡秋千。小区的夜色里常常有我们一起荡秋千的影子，我的秋千梦伴随着我的爱一起在心中荡起来，荡起来……

2013 年秋

片影迷寒月　李线长／绘

我用秋天的名义爱你

又到了落叶飞舞的季节，又是菊香浸润的日子。我掬一捧秋阳，拾一片枫叶，沿着时光的隧道，走到你的面前，我想告诉你，我用秋天的名义爱着你！

三十五年前，我来了，带着青春的稚嫩，带着对人生的懵懂，也带着对你的寻觅，我走近了你，走进你的视线，成为你的另一半。

三十五年后，我依然站在你的身边，用不再年轻的容颜，用一头成熟的白发，还有一双依然清澈明亮的眼眸，以及一颗鲜活充满爱意的心，伴你左右。

三十五年前，我们用一封封情书，把思念，把爱恋寄托信笺，让它飞跃千山万水，飞过黑土与黄土的界限，只为让我们的爱情天长地久。

三十五年后，我们用一颗不变的初心，让锅碗瓢盆奏出和谐的乐章。锅碗含情，瓢盆生香。生活的点滴化为诗与远方。

三十五年前，我们生活拮据，在最想见面的日子，只能黯然神伤。你在东营看日出日落，一日如隔三秋；我在东北，观月弯月圆，一秋好似三年。

三十五年后，我们有了积蓄，只想携手同行，一起看朝霞满天，一起赏夕阳缱绻，一起上东北下江南，一起漫步海边梦回少年。

三十五个流年，我们同苦共甘，不离不散，佛缘相度，菩提彼岸；三十五个流年，我们爱意不减，生命有限，珍惜遇见；三十五个流年，我们相依相伴，只为白头那天，我是你的拐杖，你是我的靠山。

就让我用秋天的名义爱你，在今后的每个秋天，我都会为你采撷一抹金黄，收藏一束秋阳，让你心花怒放。就让我用秋天的名义爱你，在今后的每个秋天，我都会为你诗意流淌，煮字生香，让你的生活充满阳光。就让我用秋天的名义爱你，在今后的每个秋天，我都会为你的健康保驾护航。就让我用秋天的名义爱你，在今后的每个秋天，我都会分享属于你的快乐时光，用温情点燃你生日的烛光，用爱意让你心中的美酒飘香！

2018 年秋

双鹤图　李线长／绘

和你一起幸福

在秋意浓浓的九月，我和你一起幸福着。窗外的落叶在风中飞舞，带着红与黄的斑斓，带着诗意的律动，也带着你的深情，它们忘我地跳跃。那些飘落的树叶，仿佛梁山伯与祝英台化成的精灵，在秋季里为真爱歌唱。

在美好的回忆里，我和你一起幸福着。那年的雪花，仿佛知道你的秘密，在你千里追梦的路上，为你披上银色的外衣。我不知道雪花到底是为了装点你的纯洁，还是考验你的诚意。我却知道你的出现，让我的生命从此有了色彩。

在温馨的家园里，我和你一起幸福着。三十六年的爱情之树，不仅茂盛，更繁花似锦，硕果飘香。上苍不仅赐予我一位坚强睿智的爱人，锐意进取的儿子和贤淑聪慧的儿媳，还格外开恩赐予我聪明伶俐、漂亮可爱的小孙女。天伦之乐莫过于此。是不是你的善良和温情感动了上苍，让我们的爱情和幸福得以延续？

在暖意融融的祝福里，我和你一起幸福着。世界上最刻骨铭心的情意是爱情，那是幸福到骨子里的情，是别人无法体会的。最温暖的是亲情，那是血液流动的温度，也是每个人的港湾，不可或缺，无可替代。最知心的是友情，人生的每个阶段都有不同的风景。童年的发小、同学、同事、老乡、邻居等都有可能成为一生的朋友，成为没有血缘关系的“亲人”。生命里没有朋友就像佳肴里没有盐，那该是怎样寡淡无味？生活里没有亲情就像一棵树只有树干和枝杈，却没有一片叶子，是不是过于单调和萧条呢？今天的我，不仅拥有一生挚爱，还有至暖亲朋，这种幸福是多么厚重而饱满。我愿意永远和你一起，体验这温暖如春的幸福！

在儿子儿媳的成长中，我和你一起幸福着。我生日前夕，他们张罗着订酒店，邀请亲朋好友参加我的生日宴席，买礼物，选蛋糕，整整一个星期，小两口都在做着充分的准备。这份血浓于水的爱，融进了他们的辛苦筹备中，让我真切地感受到有儿子真好！有儿媳真好！有孙女真好！他们的体贴和关心让我真真切切地体会到累并快乐的真正含义！

我们还不算太老，还能发挥余热，为孩子们再做贡献。是啊，从前在工作岗位上，你大小是个领导，没日没夜地加班，脑子里都是工作，眼睛里都是上级下级，心里都是业绩。如今为了儿女的工作能够踏实，为了他们的生活能够轻松愉快，我们挑起了买菜做饭、打扫卫生、照顾孩子的重担。把当年因为工作太忙，留下的遗憾，都实现在孙女身上。只要看到小孙女可爱的笑脸，听到小孙女一声声“爷爷”“奶奶”的呼唤，再苦再累心也甜。

在相守相望的朝朝暮暮，知冷知热的每日每夜，不离不弃的今生今世里，我和你一起幸福着。深情不如久伴，三十六个春夏秋冬，风化了一指流沙，苍老了一段年华。任岁月变迁，任沧海桑田，我都愿意和你相依相伴，相携白首，共话桑麻！我愿用爱点缀每一个晨昏与月夜，共同幸福地度过每一个心跳的瞬间，每一个余下的不老时光！

亲爱的，让我们一起幸福，举杯同醉，相惜余生，共迎夕阳！让我们在夕阳里舞蹈，在夕阳里沉醉，在夕阳里沐浴我们不老的爱情！

2020 年秋

做你生命中的秋阳

今天，我持一份秋天的浪漫，守一份安然的心境，拥一份馨香的素雅，怀一份浓浓的爱恋，将落叶飞舞的旋律写成生命的书签，告诉你，我愿做你生命中的秋阳，每时每刻温暖你的心房！

今天我想摘一片白云，用淡雅的色调，涂抹你我余生的岁月。让秋天的湛蓝浸润我们的双眼，让秋的果香熏陶我们的灵魂，让丰收的喜悦冲淡我们的疲惫。我想把春华秋实的丰盈，写成诗行，我想要告诉你，我愿做你生命中的调色盘，给你五彩斑斓的世界！

今天，我想捧一个红红的苹果，给你平安康泰的祝福；我想让你穿上我给你买的新衣，令你充满活力；今天我想牵你的手一起合影，在未来的日子慢慢欣赏；今天我想为你唱一首歌，它的名字叫《相伴一生》；今天我想告诉你，未来的日子里，有我陪你，做你生命里的拐杖！

今天让我用一颗诗心，向你倾诉爱的衷肠：无论秋天的金黄怎样渲染季节的变换，萧瑟的秋风怎样带来冬的寒凉，我只想对你说，今生我们相依相伴，一起守候当下的幸福，一起慢慢变老！老到哪也去不了，我依旧是你生命中的秋阳，点亮你生命的光！

2020 年秋

七月心曲

七月燃烧着青春的懵懂，也编织着爱的温度。

三十五年前，丘比特在七月的某一天撒下一把流光，让有情人能够相遇。于是，二十一岁的我，便从遥远的松花江畔，只身来到胜利油田，寻觅我的血亲。

不早不晚，就在我找到了那个陌生但却真实的父亲与兄长，原本准备安心地回家时，你出现了。在这个拐角处，在这个对的时间，我们遇见，偏偏谁也没放手。

你有太多理由不见，因为，正有一位女性在你的眼眸中停留。我也可以放弃，因为也正有另一位男士等待我的出现。可偏偏我们遇见后谁都不肯离开。也许对我们双方来说，对方不一定是最好的选择，无论是物质条件，还是自身素质。我们都是穷孩子，也都是吃过太多苦的人，我们有理由选择条件更优越的人，也有理由拒绝穷苦的生活。但是，你选定了我，我接纳了你！没有为什么，只有心知道。

有人说，婚姻对于相爱的人来说，没有最好，只有最合适！现在想一想，我的定位是多么正确：我择偶的标准一是善良，二是疼爱，三是有才。善良的人能与我同风雨，共患难，一起扛起养父母的重担！只有真心疼爱我的人，才能给我温暖，为我的生活带来光明。有才学的人才受人尊敬，能有出息。什么农村城市，什么个子高矮，什么有钱没钱，什么家庭条件，当时，我并没有考虑过。是我阅历太浅，还是缘分使然？今时今日，我无怨无悔，如果有来生，我的选择还是你，还是那个用一封信，一首诗打动我的人！

就在那骄阳似火的七月，两颗心擦出火花，我们情定今生！

经过三百六十五天的漫长等待，经过一只只鸿雁的传信，经过思念的煎熬，经过责任与义务的考验，经过情爱的坚守，在1984年的七月，也是火热的七月，我再次踏进这座城，这座已经成为了有爱的味道的胜利油城！就在三十五年前的今天，我义无反顾地走进你用满满的爱，为我搭建的婚姻大厦，我张开稚嫩的翅膀，飞向属于我们的天空！

我不知道这片天空将来会不会有乌云，有风雨，有霜雪，我只知道，这片天空有你，对我来说便是拥有一切！有雨，你会为我撑伞，有雷，你会为我捂住耳朵，有雪，你会用身体为我取暖！

三十五年过去了，时光如同沙漏，一点一点流去，而我们的爱依然停留在沙漏的底端，任时光荏苒，任岁月蹉跎，任皱纹写满容颜，任脊背渐渐驼弯，我们的爱不移，情不变！

三十五年里，我们被打磨得如同一枚琥珀，早已晶莹剔透。也许几千年前，我早已把一颗纯洁无瑕的心灵埋在了你那颗高洁挺拔的松树下，经过日月光华，经过世事变迁，它变成了一枚有灵性的琥珀，在今时今日，它化作血液，流动在你我的心间，在我们的心里燃烧。你有没有闻到那沁人心脾的松香？它在我们的心灵里摩擦起电，你有没有感受到那电流的震撼？它不似钻石般璀璨，也无翡翠般夺目，但是，它有自己独一无二的温润！它就是你的品格，它就是我的化身，七月琥珀，情比琥珀更润心田！

岁月弹指刹那，沧桑不掩风华。

余生，让我们邀明月共舞，裁云朵为裳，拿起生活的玉梭，织出最美的锦帛，云淡风轻地观赏人间最美的烟火！

2019年7月18日

守候幸福

时光带走了我五十五年的岁月，剩下多少我不知道，但我愿意把剩下的每一天都过成绽放的花蕾，带给我的亲人香的韵味、带给我的朋友美的感受、特别是带给你——我的爱人幸福的味道。

是啊，人生的河流有短有长，这不是谁都可以主宰的，但是我们可以主宰它的宽与窄、高与低，不是吗？

五十五年的岁月里，我经历了我们这代人必须经历的苦难、艰辛，那是生活赠予我的一笔特别的财富。在那个年代我必须选择承担与坚忍，也正是因为我经历了那些灰白色的童年，经历了那些噩梦般的青春，经历了婚后忘我的奋斗，今天的我才懂得幸福的弥足珍贵，才更加懂得我们应该抓紧每分每秒去热爱生活、善待生命。

儿子从咿呀学语到如今顶天立地，这期间有我们多少个日日夜夜的守护，多少个大病小灾的陪伴，多少次逆反的煎熬，多少回考试、工作、娶妻生子的焦急与担忧……一眨眼，三十二年过去了！

三十二年，春风吹拂着嫩芽一天天成长，他长成了参天大树，秋风也毫不吝啬地让我皱纹丛生，成为一个温厚祥和的没有脾气的老人。

小孙女的出生让我华丽转身，成为人人羡慕的奶奶。啊，又一颗嫩苗破土而出，迎着三月的春风，迎着四位长辈期待的目光，迎着还没有完全褪去稚气的年轻父母的懵懂爱意。小生命的到来让原本三个小家庭迅速融合为一个大家庭，六个人的保教队伍自发组建成功。小生命的一声声啼哭就是一次次战斗的号角，号角吹响了，吹生了队伍的激情与斗志，什么病痛都跑到九霄云外。小生命的一个微笑，就是对我们最大的奖励，小生命的一个个拥抱，更是对我们莫大的鼓舞，小生命咿呀地叫着奶奶，就是一支支兴奋剂，让人累并快乐着。人前人后我讲述的是小孙女的点点滴滴，家里家外我谈的是小孙女的微妙变化。朋友们戏说：你们现在是唯孙女马首是瞻哦！回顾这十一个月，我是和孙女一同成长的。我们一起看书，一起听歌，一起玩玩具，一起笑，一起做游戏。为了小孙女的健康成长，我每天要学习育儿新知识，掌握辅食的制作方法，把握孙女的每个细微变化和成长规律，捕捉孙女的每个敏感信息，用相机和文字记录孙女每个阶段的成长状态。点点滴滴都是爱的足迹，件件往事都是幸福的回忆。

守候幸福，幸福在生活的点点滴滴里。一句简单的问询，一个关爱的眼神，一个甜甜的微笑，一碗热乎乎的稀饭，都是家的温暖和爱的沉淀。

守候幸福，幸福在爱与被爱的默契中。时光匆匆，留不住初恋的激情，留不住热恋的温馨，可岁月的剪刀，却剪不掉爱的初心。哪怕再忙，一个倾诉的电话；哪怕再累，雨天的一个叮咛；哪怕再晚，黑夜里一句抚慰；哪怕再难，节假日一个相守，都会让爱与被爱的人心生暖意。

守候幸福，幸福在天伦之乐的轮回里。何谓天伦之乐？天伦之乐就是父母与子女、祖辈与孙辈的温暖互动。没有切身体会的人是不会真正懂得其中的乐趣的。那是妙不可言的乐趣，那是无可替代的乐趣，也是最揪心最挂心的乐趣。这乐趣的前提是要有交心的融合，一旦打破交心，变成裂痛，何谈天伦之乐呢！能够拥有天伦的并不少见，真正拥有这种快乐的人并不很多！守候这样的幸福才是人生幸福的极致！

守候幸福，幸福在诗情画意的童心里。闲看云卷云舒，静赏花开花落。这是退休老年人的幸福心境。只有懂得夕阳煮酒的甘醇，才能品味一茶一叶的芬芳。丰盈的灵魂，是不老的神器，是不灭的童心，是年轻的秘密。

我愿意在余后的每一天里，掬一瓣心香，善待每个遇见的人，感恩所有亲朋，铭记所有尘缘。守候着这份妥帖的幸福与温暖，在人生的秋冬之季，用真爱谱写诗情，用真情描绘画卷，用流淌的热血，去翻阅生命的每一页，用佛心静待花开，用禅思写意生命的璀璨！

让我们一起守候我们已经拥有的幸福，守候心灵深处那份静美，守候我们不老的爱吧！

2018 年冬

我的五十五岁生日之际

岂非淮边老寿民　李线长／绘

芦雁 李线长／绘

荷花亭亭蓼花齐　李线长／绘

“槐”念

戊戌四月，我带着心梦，走进孤岛，走进了槐树林。

朋友们在林中奔跑，尽情地呼吸着大自然的清新气息。孩子们在林中嬉闹，尽情地释放着原始的野性。姐妹们三三两两地挖野菜、采槐花，准备着户外的午餐。

而我却不惊不喜地靠在一棵粗壮的槐树上出神，抚摸着那粗糙的树皮，内心却柔软得想要流泪。仰望着树上的绿叶，恍惚间却成了思念的帆。再看那串串淡绿的、翡翠般的、还未开放的槐花，嘴里便有了甜甜的味道。阳光在树林间穿梭，泪水在眼眶里涌动，不知是阳光刺痛了我的双眼，还是梦刺痛了我的心。坐在树下，我轻轻地闭上眼睛，恍惚间从前的故事向我慢慢走来……

三十三年前的夏天，二十二岁的我，找到了离散二十年的亲人，从东北回到了山东老家，见到了陌生的哥哥和父亲。哥哥领我给母亲上坟，带我走进了一片槐树林。那片槐树林很小，那些槐树很细，槐叶并不繁茂，可那槐花香让我回味至今。那是哥哥亲手栽种的槐树，那槐树的每片叶子，都有哥哥的泪水和汗水。那是爱的记忆，是思念的延续，是哥哥的“槐”念啊！

听哥哥说，当年母亲的小院里有一颗老槐树，年年月月，老槐树陪伴着妈妈的悲欢，也陪伴着妈妈的辛劳。春天，妈妈会采摘槐花给家人烙饼。夏天，妈妈常在槐树下，听着知了的叫声缝补衣衫。秋天，妈妈会清扫槐叶用来烧火做饭。冬天，妈妈便把玉米挂在槐树枝上晾晒。老槐树一年四季都陪在妈妈的身边，不离不弃无怨无悔。老槐树成了妈妈的影子，看到槐树便想到了妈妈。

后来，哥哥外出玩耍，回来看见妈妈睡在老槐树下，和老槐树一样无声无息。哥哥不管怎样哭喊，妈妈却始终没有醒来，只有风吹老槐树的叶子沙沙作响，伴随着不到两周岁的我的懵懂哭声，这一幕深深地烙进八岁哥哥的心里。只要听到槐树叶子的沙沙声，哥哥便想起我的哭声；只要看到槐树的身姿，他便忆起妈妈的音容。妈妈和我还有老槐树一起走进哥哥的梦里，再也没有走出来。

再后来，哥哥长大了，成了一名石油工人。但每年妈妈的祭日，不管多远多累，哥哥都会找一棵大槐树，在槐树下祭奠妈妈，与老槐树说说话，就仿佛在和妈妈说话一样。

哥哥说，他忘不了妈妈慈爱的笑容，忘不了妈妈给他讲的故事，忘不了妈妈给他做的新棉袄，也忘不了妈妈做的玉米馍馍……

哥哥说，两岁的我没有记忆，不知道没有了妈妈是多么残酷。父亲不会做饭、不会做衣服、更不会拥抱我们。“世上只有妈妈好”不是随便唱的，没有妈妈的孩子深有体会。妈妈走了，我们兄妹三人开始了喝凉水、吃邻居剩饭的日子。哥哥实在饿得受不了，竟然跑去邻居的马圈偷吃马料，那马料就是豆饼渣子。难为哥哥小小年纪还想着家里的弟弟和妹妹，就用衣服包了一些豆饼渣子回来。我五岁的二哥吃得最多，我太小，吃得少。不一会儿，大哥二哥肚子疼起来，幸亏大哥忍着痛，去找邻居，邻居把我们兄妹三人送去医院，大哥和我捡回了命，二哥被活活撑死，也跟妈妈去了远方。

哥哥说，从那以后，父亲对哥哥更加严厉了。因为二哥的死，父亲把气都撒在哥哥的身上，哥哥不仅不能上学，还要每天照顾我，做饭、喂鸡、喂鸭、洗衣服。八岁的哥哥开始过上沿街乞讨的日子，他被人家赶走过，被狗咬过，被大雪冻僵过，小小年纪就品尝了世间的艰辛，早早的就懂得操劳家务，真是穷人的孩子早当家啊！

父亲看到这样的日子实在没法过下去了，在朋友和亲戚的劝说下，把我送给了一对无儿无女的老夫妻。之后，父亲带着哥哥回到老家山东，赶上胜利油田招工，父亲做了一名石油工人。哥哥也慢慢长大了，十六岁也进了油田当工人。

再后来，哥哥又回到老家，想在大槐树下为母亲祭奠。可是，老屋倒塌了，老槐树也被砍了，只有撕裂着伤口的树根还在那儿纹丝不动，仿佛在等待哥哥回来，仿佛懂得哥哥的“槐”念。哥哥没人说话了，堵在心口的槐“念”成了哥哥心中的梦。

再后来，“槐”念越来越深，哥哥梦见妈妈在小槐树林里微笑，小槐树刚刚冒出新芽，新芽慢慢长大、舒展、开花……长成了一棵棵枝叶繁茂的大槐树，妈妈又坐在树下搂着我纳鞋底、讲故事、采槐花……

再后来，哥哥就买树苗、开荒地、栽槐树、浇水、施肥……哥哥经常一个人来小槐林赏槐、采花、与这片小槐树说悄悄话，他想起我这个爱哭的亲妹妹，不知道还在不在人世？过得好不好？为什么会梦到妈妈搂着我？是不是妈妈惦记我？是不是妈妈在托梦让他寻找我？一系列的猜测在哥哥的心里挥之不去。

终于有一天，哥哥决定亲自去东北寻找失散二十年的妹妹。哥哥向单位请假，单位领导得知哥哥要去东北寻亲，既为哥哥的情怀感动，也担心哥哥的安全，就嘱咐哥哥快去快回，万一找不到，也正常，毕竟二十年了，什么情况都可能发生。

哥哥带着父亲病重想要见我最后一面的心愿，也带着满满的兄妹情意，带着领导的支持，也带着妈妈的“嘱托”，一路北上，来到了黑龙江大同村。这是当年我们一家五口相亲相依的地方，也是家破人亡之处。这里有哥哥对母亲深深的怀念，也有他对二哥深深的愧疚。这里是哥哥最想来也最不愿意来的地方。为了我，哥哥还是来了。二十八岁的男子汉，来到当年的小院子，热泪夺眶而出。虽然这里早已面目全非，小院子里再也听不到一家五口的欢声笑语，可是故土的气息还在，亲人的英魂仿佛还在，哥哥怎能不悲痛呢？

哥哥说，寻亲的道路是曲折又幸运的。没想到，两位老人二十年一直在大同村没有搬家，也没想到村民依然记得当年的故事，更没想到两位老人竟然不同意我们兄妹相认。近在咫尺，哥哥却见不到我，只能靠邻居了解我的信息。他得知我生活还算过得去，虽然经济条件差些，还是能够吃饱穿暖，正在读高中，准备考大学。从小没有条件上学的哥哥听到我的情况感到很欣慰。哥哥决心偷偷资助我上学，就打听我上学的学校、班级、名字，牢牢地记在心里，就安心返回山东。虽然千里迢迢没有见到妹妹很遗憾，但毕竟知道了妹妹还活着，而且还在读书，还有比这个消息更令人开心的吗？

哥哥回到单位的第一件事，就是给我写了一封长长的信，并随信邮寄了一套数理化自学丛书，嘱咐我要努力学习，给高家争光，争取上大学，学费哥哥说他会想办法。同时，也希望我好好孝敬二老，他们是我的恩人，必须给他们养老送终。

接到书信的我不知道是该高兴还是该伤感，突然有了哥哥的疼爱和资助，就好像天上掉馅饼，幸福到了极致；突然间知道了自己的身世，又不能不叫我慌乱和迷茫。我把书信和书籍交给养父，两位老人知道瞒不住了，也就一五一十地讲述了收养我的来龙去脉。两位老人让我自己选择去留。我把哥哥的信念给两位老人听，告诉养父母，我一定会给他们养老送终，报答老人家的养育之恩。老人家听到哥哥的嘱托和我的誓言，心里的一块石头终于落了地，同意我和哥哥来往，再有机会可以相见。

后来，我如愿考上师范，也如愿与兄长和亲生父亲相认，我也把亲生母亲的骨灰带回老家，安置在哥哥亲手栽种的小槐林里。

这正应了那句古话："功夫不负有心人，打断骨头连着筋。"哥哥千里寻亲的故事也在我的家乡传为美谈。也许是我与高家的亲情未尽吧！从那天起，从听了哥哥的"槐"念起，我便也有了"槐"念。槐树也成了我的生命之树，槐花也成了我的思念之花。每一年槐花飘香的时候我都会来到槐林里赏槐、采花、回忆……每一年母亲的祭日，我也都会去小槐林里看一看，除除草、施施肥、浇浇水、说说话……

不知不觉，"槐"念也成了我的梦，槐树成了母亲的影子，槐花成了母亲的微笑，槐香成了母亲的味道……

2018 年春

紫绶　李线长 / 绘

特别的母亲，特别的爱

我有一位特别的母亲，她是我的养母。在四十年的朝夕相处中，她给我的爱曾经让我幸福无比，也曾经让我痛不欲生。现在想起来，如同昨日的梦境，清晰而又遥远，深念而又迷茫。这笔财富不是每个人都能遇到或能承受。我是这世界上享有这份特别之爱的人，这份爱又怎能不刻骨铭心呢？

结缘

记忆里，养母是一位干净利索、不苟言笑、说一不二的人。她做得一手好针线活儿，她做的衣服，针脚细密，无人不夸。她总是把头发梳得整整齐齐，不会有一丝乱发。仅有的一身蓝色大襟衣服，每天在枕头底下压得板板正正的，线条分明，任谁看了都会知道她的讲究。后来听养父说起才知道，养母原来是地主家的小姐，家境富裕，从小有丫鬟伺候，女红出色，大小姐的脾气无人不晓。要不是后来政治环境发生变化，实行分田到户，养母怎会跟比自己大八岁的农民养父生活呢。养母的高傲、严厉、讲究自然是幼时优越的生活条件造就的。

养母是小脚女人，这在北大荒大同村里是一道特殊的风景，那些土生土长的东北人，根本不能理解养母一米六八的大个子，怎么会有那么小的脚，脚小得不足三寸，一走三晃，风吹杨柳一般。也因为脚小，养母不能像东北的其他大姑娘小媳妇们一样，下地劳动。大队书记、生产队队长都很生气，难道就要大家白白养活她这个从山东闯关东来的、不能下地劳动的婆娘吗？那年头家家户户穷得叮当响，谁愿意承担别人的劳动呢？养母也是极要面子的人，就主动提出愿意给出工的媳妇们看孩子。这个提议得到生产队社员的支持，有的人就尝试着把孩子送到养母家里，让养母帮忙照看孩子。养母自己没有孩子，对孩子也特别喜欢，照顾得非常细致。有时间还帮孩子们洗衣服、梳辫子，有时候看到孩子饿得厉害，还把自家的粮食煮给他们吃，孩子特别愿意到养母家里去。一来二去，养母看孩子好的名声也越来越响。有的公社干部、老师、医生家的孩子也被送到养母家里，这些有工资的职工们就会给养母几块钱作为报答。养母想不到自己也能挣点小钱养家糊口了，她特别高兴，这是她来东北后最开心的事情。因为她能够常年看孩子，家里的生活也渐渐改善，小日子也一天天好起来，养母也动了想要个孩子的念头。

有一年，一个孩子引起了养母的注意，这个不到两岁的女孩，又瘦又小，经常生病，胆小爱哭，从来都是父亲接送，母亲没有来接送过一次。养母好奇地询问了父亲，才知道这个小女孩的妈妈数月前突发心脏病离开人世，没人看孩子，孩子父亲又不能不到生产队出工挣工分，所以只能把孩子送过来，让养母帮忙照料。通过交谈，养母不仅知道小女孩没有了妈妈，还知道了小女孩姓高，名字叫泉香。她的爸妈也是从山东闯关东来的，是山东老乡呢！小女孩有个八岁的哥哥到了上学的年龄，因为妈妈的去世，做饭、看妹妹的家务就落到这个八岁男孩身上。后来看到，小女孩经常生病，营养不良，男孩子又贪玩，也根本照顾不好女孩，再这样下去，小女孩恐怕小命难保，她才被送到养母这里的。养母听到这里，看到小女孩很是可怜，就主动提出帮助老乡照料这个女孩，不用来回接送了，就留在家里吃住吧！养母善良的举动深深感动了小女孩的父亲，他含着眼泪给养母深深鞠了一躬，就把孩子寄养在养母家里。

养母为这个小女孩洗澡、梳头、做新衣服。一段时间下来，小女孩焕然一新。那个脏兮兮、病怏怏的小女孩不见了，取而代之的是一个精致、漂亮、有灵性的小女孩。养母时时把她抱在怀里，喜欢得不得了。走到哪里便带到哪里，天天给这个小女孩擀面条、蒸鸡蛋，把家里仅有的一点细粮都给这个小女孩吃了。两个月来，养母对这个小女孩的感情，已经是一种特别微妙的不能替代的情感了。

这个时候，小女孩的父亲来接孩子，说是山东老家来人，要他们全家搬回山东。养母知道了这个消息，心仿佛被刀子扎了一下。养母试探地向小女孩的父亲提出想要收养这个孩子的愿望。养母不知道这个要求会不会实现？也不知道这个父亲能不能够舍得把她一个人留在东北？养母只是单纯舍不得离开这个孩子，冥冥之中，感觉与这个孩子特别有缘。小女孩的父亲在养母提出的一刹那愣了一下，他犹豫了一会儿，对养母说，我回家想一想，和老家来的二哥商量一下吧！

养母依依不舍地把小女孩交给这个父亲的时候，视线被泪水模糊了。而小女孩在这个时候也不肯跟爸爸回去，哭了起来。这个场面让堂堂七尺男儿的心震动了，他不知所措，他知道他的决定是这个小女孩一生的幸福所在！是走是留？血缘告诉他必须带走，那是他的孩子，不带走对不起去世的妻子！可是，为了孩子好，留下也许是一条活路，但他们却从此陌路，再也见不到了，那是一生的遗憾。所以，他需要从长计议！这位父亲决定让这个孩子暂时留下，自己一个人回去与家里人商议。

这个父亲走后，养母紧紧抱着小女孩不肯放下，生怕她被人抱走。养父收工回来，养母把发生的一切告诉养父，养父虽然不说，但也是有收养孩子的打算。原来是因为自己已经五十岁了，家庭条件又差，一直不敢收养孩子，怕亏待了孩子，又怕等不到孩子长大，自己就老去了。可自从这个女孩住在家里，养父也早已习惯了三口之家的快乐。现在听说小女孩要跟随父亲回山东，养父也和养母一样想留下这个孩子，这是养父养母一生中为数不多的几次意见统一。

第二天，小女孩的父亲，他山东来的二哥以及小女孩八岁的哥哥一起来到养父母家里。告诉养父母他们商量的结果。可以想象，这个时候，无论对养父养母来说，还是对这个父亲来说，都是悲与喜的撞击。一个急着听到好消息，感觉时间太慢，希望时间再快点。一个因为难以割舍，无法开口，希望时间再慢点！当养母终于听到他们的决定是同意让她领养小女孩时，养母由衷地笑了。她把小女孩紧紧搂在怀里，亲了又亲。她有孩子了，有女儿了！养母的激动可想而知。可是这对于做出这样决定的小女孩的父亲来说，这是多么痛苦的一件事。他自然想带走孩子，可他要怎么抚养？如何安置？今后的路还长，不可能不再结婚，小女孩太小，会不会在新家庭里受委屈？长途跋涉，小女孩能否安全？当然，在温饱尚未解决的20世纪60年代，一个女孩的命运不足以影响一个家庭的命运。这个决定，对于身陷窘境的男人来说，也是情有可原的。何况还有老家兄长的劝说。这个决定的另一个方面，还有养母的善良和对小女孩的喜爱，又是老乡，将来或许落叶归根，他还能见到孩子。小女孩的父亲在说出这个决定的时候还是流泪了，毕竟父女一场，毕竟是妻子留给他的骨肉。没有想到的是，那个八岁的男孩，听说要把妹妹留下，竟然疯了一样扑上养母，一边说："我不要妹妹留下，我不要妹妹留下！"一边抢夺她的妹妹，死活不肯放手。父亲不得不拍了他一下，一边大声呵斥，一边把他拉出门外。

从此，这个小女孩就与他的父亲和哥哥天各一方了，从此她就成了张家的一份子！成了养父母唯一的女儿、心头肉、掌上明珠！

这个小女孩就是我，一个在黑土地长大又回到黄土地的孩子，一个经历了风风雨雨但依然热爱生活的女人。

母女情深

可以想象，这样一对五十来岁的老人，有了女儿，会怎样疼爱她呢？

毋庸置疑，他们是用全部的爱来呵护我的。可以说是含在嘴里怕化了，捧在手心怕碎了！

他们给我起了新的名字——张贵珍，意思是张家最珍贵的宝贝。

可是，因为文化水平有限，上户口时，错把“贵”字写成了“桂”字。又给我起了一个小名叫双喜。据说，收养我后，养父的眼疾突然好了，所以我的小名是双喜临门的意思。

记忆里最难忘的还是养母做的手擀面，那是令人回味无穷的。自从我有了记忆，哦，不！听养父说，自从在张家寄养，养母就每天给我擀一小碗面条，一直到五岁。养父母吃的是窝窝头和咸菜，最多喝一点面条汤，只有我每天才有一小碗香喷喷的、又长又细的手擀面。养母的手擀面，浇上卤子，那叫一个香啊！现在回味起来，还是馋得厉害。可惜，再也吃不到了！有时候我也很纳闷，为什么我天天吃都没有吃够，没有吃厌呢，而现在的食物连续吃两天也就不再想吃了。是当年的白面质量好？还是养母擀面的技术高？至今我的每个生日都要吃手擀面，或是老公擀面，或是自己动手擀面。或许，这也是我思念养母的表现吧！

还有一件事让我每每回忆起来，就会有一种莫名的感觉，以至于只要看见有人穿白衣服、蓝裤子、白球鞋，我就会条件反射地多看几眼，当年养母为我改制衣服的情景历历在目。

那是小学一年级召开运动会的时候，学校要求运动员一律穿白衣服、蓝裤子、白球鞋。这个要求对于现在的学生来说太简单了，可以说，就是偏僻农村的孩子也能做到。可对于我家当时的情况——家里只有两位接近六十岁的没有劳动能力的老人来说——是多么为难啊！养母和我商量能不能不参加运动会？能不能不当运动员？我哭了，我是第一次参加运动会，多么想和同学们一起穿着整齐的白衣服、蓝裤子、白球鞋，举着红旗走过运动场的主席台啊！

养母看着我难过的样子，二话不说就出门了。养母是到邻居家借钱去了。可是，那年头谁家里能有钱呢？何况养父母的年龄大了，没有经济来源，谁又肯借钱呢？养母空手而回，还憋了一肚子气。但视我如掌上明珠的养父母怎能舍得我难过？于是养母想出一个办法，改制衣服鞋子。她把养父多年的白布衫洗了又洗，再用漂白粉漂白，裁剪成适合我个头大小的布片，连夜缝制出来。虽然是有点旧，白里泛点黄，但是，养母的针线活儿是一流的，衣服还是很合身。

至于蓝裤子，养母就把自己的一件每年春节才舍得穿一次的蓝衣服咔嚓咔嚓的裁剪缝接一番，一件八成新的蓝色大襟衣服就变成了一条蓝色小裤子。现在想想当年养母会有多心疼啊，如果不是为了让我高兴，又怎么能舍得呢？

白球鞋要怎么办？养母的针线功夫再好，也做不出来啊！这可难坏了养母，比画了半天，养母还是无能为力。倒是养父的一句话，提醒了养母。养父说，能不能把孩子的黑布鞋染成白的？就这样，养母托人找来几支白粉笔，把我的黑布鞋生生抹成了白色。

我穿上养母给我改制的白衣服、蓝裤子、白鞋，同学们像看大熊猫一样看我，我虽然不舒服，但知道这是爹娘最大的能力了。学校了解我的家庭情况，也就同意我参加运动会。能参加运动会就是我最大的心愿。

几十年过去了，白衣服、蓝裤子、白球鞋的情结一直在我的内心深处挥之不去，每每想起，每每看到，心底都有一种酸楚和甜蜜，因为这里有养父母给我的深深的爱。

养母给我的爱，除了衣食住行的细致周到，最让我无法忘怀的就是她一刻不离的陪伴。

六岁前养母总是牵着我的手，她走到哪儿就领我到哪儿。七岁以后，我开始上学，养母与我必然是要分开的。可是，养母与其他同学的父母不同，养母每天准时把我送到学校门口，每天准时把我从学校接回。我没有机会和邻居的小伙伴玩耍，也没有机会去同学家串门。这一接一送就是好几年，一直到上初中，我对养母的这种做法开始反感。和养母生了几次气后，养母才肯撤退。养母不去学校门口接送，并不是真的不再接送了，而是开始每天准时在家门口接送了。养母在家门口土墙边一站就是一个小时，这道蓝色的风景到底矗立了多少年，我也记不清了。只要认识养父母的，没有一个不被养母的这份执着感动。乡亲们劝说养母不必这样接送，哪个孩子上学放学有人接送了？不都好好的吗？养母不为所动，仿佛这已成了她生活的一部分。

当年我还小，真的无法理解养母的执着，现在想来，这是怎样的一份陪伴与深情啊？

养母每天把我接回家，一边做针线活儿一边陪我写作业。每一次我抬起头，看到养母慈祥的面容，飞针走线纳鞋底的神情，以及那种心满意足，我都会有一种力量，我一定要好好学习，一定要考上大学，不能让爹娘失望！

写完作业，我就帮养母剁菜、喂鸡、喂鸭，或者到房前屋后的菜地浇水、拔草。我很少去同学家串门玩耍，因为我怕养母不高兴，我也很少领同学到家里玩耍，因为我知道养母喜欢安静。我和养母最开心的事情就是一起坐在炕上玩嘎拉哈。别看养母年纪大，我到十六岁还赢不了养母呢！

玩嘎拉哈是东北女人冬天里的一种普遍的娱乐活动！可以两个人、三个人，甚至四五六个人一起玩，没有人的时候，自己也可以玩。嘎拉哈就是猪腿、羊腿或狍子腿上的一块漂亮骨头。一般在生活条件好的人家过年杀猪宰羊的时候，把后脚上的一块特别好看的骨头剃下来，刮干净，打磨光滑，染上颜色，晾干，就可以玩了。这样的骨头最少四个是一组，多了更好。玩法很简单，就是把一个沙包扔到空中，看能蹿几个嘎拉哈，蹿得多的人就算获胜！嘎拉哈的玩法很多，老少皆宜，既能练习眼睛和手的敏捷性，又能经常抬头锻炼颈椎，可以说是集娱乐和锻炼于一体的游戏，这也许是东北的特定寒冷环境，人们创造的一个室内游戏，这种古老的游戏给一个家庭带来了很多乐趣。现在有些孩子只顾低头玩手机，忽视了亲情，也损伤了视力和颈椎！我多么怀念和养母一起玩嘎拉哈的日子，多么想再听到养母难得的笑声，看到老人家玩耍时那开心的笑容啊！

特别之爱

造物弄人，随着我一天天长大，上高中以后，我不知为什么却越来越害怕养母，越来越想躲避养母。也许是养母太爱我了吧，她总喜欢和我寸步不离，不让我离开她的视线一秒，不让我和小朋友一起玩耍，怕我受伤。不允许我去邻居家串门，怕我学坏。甚至不允许我和男生说话！我发现养母越来越多疑，越来越强硬，我开始反感养母，心里话我都是偷偷和养父说，不再与养母一起游戏，一起说笑。我当时不知道，这一转变对养母造成了多大的伤害。

也许是我到了叛逆期，也许是养母本身的性格强势，进入高中后，我竟然与养母常常争吵，有好几次放学我故意不回家，去同学家玩。这可把养母气坏了，也急坏了。她满村子找我，担心我是不是知道了自己的身世，特别是我问过养母自己为何没有兄弟姐妹？为何同学的爸妈那么年轻？

高一的下学期，一件养母最担心的事情还是发生了。在一次放学的路上，我听到大队广播里喊养父去大队取信。我当时正在大队的附近，就直接去大队把信件取回。在路上我拆开了信封，信的内容把我惊呆了。原来是我亲哥来东北找我，因为没有边防证，哥哥几次请求养父接电话，只要他说明是我们的亲戚，边防站就能放行。可是，养父母怕我知道了身世，不安心在东北，怕我跟哥哥回山东，他们就没有女儿了。为此，硬是没让哥哥与我相见。哥哥的这封信是请求养父母允许我们兄妹相认的，还特地说明不会把我要回去，他要报答二老对我的养育之恩。还说我的父亲得了肝硬化，很想见我一面。

看着这封信，我一下蒙了。十七岁的女孩在这突如其来的变故面前是多么脆弱！我甚至不会哭也不会笑了，我就呆呆地愣在路上。我不知道该如何是好，也不知道该不该告诉养父母。该不该埋怨他们隐瞒我的身世？该不该与哥哥相认相见？这些困惑萦绕在我心头。

直到养父来大队取信，在路上与我相遇，养父把我领回家，我才如梦初醒。养父母给我讲述了我的身世，以及收养我的过程。我不得不相信，他们二老，我叫了十七年的爹娘，不是我亲生父母。我不记得我是如何反应的，我只记得自己给养父母下跪，告诉他们自己要永远和他们在一起，我永远不会离开他们，不会忘恩负义！

从这一天起，养母对我的行动看得更紧，我除了上学，所有时间都在家里，真正成了笼中之鸟。她对我的零花钱也时常检查，生怕我攒钱跑回山东。对我的书包乃至作业本也要检查，看我是否和哥哥通信。这样一来，本来开朗活泼的我变得沉默寡言了。而我也不知道该如何与养父母交流。我真的好想与哥哥相认，希望有哥哥保护的感觉越来越强烈。我越是沉默，养母的脸色也就越难看，养母脸色越难看，我也就越不敢随便说话。这样的生活让我感觉时间特别漫长，总是想流泪。

我就在这样备受折磨的生活里度过了两个月，学习成绩一落千丈，语文期末考试竟然不到八十分。当养母知道我的学习成绩下滑这么快，就产生了让我辍学，招养老女婿的想法。

无巧不成书。这个时候，生产队也开始实施包产到户。养母以没人种地，我学习不好将来也考不上大学为由，不让我继续念书，并给我说了一门亲事，对方也是山东人，三十多岁，愿意入赘我家。养母的这一安排让我痛不欲生。一来我的学习成绩一直是班里的前三名，只是最近心情低落影响了我的学习，况且，我的理想一直是上大学。二来这门亲事太突然，我还是一个十七岁的少女，怎么可以给我找一个三十多岁的老男人呢？

我当时听了养母的这个决定气得浑身颤抖，我狠狠地瞪着养母说了一句狠话："你不是我的亲妈，你要是我的亲妈就不会这么做！"就是这句话把养母气坏了。她一边敲着我的头，一边数落我："我不是你的亲妈，我对你不好吗？你亲爹不要你，我养大了你，你学了文化，就翅膀硬了，就忘恩负义了！现在家里分了田地，你爹老了干不动，你不干谁干？不招养老女婿谁帮你干活儿？年龄不大谁愿意入赘？你要是不同意，就走吧，找你的亲爹去吧！我不拦着你，我早就看出你变心了！"

养母的话让我彻底绝望了！那一时刻，我对养母的爱全部消失了，我觉得活着没有意思了，不听话就是忘恩负义，要是听话就是下地狱！我当时还小，没有站在养母的角度、站在当时的家庭状况的角度思考问题，只是觉得养母不是亲妈，对我太狠了，我没办法活了，当时只觉得自己一下子从天上掉到地下，我活不了了！

当天晚上，我偷偷给养父写了一封信，感谢他的养育之恩，也请他原谅我的不孝。之后给我的班主任于老师写了一封信，说了养母让我辍学，给我招养老女婿的事情，感谢老师的培养，来生再报答。傍晚，我趁着养母不注意，偷偷把给养父的信放在养父的枕头下面，又轻轻走出家门，来到老师家里，与老师、师母聊天，趁他们不注意，我把信放在被子下面，然后向村东头的一口枯井走去。

也许我命不该绝。我走后，师母立刻发现了我的信，就与于老师一起骑车追上了我。于老师和师母把我拽回家，把我狠狠地训了一顿。我在于老师家放声大哭，把这几个月来压在心底的痛苦统统讲了出来。于老师和师母听后耐心地给我做工作。于老师说："傻丫头，你怎么能想轻生呢，你的生命不仅仅是你的，两个老人含辛茹苦地把你养大多么不容易，他们对你的付出比任何父母都要多，因为他们年龄大，没有劳动能力，家庭条件不好，又要供你读书，还要你生活得不比别人差，这有多么难啊！你还没有报恩，还没有孝顺他们，能死吗？你死了他们怎么活？你这是对生命、对老人的不负责任，你懂吗？"于老师又说："你养父母所做的一切，都是因为爱你，他们太怕失去你，失去你他们就失去了一切。他们原来没有你，可以活得很好，有了你再失去你，他们就无法生活了，这会要了他们的命的！他们看着你，是怕失去你，他们不让你跟别人玩，不让你串门等等，都是怕你知道了自己的身世会离开他们啊！他们虽然说让你辍学、招赘，那都是为了要绑住你，怕你跑了！这是他们给你的特殊的爱，虽然这份爱带给你的是伤害，但也是情有可原的，你说对吗？"

老师的话就像一盏明灯，点亮了我的心，驱散了我压在心底的迷雾。我愿意和两位至亲至爱的老人重新建立信任，重新找回亲情，我要用实际行动让养我爱我的父母开心快乐起来。我想通了，觉得对不起爹妈，幸好老师把我救下。我愿意和老师一起回家，和养父母好好谈谈。

回到家里，我看到两个老人正在争吵，养父埋怨养母说话难听，养母埋怨养父不看好我。他们看到我回来了，一下子惊住了，那是惊喜？是悔恨？还是害怕？我一下子抱住养母，说："我错了，我再也不跑了，我给你们养老，我就是你们的亲闺女！"

两个老人听了我的话，激动得热泪盈眶，赶紧说："好好，好闺女，咱们还上学，还上大学，不招养老女婿了，地里的活儿爹还能干，能干多少就多少，你好好的就行，我们可不能没有你啊！"

养父母的话再次冲击了我的心灵，我知道我多么糊涂，差一点就铸成大错，他们是多么爱我，就像老师所说，他们给我的是特别的爱，虽然有时候，这种爱并不是我想要的，但这份爱是我必须接受的。

从那天起，我和养父母又像原来一样，开开心心地生活，甚至比以前更亲密。我又投入到紧张的学习中，养母还是每天纳鞋底陪着我，不肯早睡。灯光下，一老一小的身影，映在窗上，格外温馨。

老师也根据我家里的实际情况，帮我申请了半学半农。上午在学校上学，下午在家管理责任田，老师晚上亲自给我补落下的课程。

功夫不负有心人，经过两年的苦学和劳作，我终于考上了黑龙江富锦师范学院的绥滨分校，如愿以偿地成为一名大学生。家里的农田也是大丰收，收入完全能够维持一家三口的生活。我和养父母的感情也是与日俱增，相互疼爱，彼此信任。

1984 年大学毕业后，我征得养父母的同意，带着他们一起回到山东老家。他们也算落叶归根，我也与亲生父亲、哥哥、弟弟和妹妹相认，了却我多年的心愿。

为了更好地照顾两位老人的生活起居，我一直让他们和我住在一起，哪怕是结婚后，哪怕是单位只有一间房，哪怕是十年、二十年、三十年……在我的生命里，我已经离不开两位老人的陪伴，老人也离不开我的存在，哪怕是一天的分离。

结婚后的第八年，1990 年 4 月，养父因肠癌医治无效永远地离开了我。养父的离开虽然给养母很大的打击，但是有我和先生的精心照料和陪伴，养母又享受了十七年的幸福晚年。直到 2007 年 10 月，养母因突发脑溢血去世，享年八十八岁。

从 1963 年我来到张家到 2007 年养母离我而去，我和养母的母女缘分整整持续了四十四年。四十四年里我们朝夕相伴，早已情浓于血，不是亲生胜是亲生。我们爱过也恨过，我们争吵过也拥抱过，我们一起哭过也笑过。每当夜深人静的时候，每当秋叶黄了的时候，我都会无比思念养父母，无比怀念我这个特别的母亲，也怀念那些特别的爱！

2012 年冬

养父的两件憾事

一年一度的寒食节，我看着为养父准备好的“棉衣棉裤”，看着那些鸡、鱼、肘子、面点等供品，看着养父那慈祥、憨厚、依然亲切的黑白照片，一幕幕往事涌上心头。

我想起养父病危时他紧紧握住我的双手不放，想起养父看我时那深爱却又透着悔意的眼神，想起养父弥留之际对我说的：“闺女，爹这辈子有两件憾事无法挽回了，这两件事压在爹的心里很久了，爹想和你说说，你可愿意听听？”

我含泪使劲儿点了点头，便坐在养父的床边，双手依然放在养父的大手里，静静地听着养父吐露心声。

原来养父小时候在老家昌邑跟着爷爷念书，爷爷早年是私塾的教书先生，家里虽然不是大富大贵，也算殷实。养父是家中老大，养父从小就跟着爷爷习文断字，练习珠算。养父的毛笔字在村里是小有名气的，逢年过节，就有邻居上门求写对联。养父十三岁就被商家请去帮忙盘点货物。当年鬼子进村，爷爷死于乱枪之下，养父随着村里人一路出逃。若非如此，也许养父会有不一样的人生。也许从文、也许经商，也许……

世界上没有也许，养父出逃后，跟着村里的一些年轻人去了东北。先是在煤矿当矿工，后来又在小白铁路站当修道工，再后来，他怀着对日军的刻骨仇恨，参加了当地的抗联，随着抗联辗转各地，在枪林弹雨中成长。

在一次战斗中，二十几个战友全部阵亡。养父从死人堆里爬起来，找不到自己的队伍，又饿又累又怕，便在村里偷偷住下来，成了地地道道的农民。

养父回忆起这段往事的时候，流露出深深的悔意。养父说，如果当初不是害怕，如果去找组织、找队伍就好了。就算死了，也是一名光荣的抗日战士，也不至于后悔几十年，越想越觉得自己窝囊，都替自己害臊啊！

我问养父："那你是不是叛徒？"养父赶紧解释："不是，不是！怎么能当叛徒呢？我从来没有出卖队伍、出卖组织啊！"养父说，也就是这个贪生的心理，他才一直在东北生活，不敢回山东老家。怕家乡的人问起来，怕给爷爷和家人丢脸。一个人在外，想家、想娘、想亲人的感觉真苦啊！

养父把这段不光彩的往事深深地埋藏在心底，不敢对外透漏半个字。其实，养父只是与组织失散而已，他老人家白白懊悔了几十年，白白地让内心的枷锁捆绑了这么久，如果不是感觉大限已到，养父还是不会把这个遗憾说出来的。

养父的第二个憾事，也是我的心结，是我最不想回忆、不敢面对的一次噩梦。

那年我十七岁，念高一。养父已经六十八岁，在那个年代的农村，他可以说是头发花白的老人了。养父的身体大不如前，种地干农活儿已经很吃力。偏偏这个时候养父得了白内障，看不清是苗还是草，也看不清人的面孔，常常认错人。我们这个老弱的三口之家，生活更加艰难了。

尽管我上学前和放学后的全部时间都在自留地里度过，我们的自留地还是一片荒芜。面对这种局面，养父做出一个无奈的决定，就是让我辍学、种地、招养老女婿，维持家庭生活。

得知养父的这个决定，我如同晴天霹雳，我不敢相信一向爱我如同掌上明珠的父亲，怎么可能这么狠心？

我记得小时候爹爹特别疼我，我的童年几乎是在爹爹的肩膀上度过的。

我记忆最深的就是自己坐在养父挑粪的土篮子里去自留地的情

景。那时大概也就三四岁吧，爹爹的扁担一头挑着肥料，一头挑着我。到了自家的地头，就把我放下，让我自己捉蚂蚱、逮蜻蜓，爹爹在自留地里给庄稼施肥、除草、侍弄那些维持一家生命的玉米、大豆等农作物。爹爹累了渴了，才会到地头歇歇，喝点水，顺便把我抱在怀里，给我擦擦脸上、手上的灰土。这时，我总是趴在爹爹的背上，央求爹爹给我唱歌、给我烧蚂蚱吃。

如果农活儿很忙，爹爹就会板着脸说："自己逮自己烧，我哪有空？"说完就赶紧起身干活儿去。可我却常常拉着爹爹的衣角不放，爹爹又舍不得我哭，只好把我举过头顶，让我坐在他那并不年轻的脖梗上，一边走一边给我唱歌。至于爹爹唱得好不好，唱的什么歌我早已不记得，只记得爹爹的肩头是我最快乐的地方。

有时，农活儿不是很忙，爹爹就会和我一起捉蚂蚱，一会儿就能捉一兜子。爹爹用土块搭建一个临时灶台，找一些干树枝或干草，点上火，把蚂蚱一只一只地放进去，闻到香味就可以吃了。那年头也就过年和中秋节才能吃上一点猪肉，平时炒菜连豆油都不舍得多放。孩子们都是夏天烤蚂蚱、烧豆虫，冬天烧麻雀、烧江蛙来解馋。也许，吃烤蚂蚱才是我乐此不疲地缠着爹爹去田间地头的目的吧。

还记得我和爹爹一起卖李子的故事。那是我五六岁的时候，家里有四棵李子树，结的果子又大又甜，街坊邻居们都喜欢来吃。因为家里太穷，每到李子成熟的时候，爹爹都会用土篮子把李子挑到集市上去卖。

那年我也非要跟着爹爹去，爹爹没办法，只好一手扶着担子，一手领着我，一路小跑到了集市。爹爹让我拿着袋子收钱，自己一边吆喝叫卖，一边摆弄筐中的李子，把大个的紫红的摆在上面，吸人眼球。我记得那时才三分钱一茶缸，两篮子都卖完也就几块钱。

到了中午，又饿又累的我看着集市上那香喷喷的肉渣子饼，不住地舔嘴唇。爹爹狠狠心，让我拿出一角钱去买三个饼来吃。我连蹦带跳地买回来，爹爹拿出一个用纸包上，说带回去给我娘尝一尝。再拿出一个给我吃。另一个放在一边，嘱咐我不够再吃这个。我狼吞虎咽地吃完饼，爹爹一口也没舍得吃，他把那个饼也拿给我，让我接着吃。我那时也懂事了，尽管还想吃，也知道父亲一口没吃，自己不应该再吃了，就说什么也不肯吃，非让爹爹吃。爹爹生气地嘟囔："你这孩子，我这么大人，吃这有啥用？你小，正长身体，你多吃点才是。"爹爹一边说，一边硬是塞给我，看着我吃完才露出笑容。

卖完李子，爹爹把钱数了一遍又一遍，小心翼翼地揣在怀里，兴高采烈地拉起我急忙往回赶，家里的自留地还等着爹爹回去伺候呢！爹爹看我走得累了，就背起我，空担子在爹爹的肩上，也在我的身前来回摇晃，我不知不觉睡着了。睡在爹爹那宽阔厚实的背上，也睡在暖暖的父爱里。

我还记得上初二的时候，父亲割玉米秆子不小心把腿割伤了，不能下地干活儿了。我要请假帮父亲割玉米，父亲说什么也不同意。父亲说："傻闺女，学习可不能落下，落下了就跟不上了，咱家还靠你争光呢。"

爹爹对我的学习特别上心，常常说"少壮不努力，老大徒伤悲""黑发不知勤学早，白首方悔读书迟""世上无难事，只怕有心人"之类的话。常常把我的三好学生奖状和竞赛奖状看了又看，摸了又摸，时不时地问问我学习累不累？有没有不懂的？还常常嘱咐我学习要不耻下问，多向老师请教，多做练习题。对我添置学习用具的需求也是能满足就尽量满足。

这一桩桩一件件事仿佛就发生在昨天，爹爹对我的疼爱近乎宠溺，对我的学习也是格外支持，从小就夸我聪明伶俐，是块学习的料，说不定就能考上大学呢！

怎么突然就变了呢？我好像一下子掉进了冰窟窿，整个人都窒息了。我给两位老人下跪磕头，请求他们放弃这个决定，我答应他们除了上课，其他时间都去自留地劳动。我还说，实在不行我去要饭也不会让全家饿死。我的苦苦哀求没有动摇爹爹的决定。爹爹说养老女婿已经找好，是一个比我大十六岁的从山东闯关东的老小伙，愿意倒插门，愿意为二老送终，只等我同意就可以进门一起生活。

面对这样叫天天不应，叫地地不灵的境况，我绝望了，我无法接受这个现实。十七岁少女的彩虹梦就要破灭了，我不敢想象，今后我要每天面对一个陌生的老男人，每天与土疙瘩打交道，每天……

思来想去，我选择了放弃生命。

我记得那是个雨天，我含泪给爹爹和班主任老师分别写了一封信。在信里，我对父亲说："爹，我爱你，我也恨你。我知道咱家很困难，但是再困难你也不能牺牲我的前途啊！你们的养育之恩我来生再报。我走了。"我给班主任的信是这样的："不能再聆听您的教诲，不能再和同学们一起上课，是我最大的痛苦。我不想在这个世界继续痛苦下去，别了，我的老师和同学们。"

也许命不该绝，当老师看到信，追到村东头的枯井时，我离枯井还有不过十步之遥。我被老师拉回来，训斥一顿。老师问清楚原因，找到我年迈的养父母，说明此事。得知此事，父母被吓得六神无主，老师又动之以情，晓之以理，劝说养父母让我继续完成学业，并表示会尽可能帮助我们解决家庭困难。随后老师果真帮我们向公社申请了困难户，解决了我们一家三口的温饱。我又得以继续上学，能继续圆我的大学梦了。

养父在提起这段噩梦般的经历时，我能够感受到养父的难以启齿，感受到养父深深的痛悔。养父低着头轻声说："闺女，爹对不起你，爹不该逼你辍学，爹糊涂啊！爹小心眼，差点害死你，也害了咱们的家。爹是因为你的亲哥来东北找你，我怕你跟你哥走了不回来了，爹怕失去你啊！"

听着养父的追悔，看着养父被疾病折磨得瘦骨如柴的身躯，看着从养父那深深的眼窝里流出的混浊的老泪，看着养父那热切渴望我能够真正理解、真心原谅的眼神，看着从小到大那么疼爱我、视我如生命、不是亲生胜是亲生的老父亲，我的内心也在经受着爱与痛的煎熬，我和养父的手都在微微颤抖，我们的眼里都是热泪。我终于知道了，养父的"狠心"原来都是爱！我陷入深深的自责之中，悔愧不已。我扑过去，紧紧地抱住养父，轻轻地抚摸养父的后背，一如小时候在父亲怀里的温暖。

现在想想是多么后怕，如果我真的离开了这个世界，爱我的养父母怎么办？谁来赡养他们的晚年？他们的晚年将会多么凄惨？

我庆幸自己得恩师相救，我庆幸自己能与养父重归于好，我庆幸自己终于圆了大学梦，更庆幸能够遇到一位相亲相爱、知我懂我的夫君，和我一起好好报答养父母的恩情。

从沉沉的思绪中醒来，我对着养父的照片，默默自语：爹爹，如果有来生，让我们再续父女情缘，弥补所有的遗憾，让所有的愿望都实现，您在天堂照顾好自己，不要惦念我，我们父女来生再见！

2018年深秋

画兰　李线长／绘

妹妹找哥泪花流

今天是农历七月十四日，我为哥哥准备了一束白菊花，准备明天祭奠离开我整整六年的兄长。

这几天睡不着，哥哥的影子总是在眼前浮现。有时哥哥笑着和我说话，那笑容还是那样慈祥、那样亲切。有时，哥哥不说话，还瞪着眼睛，生气的样子让我有些胆怯，生怕把哥哥气跑了，不再回来。每一次醒来，泪水都浸透了我的枕巾，无边的想念溢满心间，让我无法释怀。

“哥哥”这两个字对我来说来之不易，也可以说是一部辛酸史。从有记忆开始，我就是一个人和养父母生活，没有兄弟姐妹，也没有其他亲戚。没有人和我争抢饭菜，也没有人帮我做家务；受人欺负，没有人替我出气；有了高兴的事情，也没有人和我一起分享。我不止一次地追问父母，我为什么没有兄弟姐妹？每当这时，母亲的脸色都很难看，那眼神似乎要杀了我，吓得我赶紧跑开。每一次的追问都这样不了了之，我心中的疑团也就一次比一次强烈。我多想有个哥哥保护我，就像邻居的小伙伴一样，热热闹闹、蹦蹦跳跳，一起上学、一起挖野菜、一起打架、一起干活儿。从小哥哥这两个字对我来说就异常宝贵，我做梦都想有个哥哥啊！

突然有一天，生产队的喇叭喊了父亲的名字，让父亲去取信。父亲不在家，在自留地里干活儿。我正在放学的路上，听到有父亲的信，就拐弯替父亲取回了信。我看见信里有我的名字，有个哥哥千里迢迢寻找我，恳求父母同意见见我。

养父母把当年收养我的情况告诉了我。听完养父母的讲述就像听故事一样，我反应不过来，脑子一片空白。不像电视演的那样，生气、激动、哭哭闹闹，而是异常的冷静。我相信父亲说的是真的，我真的有哥哥呢，但却不恨亲生父亲把我送人，也不对这个养我爱我这么多年，突然说不是我亲生的父母感到陌生。我只是一时不知如何是好，呆呆地坐在那儿，不哭也不笑，不说也不闹。大家都这么沉默着。

过了好一会儿，我突然意识到，我的养父母是害怕我走了，不要他们啊！我走过去，依偎在爹爹的怀里，就像小时候一样。小时候，打从有记忆开始，我就是这样依偎在爹爹的怀里，听他讲故事，讲他小时候吃白土的故事，讲他差点被狼吃掉的故事，也讲那些妖魔鬼怪的故事……

我用双手擦去爹爹的眼泪，向他发誓："我不管你们是不是我亲爹亲妈，不管他们有没有钱，我不会离开你们的，我要是走了，就天打五雷轰。"说完这话，爹爹一把把我拉进怀里，拍着我的后背说："好孩子，好孩子，爹信你，爹信你！"

安抚好养父母，我的心里却是七上八下的，那个哥哥啥样子？是不是和同学的哥哥一样高大有力？是不是很帅？是不是可以保护我？说实在的，当时，我根本没有想亲生父亲的事情，无爱也无恨。对这个突然冒出来的哥哥反倒是放不下，好想有一天能够和哥哥见上一面啊！

从那以后，"哥哥"这个称呼成了我挥之不去的情结。当时农村正在放《小花》这部电影，唐国强饰演的小花哥哥的形象一下子走进我的心里。《小花》电影插曲《妹妹找哥泪花流》也成了我最爱听的歌曲。没事的时候，我就哼唱，经常哼着哼着我就泪眼模糊了。只要听说哪个村子上演《小花》，我便赶去观看，每看一遍我都会泪流满面，每看一遍我都会更加想念梦中那个哥哥。十里八村只要上演《小花》我都不放过，同学们都说我是追星族，说唐国强是我的偶像，只要知道哪个地方放《小花》，都会偷偷告诉我。

后来不知道班主任于老师怎么知道了这个事情，就找我谈话，委婉地劝我好好学习，不要因为追星影响学习成绩。因为看电影确实占用了不少学习时间，我的学习成绩还是下降了。于老师不得不严肃批评我，并对我提出警告，如果再继续追星就找家长谈话。一向品学兼优的我，从来没有被老师批评过。家里生活困难，能够供我读书已经是不容易的事情，如果父母知道我因为看电影影响学习，一定会很伤心，也许会产生让我放弃读书的念头。想到这儿，我还是咬牙对于老师吐露了实情："我有个亲哥远在千里之外的山东。前不久，哥哥千里寻亲终于知道了我的下落，可是养父母害怕哥哥把我带走，阻止了我们兄妹相认。哥哥含泪返回山东，我们只能书信往来，他希望我能考上大学，我们兄妹再相认。《小花》勾起了我对哥哥的思念，唐国强这个好哥哥的形象让我想着哥哥。"

于老师得知这个原因后，十分同情我，语重心长地对我说："虽然你不是单纯的追星，但还是会耽误学习，为了将来有机会见到哥哥，更应该把学习放在第一位，争取考上大学，不辜负养父母的养育之恩，也不辜负你哥哥的期望，好吗？"老师的话让我猛然醒悟，只有考上大学才能见到哥哥。

我暗暗下定决心：要和小花一样，找到哥哥。只要我上了大学，我就可以见到哥哥了。这个想法成了我学习的动力，我每晚坚持学习到一两点，早晨四点起来背政治和一些数理化公式。因为农村的中学没有实验室，实验方面的试题也要靠死记硬背。因为没有英语课，英语这门学科的分数就是零，其他学科的分数都要高，才能弥补英语的不足。尽管自己已经很努力了，可还是以四分之差名落孙山。

当我得知这个结果，我偷偷跑到亲妈的坟上痛哭一场。我想我就是这个命吧，命里我就只能在农村种地，命里我就见不到我的哥哥。这个时候我有点埋怨亲生父亲为何要把我扔下？为何不能把我带走？尽管心里这样埋怨父亲，还是理解那个年代人们都很穷，饥一顿饱一顿，如果和父亲一起走，能不能活着尚不可知。养父母虽然年龄比我大五十来岁，劳动能力很弱，但至少视我如同掌上明珠，就是亲生父母也不一定如此宝贝我啊！他们把我养大，我一定要给他们养老送终，这样才能对得起良心。这些想法在我十七岁那年就在心里深深扎根了。

俗话说穷人的孩子早当家，在知道了自己的身世后，我就越发成熟了。我想复读一年再高考，一定能如愿以偿的，但我知道我的家庭条件不允许，七十岁的父母没有能力再供我读书，他们需要我挣钱养家，需要我的报答。我擦干眼泪，从容回家，告诉父母，我明天就去生产队劳动，就按他们希望的，招养老女婿，给他们养老送终。

养父母知道我的心气很高，也知道我不甘心，就弱弱地问我："孩子，在农村可就苦了你了，你如果再上一年学，能考上吗？要是能，爹就是砸锅卖铁也让你上学，就怕明年再考不上怎么办呢？要不就找你哥哥去吧，我们不能耽误你啊！"养父的一番话，让我更加坚定了不复读，天无绝人之路，就在这里给他们养老，也饿不死！

第二天一早，我就扛起锄头去了生产队，和社员们一起劳作，做好了一生务农的准备。

也许我命里不该务农，也许上苍看到了我的孝心，我在生产队干了两个多月后，县里就下来通知，招考代课教师七名，我以高分顺利地成为了一名有正式聘书的代课教师，待遇和正式教师一样。全家喜极而泣，老父亲买了二两白酒，母亲割了韭菜，做了一大盘韭菜炒鸡蛋，我还擀了三碗面条，一家人喜气洋洋地吃了一顿。

一年的代课生涯刚满，我又参加代课教师的国家师范考试，顺利地考上了富锦师范绥滨分校，圆了大学梦，也圆了我的教师梦。那时候，老父亲进进出出总是哼着歌，母亲也是笑容满面，村里的老乡和邻居们也都羡慕养父母养了一个有出息的孩子，老来不用愁了。

就在我上师范的第一个暑假，哥哥又来信了，说亲生父亲得了肝硬化，病危，想见我最后一面。一家人看着这封信，内心都很复杂，消失很久的亲生与非亲生的隔阂再一次出现了。养父母的担心不言而喻，他们是善良的老人，担心我回去能不能再回来，又觉得老人病危不让我回去看看于情于理都不合适。我内心也十分矛盾，毕竟亲生父亲病危，不去良心也是不安，何况我又十分想见见哥哥。去吧，看着养父母这么为难，这么担心，我又于心何忍？

最后还是我打破僵局，说："算了，是您二老把我养大，我又不认识他，他也有自己的儿女，我就不去了。"两位老人听见我说这话，并没有如释重负，依然是愁容满面。

两天后，我见到了我的初中班主任于老师，向他说了这件事，于老师说，你别管了，我去找你父母聊聊。经过于老师的劝解，养父母内心的忧愁终于消散了，也非常支持我回去看望病危的亲生父亲，还给了我十五元零花钱，路费由我哥哥邮寄。回头我问于老师是怎么做通两个老人的思想工作的？于老师笑着说："那还不简单，我就问问你们养大的孩子怎么样？是不是善良懂事的孩子？她要是没良心的人，三年前知道了自己的身世，亲爹亲哥都有工作，比你们富裕，人家早就走了，你能留住吗？就算你们不让去，人家不养你，不管你，你能怎么办？亲生儿女不养父母的不也有的是吗？何况你女儿还在县城读书，两年就毕业了，当老师，不用务农，能不回来吗？"于老师就这么一问，不用劝，两个老人就想通了，连声说："去，让孩子回去看看，这样她也不会埋怨我们，我们心里也不用愧疚了。回不回来，就看她的良心吧！"

1983 年的 7 月 16 日，我从绥滨启程，坐轮船到佳木斯，再乘火车前往到济南火车站，等待我日夜想念的哥哥来接我。

我的眼睛一眨不眨地望着站台川流不息的人群，想象着那个"唐国强"哥哥出现在我的面前，我会怎么办？我和哥哥会紧紧拥抱吗？哥哥会不会高兴得把我高高举起？会不会抱着我旋转？不会不会，我已经长高了，哥哥举不动了。哥哥会不会流泪？会不会帮我擦去脸上的泪花？就像"唐国强"给小花擦去脸上的泪花一样？会不会和我打闹，他追着我跑啊跑啊……时间一分一秒过去了，但我感觉好漫长，来来往往的人群里，我仔细地寻找着"唐国强"的脸，我忘记了我的哥哥不是唐国强，我的哥哥是石油工人。

站台上人越来越少，我的"唐国强"哥哥还是没出现，我心急如焚，我情不自禁地哼起了《妹妹找哥泪花流》，我的脸上都是泪，泪水弄花了我的脸。我第一次一个人出远门，在火车上两天三夜没有吃饭、没有挪位置，脸一直朝向窗口，火车的燃煤气尘经过窗口，把我的脸全部熏成黑色。哥哥一直在寻找照片上那个俊俏的女孩，我在寻找“唐国强”，哥哥就在我的身边来回找了多少遍也没认出我，我也没有认出我苦苦寻找的哥哥。是“妹妹找哥泪花流”的歌声让哥哥注意到我。

哥哥一把把我拉住，问：“你是从绥滨来的吗？”

我说：“是啊！”

“你是泉香妹妹吗？”

我说：“是啊！”

“我是你哥泉林啊！”哥哥一边说一边上前，准备接过我的包袱。

啊？我连连后退，仔细看着这个自称是我哥的人。

不对啊，这不是“唐国强”哥哥的样子。我赶忙说：“你不是，你不是，我哥不是这样子。”

“那你哥是啥样子？”哥哥问。

我说：“我哥就像唐国强那样！”

哥哥哈哈大笑起来，说：“那是演员，我就是你哥！你亲哥！”

我看着这个个子不高，眼睛大大的男人，他有着方脸盘、高鼻梁和黝黑的皮肤，穿着不是很干净的灰色制服，我壮着胆子问：“那你说说我爹叫什么？我在哪个学校上学？我多大了？”

哥哥一一回答了我的问题，都是那么准确无误，最后说：“对吧？快走吧，爹和弟弟、妹妹都在家等着呢？再晚就赶不上去东营的火车了！”

我跟着这个我心心念念想见面，却又如此陌生的哥哥走着，心里五味杂陈，七上八下的。没有电影中的拥抱，没有想象中的幸福，只有紧张和不知所措。

哥哥把我带到火车站里的一个小饭馆，要了两碗面条，让我快吃。我看着这两碗面，一双筷子，就向服务员又要了一双筷子，然后默默地等待着哥哥回来。一等不来，二等不来，而我两天没吃东西，肚子里早就咕咕叫了，可我不好意思自己吃啊！心想，这人是我哥哥吗？怎么不见了？是不是坏人呢？临走时，养父母再三告诉我路上坏人很多，千万别让人骗了。想起我的包袱还在那个人手里呢，怎么办呢？他一定是把我的包袱骗走了！想到这儿，我急忙站起身，走出门，看到哥哥没有走，蹲在门口抹眼泪呢！红红的眼睛告诉我，这个哥哥是真的，不是骗子。

哥哥发现我站在门口，起来问我吃完了吗？我说："我在等你来一块吃。""傻妹妹，你这么远过来一定饿坏了，我给你要了两碗，都给你吃的，你等我干嘛呀！我不饿。"哥哥一边说，一边推我回去，让我赶紧吃，火车快进站了，再不吃就来不及了。我吃着面条，看着哥哥，看着看着感觉不那么陌生了，他的一双眼睛炯炯有神，眼神里满是疼惜和亲切。我的眼里也有了泪花，我终于找到了我的哥哥。虽然有点插曲，但是亲兄妹的那种亲近是骗不了人的。

我和哥哥一起登上开往东营的火车。火车上我和哥哥聊了很多很多，聊我的童年，聊我的学习，聊我吃过的苦，也聊两位善良的老人对我的爱，聊我对哥哥的盼望，还聊哥哥这边的生活以及亲生父亲、继母、小弟、妹妹们的情况。一下子有了这么多亲人，对我这个从小只有三人世界的人来说，既高兴又惶恐，我不知道如何相处。哥哥虽然也是初见，但显然是我的主心骨，我对哥哥的话深信不疑，对哥哥的依赖也是与时俱增。哥哥告诉我，继母很好，也是善良的女人，让我叫妈！弟弟、妹妹都是好孩子，如果我见了一定喜欢，将来我再也不是孤单的人了，他们都是我的亲人，我要善待他们，就像善待我的养父母一样。

四个多小时的路程，我和哥哥一刻不停地说了四个多小时的话，我觉得自己已经真正从心底接纳了这个哥哥，我很幸福，很庆幸哥哥能够找到我，我也有勇气千里寻亲，这是天意。有些爱，来得晚些，还是会来的。

妹妹找哥泪花流，这不是电影故事，这是我生命中的一段真实经历。我不仅与哥哥、爹、继母、弟弟、妹妹相认，相处融洽，后来还带着我的养父母一起回到山东，在胜利油田这块年轻的土地上一起生活，一起成长，一起见证亲情无价。我既兑现了给养父母养老送终的承诺，又拥有了兄弟姐妹们的相互陪伴和帮助，可谓人生的幸事。

老天爷总是喜欢开玩笑，就在我沉浸在这亲情融融，倍感幸福的时候，哥哥得了肾病综合征，后又肺纤维化，治疗无效，永远地离开了我们。

我怎么也无法相信这是真的，我的好哥哥，我的兄长，那个让我千里迢迢找得好苦的人，还不到六十岁就离我而去了。我的后半生还是没有了哥哥的陪伴，也永远无法再喊一声哥哥。哥哥这两个字对我来说得之不易，失之匆匆。难道他仅仅是来到我的身边感化我的吗？

哥哥，你可知道你对我来说，是怎样的存在吗？我不能没有你啊！你就这么走了，留下妹妹泪花长流吗？

2017 年夏

品读婆母

都说世界上最难相处的关系就是婆媳关系，都说婆媳两条心，面和心不和。可是，这条定律在我和婆母之间却不成立。结婚三十五年来，我和婆母没有吵过架，甚至没有红过脸，而是像母女一样亲近。

刚过门的时候，婆母家很穷，婆母没有钱给我做被褥，更没有钱给我买家具，甚至也没有钱给我办婚事。所以我和老公为了不让老人为难，结婚的时候没有穿新衣服，也没有操办婚事。只是买了几斤糖果，给同事、同学、老乡们分发一下，就算办婚宴了。婆母常常念叨这些事，每次说起来，总是流露出对不住我的意思。就在我们结婚十五周年的时候，婆母还为我补做了两套被褥，说：“你们结婚的时候实在没钱，其他七个孩子好赖我还都给做了两套，虽然你们不介意，可是一想起来，我心里老是不得劲儿。现在虽然是用你们给的钱，可是毕竟不缺钱了，我亲手给你们补做两套被褥，虽然晚了点，我的心里也踏实了。你看这老粗布我都积攒了好几年了，棉花也是最好的，趁着我还能动，就完成这点心事。”多么勤劳善良的老人啊！

我从小和养父母在东北长大，对山东的规矩不太懂，所以每一次回老家我都很拘束，生怕自己做得不好，让婆母不高兴。可是，每一次回老家，婆母对我都特别关照，拉着我的手，主动问我喜欢吃什么，有什么不习惯的，等等。

最让我感动的，就是婆母得知我喜欢吃手擀面，就在我回家之前，早早擀好了手擀面，等我一到家，就能吃上热乎乎的手擀面。每当我看着、吃着婆母亲手为我做的手擀面，我的眼里总有潮湿的感觉。我想这个待遇一般可是在女儿回娘家时才有的啊，我是何等幸运，我没有亲娘，可是我偏偏却拥有了亲娘一样的婆母。

我想做点简单的家务，洗洗碗什么的，婆母总是不让，怕我弄脏了衣服，又怕水凉冻坏了我的手。也许由于我的身世比较坎坷吧，婆母总是倍加呵护我。

记得那年回老家过年，家里只有公婆住的一个土炕有热气。我们回老家，老人给我们搭了一个简易床，没有暖气，房间和床都很冷。老公叫了我几次，让我去睡觉，让婆母早点歇息，可我在婆母的房间不愿走。婆母看出我怕冷，就说“你要不嫌弃我，咱娘儿俩就在一个被窝里睡吧，这里是热炕头，暖和呀！”就这样每一次冬天回老家，我都在婆母的房间和婆母一起睡。

久而久之，我和婆母无话不说，家里的大小事情婆母都愿意和我叨叨，有时我和婆母拉着手竟然能说上一个多小时。我呢，每一次和婆母坐在一起说话，也不感到生分，看着婆母那弯弯的脊背和慈爱的笑容，听着婆母那爽朗的笑声，还有那拉手说话的亲密感觉，想着婆母生了八个儿女，吃了多少苦，受了多少罪，我由衷地心疼这个娘，不想让老人家再在老家受苦了。

于是我和老公商量把老人接到东营一起生活，让老人享受幸福的晚年，报答老人的生养之恩。老公说：“我当然愿意老娘来享福，可是老人习惯了老家的生活，怕是不会来呀！”我自告奋勇地承担了做婆母思想工作的任务。

我专程回老家，这一次啥也没拿。每一次回老家我都根据季节事先准备两天，想想老人这个季节应该缺什么少什么？吃的、穿的、用的一样不落，大包小包一大堆。这次我故意一点不拿，老人和家人都很奇怪。我趁机对婆母说：“娘，这次我是专门接你来的。你看俺爹走后，你一个人在这一个屋子里冷冷清清的，有点什么情况别人也不知道，我不放心啊！”婆母赶紧说：“有啥不放心的，老三、老四都不远，有事一招呼就来了，我可不去，去了给你添麻烦。”

我知道一句两句肯定说不通，我也不着急，但也不放弃。我又说，现在我和你儿子工作都很忙，没时间回来陪你，你要是去了，我们就不用回来了，那我们就省心省力，工作也能干得更好，你就帮帮我呗？没想到婆母不上我的当，两句话揭穿了我：“你这孩子净会说，孩子小的时候都没能帮你，现在你孩子都大了，也上了大学，不在家，老婆子（养母）也走了，不正好歇一歇，我能帮你啥，还不是给你添活儿。”一计不成，我又生一计。“娘啊，你不知道呀，我妈和我在一起四十多年，现在她走了，我空落落的。你儿子整天加班不在家，我一个人有点害怕。你就去陪陪我呗！等过些日子不害怕了，天气也暖和了，你就回来不行吗？”

好说歹说婆母终于答应来东营住。不过，这次不能一起来，需要收拾一下，还要拆洗几件棉衣和被褥。老公说：“老人能这样答应就很不错了，还是你的面子大呀！慢慢来吧，等老人习惯了东营的生活再继续做工作好了！”

为了让老人生活随便，也为了老家的兄弟姐妹来看老人方便，我们给老人租用一套平房，简单装修一下，就接老人来过冬了。老人来了，虽然多了不少麻烦事情，可是每天能陪老人一起用餐，每天能抽时间和老人一起聊聊，天不冷的时候陪老人散散步，小院子里种点小青菜，和老人一起劳动劳动，星期天和老人一起包饺子，农闲时间老家来人多，亲情味更浓了。我和老公觉得这样的天伦之乐真的很美！

婆母不但善良豁达，而且还聪明有情趣，这对于一个八十多岁的农村老人来说更是难能可贵的。有一次我在家里没事，就和婆母说你要是能给我们打电话就好了，家里缺什么告诉我，我就不用回来再出去买了。无意的一句话，婆母却记在心里。婆母让我把电话记在本子上，说有事好找我们。突然有一天，我的手机响了，是婆母打的，让我买葱。我以为家里来人了，帮婆母打的电话，一问却是婆母自己打的。我不敢相信，婆母不识字，十个数字都不认识，怎么会打电话呢？回家和婆母聊才知道，婆母是照猫画虎，记住了电话号码的。比如 1 是一个棍子，2 是一个小鸭子，3 是弯弯的小蛇，4 是小三角等等，就这样婆母尝试着竟然打通了电话。我真被婆母这样聪明好学，敢于尝试的精神折服。

还有一件很逗人的事情呢！我给婆母打电话，告诉我不回去了，还没等我说再见，婆母却来了句“拜拜”！我笑得停不下来，八十多岁的老人竟然会说“拜拜”，有时和婆母一起看电视，婆母不像其他老年人一样，对电视上的恋爱镜头反感，而是以理解的口气说：“现在都这样，时代变了嘛！”要是看见我喜欢看哪个频道，第二天，婆母一准会打开那个频道，让我看，并且还要给我讲讲我没看到的部分。可见我的婆母是多么善解人意又富有情趣呢！

有一天，婆母突然非要给我五百元钱不可，把我吓了一跳！我想我哪儿做得不好了，怎么婆母突然和我生分起来了呢？原来婆婆看我经常给她买水果、鸡鸭鱼肉，有时陪她看病，老人不忍心让我一人花钱，又不好意思向其他儿女要钱，就拿出过生日时儿女们的孝敬钱，要给我一点当作补偿。婆母的这一举动，深深地打动了我的心，我含着泪把婆母的五百元钱放回婆母的腰包，拉着婆母坐下，对婆母深情地说：“娘，你把儿女们养大要吃多少苦呢？现在你老了，我们养你不是应该的吗？你现在在我这里，我给你买东西，给你看病那也是应该的，兄弟姐妹们愿意拿钱就拿，要是没拿钱，我也不会计较，我怎么能用你的零花钱呢？只要你老人家吃好喝好生活好，开开心心、快快乐乐的，那我们看着就高兴，我们的生活也就开心了！你的儿子工作起来就更有劲儿了！现在我就剩你一个老娘了，你多活一天，我们就有娘可以叫，我们就是有娘疼的人啊！”

说完这些话，我和婆母紧紧地抱了好一会儿，我们相互给对方擦去泪花，我久久地凝视着婆母的面容，我读出了婆母那饱经风霜、坚毅刚强、智慧善良的伟大女性的品德，我也读出了婆母对儿女们深深的爱。我想我能得此婆母，那是几世修到的福分啊！老公看着我们婆媳这样亲和，脸上洋溢着满足的笑容，对我也更加呵护，我们的感情也更加深厚。

记得那年给婆母过八十五岁生日，除了婆母的八个儿女及家人要来，我的亲朋好友也会来，我还邀请了诗词学会的诗友们、书法界的书画大师，歌唱家、京剧和吕剧表演家等，我们给老人家办了一个隆重的生日庆典，老人家乐得合不拢嘴，一个劲儿地说高兴，开心，这辈子没白活，就是让孩子破费了！老人家的善解人意，开明事理，让所有的来宾都竖大拇指，也让我们这些儿女为之骄傲！虽然为老人家办寿花费精力和财力，但我至今不悔，如果在婆母有生之年没能给老人家办场大的宴会，我想今天我会遗恨终生。

婆母虽然生在农村长在农村，但对于旅游也是颇感兴趣。在婆母八十六岁时，我和丈夫就想着带老人家出去逛逛，也算让老人家长长见识，开开眼界，据说旅游对防治老年痴呆有一定作用。因为婆母有晕车的毛病，我还担心老人家不肯出去。谁知，我和婆母一说带你去烟台玩玩可好？婆母竟然十分痛快地答应了。于是我们就准备了两天，带好老人需要的物品，特别是晕车药等常备药，还特地买了两身适合旅游的漂亮衣服。考虑到老人家是裹脚，走路可能不方便，就给老人家买一个简易的折叠推车，放在汽车后备厢，老人累了随时拿出来用。谁曾想，我可爱的婆母开心非常，对什么都感兴趣，甚至历史文物，我想老人不会喜欢听，出乎我的意料，老人听得很是认真，虽然并不一定能听明白，但她高度认真的样子，让年轻人都为之汗颜。婆母虽然走得很慢，却一直不要求停下休息。我担心老人不经常出来，出来一次活动多了，老人吃不消。每次询问老人累不累？老人家都说不累，脸上没有疲惫，相反，眼睛里满是兴奋。

看到老人喜欢出去，我们在同年的秋季又带老人去青岛玩了一次，不得不说，高龄的老人能这么喜爱旅游的也是少之又少的。我们不禁有些后悔，应该早一点抽时间多带老人出去走走，年龄大了，出去还是有些担心，毕竟八十不保年九十不保月啊！

最让我佩服的还是婆母八十八岁高龄的时候，还愿意和我一起去老师家吃饭。五层楼啊，我们年轻人爬都嫌累，婆母竟然不让我们搀扶，自己扶着楼梯栏杆，一点一点地爬了上去，还没有气喘吁吁。老师一家人对婆母的到来也是十分欢迎，专门为老人家做软和可口的饭菜，老人家也是有说有笑，连声说菜太好吃了，还拿出自己的体己钱，给老师家的小孙女。虽然一百元不是很多，但对于一个八十八岁的老人来说也算是一番心意，令人不得不佩服婆母的周到。难怪婆母一辈子没和妯娌们红过脸，没和村里人吵过架，没和儿女们闹过别扭呢！

天有不测风云，人有旦夕祸福。没想到如此开明，如此善解人意的婆母也没逃过老年痴呆的魔爪。就在我的孙女刚刚出生的那阵子，婆母变得多疑，总是怀疑别人拿她的钱。记性明显变差，对过去的事情念念不忘，对眼前的事情转身就忘。每天吃的什么都记不住，刚刚吃完又要吃饭，一会儿不注意，自己就下了楼。夜里总是半夜三更起来翻东西，要不就是说自己的衣服丢了，要不就是钱丢了。没办法，我常常拿出自己的钱，就说找到了，哄着婆母回屋睡觉才好。那些天我又是忙着照顾儿媳、照顾孙女，又要照顾婆母，真是心力交瘁，分身乏术。正好租房也到期，就开始四个儿子轮流照顾，每家三个月。

这样的方式不到两年，老人开始卧床不起，需要一刻不离的陪护。四个儿子商量还是每人一星期，这样轮换，有助于减轻陪护人的辛苦，再加上老人时日不多，时间长了怕是轮不上。不巧我又偏偏得了重病，需要到济南手术。我怕手术后无法照顾老人，就在手术前和老公一起回老家照顾了老人一周，亲自给老人家做饭喂饭，翻身擦身，洗衣换尿不湿。

有一次，老人家要解大便，很长时间解不出来。问了弟妹才知道已经半月没有解大便了，我知道这一定是干燥了。老家的条件有限，没有开塞露，也没有橡皮手套，更没有口罩。没办法我只好用手指一点一点给婆母抠出来。弟妹帮我扶着婆母，都吐了。她理解不了，我一个在城市工作的人怎么没吐？怎么会做这些事情，不嫌脏？我说："我也不是神仙，怎么可能不恶心，但是，再恶心也必须去做呀！

因为不抠出来，老人是没有力气自己拉出来的，老人会憋得难受，我们做儿女的于心何忍呢？再说这样的活儿我给养母也不是没做过，婆母也是娘啊！

你别说，那一天婆母好像特别清醒，当我给她抠完，帮她躺下后，她拉着我的胳膊不肯松开，眼睛里都是泪水，一边拉着我，一边点头。老公说："老娘是想说谢谢你呢！"我就赶紧俯下身，亲了亲婆母的脸，对她说："不用谢，是我应该做的。如果再想拉屎，一定不要憋着，让家人帮你解决！"老人家使劲儿点头，大颗大颗的泪珠滚落下来，惹得我和老公都落了泪。

在给婆母换洗衣服的时候，我发现婆母有了两处轻微的褥疮。我赶紧从网上加急买了一个气垫床，两天就到了。我和老公一起给老人家铺在身下，电动充气，老人家躺在上面，脸上露出满意的笑容，老公看在眼里，拍了拍我的肩，轻声说："老婆，谢谢你能够这么关心关怀老娘，我代表齐家的儿女谢谢你。"我说："你说啥呢？你的娘不就是我的娘吗？何况我和婆母感情这么好，我又怎么忍心老娘受苦，你不必和我客气，我都是心甘情愿的。"老公意味深长地说："不是每个儿媳妇都能给婆婆抠屎的，你能这样做，我也没想到，这是娘的福气，也是我的福气。"很少说客气话的老公，今天说了这么多，我倒不好意思了。

现在想起来，幸亏那周我留下照顾婆母，尽了一点儿做儿媳的义务，否则一个月后，老人家驾鹤西去，我会后悔一辈子。出了钱出了力我们也没能挽留下婆母的生命，但尽了力，就没有遗憾，唯有想念。

这就是我的婆母——寿龄九十三，一生养育了八个儿女，一生善待他人，勤劳、憨厚、智慧、善解人意的小脚女人。

2021 年清明节

我的四个“娘”

含泪读完了耿庆昌老师的作品——《读娘》，心中百感交集，酸楚中仿佛又有一丝甜蜜。耿老师是忙碌的，也是幸福的，因为他不仅取得了事业的成功，至今还拥有着母爱，他有娘可读、可敬、可疼。

从耿老师的作品里走出，我开始搜索自己的记忆，如烟如梦的往事又一一呈现在脑海，四个“娘”的影子在我眼前晃动起来，泪水慢慢爬出眼窝。

“娘”是多亲的一个字眼啊！如果我的亲娘活着今年也有八十六岁了，可惜我不到两周岁的时候娘就病逝了。我没记住娘的样子，连模糊的模样也没有。只有一个红色的樟木箱子，哥哥说那是亲娘留下的，哥送给我留个念想。至今搬了七次家，换了一次又一次家具，我都没有舍得换掉。那件家具现在依然在我家地下室里用布盖着，落满灰尘。

记忆里比较深的那个娘是我的养母，一个干净利索、勤俭善良、爱我如同掌上明珠的女人。养父母没有儿女，收养我的时候养父五十一岁，养母四十六岁。我在养母的眼里，就是上天送给她的宝贝，含在嘴里怕化了，捧在手里怕摔了。

养母虽然在东北生活，但却是地道的山东人。她是跟随养父闯关东来的。出身大户人家，虽然大字不识一个，但在礼仪教养上却是十分讲究。一件蓝色的大襟衣服，一条黑色裤子，一双三寸金莲布鞋，还有一个疙瘩鬏。这一身整洁的、地道的、山东妇女的打扮，让她与黑土地上的女人格格不入。加上她的山东口音和严谨的个性，也让她与邻居们很难相容。我的出现，或多或少地改变了养母在邻居眼中的认知，也改变了养母多年的不苟言笑、不串门、不求人那些高傲的个性。因为孩子都喜欢和孩子们玩耍，也喜欢到小朋友家去串门，养母担心我，就会常常到邻居家找我，自然也就和邻居们说话聊天，熟悉起来。有了好吃的，邻居们给我一些，养母也得给邻居孩子们一些，一来二去，养母和邻居们也就常来常往，关系渐渐改善。有了交往，人们才发现，养母虽然外表高冷，不善言辞，其实是一个心地非常善良的女人。她不喜欢串门聊天，不是她不喜欢邻居，而是她从小就接受长辈的教育：大门不出二门不入，不言是非，笑不露齿，受人点水之恩当以涌泉相报……在这样的教育理念下，养母不敢也不能与当地的东北人随便说话，加上语言不通，养母就更是让人感觉高傲，不合群。

听养父说过，我三四岁的时候，和邻居的小朋友一起滑冰，摔倒了，我哭着跑回家。这可疼坏了妈妈，妈妈不分青红皂白就跑去找邻居家的孩子。惹得邻居不满，不让孩子们以后和我玩了。过后，妈妈又给邻居道歉，做好吃的哄孩子们来和我玩。像这样的小事频频发生，久而久之，小朋友们都害怕养母，都不愿意到我家来玩，我的好朋友也越来越少。小朋友们还给养母起了一个绰号“山东大辣椒”。那时我不知道这是养母的深爱，反而觉得都是妈妈的错，小朋友才不愿意和我玩。

记忆最深的就是养母特别干净。她的衣服从来都是干干净净，板板正正。哪怕有一滴水珠溅到身上，都会立马清洗。冬天干不了，妈妈就会一边烧火做饭，一边烘烤衣服。衣服八成干，妈妈就会叠起来，放到枕头底下，压得板板正正再穿。就这个习惯，坚持了几十年。这在农村来说，可以说极为少见。妈妈不仅自己这样做，也让我也这样做，如果做不好，或者忘了，妈妈就会动用烧火棍，让我长记性。

记得有一次，我一边烧火，一边烤我的红格子上衣，由于我看书入迷，衣服被我烧了一个洞。妈妈大发雷霆，一边训我，一边打我，打得我头上、背上都是包。爹爹拼命夺下妈妈手上的烧火棍，把我推回屋里。我委屈极了，故意不和妈妈说话，晚上和爹爹一个被窝，好几天都不搭理妈妈。我哪里知道我这件红格子衣服，是年迈的养父母积攒了一年的零钱买的。刚穿了几个月就被我烧坏了，养母能不心疼不生气吗？

八岁那年，养母带我去哈尔滨三姨家。由于养母不识字，走错了方向。养母让我原地不动，她去打听路。结果忘了我还在路边等着，就跟着人家去了三姨家。到了地方，妈妈才想起我，又急忙返回找我。而我也被一个三姨家邻居，带着到了三姨家。妈妈回去一看原地没人了，可吓坏了！妈妈大哭起来，直到姨夫找到妈妈，告诉她，我已经回家了，妈妈才算停止哭泣。回到家，妈妈一把把我拉到怀里，紧紧地抱着我不肯放开。嘴上却一边埋怨我不该离开，一边抽泣着说我想吓死她。

打那以后，妈妈走到哪里，也不敢放开我的手，生怕把我丢了。我一刻也不能离开她的视线，就怕有个闪失。就连我找同学玩，妈妈也要陪着。

上高中后，由于养父母年事已高，农活儿渐渐吃力，家境也越来越困难，养母产生了让我辍学、务农、招赘的想法。那时候，我曾对养母一意孤行给我找养老女婿的做法恨之入骨。直到有一天，我知道了自己的身世，设身处地的站在养母的角度去想的时候，我才读懂了养母的这份特别的母爱。特别是当我结婚后，把养父母接在身边，我看着养母渐渐衰老，看着养母刚毅严厉的一面渐渐消失，只留下慈爱祥和的笑容，依然每天站在门口等候我下班的时候；当我生了宝贝儿子，怕他冷怕他热、怕他这怕他那的时候；当八十七岁的养母撒手人寰，离我而去的时候……我才真正读懂了养母那胜似亲娘的爱。

就这样，婚前我和养母一个土炕上共同生活二十二年，婚后我也和养母一个屋檐下、一个炉灶同吃同住二十二载。四十四个春夏秋冬，我把养母读深读透，把恨读成爱，把苦读成甜，读出了一份人间母女真情。

我的记忆中还有一位娘那是我的继母，一个豁达善良、聪明能干的女人。和继母的缘分是在我二十一岁从北大荒回山东探望病危的亲生父亲时开始的。亲娘死后，在老乡的撮合下，父亲与我的继母组成新的家庭。

我还没有见到继母的时候，哥哥先和我简单介绍了继母，说继母是个好母亲，善良、贤惠、温厚，哥哥让我以母亲相称。当我抱着七上八下的心情第一次望着继母很难开口叫“娘”的时候，迎接我的是一双热泪盈盈的眼睛，以及“妮儿，你来了？路上累了吧？快点坐下歇歇，洗洗脸，咱就吃饭啊！”这样朴实又温暖的话语。

住在继母家的日子里，虽然有些生分，但继母实实在在的关怀和体贴，让我很快融入这个完全陌生的新家。继母不停地向我说着家里的大小事情，让我了解了爸爸、哥哥、弟弟、妹妹的很多故事。好像我就是这个家的一份子，我从此不会再离开山东，不会再走了一样。这些细节，我现在想起来，都是继母这个善良的“娘”，为了我能早日回到山东，消除内心对父亲抛弃我的成见，早日能够与亲人团聚而想出的好办法。接下来就是继母有意无意地对我说父亲二十年来对我的思念，哥哥如何从小画地图要千里寻找失散的亲妹妹，弟弟妹妹与我和哥哥虽然不是一母同胞，但是常常听哥哥讲东北有个好姐姐的故事，都盼望我有一天能够回来，再也不分开了……

在这样的浓浓亲情中，我忘记了自己是一个被遗弃的孩子，也忘记在心里遗留的陌生。我看不到人们所说的后妈的狠毒，相反却感受到了从未有过的和谐与亲切，感受到了那曾经多少次日思夜想的兄弟姐妹在一起说说笑笑的动人场面。

就这样一个暑假下来，当我真的要走了，要离开这个曾经陌生却已经熟悉的新家，我真的有点舍不得。当继母说希望我能回山东工作，在爸爸、哥哥、弟弟、妹妹身边工作，希望我能在山东找对象安家时，我确实动了心。但当我想起养父母二十年的养育之恩时，我断然拒绝这个好意。我对继母说：“我知道您为我好，我也很向往，但是，我不能忘恩负义，我要对得起自己的良心，我要给养父母他们养老送终。到那时，如果可能的话，也许我会回来。”继母听了我的话，笑着说：“傻妮子，我们怎么能让你做忘恩负义的事情呢？那我们还是人吗？我们的意思是你回来工作，在这里找对象，把两位老人接来，这里的气候暖和，又有大家帮助你，你可以更好地照顾老人啊！”听完继母这句话，我含泪看着继母，我从继母的眼睛里读出了一个母亲才有的真心真意，读出了一个娘亲对儿女才有的盼望和期待。因为继母这句话我真的在山东找了对象，我真的回到爸爸、哥哥、弟弟、妹妹身边工作，我也真的把养父母接来养了老送了终。也因为继母这句话，我和继母才有了十五年如亲母女一般的缘分。十五年来我与继母无话不谈，家里的大小事情，继母都要和我商量才能决定。自从哥哥离开胜利油田，继母更是把我当成主心骨，我和继母的感情也与日俱增。

感触最深的有两件事，是我今生永远无法忘怀的。

一件就是我临产时的故事，当时我害怕极了，婆母远在老家农村来不了。养母年事已高，况且没有生育过，没有经验。当时亲生父亲住院，继母也需要去照顾，老公急得团团转。那个时候，我真的想，要是亲娘活着，她一定会在我身边的，没有亲娘的人命好苦。就在我疼痛难忍的时候，继母急匆匆地从父亲那里奔来，守在我的身边，抱着我，鼓励我，给了我莫大的勇气。我清楚地记得，继母那焦急万分的样子，也清楚地记得继母不停地给我擦汗的情景。我紧紧地拉着继母的胳膊，在继母的怀里挣扎。那一刻，继母在我的心里是最亲的人，就是我的亲娘。我想如果我的亲娘活着，也就是这个样子而已。在我最需要娘亲的时候，我真的有娘疼我，我的眼里满是泪水，这泪水有苦有甜，有疼有爱啊！

另一件事就是继母得了肝癌，在陪护继母的日子里，有一次，继母拉着我的手对我说：“妮儿啊，你来山东十五年了，也叫了我十五年的妈妈了。我也没给你做什么，这些年，你照顾家里不少，我吃的、穿的都是你和小齐给我的，我没想到自己能借上你的光啊！

你看我这病也给你添了不少麻烦，我要是能好呀，我就再给你年年做被子，我要是好不了，弟弟和妹妹就托给你了。特别是你妹妹，她年龄小、任性不懂事，我最不放心了。你看家里的东西也不多，你爸爸在世的时候，总生病，住院花钱，也没给我留下什么。家里的电视就给你哥哥，房子留给你弟弟吧，冰箱给你妹妹。你呢，我也没有什么好给你的，这个金戒指跟了我好多年了，就送给你了，你可别嫌弃啊！”含泪听完继母的临终安排，我忘记了我是怎样答应继母的，我也忘记我是怎样出门的。但是，有一点我是难忘的，那就是继母对我的信任和嘱托，那是继母对我的厚爱。十五年的母女缘分太少太短，我多么需要这份感情啊！

生命里还有一位“娘”，那就是我的婆母。一个勤劳、憨厚、善解人意的小脚女人。都说世界上最难相处的关系就是婆媳关系。可是，这条定律在我和婆母之间却不成立。结婚三十五年来，我和婆母没有吵过架，甚至没有红过脸，而是像亲母女一样亲近。我吃过婆母给我亲手做的手擀面，滑溜、顺长、喷香，和我养母做的手擀面一样好吃。我盖过婆母给我做的被褥，厚实、柔软、温暖。我穿过婆母给我做的布鞋，细密、结实、合脚。我也和婆母睡过一个被窝，暖和、亲切、睡不够。

记忆里最让我温暖的，就是婆母喜欢拉着我的手说心里话，我的手在她老人家那粗糙的手心里，感觉热热的、痒痒的，好像有电一样，不舍得抽出来，一说就是老半天。特别是在婆母的热炕头，在婆母的被窝里，我们娘俩抱在一起，面对面，说着家长里短，说着孩子的成长经历，说着我小时候从来没有和养母睡过一个被窝，倒是和爹爹睡在一个被窝。婆母问：“为啥呀？”我说：“我怕她呗！”婆母又问：“咋不怕我呢？”我说：“我才不怕你呢！下次回来还睡你被窝，暖和！”说完，我和婆母都哈哈笑起来！

是呀，也许我和婆母的性格合得来，在一起总有说不完的话。最爱吃婆母做的手擀面，每一次回家，都能吃上一大碗，那又顺又滑的手擀面，还没有入口，就麦香四溢了，至今难以忘怀。我还爱吃婆母蒸的大馒头，掰开一层一层的，喷喷香。不像在城里买的，软绵绵的，像棉花一样，没有筋劲，也没有香味。每次吃婆母做的馒头，我都能吃到撑。走时，还得带着一大堆，回来吃上好几天。

婆母的身体很好，很少得病，有个头疼脑热的，婆母也不和孩子们说，怕给孩子们添累。那年中秋回家，一进门就看见婆母胳膊上挂着一条绷带，一只手在干活儿。我急忙上前问究竟，婆母轻描淡写地说："没事的，就是站着凳子，往房上晾苞米，摔下来，胳膊骨折了，快好了，不疼的！"

骨折啊，能不疼吗？可她老人家就是不肯告诉我们，就怕耽误我们的工作。所有的事，不是坚持不了，婆母就不会轻易说出口，能自己坚持，绝对不让儿女操心。我看着婆母另一只手也不闲着，还要忙这忙那，真是又心疼又着急，忍不住说她两句："这么大的事情怎么自己做？为何不招呼孩子们来帮忙？要是有个好歹怎么办？快别一个人住了，跟我回东营吧！"

婆母知道我是真心愿意接她去东营的，赶紧解释："可不行啊，我一个人习惯了，去城里住不习惯，等不能动了再说吧！"没办法，拗不过婆母，也只好顺着婆母的意。可是，我和老公又怎么能放心呢？

于是我和老公商量把老人接到东营一起生活，让老人享受幸福的晚年，报答老人的养育之恩。最后我好说歹说，婆母终于答应冬天来东营住，夏天还是在老家住。

和婆母一起生活的日子里，虽然有些忙活，但我又有了娘亲的疼爱和惦记，我好幸福！

这就是我的四个"娘"。我是不幸的，年幼失去亲娘；我也是万幸的，拥有三位胜似亲娘的母亲。

2012年冬

婆母生日二三事

上周末，八十三岁高龄的婆母度过了一个开心热闹的生日。几天过去了，婆母还一直沉浸在过生日带来的喜悦中。看到婆母穿着我买的新棉袄、新棉裤，还有弟妹们买的大红色的新毛衣，显得是那样的年轻，那样的精神焕发，一种幸福感油然而生，几天来所有的紧张与疲劳便荡然无存。

是啊，为了给婆母过好这个生日，我和丈夫提前三天就开始着手准备了。最繁琐的就是安排寿宴的事宜。由于老人年龄大，子女多，亲戚多，大多数又是在农村，张罗起来特别麻烦。可是考虑到老人八十三岁高龄了，来的人越多，老人的心里就会越高兴，她就盼着看到这样子孙满堂、人丁兴旺的场面呢！我和丈夫商量再远也要接大家过来，多花点钱也要让老人高兴。于是经过一番联络，确定了老人的祝寿大军四十余人，其中包括老人的子女八家、在东营工作的亲戚四家、积极要求参加的要好老乡朋友五家。确定好人员，便是定饭店、买酒水饮料等物品。由于丈夫工作比较忙，大部分的事就落在我的肩上。经过三天时间的忙碌，万事俱备，只欠东风了。

最让我头疼的就是给老人选购生日礼物了。几年来，我先后给老人买过衣服、金戒指、金耳环、银手镯等。再买首饰已经没有必要了。买衣服呢，老人个子矮小，加上有些驼背，实在不好买到合适的。想来想去，想不出一个既省事又能表达心意的礼物。丈夫劝我不用太费心了，我们给老人办这场寿宴也不少花钱，老人能明白，大家也能理解。可是我总觉得婆母年龄越来越大，一年就一个生日，我一点礼物都不送，总觉得对不住疼我爱我的婆母。想来想去，还是决定买衣服，一来衣服平时也要穿，二来老人现在住在这儿，要是不合适，我还可以去换，方便些。

就这样，我跑了几家商场，终于看中了一件黑色带红花的金丝绒棉袄和一条黑色带暗紫色花纹的棉绒裤，打完折一共是六百二十七元。没有想到的是，婆母穿着正合适，颜色和样式婆母也很喜欢，只是裤子稍微长点，挽起一点裤脚就行了。真是功夫不负有心人啊！

婆母生日那天早晨，丈夫亲自给老娘煮了六个鸡蛋，这是老家的规矩。听说老家有个说法，生日不吃蛋，穷得乱颤。我呢，准备给老人家洗个澡，理理发，换上新衣服，让婆母以最好的心情，最好的状态迎接老家前来祝寿的亲人和朋友。可是不巧，热水器怎么也打不着了，没有热水，没法洗澡。婆母说："算了，烧点热水，我洗洗头，你给我理理发吧，头发长了不得劲儿！"看着婆母失落的样子，我的心里不是滋味。想想老人一年一次生日，还让老人带着遗憾，心里不落忍，于是我就和丈夫商量："我开车带咱娘去大商洗澡好不好？"丈夫说："好是好，就怕娘不愿去。再说娘年龄大了，腿脚不灵活，上下车不方便，你自己可够忙活的。"我说："没事，你放心吧，我能照顾好老人的。我带娘享受一下现代洗浴服务，就算我送给老人一份特殊的生日礼物吧！"丈夫同意后我就劝婆母说："娘，家里热水器坏了，我带你去澡堂洗澡吧？"婆母连忙摆手说："不去，多麻烦，还得花钱，等修好热水器再洗吧！""不麻烦，也不要钱，我也正好想洗澡，去吧，你给我做伴，咱娘俩好好说说话。"就这样我连哄带骗，婆母总算同意了。

我拿好理发的剪刀和婆母换洗的衣物，开车带着婆母来到大商洗浴中心。我小心翼翼地搀扶着婆母，给婆母脱好衣服，帮婆母洗了头，理了发，再让婆母享受一次搓背、按摩、汗蒸等现代洗浴服务。然后带婆母吃自助餐，边吃边聊，婆母笑得合不拢嘴。有的人问婆母："老人家多大岁数了？"婆母说："八十三了。"人家便说："您有福啊！还是有闺女好呀，媳妇就不行了！"婆母听了笑着说："我是有福啊，这就是俺儿媳妇啊，和闺女一样啊！"婆母一句话说得人家用惊异的眼光看我半天，也说得我心里暖乎乎的。吃完自助餐，我和婆母在休息大厅里，一边休息一边看电视，婆母直说：“这电视真大呀，这地方咋这么好呢？又能洗澡又能看电视，还能吃饭，咱以后不在家洗了，家里的水电还要钱呢！”听了老人说的话，我笑了，赶紧说：“就是，就是，以后咱就来这洗澡！”心里想：“我的傻老娘啊，现在哪有不要钱的好事呢，我是怕您不来骗您的啊！”

洗澡回来后，老家的亲戚都来了，满满的一屋子，热闹极了。大家看到老寿星红光满面、精神饱满、穿戴整齐、笑容可掬，都特别高兴，七嘴八舌地夸起老人来：“您老就是有福啊，看看这么大岁数了，还这么硬实，穿的还这么时髦，气色也这么好，一看就是长寿相啊！”“那是啊，我就是有福啊，孩子们对我好呀，不让我生气，啥也不缺，能不多活吗？就是给你们添麻烦啊！”大家和婆母这样你一言我一语地说了一会儿，没多久就到了寿宴开始的时间了。

寿宴的气氛相当热烈，婆母老寿星穿着我给买的金丝绒棉外套，里面是弟妹们买的大红色毛衣，面带幸福的微笑，在大家的簇拥下，坐在主宾席上。寿宴开始，丈夫讲了老人一生的苦难、养育八个子女的艰辛以及如今子女长大成人，有能力给老人一个幸福的晚年，也有理由让老人过一个开心快乐的生日。丈夫的一番开场白，把大家的眼圈都说红了。酒过三巡，生日歌起，老人亲手切蛋糕，还破天荒地说了几句话：“大家来给我过生日，大家辛苦了！大家都能来，能见面就是缘分啊，我的心里老么高兴老么感谢了！”八十多岁的老人能说出这样体面、富有逻辑性和时尚性的话语，得到大家的一致称赞！紧接着就是大家轮番给老人祝寿敬酒，把生日的喜庆气氛推向高潮。一句句奶奶生日快乐，姥姥健康长寿；一声声老娘福如东海，大娘福寿康宁；把老人家乐得眉开眼笑，一个劲儿的点头。

寿宴进行了三个多小时，我看得出老人累了，但老人的心里却是异常快乐，疲惫的面容掩盖不住满足的喜悦。我也度过了这样累并快乐的几天几夜，疲惫的身体里流动的却是幸福的血液！

2010 年冬

母亲节我送给四位母亲的礼物

又是一年一度的母亲节，反复看着朋友们发来的祝福短信，甜蜜着幸福着，体会着做母亲的美好与辛苦，更加怀念生我养我的母亲，也更加感念待我如亲生女儿一样的婆母。

生母虽然离开我四十余年，虽然她在我的记忆里总是那样模糊，可是，作为母亲，她为我付出了十月怀胎的辛劳与妊娠之苦，给予我甘甜的乳汁，紧紧地拥抱过我、亲吻过我，为幼小的我做过棉衣棉裤、鞋袜衣帽，夜里轻轻地哼着小曲拍我入睡……在母亲节这一天我多么想为她做点什么，哪怕为她做一顿丰盛的晚宴，哪怕亲手送上一束康乃馨，哪怕给她梳梳头、洗洗衣……可是我做不到。老天爷没有给我这样的机会，在我还不懂得感恩的时候，她就一个人悄悄地离开我，去了另一个世界。在母亲节这一天，我只能用一份怀念，一份感恩之心作为母亲节的礼物，送给天堂的生母。我默默地对着天空祈祷：妈妈你收下女儿的这份礼物吧！女儿感谢你曾经做的一切！

还有一份礼物同样是怀念和感谢，我要送给天堂的一位母亲，她是我的养母。虽然她没有为我受过分娩之痛，我没吃过她老人家一口奶，可是她却让我健康成长，让我拥有四十年的母爱，让我有机会读书、工作、成家。虽然她曾经打过我、骂过我，我也曾哭过、气过。但是，四十年的母女情分那是多么深多么重！我怎能忘记这四十年的呵护与陪伴？我怎能不怀念这四十年的点点滴滴？也许我真的尽心尽力报答了她老人家的养育之恩，也许我真的使老人家老有所依，可是这一切和老人家四十年给我的母爱相比，是何等的渺小！今天，我多想借母亲节来表达我对养母的感恩之心，多想对她老人家说一声：“谢谢您，我的好妈妈！我多想再陪您老人家说说话聊聊天，再听您唠叨那些陈芝麻烂谷子的往事，多想再到您的床前给您喂饭喂水，端屎端尿……”遗憾的是，我同样没有这样的机会，让我再为老人家做点事情。养母也走了，四年前她也去了那个人们都说是天堂的地方。我只有对着养母的照片，默默地把深深的思念、满腔的感激传递给养母的在天之灵！我也相信养母能够感受到我的这份心意！

在天堂里还有一位母亲，她对我来说没有生育和养育之恩，可是我依然对她怀有感激，依然常常想起她，她是我的继母。继母用她的豁达、善良、爱心赢得了我的认可，也赢得了“妈妈”这个称呼。我从她那里得到了属于女儿才有的呵护、鼓励、劝导和帮助，也从她那里体会到一种完全不同的、全新的母女之情，她在我的人生路上起着举足轻重的作用。这样一位好母亲，老天爷同样没有放过她，年仅五十八岁的继母，不幸被肝癌夺去了生命，天堂里又多了一位好母亲，我又失去了一位好妈妈。在这个天下儿女都为自己的母亲祝福的日子里，我把同样的礼物和同样的爱送给我的继母，我的好母亲，愿她老人家在天堂里永远快乐！

最后一份礼物我要送给我的另一位母亲——八十五岁高龄依然健康乐观的婆母。已近五十岁的我，现在还能有婆母可孝敬，我实在应该感谢老天爷的怜悯。想一想回到家能够叫一声娘，看到老娘面带笑容为你开门，吃完晚饭能够陪着老娘一边散步一边说说话，下雨阴天有人提醒你带把伞，天凉时有人劝你多穿一件衣服，这是多么幸福的事情，这个世界上有多少人在羡慕我有这样的福分，有多少人“子欲养而亲不待”啊！也许有人不理解，疼爱婆母能像亲娘一样吗？我说能。也许我没有体会过疼爱亲娘是什么感觉，在我的感觉里，婆母和我的养母、继母没有什么区别，我们二十六年没有吵过架，没有红过脸。婆母从来没有让我感觉别扭的时候，也从来没给过我难看的脸色。长这么大夸奖我最多的还是婆母，给我笑容最多的也是婆母。婆母就像老公和儿子一样，早已成为我生命中不可分割的一部分。母亲节就要来到了，送给婆母什么礼物好呢？我为这份礼物伤透脑筋。如果婆母她老人家没有回老家，也许我会为婆母送一束康乃馨或者一份精美礼品，亲自端杯红酒为婆母祝福。如果婆母识字会用手机，也许会用短信的形式表达我的心愿，如果婆母家有电话，我至少可以在电话里为婆母唱首“母爱天地间”，祝福她母亲节快乐！

突然一个念头闪进我的脑海，婆母一生没有离开家门，没有看过大海，没有坐过火车，没有坐过轮船……想到这里，我兴奋地抓起电话与老公商量。老公听了我的建议很高兴，认为我这个礼物老娘一定会喜欢，只是感觉带着这么大岁数的老人外出，一定很累。我不以为然，我想带婆母看看大海，对于八十五岁高龄的婆母来说，机会并不是很多，就是累点，也是值得的。于是我和婆母一说，果真，婆母非常高兴，就是害怕我们花钱太多。就这样我们利用双休日，带着婆母去了青岛，陪婆母看了大海，坐了轮船，看了海洋世界，顺路看了樱花。一路上，婆母兴奋不已，有说有笑，很是开心。小脚走了那么远的路，不喊累，不叫苦，反而我和老公累得不得了，实在让人佩服。这次经历同时也给了我一个启示：有个好身体，不仅仅是自己生活幸福的资本，也是儿女的福气。回到老家，婆母逢人便说：“看见大海了，坐了大船了，青岛的鱼可好看了，真是没白活呀！”我也深深感到，这个母亲节的礼物，我选对了。能让婆母在有生之年感受到世界的美好，这是一件多么有意义的事情。能让老公有机会为年迈的母亲做点什么，将来没有遗憾，这也是我对老公表达的一份爱啊！

2016 年 5 月

写给儿子的心语

爱你，是我送给你的最好礼物

儿子，11 月 18 日是你二十周岁的生日。这几天爸妈一直在思考，怎样让你的生日更快乐，更有意义？妈妈首先想到要给你亲自做一顿丰盛的生日宴，一家三口举杯畅饮，共唱生日歌，妈妈为你点燃生日蜡烛，爸爸为你切蛋糕，让你真真切切地感受到父爱母爱的温馨。妈妈也想到要给你亲自买一个礼物，让你记住在二十岁生日的时候，爸妈和以前一样，没有忘记分享你的快乐。

可是我们也在想，在你心中，到底什么样的快乐才是你真正想要的快乐？如今的你，不再年少无知，也不是没有见地，没有思想的你。作为父母，我们应该尊重你的意愿，给你你最想要的快乐。于是，在今天午餐的时候，妈妈问了你一个简单的问题，你生日是喜欢和家人一起过还是喜欢和同学朋友一起过？如果你喜欢和家人一起，妈妈就会在家里给你做饭庆祝生日，如果你喜欢和朋友一起，妈妈也会理解支持你。

你当时没有回答，我知道你在慎重思考。过了许久，你这样告诉妈妈，你很难选择。因为你不知道同学们有没有时间。你的选择，在妈妈的意料之中，但是却让妈妈也有些许失落。妈妈多么想听到你说：希望和爸妈一起，吃妈妈做的永远也吃不够的饭菜，和爸妈一起高唱生日歌，让爸妈分享你的快乐。妈妈尊重你的决定，也会支持你的意愿。只要你开心，只要你快乐，爸妈也就开心和快乐。这就是父爱和母爱，爱是我们能给你的最好礼物。

儿子，还记得去年爸妈千里迢迢到栖霞给你过生日的情景吗？还记得妈妈为你写的生日祝福吗？还记得你给爸妈的承诺吗？还记得前年爸妈拿着蛋糕，到烟台给你庆祝生日的时刻吗？还记得妈妈的眼泪与你的眼泪融在一起的情景吗？还记得你高中时与你要好的同学在家里吃着妈妈为你做的生日菜肴的情景吗？还记得你初中、小学妈妈是怎样为你的生日精心准备的吗？还记得过去一个个与爸妈一起过生日的快乐日子吗？

你可知道你的生日对妈妈来说是怎样的回忆吗，你到来的那天对妈妈来说是个痛并快乐的日子。你的一个个生日爸妈都会永远牢记，因为那是刻骨铭心的日子。爸妈多么想在你每个生日里都和你一起度过。哪怕爸妈成为白发翁婆。你的每个生日爸妈都愿意亲自为你做点什么，哪怕是一个微笑、一句祝福、一首诗歌、一篇文字。每个生日我们都想看到你开心快乐的样子，不管是你不经意的笑容，还是发自内心的感动。可是爸妈知道，你在一天天长大，你的翅膀在渐渐丰满。你总有飞离窝巢翱翔云天的日子，总有一天你的一个个生日，将不是爸妈陪伴。

那么就从今年起，就从你二十岁的生日起，你开启自己自由的生活方式吧！爸妈理解你，爸妈祝福你，只要你记住，爱你是爸妈给你的最好礼物！无论何时无论何地，无论慈祥与严厉，爱你是我们永远不变的唯一！

儿子，二十载春华秋实，二十年含辛茹苦，变化的是你的成长与进步，不变的是我们的爱。二十载雨雪风霜，二十年寒暑更迭，岁月风尘，涤荡你幼稚的幻想，磨砺你坚强的意志。我们希望，我们恒久不变的爱能化作你发奋求知的动力，助你达到理想的彼岸。

儿子，我们血脉相连，我们十指连心，我们心灵相通，爸妈永远是你最坚强的后盾，永远是你最值得寄托和信赖的人……

儿子，无论你在哪里，爸妈永远是你的港湾，你随时可以停靠在我们的身边养精蓄锐。

谢谢你，儿子！谢谢你伴我们走过的每一天。你的降临让我们懂得了什么是责任，什么是义务；什么叫父爱如山，什么叫母爱如歌……

谢谢你，儿子！是你，让我们对爱有了全方位的理解与诠释。只因心中充满爱，我们才会如此地热爱生活，热爱工作，热爱身边所有的人和事；只因心中充满了爱，我们才能如此地善待亲人，善待朋友，善待那些素不相识的人……

儿子，在你生日即将来临之时，在这个菊花香满地的时候，爸妈把最美好的祝福送给你：祝你开心无限，快乐无边！愿你健康永远，心想事成！

爱你的爸爸妈妈

2006 年冬

你是我生命里最美的风景

1986 年 11 月 18 日夜 11 点 15 分，那是初冬的一个夜晚，对我而言那是一个刻骨铭心的夜晚。你这个三点八千克的小生命，伴着我的阵阵巨痛，啼哭着来到这个世界，揭开了我二十四岁母爱的序幕，也扬起了一道父爱的风帆。

转眼，今年你也二十四岁了，你这个当年五十厘米的小不点儿，已经长成一米七多的大小伙儿，成为一位救死扶伤的白衣战士。二十四年啊，根根白发，见证着我付出了多少深情；二十四年啊，道道皱纹里，蕴藏了多少如山的父爱。

回首往事，你那温热的身体，似乎还在怀中；你那胖乎乎的小手，还不停地在眼前晃动；你生气打滚时的调皮劲儿，还在我的回忆里流淌；你扮悟空、说快板、背唐诗、讲故事……桩桩件件，时时在爸妈的脑海里浮现。

多少次，我为你获奖而骄傲；为你高考失利而遗憾；被你的孝心感动，为你的叛逆伤心。

多少次，我从睡梦中惊醒，担心你的安危；寒夜里难眠，牵挂你的冷暖；聚会晚归，为你的身体健康着急；辗转反侧，为你的工作问题忧虑。无论多少曲折，无论多少汗水，无论多少苦乐，都是因为爱。

二十四年前的爸妈，一贫如洗，唯有满腔的爱，支撑着这个温馨的家。我们爱父母，养育之恩全心全意孝敬；我们爱你，骨血之情奉献所有；我们爱亲朋，滴水之恩涌泉相报。

二十四年后的爸妈，年老体衰，我们送走了一个又一个老人，我们也已经把你抚养成人。在上，我们对得起父母，没有给他们脸上抹黑，使他们能够安享幸福晚年。在下，我们也对得起你，给你创造了良好的学习和工作环境，为你奠定了人生的第一块基石。

多么希望，再过二十四年，你的事业在你的积极进取中，如日中天；你的家庭在你的努力维护下，温馨幸福；我们也在你的孝心呵护下健康平安。

儿子，二十四岁，这是一个由青涩到成熟的年龄，也是一个开始改变自己、完善自己的年龄。二十四岁，是享受年轻的喜悦，也是体验生命的幸福和满足的年龄。

二十四岁的你可以长不大，但是一定要牢记这些话：一艘没有航行目标的船，任何方向的风都是逆风。你要对自己的工作做好规划、定好目标！你的时间在哪里，你的成就就在哪里。做事失败可以重来，做人失败却不能重来。希望你不要把别人的好，视为理所当然，要知道感恩。感恩是做人的根本，学会感恩，才能赢得大家的欣赏。庸人败于惰，能人败于傲。不是每一次努力都会有收获，但是，每一次收获都必须努力。

儿子，这些话有些长，但是你能够耐住性子看完，说明你已经成熟；这些话有些生硬，不像小说一样有故事情节，但是却是人生箴言。

儿子，明天就是你二十四岁的生日，妈妈只想告诉你：你是爸妈生命里最美的风景。也许爸爸曾经狠狠批评过你，也许妈妈曾经和你有过争吵，也许爸妈曾经把你和别人相比，但是，在爸妈的心里，你永远是我们生命的唯一！你是我们爱的最好见证，你是我们生命里最美的风景，世界上没有任何色彩可以替代你。我们也坚信，二十四岁的你，正在步入学习、工作、生活的最佳轨道，将来的你，定会工作出色、生活美好、事业辉煌！

儿子，今天妈妈谨以此文作为生日礼物送给你，希望你能够读懂这份爱，希望你能在这些文字里感受到亲情的力量，更希望这份礼物对你的人生有所启迪。

永远爱你的爸爸妈妈

2010 年 11 月 17 日

母子情深

如果不是母亲离世，我便不会真正感受到母子情深这句话的深意。当养母闭上眼睛的时候，当我肝肠寸断的时候，当我撕心裂肺哭叫妈妈的时刻，儿子用他那男子汉般的手掌用力握紧我的手，另一只手轻轻拍打我的后背。这个微小的动作，让我震撼，让我感动。一种从未体验过的、盼望已久的温暖穿透我的胸膛，涌进我的灵魂，是这般的幸福，这般的享受。我情不自禁地把头埋进儿子那单薄的怀中，双手紧紧搂住儿子瘦弱的双肩，感觉我的心离儿子的心是那么近，仿佛儿子的心在我的心里跳动。一向坚强的我，再也止不住哭泣，泪水打湿了儿子的肩头。

此时此刻我是悲喜交加。悲的是，痛失母爱，四十四年的母女情缘就这样结束了；喜的是，我终于感受到来自儿子的关爱，感受到母子情深的可贵；终于懂得了儿子是我的大树，是我用母爱一点一滴浇灌起来的大树。同时我也领悟到：小树在成长中，有时分叉，有时歪斜，有时出现病虫害，那是正常的事情。只要注意修理，浇水施肥，打药驱虫——小树就会茁壮成长，长成参天大树。儿子在成长中出现叛逆的心理，暂时不听话，产生对抗情绪，那也是正常的事情。只要注意引导，帮助儿子修正自己的行为，改掉坏习惯，克服惰性，控制贪玩欲望，我想儿子一旦意识到学习的重要性，痛下决心，奋起直追，定会成才。

儿子，你的血管里流淌着妈妈的血液，你的灵魂里蕴含着爸爸的智慧。你是父母的心头肉，你一点一滴的变化，都是爸妈的牵挂；你的每一点进步，都是爸妈的骄傲；你的快乐就是爸妈的心愿。

儿子，你的每句话，爸妈都很在意，你的每个动作，爸妈都看在眼里，你的每个笑容，爸妈都乐在心里，你的点滴不足爸妈都急在心头。父爱如山，母爱如水。水深似海，山高水长。这是人世间最伟大、最永久的爱呀！当一切付出能获得哪怕一点点来自你的感恩，那就是爸妈最幸福、最快乐、最感动的事了。

今天，我收获了这份幸福和快乐，儿子，谢谢你！你让我感受到母子情深，感受到做母亲真好！感受到有了依靠的力量，再也不需要假装坚强，再也不害怕黑夜漫长，因为我看到了来自儿子的光芒！

儿子，加油！快快成长，长成参天大树，为妈妈遮风挡雨，长成更有力的男子汉，让妈妈我卸下盔甲，在你的肩头尽情地依靠好吗？

2007 年秋

我与恩师的兄妹情

也许朋友很难理解我这个题目，古人云“一日为师，终身为父”，恩师怎么能成为兄长？如果朋友们看了我与恩师的故事，也许就能体会这两个词语相连的真正意义。

我的恩师叫于长海，是我初中的班主任，教我数学。

初中的我，非常瘦弱、胆小、腼腆，学习成绩优良，担任语文课代表。与其他同学不同的是，我的家境很困难，养父母年事已高，没有劳动能力，也没有其他子女和亲戚。我这个十三岁的女孩子便承担起家里种田的担子。

村里的乡亲们都劝说父母让我辍学，回家种地。父母也曾想过，一个女孩子上学没啥用，不如找个好婆家。可是我酷爱学习，学习成绩在班里名列前茅。班主任认为我辍学很可惜，就做我父母的工作。父母也说：“我们也舍不得她这么小就下地种田，可是家里情况你们也看见了，我们也是实在没办法，总不能没有粮食吃饿死呀！”恩师看到这种情况，知道了我的身世，对我很同情，就主动和学校商量，让我半农半学，上午上课，下午在家劳动，他负责给我补文化课。同时恩师也和我父母表示，会尽最大的能力帮我解决学习中的困难，学习用的书、本、笔他来想办法。加上我几天不吃不喝，铁了心要上学，父母和学校终于答应让我半农半学。我又能回到教室，聆听老师的教诲，和同学们一起学习了。我当时虽小，但在心里，于老师已经是我的再生父母，恩人的形象从此走进了我的心中。

可是，半农半学的日子并不如想象中那么美好，多重困难接踵而至。学习上只有半天时间，回家没有时间复习和写作业。下午的体力劳动，更使我这个本就瘦弱的女孩子苦不堪言，招架不住，我累得连饭都吃不下。上课精力也不足，学习成绩明显下降。责任田里也是杂草丛生，农作物的长势不好，父母急得团团转，我也累得筋疲力尽，眼看着就无法继续维持下去了。

恩师主动到我家里了解情况，父母把一肚子的苦水倒给老师，父母的意思还是想让我辍学，尽快找个对象来帮忙。恩师听后，思考良久，做出一个决定，他说："这样吧，我利用星期天，带领男同学到你们家义务劳动，你们管饭如何？如果情况有所好转，就继续下去，如果还是不行，那再辍学也不晚。我也积极向上面反映你们家的情况，争取困难补助。"恩师的话让我们感动不已，父母让我给老师磕头，恩师执意不肯。就这样，在老师和同学们的无私帮助下，我得以继续求学，我的学习成绩也飞速上升，家里责任田的长势也越来越好。几个月下来，从春到夏，从夏到秋，老师和同学们的身影时常在我家的责任田里出现。乡亲们都来打听，父母把情况一说，乡亲们无不为之感动，都竖大拇指，夸奖恩师是个好人呢！在和老师的共同劳动中，我说："如果我要是有个哥哥就好了，就不用大家来受累了。"恩师听了笑着说："那我就给你当哥哥好了，你就不用这么客气了。"说者无心，听者有意。轻轻的一句话，让我激动万分。我感觉自己不再孤单，不再无依，有了亲人，有了哥哥。当时我还不知道自己的身世，不知道自己真的有一个哥哥，远在山东，正想着我呢！这就是我与恩师兄妹情的开始，也是故事之一。

第二个故事是发生在我初中二年级的时候，当时农村出现一种病叫"白喉"。此病发病急，危险大，救治不及时，很快就会死亡。当时于老师正在给我们上数学课，课上，于老师发现我不对劲儿，就叫我回答一个问题，结果我憋红了脸也说不出话来。恩师当机立断，叫上几个男生，立马用小推车，跑步将我送往县医院。由于救治及时，我很快脱离危险。除了歌声不再那么悦耳动听，没有留下其他后遗症。这也算大难不死必有后福吧！命运让我小小年纪就品尝了人生的种种磨难。意外的天灾使我更加成熟了，同时也让我对恩师更加感激，更加亲近，更有了亲人的感觉。

第三个故事发生在我初中毕业时，那时我以优异的成绩考入县一中。而我家的条件是没有能力缴纳一中的学杂费和食宿费（每月十三块五）。

而且我也根本不可能到离家远的学校读书，因为家里需要我。这样我只能继续在乡中学读高中。

随着我逐渐成长，我的吃苦耐劳，我的成熟稳重、我的良好脾性受到乡亲们的交口称赞，村里有些人开始打我的主意。先是一个小儿麻痹症的男子，二十八岁了找不到对象。村干部亲自做媒，说如果同意，我们家的事情他全包，我可以在村里当民办教师，生活有保障，不用再下地劳动。父母开始动摇，他们觉得如果成了，今后生活就有了依靠。问我的意见如何？经过了太多的生活磨难，我已经敢于面对残酷的现实。我毫不犹豫地说："我如果嫁给一个没有劳动能力的废人，将来谁养我？谁养你们？别人能靠得住吗？要是他们欺负我，谁管？你们要是让我嫁给他，就是害我一辈子，我会恨你们一辈子，我也不活了。"这样一来，父母也不敢逼我了，况且，他们也不是十分乐意。就这样，这一关总算过了。从此我们家的生活就更加艰难了。处处有人为难我们，连磨米也被断电，我们只好推着粮食到邻村去磨米。浇地也不行，也会被停水，谁也不敢帮我们。我们陷入了困境，父母整天唉声叹气。那时候，真是"叫天天不应，叫地地不灵"。

也许是天无绝人之路，当地派出所所长的孩子，没人看管，妈妈就主动给照看。孩子在我们家很高兴，爸妈来接都不愿意走。他们也干脆就将孩子托付给母亲看着，并且每月给我家十元钱。这下既解决了我们家的生活困难，村里也不敢有人欺负我们了。真是绝处逢生，柳暗花明。

这件事并没有结束。村里有很多家里男孩多，又找不上对象的，就托人传话想做我们家的养老女婿。真是一场噩梦啊，我现在想起来就不寒而栗。一年间，来我们家的男孩子前前后后有十几个，我累了、怕了，我已疲惫不堪了。我很想念我的亲哥哥和我的亲爸爸（那时我已经知道了自己的身世）。关键是父母已被乡亲们说动了，认为我学好了，就会“飞走”了，就会不管他们了。最保险的办法就是找个养老女婿，既解决眼前的困难，又可以拴住我，有了孩子，就跑不了了。说真的，其中也有几个条件和长相都不错的小伙子，有几次我也想，就认命吧，也许我没有大学命。可是，骨子里的倔强和不服输让我不能就这样屈服于命运！就这样我一次次据理力争，一次次苦口婆心地给父母做工作。也是软硬并施吧，一会儿哭，一会儿闹，一会儿哄。功夫不负有心人，父母也就不那么逼我了。

眼看着我就要上高三了，这时村里来了一个山东小伙子，和父母的老家很近。父母从山东到东北十多年了，没有回家，听说老家来了人，就急着打听老家的情况。小伙子知道老人家是老乡，又离得很近，说话的口音都一个样，就感觉特别亲切。也就喜欢来我家串门，和老人说话聊天，碰上家里有活儿，就主动帮忙，碰上家里吃饭，父母就让他一起吃饭。一来二去，他也感觉这就是他的家了，老人也离不开他了，把他当亲儿子看。我正好念高三，学习任务很紧，家里的活儿忙不过来，他就主动承担起来。每天回来看到父母那高兴劲儿，我也有了多日不见的笑容。实话说，这个小伙子人品真的很好，身体也壮实，脾气也好，对人和气又善良，长相也憨厚。就是岁数大了点，好像当时已经三十多岁了。不知道为何来东北，也不知道结没结过婚。随着时间的推移，父母也对他越来越好。我看得出父母开始心疼他累着，心疼他冻着，心疼他吃得少了。他看我的眼神也开始有了变化，说话也变得吞吞吐吐了。他开始有意无意地接近我，讨好我。不知为什么，我开始烦恼，我开始害怕他了，他一来，我就躲出去。我害怕父母让我辍学，害怕我的大学梦又要泡汤。终于有一次老人还是和我摊牌了。父母说，他们已经答应这个山东来的小伙子做我们家的上门女婿，他也答应为父母养老送终。结婚后他搬到我家里住，给老人家做儿子，有了孩子也姓张，父母百年后，他为父母披麻戴孝。父母还说，这次他们不能听我的了，他们相中了这个女婿，也看好了他的人品，他将来对我会很好，他们死后也能放心。还说，如果我不同意，就别认他们这个爹和娘，找我的亲爹去吧！听了父母的话，我难过极了。我不记得当时是怎样对父母说的，只记得我跑了，跑到亲生母亲的坟前哭了一场。当我站起来的时候，自己已经恢复了理智。我仔细想想这个事情的经过，不是小伙子不好，他从山东来，孤苦伶仃，遇上老乡，对他那么好，他自然会这么做。父母也没有不对，他们吃了一辈子苦，一直在困难中挣扎，而且我不是他们的亲生女儿，总怕失去我，想尽快结束这种担心受怕的日子。遇上老乡，又投缘，当然希望成为一家人，这也没什么不对。我有自己的理想，我想圆大学梦，想走出农村，不想嫁给自己不喜欢的人，难道错了吗？不！错的是命运！我想，我就是不答应，过段时间就会不了了之。这次我错了，母亲也使出了撒手锏，我不答应她就不吃饭。我们母女俩陷入了僵局。母亲岁数大了，两天不吃饭，怎么劝也不行，我可真急了，真怕母亲有个好歹，那我不是让全村的人耻笑吗？她知道我心软，不会看着她不管的。我无法表达我的心情，真是又爱、又恨、又怕。爱是因为他们虽不是亲生父母，但却是我的唯一亲人，是一直和我相依为命的人。恨是恨他们不能理解我的求学心愿，不能替我着想，一意孤行。怕是怕他们的固执，他们的封建思想害了他们也害了我。十八岁的我无路可走，没有亲人可以诉说，没有人可以帮我。突然我想到了恩师，只有那个不是哥哥却胜似哥哥的恩师可以帮我。可是我又一想，不行，我给老师添的麻烦已经太多了，我欠恩师的情也太多了。再说，这次母亲铁了心，态度很坚决，万一老师来劝说，也不行，老师多没面子？我又怎么对得起老师呢？就这样，我陪着母亲两天没吃没睡，看到母亲这么大岁数了，还这样折磨自己，我的心很痛。我不忍心再让老人为我煎熬，而我也不能不上学。考大学是我的梦想，失去这个梦想，我生不如死。而且我也不能为了生活就嫁给一个三十多岁不喜欢的人吧。想起他，我又恨起来，他为何要出现在我的生活里？他在我家表现得可靠又孝顺就是为了我吧？是他断送了我的求学之路，是他打碎了我的大学梦！我宁肯死也不会嫁给他。想到这，我提笔给恩师写了一封信，一是将这件事叙述一遍，二是感谢恩师多年的教诲和帮助，三是嘱咐恩师照顾父母。傍晚，我同父母说我答应了这门亲事。父母高兴坏了，让我赶紧做饭，并把小伙叫来一起吃饭。我说："你们先吃，我去老师那儿给他们汇报去，也让他们高兴高兴。顺便说说退学的事情。"父母没反对，赶紧说："对，对，赶紧去。"就这样我来到老师家，师娘正做饭，老师在忙着看孩子，我逗孩子玩了一会儿，把信偷偷地放在孩子的被子下面，然后恋恋不舍地走了。

走出老师家的门，我的眼泪就流下来了。我想我再也看不到老师了，再也听不到恩师的讲课，老师帮了我这么多，我还没来得及报答就离开了，我对不起老师……这时候，我听到身后有急促的自行车声，我下意识地回头去看，老师和师娘已到跟前。师母把我拉到怀里，一边拍打我一边骂我傻。于老师说了一句话，至今想起来我还温暖："你不是让我给你当哥哥吗？为什么有委屈不和哥哥说呢？为何要做傻事？"直到现在，我可以在恩师面前撒娇，可以和恩师开玩笑，可以和恩师无拘无束地在一起喝酒、吃饭、唱歌、跳舞……

后来，在恩师晓之以理动之以情的劝说下，父母改变了心意，不再逼我，我终于可以继续读书了。恩师也积极地为我去乡里申请困难户的待遇，我顺利地上完高中，并考上了师范院校。终于圆了我的大学梦。毕业后，我也成了一名光荣的人民教师。

有一首歌《长大后我就成了你》，让我每次听到都会百感交集，都会想起对我恩重如山的于长海老师。我是不幸的，我也是幸运的。因为我有一位亲哥哥般的恩师，这就是我与恩师的兄妹情！永恒的师生，永远的兄妹！

2012年7月23日

以爱之名 只为遇见

浅秋，有一种温暖，只因一份遇见。遇见你的美文，遇见你的笑容，遇见你的相拥，遇见你的善良，也遇见你的相知相惜和相守。

爱，从来不会因距离的远近而论轻重，也不会因性别的差异而论深浅，更不会因物质的多少而论高低。只有“懂”才是爱的真谛。

网上初见，十首《爱的呢喃》让我深陷，从此你的博客成了我夜里的栖息地。我们用文字相聊甚欢，彼此挂牵，一日不见，如隔三秋。

青岛笔会，我们如约见面。相拥的那一刻，我们都泪流满面，相见恨晚。三更夜半，我们聊兴正酣，何时进入梦乡，只有月亮知晓。那种知心、那种满足，只有你我懂得。

一次次笔会，我们相约相见。一次次电话，连接着我们深深的思念。特别是你的东营之行，我的南阳之约，让我们从陌生到熟悉，从熟悉到相知，从相知到相念。异地闺蜜这四个字是诠释我们姐妹情谊的最好语言。

再过几天，就是秋渊妹妹五十八岁芳辰。我翻着日历，数着这如梭似箭的日子，生怕因繁忙家务错过。期待这一天，我要把我的祝福送上，又怕时间太快，带走我们更多的相思和相见。

今天，我只想说：秋渊，我以爱之名，只为和你遇见，就让我以爱的名义祝福你：愿温暖以怀，岁月无恙，秋月明媚，文采飞扬，生命康泰，生辰吉祥！

写在异地闺蜜秋渊生日之际

2021 年 9 月 1 日

异地闺蜜情缘

有一种爱，叫异地闺蜜。我相信，没有几个人能像我一样幸运。通过虚拟的网络，通过文学的载体，我拥有了一份真切的、令人羡慕的异地闺蜜情缘。

秋月是我的河南南阳的文友罗秋渊妹妹的笔名。因为我们相识于网络，秋月这个名字对我来说，比秋渊见得更多，更熟悉，更亲切。在这里，我还是称她秋月吧！

说起秋月这个异地妹妹，我有太多的感怀。

五年前，我偶然在博友空间里，看见秋月的名字。当然吸引我的并不是秋月二字，而是秋月那行云流水般细腻的文笔，恣肆徜徉、情文并茂的文风，特别是《爱的呢喃》系列篇，更是扬葩振藻、璧坐玑驰、辞无所假、鳖金结绣，让我百读不厌，爱不释手。古语有云：文如其人。我想秋月一定“气质美如兰，才华馥比仙”吧！

从那时起，我们互加好友，成了真正的博友。我常常在夜深人静的时候，独坐电脑前，品读秋月的绵绵细语，似水柔情。她如诗的文字总能带给我无尽的遐想，她如画的意境总是让我欣然陶醉。我在她婉约的诗意里，采摘那柔柔的心语，在她素纸淡墨间，寻找那纯情的微笑和深情的回应。我在学习借鉴的同时，还经常给秋月的文章写评语。我说：“秋月妹妹，你淡语心墨，抒写一种靓丽的风情，穿梭在你的字里行间，墨香凝结的情韵，悠远而绵长；感谢网络，让我们彼此在文字中找到知音，享受一份友爱的温馨。”秋月也会及时的给我回复留言。她说：“你温馨的问候，在文字间轻舞，满怀的深情，浸染红尘执手的墨香。你让祝福与思念穿越我的心海，你让缘分穿越方寸荧屏，寄予一份深情，沉淀感动与幸福的情谊。让我们做世界上最幸福的姐妹，只为你我曾经的懂得，让我们彼此好好将这份情缘珍藏。”

从那以后，我们用文字在空间里频繁互动，彼此欣赏。共同的情趣，共同的情怀，让我们彼此的心灵一步步靠近。闲暇时间，我们也会向老朋友一样聊聊家常，说说知心话。冰冷的键盘，传递着爱的暖流；一根网线，连着两颗火热的心。就这样，我们在网络里握手，在文字里言欢。我们虽未谋面，却能听见彼此的心跳；我们虽不相识，却彼此相知。友谊的火种，开始在我们的心底燃烧，我们期待相拥的那一刻……

第二年春天，我们俩的散文在全国情感主题大赛中双双获奖，我们可以同时赴青岛参加全国散文峰会暨颁奖盛典。当我们得知这个好消息的时候，都为能够有机会见面而万分激动。此时此刻，相见的渴望远远大于获奖的喜悦，我们焦急地等待着这一天的到来。

2012年4月22日，是我永远无法忘记的日子。在青岛海天大酒店，我们像老朋友一样紧紧相拥在一起，久久不愿分开。随后我们便姐姐长，妹妹短地交谈起来。奇怪的是，我们第一次见面，却没有生疏感，没有戒备心。我们手相握、心连心……我的眼睛开始湿润起来，秋月的眼里也分明有晶莹的泪光……

我们白天一起参加文学盛会，与来自全国各地的文学大师交流写作体会，与获奖文友探讨创作心得；夜晚，我们一起牵手散步，彼此交心，说说工作、生活中的喜悦与烦恼，我们是那样的信任，那样的忘情。遗憾的是，当时，为了照顾东营同行文友的心情，我没有和秋月同住一室，现在想起来这一直是个不小的憾事。

会议除了安排颁奖、讲座活动以外，最后一天还安排了文学采风活动。秋月是第一次来青岛，采风对秋月来说自然是开心的事。可是，当时我的膝盖半月板损伤，不能爬山和登高。我提出不随团去采风，秋月坚持要陪我走，看看风景也比在宾馆待着强。为了不让秋月失望，也为了多点时间和秋月在一起，我便一同去采风。我想如果有爬山登高的项目，我就在山脚下等着她们便是。

上午我们在海边观光游玩。由于活动强度不是很大，加上秋月的小心搀扶照顾，我的膝盖还能坚持。我和文友们一起边观光边照相，非常开心。特别是和全国著名的文学巨匠张守仁大师、著名作家兼《人民文学》编辑杨海蒂老师、《青海湖》编辑辛茜老师同游，近距离的交流取经，这更是难得的机遇。下午会务组安排了爬山的活动，为了不拖累大家的进程，不影响大家的情绪，也为了避免膝盖的半月板旧伤复发，我决定不随大家同行，在海边慢慢散步，等待大家归来。

我的提议大家都认为合情合理，也是唯一可行的办法。秋月坚持不随团爬山，秋月说："我不能把姐姐一人放在海边，没有人陪伴，既不安全，也太无聊，你们去吧，我陪姐姐在海边走走。"我不同意秋月这么做，我深知秋月从河南来山东不容易，第一次来青岛，能和全国各地的文学大家一起采风，机会非常难得。我不能让秋月白白浪费这样的好机会。就这样我和秋月一个坚持陪伴，一个坚持独自行动，相持不下。最后，拗不过秋月的再三恳求，她还是陪了我两个多小时，才与采风团会合。这两个小时，在时间的长河里很短很浅，可是，在我生命的记忆里却很长很深。仅仅是初次见面，仅仅因为爱好文学，她就放下自己没有看过的风景，放下与仰慕的文学大师及文友学习交流的机会，无怨无悔地陪伴在我左右。不知道有几个人可以做到？就算多年的朋友也未必这样选择啊！秋月她做到了，并且是自愿的。这份爱深深植入我的心海，一种深情的触动，一种沉香的甘甜，溢满我的心田。从此后，秋月这个名字，再也没有走出我的心海。

很巧，来年的深秋，我们又一同应"红高粱之约"参加了全国第二届旅游散文创作峰会，在莫言的家乡——高密，我们重逢了。这一次，我们少了惊喜，多了默契；少了拥抱，多了交流。我们同吃、同住、同行，说着只有我们自己才懂的心里话，常常是一聊就到了天亮。我们有说有笑，幸福开心的样子，就是一对闺蜜，让每个文友都羡慕感叹。三天的时间很快就过去了，我们还没有亲够，还有很多的话没有说完。我力邀秋月和我一起前往我居住的城市东营小住，看看我的生活环境，结识我的亲朋好友。秋月爽快地接受了我的邀请。

翌日清晨，我们一起踏上了去往山东东营的车程。一路上，我异常兴奋，给秋月介绍东营的风土人情、自然景观、人文地理以及饮食文化等。看得出秋月也为有机会来东营——我的家乡——由衷地开心。

将近中午一点，我们终于携手踏上这片共和国最年轻的土地，中国第二大油田——胜利油田。丈夫和朋友们早已在饭店等候远到而来的客人。接下来两三天，我把我的各路朋友分期分批地介绍给秋月。带她参观了东营，游览了东营自然景观黄河入海口和东营湿地公园。晚上秋月住在我家，我们躺在一张床上，说说笑笑，心情无比激动。多少年了，除了小时候，和我的发小徐凤经常这样无拘无束，再也没有过这么愉快的体验了。此时此刻，我又找到了这样的感觉，倍感苍天待我不薄，半百年华，还能让我遇到这样的缘分，拥有异地闺蜜，此生足矣！

分别的时候，我们姐妹依依不舍、相拥而泣，真是相见时难别亦难啊！我们相约，来年南阳月季盛开的时候，我们宛城再会！

秋月走后，我久久不能平静，和朋友聚会的时候不知不觉便提到了秋月。朋友们都说：秋月她无论是善良的品德，还是过人的才情；无论是温婉的脾性，还是优雅的谈吐，都令人折服，令人敬佩！我为能和秋月在茫茫的网海，不期而遇，在文学道路上，邂逅这份姐妹情缘而庆幸！在心底默默感念命运的恩赐，珍惜我们的异地闺蜜情缘，期盼下一个相逢的机会！

无巧不成书。今年五一节刚过，我们单位的老领导要去中原油田给师傅庆祝八十大寿，领导安排丈夫前往关照。得知这个消息，我彻夜未眠，决定陪同丈夫的中原之行，借此机会，看望我的异地闺蜜秋月妹妹。秋月接到我的电话，兴奋地说：“太好了，月季花开了，真的可以见到姐姐了！我会好好安排姐姐在南阳的行程，一定让姐姐高兴而来，满意而归。”

妹妹是这么说的，也是这么做的。我们一行四人中午到达了南阳，秋月和妹夫在高速路口早已恭候多时了。百忙中的妹夫亲自陪我们一同用餐。言谈中发现妹夫贵为高校的领导，却也平易近人，开朗、爽快，真诚、厚道。

吃罢午饭，稍作休息，秋月就安排我们参观了南阳名胜武侯祠和汉画馆。让我们领略了中国唯一的君臣合祀祠庙、“三国圣地”的历史文化和汉代画像石刻艺术的精妙所在。

晚上，秋月在白河之滨的“百合盛宴”为我们接风，邀请了南阳著名的青年作家鲁钊、杨静、李远，还有宛城文学网的文朋诗友作陪，令我倍受感动。还得到了鲁钊和杨静两位作家的赠书《直面“皇叔”二月河》和《行吟山水间》。对于一个文学爱好者来说，没有比这样的见面礼更加宝贵的了！来南阳的第一天，秋月就让我品尝了一顿文学盛宴，这番良苦用心我了然于心。席间，秋月和妹夫的和蔼可亲、文友们的热情似火一下子拉近了大家的距离，我们一行四人很快融进了南阳的风情，推杯换盏、畅所欲言，一顿饭的工夫，大家仿佛已是久违的朋友。

饭后，我没有随丈夫一起住宾馆，而是住在秋月的家里。秋月为我准备了毛巾、牙刷、拖鞋、睡衣等日用品，为我调好洗浴设备。秋月是那么周到，那么自然，丝毫没有客套的意思。而我似乎也很享受妹妹为我所做的一切，并没有刻意的谦虚和阻止，仿佛是久违的亲人相聚。我们姐妹洗漱后躺在一张大床上，说着心里话，越说越兴奋，越说越知心。由于旅途劳累，我不知道什么时候睡着了。而秋月竟然一夜未眠，早早的起来准备早饭，安排一天的行程。鸡蛋面疙瘩的味道极好，没有想到秋月也喜欢这一口，真是缘分无处不在啊！我真的心疼秋月的身体，为了我她一夜未眠，我担心她第二天会吃不消。没想到她第二天竟然没有困意，也没疲倦的感觉。还是那么精神百倍，生龙活虎的样子。我想秋月一定是太过紧张所致，而秋月却说她是因为太兴奋、太高兴了的缘故。

接下来的两天，秋月又安排我们参观了丹江口渠首（南水北调的源头）和大观园，观赏了南阳市花月季基地，还有内乡县衙、医圣祠、张衡纪念馆等景点。南阳的月季敢和牡丹媲美，比玫瑰还雍容华贵，红的似火，粉的迷人、黄的绚丽，各种各样的颜色，姹紫嫣红，应接不暇，不愧为南阳市花啊！其他景点也都各有千秋，历史文化底蕴深厚，值得一看！那几天，汉家将相、居仁堂主、日月知心、碧海青天等宛城文学网的文友都和秋月一样放下工作和家中事宜，专程陪同。秋月的两个大学同学也都热情招待。这样的气氛、这样的场面委实不多，感动之余，我有些内心不安。居仁堂主是导游兼摄影师，默默付出，老黄牛般任劳任怨；日月之心热情开朗，仗义豪爽，颇具女侠风范；柳依依温文尔雅，出语不凡，有江南才女的味道；汉家将相温厚善良，有兄长般的感觉；碧海青天正向他的名字一样清澈透明、富有内涵。还有那两位叫不上名字的大学同学，虽为政界官员，却也是重情重义、爽朗豪气。他们都是秋月的朋友，他们都是那么优秀，他们都是南阳人。从他们身上，我看到了南阳人厚重的历史文化素养、质朴纯正、坚韧不拔、乐观豁达的人格魅力和胸怀天下，敢于担当，勇于创新的气度。我也看到了秋月作为一位已经进入知天命之年的、爱好文学的女性，能够拥有这么多肝胆相照、堪称老师的文朋诗友，这么多崇拜、敬重并真心实意帮助她的同学同事，足以说明秋月的人品、才情、能力赢得了大家的厚爱！我为我的闺蜜自豪，我也为能够得此闺蜜庆幸！

南阳之行再一次见证了我们的友谊，见证了我们的异地闺蜜之情。我舍不得离开南阳，舍不得刚刚结识的南阳文友，也舍不得南阳美丽的月季花，最舍不得的还是那个让我感动、让我温暖的闺蜜、那个“皎洁的秋月”！

正如我在最后的送行宴上即兴所作：

异地闺蜜结深情，

手捧温暖回东营。
感恩南阳众朋友，
唯愿山东再相逢。

是啊，有一种温暖是有一个人，不在身边却依然可以让你微笑；不在一起，却能心心相通；好久不联系，却会常常关注对方的天气；虽然相隔千里，却能彼此牵挂！这就是我生命中的一份厚爱，真挚的异地闺蜜情！

2014年5月20日

知己二哥

人生得一知己足矣。三十年前，我感叹今生或许不会有这样的知己，三十年后的今天，我可以自豪地说：“我很幸运，不仅拥有完美的爱情，可贵的亲情，还有足以让我欣慰的知己，一个懂我的人，一个可以陪我疗伤的人，一个结拜兄长！

二哥！今天我这样叫你，不仅仅是我们已经结拜，而且是三十多年来，你一直是以大哥的身份给予我很多的关怀和帮助。哥，这个字眼，对别人来说也许是一个普通的称呼，但对我来说，却有着刻骨铭心的向往。童年的我奇怪自己为何没有兄弟姐妹？为何没有一个哥哥保护我？青年的我知道了自己的身世，知道在遥远的山东有一个亲哥，那时，我是多么想能够扑在哥哥的怀里，能够把喜怒哀乐讲出来。

1983 年我来到山东，找到了我心里一直呼唤的亲哥。可是，我还没来得及把我的全部情感融进哥哥的血液，1985 年哥哥却调回老家惠民，我的哥哥从我的身边再次远离。那时，我多么不想他走，我多么想在今后的岁月里有哥哥的呵护，有哥哥的陪伴。哪怕哥哥打我骂我，哪怕我们争吵，哪怕我们赌气……

后来我与你以学生家长的身份相识，又以同事家属的身份熟悉，你一次又一次帮我修理电脑，帮我处理难题，帮我摄影，帮我驱散迷雾，再后来我们成了无话不谈的朋友。你积极、乐观、向上、奋发的拼搏精神，一路激励着我走上小学校长、党校校长、工会主席的领导岗位；你谦虚、宽容、仗义、善良的优秀品德，一直在默默影响着我的一言一行；你平易近人、光明磊落、肝胆相照的为人处世之道，为我点亮人生航标；你在科学技术、诗词歌赋、天文地理等各个领域的博学成就，为我打开一扇天窗，使我懂得生活需要拼搏，更需要爱，在每一个角落里都有属于自己的亮光，都有生命的绿色！

就在大红煤夏大哥的家里，我们三个是那么惺惺相惜，聊天是那么投机，我们三人酒借英雄胆，学习桃园三结义，结拜成三兄弟。从此，我的身边有了两位肝胆相照的好兄长。老天抢走了我的一位哥哥，又送给我两位哥哥，或许这就是天意吧！我时常会感谢上苍，其实老天还算公平的，在我的生命里，让我经历种种磨难，不为别的，就是为了让我懂得去珍惜家庭，珍惜亲情，珍惜友情，珍爱生命！

一晃三十多年过去了，二哥你没有忘记我们的结拜情意，也没有忘记履行你的兄长职责。我最高兴、最开心的时候总是你在摇旗呐喊，把我的快乐延续再延续。比如我的生日，十几年了，没有特殊事情，你总是带领要好的兄弟姊妹提前为我祝福，每一次都是精心准备，每一次都会留下难忘的回忆。比如我的每一点进步，每一次获奖，每一次外出，你都会给我祝贺，给我加油，给我接风或送行！在我最失意、最郁闷、最烦恼的时候，你也总是用你自己的办法，陪我静静地坐一会儿，陪我说说话，让我无所顾忌的倾诉，陪我在大自然里走一走，拍拍照，让我的心情豁然开朗，迷雾尽散……比如在我退休后，一段时间不适应，一段时间没心情，你第一个发现我低沉的状况，第一个邀请我踏春，你让春风吹走我的烦恼，你让春色找回我的快乐，你让我学会了运用大自然疗法，使我的心情重新振作起来！比如我醉酒更年期发作，对你发脾气，你没有责备我对你的不尊重，而是担心我的身体是否好些？担心我的心情如何？你说了一句让我感动落泪的话，你说："我如果不能体谅你的心情，不能容忍你更年期的坏脾气，那我就不是你哥！"

有道是患难之处见真情，多少人能够同患难却不能同富贵。三十多年一路走来，我们的友情、亲情经历了时间的考验，如今我们都已经两鬓斑白，都已经有了孙辈，我们依然是好朋友、好兄弟、好知己。我庆幸我能够结识并结拜你这样的好兄长，我为拥有这样一位几十年如一日的好朋友、好哥们而感到幸福！

记得，曾经有人问我你是怎样的人？我说，你就像一片沃土，一片厚重的沃土！你热爱阳光，但不惧怕黑夜；你渴望雨露，但不怨恨风雪；你欣赏身边的每一个生命，只要有能力，你就会毫不吝惜自己的一切，你愿意用自己肥沃的土壤，为每一个生命增添绿意，你也由衷地祝福，这些生命在秋天到来的时候能硕果累累！但你从不去想，这些丰收的果实里是否有你的付出。

也许，这些只言片语还不能真正地刻画你的灵魂，但却是我灵魂深处对你的一份理解和诠释。

2011 年冬

与狼对峙

“狼，狼！老公救我！”睡梦中，我凄厉的喊声惊醒了熟睡的丈夫。丈夫把我推醒，体贴地询问：“做噩梦了吧？”惊魂未定的我想起梦中被狼撕咬的情景，还是有些后怕。看了看表，已经是凌晨四点十分，知道不可能再有睡意，索性披衣坐起。老公不听我的规劝，也陪我坐起，一副洗耳恭听的样子。

记不得有多少次了，半夜醒来我要给他讲故事。开始是我逼迫他听，睡眼蒙眬的他听到多少，记住多少没人知道。几十年过去了，他早已习惯半夜三更听故事了，这种情景也成了我的一种独一无二的幸福。

狼闯梦魇，话题自然由狼开启。四十多年前，我与养父在割草回家的途中，与两只狼对峙，当时的场景至今还历历在目。

那年我十三岁，养父六十四岁。养父母虽然对我疼爱有加，却已年迈，苦于生计，不得不让我学做一些家务。每年都要到三十里外的大草甸子割草，早已成为我的一项义务。

那一天我与爹爹和往常一样，拿着扇刀和镰刀，背上准备好的干粮和水壶，不到五点就出发，一路南行，直奔一望无际的大草甸子。我年龄小，养父年龄又偏大，家里穷得连一辆破旧的自行车也没有。三十多里路，我们父女俩常常要走四五个小时。茂盛的和近处的青草，早已被有自行车又年轻的村民割走了，我们只好走很远的路去寻找青草。

有一片青草格外茂盛，却意外没被人割走。喜出望外的我们急忙扑进这片草甸子。走进去方知原来这是一片水洼，草虽茂盛，却要双脚泡在水里才能割草。走得又累又饿的我们实在不想再走了，决定在水洼里割草。

我和爹爹忘情地割着那又密又硬的紫根青草，忘记了时间，忘记了饥饿，顾不上蚊子牛氓的叮咬，也顾不上双脚在水洼里早已浸泡得肿胀起来。不知不觉间，大片的没过头顶的紫根青草倒在了我们的脚下，在强烈的阳光暴晒下，都弯曲了叶子，绿油油的青草慢慢变成泛白的干草。还是孩子年龄的我，偶尔也调皮地钻进草丛里，和爹爹躲猫猫，引得爹爹不得不停下来擦擦汗、喝口水，大声嘱咐我："别跑远，有狼啊！"有时不小心，我也常常被那种带倒刺的三角叶草划破手指，鲜血滴答滴答地落在草叶上，看着都眼晕。那时候，没有什么创可贴能用来包扎，伤口轻就用口含一下，伤口重就用衣角紧紧裹住，使劲儿用手握住，直到不再滴血，就能继续割草。有时不小心也会被水下的草根绊住，镰刀碰到小腿上，拉出一道长长的口子，疼得我一下扔掉镰刀，眼泪扑簌簌地流下来，不敢大声哭喊，怕爹爹担心，也怕天黑前割不完，回家晚了就危险。

也许是因为这一次的草又高又硬，还是紫根的，很难碰得上，我和爹爹真舍不得离开这片好草。太阳不知不觉就偏西了，天慢慢地暗下来。爹爹一声不好，赶紧让我收拾东西，并给我们割下的草做上记号，免得隔天找不到。天越来越暗，眼见夕阳的余晖就要藏进那抹灰红的云彩里。我和爹爹顾不得又累又饿，沿着回家的方向一路小跑。爹爹毕竟年龄偏大，喘气声越来越粗，我一直瘦小柔弱，也跑得上气不接下气。

就在我们紧张地赶路时，爹爹突然停住脚步，一把将我拉住，大声和我说："坏了，遇上狼了！"这时我定睛一看，大约十几步远，有两个黑影越来越近，两道绿光十分明显。我害怕极了，赶紧躲在爹爹的身后，两条腿不停地颤抖，邻居郭大爷被狼活活吃掉的事情浮现在眼前，我不由得掉头就跑。"别跑！找死啊！"爹爹一声训斥，把我吓得赶紧停下。爹爹两手紧紧地端起扇刀，眼睛直盯着那两只狼的身影，吩咐我："快拿干草围着我们堆成四堆，把草点燃。"这时我如梦初醒，想起临走时爹爹千叮咛万嘱咐我的事情，万一碰上狼，千万别跑，生火发送信号。一来狼怕火，二来村子里有个不成文的约定，只要见到有四堆火燃烧，就说明有人遇到狼了，大家就会前来营救。想起这些，我立马在周围堆柴火，并迅速点燃。四堆火慢慢燃起，火光中我看见爹爹的额头都是汗珠，两只眼睛发出沉着、冷静、机警的光。是啊，爹爹虽然年迈，但毕竟是参加过抗联的人，关键时刻，临危不惧、机智勇敢的作风就展现出来了。看到爹爹的勇敢，我也不再害怕，继续往火堆里添柴，手里的镰刀握得更紧了。

大约十多分钟过去了，那两只大尾巴尖耳朵的狼，一直在我们十几步远的路上，来回走动，时而坐下，时而站立。似乎在与我们耗时，又似乎在等待我们的火熄灭。是啊，不知是哪一家割下的干草被我收拾得所剩无几，恐怕没有多少时间，我们的火堆就会自动熄灭。爹爹看到这些，脸上也流露出无助。爹爹小声告诉我："如果火堆熄灭，还没有人来救援，狼就会慢慢往前移动，那我们只能拼了。我在前面用大刀对付它们，你背靠着我，如果狼前后夹攻，你就用镰刀砍。能拖延多长时间就拖延多长时间。我年龄大了，死不足惜，但愿能有人来救你才好。"听了这话，我不知道哪来的勇气，对爹说："爹，不怕，大不了一死，我们和它们拼了！可是，娘一个人咋办？"我的话让爹爹一阵难过，"那没办法，你娘只能自己过下去了。"爹这样沮丧地说。

眼见得火焰越来越小，天也更暗了。这时，我听到远处有甩鞭子的声音，似乎也伴有马蹄的疾驰。我和爹爹对视一下，都很激动。这时，我看见狼也站起来，竖着耳朵听了一会儿，又来回走了走，好像在辨别马蹄声的方向，又似乎在思考是不是马上撤离？马蹄声越来越近，甩鞭声越来越响，爹爹确定是有人看见了我们的求救信号，不停地甩鞭子来震慑狼。只见这两只狼更加不安起来，在原地来回转圈。爹爹趁机不停地晃动扇刀，并让我敲击两把镰刀。咣咣的金属碰撞声，配合远处鞭子的啪啪声，鼓舞了我们的士气，更加震慑了狼。我不再害怕，我看到了希望。

大约又过了五六分钟，我们清楚地看见了两辆装满干草的马车飞奔而来，甩鞭声如同春节的鞭炮声，清脆响亮。爹爹立即把从家里带来的一挂小鞭炮点燃向狼扔去，噼里啪啦的鞭炮声把两只狼吓了一跳，眼见着马车也到了跟前，两只狼迅速地向周边的草地窜去。

我和爹爹一屁股坐在地上，站不起来了。马车上跳下来一位叔叔，大约四十来岁，我们不认识，他说是邻村的，姓王，老远看见有四堆火，就急忙向这个方向赶来。王叔叔把我爹爹也训了一顿："你看看你们这一老一小，怎么不早点回家？这不是等着喂狼吗！快上车吧，别等这两只狼把其他狼群引来，那样咱们就都走不了了。"另外一辆车的一位叔叔没下车，在车上也说："这两只狼是不饿啊，要是遇上饿狼早就把你们吃了。"

王叔叔用力把我和爹爹推上车，我的两条腿一点力气也没有了，卷缩在草捆里，浑身直打哆嗦。爹爹有气无力地对那王叔叔说："今天真是险哪，要不是你们来，我俩就没命了。越想越害怕啊！真是太谢谢你们了！"王叔叔说："谢倒不用！你们以后可不能再这么晚收工了，贪多嚼不烂，晚了太不安全！你也是老人了，怎么能犯这样的错误？""这不是难得遇上一片紫根草，不舍得走，多割了一会儿，没注意就天黑了吗？"爹爹不好意思地解释。"那也不行啊，再好的草也不能不要命啊！你看这丫头还这么小，怎么不让大孩子来呢？"王叔叔这一问，爹爹只好把我们家的困境和盘托出："家里哪有大孩子啊，就这么一个宝贝丫头。我也舍不得她这么小就来吃这个苦，可是没办法啊，我和她娘年龄大了，我的眼睛又不好，她不来咋整啊！"听到爹爹的话，王叔叔也是一声长叹："家家都有一本难念的经啊！可怜这孩子，这么小也只能遭这罪了！"

爹爹和王叔叔就这么你一言我一语地聊着，不知道何时我睡过去了。到了家门口，爹爹把我叫醒，我们拿着割草的工具下了车，千恩万谢地目送两辆马车远去，爹爹还不忘了嘱咐我："到家可别和你娘说我们遇上狼了，要不你娘还不得吓死啊！""我知道，我不会让娘担心的。"我赶紧对爹爹说。

谁知，爹爹嘱咐我的话竟被在家门口等我们回来的娘听到了。"什么？遇上狼了？我说怎么这么晚还没回来呢？丫头没事吧？”娘冷不丁这么一嗓子，也把我们吓一跳。爹爹看瞒不住了，不得不把遭遇狼的经过一五一十地和娘说了一遍。娘是又气又怕，一边把我拉到身边，紧紧地抱着我，一边数落爹爹的不是：“你这个死老头子，告诉你多少次了，让你早点回来，早点回来，你就是不听！要是真让狼把你们吃了，我可怎么活呀？”娘说着说着就哭起来了。我和爹爹赶紧劝慰娘，答应以后一定早点回家，再也不敢贪黑了，才算把娘安慰好。

这次与狼遭遇的经历，很长一段时间让我惊魂不定，睡梦中时常被狼吓醒。直到多年后从东北来到胜利油田，脱离那个原有的生态环境，才慢慢抹平那份惊悸。但如果偶尔说起来童年的故事，这份记忆也是最深刻的。

这几日时常看到小孙女动物图片中的狼，脑海中尘封的往事便又断断续续的地浮现眼前，睡梦中又开始了“与狼共舞”的片段。

有人说，经历就是财富，可每个人都不希望有这样的经历。而我却意外拥有了。我想，这就是上天给我的一份独一无二的财富吧！我应该让生命绽放出属于自己的绚丽，才能不负上天赐给我的这场历练，不是吗？

2019年5月20日

秋芦　吕幸端／摄

清明札记

又是一年清明时，柳条嫩芽初绿，天气渐渐有了暖意，封锁了一冬的心，开始随着春风荡漾起来。

可是，今年的清明对我来说，却是一个忙碌又纠结的时节。清明扫墓是一个传统的纪念亡人的方式，几千年来，中国人早已习惯了在这个时候为过世的亲人添把土，点炷香，摆上供品，跪在亲人的墓前，给亲人烧点纸钱，念叨念叨往事，以此来寄托哀思。我也不例外，每年的清明节，都会按照惯例给亲生父母、养父母、继母和公爹六位亲人扫墓，今年自然也应如此。可是，我在三八节摔伤的腿还没有彻底痊愈，不能走长路，也不能下蹲和跪地，扫墓自然就有一定困难。老公和朋友劝我今年放弃扫墓，别为扫墓加重伤情。

清明前夕的一个夜晚，相继而去的六位老人却不约而同的进入我的梦中，曾经的岁月、点点滴滴的往事、浓浓的亲情，伴着绵绵心痛都在梦境里一一浮现。我多想这个梦永远不醒，让我与亲人们再多亲近一会儿，让我能够多享受一会儿父母的呵护，我多想说，爸爸妈妈们，你们为何舍得把女儿一人扔在世上领受孤独和思念呢？为何不愿陪伴女儿享受人间的温暖？老公说这是思念所致，所谓日有所思夜有所梦而已。可是，这个梦让我不再纠结，我要忍痛坚持去给亲人扫墓，我坚信泉下有知的亲人正在盼望我的到来，正在期待我的出现。

4 月 2 日是清明假期的第一天。清晨起来就能看见窗外细雨蒙蒙，天气阴冷，好似亲人眼里的雾水。我突然想起大诗人杜牧的诗句：

清明时节雨纷纷，路上行人欲断魂。
借问酒家何处有，牧童遥指杏花村。

不再犹豫，我立刻打电话给哥哥、弟弟、妹妹，我们约好一起去惠民老家给亲生父母和继母扫墓。早晨九点整我们兄弟姐妹一行六人驱车前往老家。丝丝小雨伴随我们一路，仿佛知道我们的心情，不忍离去。公路两旁的柳枝已经泛黄带绿，在春风里摇曳，在春雨的滋润下更显春色盎然。可是，车里的我们似乎心思不在这里，都在尽情地回忆着老人在世时的一言一语、一颦一笑，哪怕是对我们的打骂也成了美好追忆。此情此景使得灵感从我心底迸发，我便随口吟道：

清明前夕雨蒙蒙，惠民之行祭亲人。
初牙嫩柳无心问，追念恩情泪盈盈。

弟妹们调侃我诗兴大发，我便乘兴又卖弄了四句：

怀念双亲泪盈盈，清明回乡悼亲人。
一言一行都入梦，满腔哀思寄春风。

车行不到两个小时，我们便来到惠民高家村，在哥哥的带领下，我们与村里的一些亲戚一起来到父母墓地的地头，我却开始犯难，到墓地还有很长一段土路，而且因为下雨更加泥泞，即便是腿脚好的还要小心谨慎，我的腿伤未愈，实在不便。大家都劝我在地头祈祷便是，心到意到就好，不要强求。于是，我只好把买好的祭品给嫂子，让大家帮我扫墓，我也只能按大家说的在车里闭目祈祷了。心有不甘，却是无可奈何。好歹是来了老家，问心无愧了。扫完墓，大家在大哥家畅聚了一番，浓浓亲情尽在不言中。

4 月 3 日，清明假期的第二天。这一天风和日丽，春暖宜人。很多朋友都一家一家的相约爬山踏青去了。我却还有一桩心事，那就是给养父母扫墓。虽然前一天给亲生父母、继母没能亲自祭奠，但是，有兄嫂弟妹们代劳也算完成心愿。可养父母无儿无女，就我这么一个孩子，我如果不去，那便无人能为老人扫墓。想起养父母的恩情，想起养父母给我的爱，我便再次下决心去给养父母扫墓，不能让他们失望，更不能让自己愧疚。好在养父母的墓地是我和丈夫在盛世陵园为老人家买的，路近好走，开车也就二十分钟。于是，我便和丈夫、儿子准备了老人们生前最爱吃的点心和鱼肉、准备好鞭炮和酒，一起驱车前往陵园。

来到养父母的墓前，丈夫说你就不用跪拜了，老人家也不会怪罪你的，你就动嘴指挥我们爷俩就行。他的一席话让我热泪盈眶，这么多年丈夫不仅信守承诺与我一起给养父母养老送终，老人家过世后他还和我一起给养父母扫墓，丈夫从无怨言，想得比我还周到。老人就是有亲生儿女也未必如此。我有此丈夫夫复何求？养父母有这样的好女婿夫复何求？不善言谈的丈夫用实际行动践行一个好丈夫、好女婿的职责，我只想说，老公，今生有你，我满足！

就这样我站在丈夫和儿子的身后，看着丈夫和儿子摆好祭品，一张一张地烧着纸钱。纸灰随风飞舞，有的落在丈夫身上，有的落在儿子头上，有的贴在我泪水滑落的脸上。一时间仿佛两位老人家离我们很近很近，我的思念他们似乎知道，这飞舞旋转的纸灰就是养父母的灵魂，他们借这个载体来表达对亲人的思念。我用手摸摸那个刻着养父母名字的墓碑，虽然是冰冷的，却是亲切的。这是我和丈夫在三年前的今天亲自给老人家修建的，这两个名字伴随了我的童年、青年、还有成年，如今躺在这里，是这么安静，我的心也是这么安然。我双手合十，心里默默地对老人家说："爹、娘，您老人家就放心吧，我很幸福！感谢您二十多年的养育，感谢你们给我的爱，我会每年来看望你们，请您保佑全家安好吧！"

4 月 4 日，清明节，也是假期的第三天。忙碌了两天的我疲惫不堪，由于活动过多，腿伤更加严重。可是，想到还有公爹的墓没有扫，我是强打精神准备前往沾化为公爹扫墓。丈夫和小姑子都说老家的姐姐妹妹们已经去过了，知道我腿伤没好，就没有等我。丈夫和小姑子的话让我的心里暖暖的，我知道，这是丈夫和姐妹们对我的体谅和关怀。每年的这一天我都会回去，一来是沾化的风俗是媳妇和女儿们上坟，而儿子不能上坟，我若不去，我们这一家就没有代表了。二来是，借这个事情，家中的所有姐妹们都能见到，也是姐妹相聚的好机会。同时，我与公爹相处很亲，是父女一般的感情。最让我感动的就是公爹在重病期间，还偷偷嘱咐婆母多擀一碗面条，给我吃一碗。因为公爹知道我爱吃手擀面。在公爹弥留之际，吃不下任何东西，谁喂也摇头不要的时候，我给公爹扒的螃蟹肉公爹却没有拒绝，虽然嚼了半天还是咽不下，但是，公爹的心情我能懂得，就是不让我难过。为了减轻公爹的痛苦，在明知癌症晚期无法挽回，我和丈夫还是专门去济南为公爹买药，六千余元，我们自己承担，没让兄弟们分担。明知留不住老人家，就是想让老人走得慢些，疼得少些。现在老人走了五年了，唯一能为老人做的就是给老人家扫扫墓，我却没有去，心里不是滋味。这份哀思只能寄予清风，把我的一腔怀念，捎给泉下有知的公爹了！

清明时节，春天的开始，愿生者生机勃发，愿逝者英魂安息！

2010 年清明节

三只“虎”三结拜

我和老马、老张三人都属虎，是结拜兄弟。

有一天朋友聚会时，八个人因为有事走了五个，只剩我们三人了。我们一看乐了，怎么这么巧就剩三只“虎”了呢？于是三个人一起喝酒、一起聊天，讲起了各自的身世。最重要的是我们都有共同的爱好。

我们都喜欢舞文弄墨。其实我根本谈不上舞了，就是喜欢没事的时候写点心情文字、顺口溜什么的。二弟老马可是不得了，出口成章，讲历史那是一套一套的。办公室里、家里，到处都是书籍。他说穷得就剩这些书了。每天看书成了老马的一个习惯，一晚不看书，就像少了什么似的，好几天都不得劲儿，说他是书痴，一点也不假。三弟老张那是典型的文化人，上知天文下晓地理，人送外号“万事通”。我们三个有事没事总喜欢写点什么，不为名利，只为记录生命轨迹，留给未来的自己一份美好回忆。

我们还都喜欢品茶。二弟三弟的茶道那是没得说，我可是没少享受。每次聚会结束，老马都会盛情邀请大家到他的办公室喝茶。他会亲自动手为大家冲泡功夫茶。他一边娴熟地奉献他的茶艺，一边津津乐道地说着茶道。那神情、那感觉仿佛就是得道高僧。老马平时不善言谈，有时还很严肃，可是只要一坐在茶海旁边，他就有说不完的故事，讲不完的经典，让人不得不佩服他的博学多才。二弟泡的茶香气浓郁，沁人心脾。喝二弟泡的茶，心境柔和，思绪延绵，神清气爽，似有禅意。他泡的茶能把我这个不懂茶道的女人，带到一种“茶也醉人何须酒”的境界。

三弟老张也喜欢喝茶，他更喜欢请我们去茶楼喝茶。他说，喝茶不重要，重要的是在茶香中放松神经，缓解疲劳，在茶艺小姐的侃侃而谈中，了解茶道常识，增长茶艺。在茶楼浪漫的情调中陶冶情操，在朋友们的七嘴八舌中加深友情。

我们也都喜欢郊游，都喜欢自由自在的、无拘无束地旅行，去收获一路撞进眼里的风景。在旅途中，我们喜欢坐在草地上静静地欣赏蓝天上那一丝飘来飘去的白云，喜欢在海边的沙滩上赤脚走路，或者像孩子似的忘情奔跑；让那细细的银沙在脚趾缝里溜来溜去，体会那麻麻的、痒痒的感觉；喜欢在原始山林中看那穿透树叶飞进来的一束阳光，亦或是采摘那些不知名的小花，编一个花环戴在头上，让思绪回到儿时；喜欢听那小桥流水的哗哗声，喜欢湖面上那些水鸟寻找小鱼小虾的执着与闲情；喜欢用照相机记录那些害怕忘记的开心瞬间……

令我特别难忘的一次回忆是去草原旅行，我的胃病犯了，因为没有带药，我只能忍着疼痛，吃不下一口饭。三弟看在眼里，他不声不响地离开饭桌，叫上司机师傅去停车场，从旅行包里拿出自己的胃药。等我吃了药，稍好些，饭桌的菜基本是空空如也。三弟只能随便吃点垫垫肚子。

也许有人认为为同行之人送药是常见的事情，但是，在大家都饿得要命急着吃饭时，三弟却为他人忙碌而不顾自己。我想如果没有善缘，也是根本做不到的。这件事，我一直记忆犹新，一直感念不忘，也一直激励我善待一切有缘人。

共同的爱好、共同的工作、共同的年龄和属相把我们的缘分拉近了。我们把酒言欢，我们畅所欲言，我们诗情画意，我们豪情万丈。我们提出了同一个想法：三只“虎”结拜三兄弟。于是，我们共同举杯，我们满含热泪，我们六只手紧紧地握在一起。我们用心的体会这样古老的、在《三国演义》上写到的结拜情义，我们认真的眼神告诉我们自己，从此我们命运相依，我们有了分享喜悦的心灵，我们也有了诉说心曲的渠道；我们更有了战胜一切孤独与寂寞的勇气……

三只“虎”就这样在一个意想不到的时候，在早已熟悉却像刚刚认识的心情里，在已经不年轻却有着年轻人热情似火的兴奋中，结拜为肝胆兄弟。我终于可以读懂桃园三结义的那份同甘共苦、义薄云天的兄弟情义了。

“一世人，三兄弟。义比金坚，情比海深。”这就是三只虎三结拜的故事。

有诗为证：

（一）

三只老虎喜相逢，
相见恨晚叙真情。
酒逢知己千杯少，
结拜之情油然生。

（二）

三只老虎情谊深，
共同结拜兄弟情。
同心同德同雅兴，
贫富一起向前行。

（三）

三只老虎很可爱，
六只大手握起来。
举杯为证三结拜，
今生今世同命脉。

2005 年春

端午假期日记

亲情，是人与人之间特定的那种血缘感情，无论贫穷或富有，无论健康或疾病，甚至无论善恶，无论你是否需要，亲情都会自然存在着。也就是说，人只要活着，就会有亲情。只是有的人亲情味儿浓些，有些人亲情味儿淡些。

天下最美、最难割舍的亲情是子女与父母，天下最纯真的亲情是手足。虽然亲情如此美好，但是处理不好，或者说如果不用心去相处，亲情同样也会变成烦恼。

值得庆幸的是，母爱没有随着我亲生母亲的离逝而消失，手足这份真情也没有因为我和兄弟姐妹千里相隔而变得疏离。相反，也许正因为从小缺少亲情，我才更加懂得亲情的可贵，更加珍惜这些与生俱来的亲人间的血缘情感。正是如此，我也收获了意想不到的浓浓亲情。

端午节三天假，做什么呢？我和丈夫经过认真的商议，决定做三件有意义的事情：一是回惠民老家看望我的兄嫂，以慰兄妹两地思念之苦。二是选择一个好天气，与儿子一起全家三人游，共享家庭快乐。三是回沾化老家，看望五一后转回家中的婆母，陪伴婆母过端午，也顺便和在老家谋生的两个小叔子好好聚一聚。

假期第一天（6 月 14 日）

按照预定计划，我们全家一起，带上准备好的礼物，直奔惠民县城而去。中午十一点左右，我们如约来到兄长的家里。兄妹相见，内心的欢喜可想而知。我从小与养父母一起在东北生活，兄长跟随父亲在山东成长。二十五年前我们兄妹是天涯海角。二十五年后我回到山东，才与兄长相认，从此兄妹情深，相互疼惜。只是我与兄长工作两地，每年的见面机会也不是很多，时常惦念。这个端午假期给我们兄妹创造了见面的好机会。落座后，嫂子热情地帮我们倒水、拿瓜子、切水果。其中发生的一个笑话足以说明兄嫂对我们的期盼。事情是这样的，嫂子给我们倒水时，第一次竟然在茶叶里倒上了凉水，发现后嫂子先是自己笑弯了腰，一个劲儿地说自己糊涂。重新换上茶叶后，嫂子竟然忘记哪个是热水管哪个是凉水管，站在那足足有好几秒，反应不过来。这一下大家都笑了。哥哥说："看你高兴得，我来吧！"这是一件微不足道的小事，可是，看着兄嫂那忙碌紧张的样子，感受兄嫂那纯朴的亲情，我的鼻子不由得有些酸，眼里便有一层薄雾蔓延。我想，我来得太少了，我们兄妹这一生能够相见太不容易了。如果不是命运的捉弄，我们兄妹从小不知道要吵多少架，见多少面，说多少话，现在命运又让我们兄妹重逢，我们应该珍惜上苍的厚爱，尽可能地抽时间，多聚聚才是啊！

在兄嫂家坐了不久，兄嫂就领我们到饭店去。每次我们来，兄嫂都会这样招待我们，尽管我们一再拒绝去饭店，兄嫂也会坚持。平时兄嫂的日子过得不宽裕，根本就舍不得去饭店吃饭的。想想哥哥快六十岁的人了，还在跑长途车，就连春节也不舍得休息，偏偏我这个妹妹来了，才肯休息一天。丈夫在兄嫂的力劝下，喝了不少，渐渐带了酒劲儿，脸也红了，话也多了。儿子几次想替爸爸，都被丈夫挡回。看到丈夫喝多我是高兴又是担心。高兴丈夫与兄长的称兄道弟，担心丈夫的身体吃不消。眼看就快下午三点了，而丈夫和哥哥的酒兴正浓，我不得不出面干预，要求上饭。吃饭时，我听见丈夫让哥哥退休到东营，大家在一起有个照应。我听在耳里，喜在心里。我多么希望哥哥能够答应丈夫的要求，老年以后，我能够和哥哥在一起话家常，回忆我们儿时两地的思念。可我深知，哥哥是不会来的，因为哥哥的内心有个老家情结啊！

饭后，我们没有再回哥哥家，就打道回府了。我好怕哥哥站在家门送我的情景，每一次相送，我都会强装笑颜，挥手之时手臂是那样的沉重，笑容的后面，是那酸酸甜甜的感觉。

假期第二天（6月15日）

这一天，我们准备一家三口到离东营不远的西宋桃园去采摘瓜果，品尝新鲜的蔬果，观赏桃园景色，享受泥土的气息，找回早年在农村种地时的感觉，同时准备在桃园里品尝农家菜。谁知，儿子因为贪看世界杯足球赛彻夜未眠，第二天说什么也不去了。没办法，我和丈夫又临时修改计划，应朋友的邀请，到小清河去吃龙虾。

小清河隶属于山东省东营市广饶县大码头乡，位于广饶县城东北二十五公里处，东南两面与寿光市接壤，引黄济青的输水河自北向南穿境而过。

小清河有几样名吃，一是松鸡，二是龙虾，三是银鱼。

我们一行十人驱车一个小时来到小清河的一个“肉香饭馆”。饭馆不大，还算干净，只有一张大桌，早被朋友预定了。其他的小桌也是满满的，座无虚席。看来小店火爆还是名副其实的。

不一会儿，四大盆龙虾端上来了，红红的颜色，鲜鲜的味道，还没开吃，我就被这龙虾的美色吸引了。龙虾真的是好看不容易吃啊！那硬硬的壳子，尖尖的爪子，真的好难剥。为了品尝龙虾的美味，我也顾不得那么多了，向朋友学习，双手齐下，先是掀开头盖，再剥去尾部的皮壳，经过好几分钟的实战练习，一只完整的、白白的，嫩嫩的龙虾肉就出来了。我来不及像朋友所说的，在浓汤里蘸一蘸再吃，我直接入口慢慢咀嚼。这龙虾肉的味道果然非同一般，鲜味中有些麻辣，麻辣中飘着清香，与以往在大排档里吃到的龙虾大不一样，真是意犹未尽，还想再来呢！

经过朋友的介绍才知道，原来这些龙虾并非小清河所产，这些都是从湖北运来的，厨师也是地道的湖北人，擅长做烧龙虾，这个小店是天天爆满，客人不提前预定，根本吃不到。吃着这么好吃的龙虾，我的心里特别感激朋友的一番盛情，不知不觉间，一杯多高度白酒喝完了。不知道因为朋友的豪爽，还是因为龙虾的美味，我十分沉醉。醉意朦胧中，朋友的幽默不时逗得大家捧腹大笑，友情聚会就在这欢声笑语中结束了。

假期第三天（6 月 16 日）

这一天是端午节，清晨早早起来吃过早餐，带上专门给老人家买的凤梨酥和水果糯米糕，我便出发去超市给婆母置办节日礼品。端午节，粽子必不可少，再买上婆母最爱吃的扒鸡和刀鱼段，买上苹果、梨、樱桃、香瓜等水果，买上牛奶和茶叶，还有青菜和猪肉。最后想想，怕三弟、四弟他们都下地干活儿没有时间做饭，我又买上刚刚压好的面条和热乎的锅子饼，满满的四大袋子。丈夫提着都费劲儿，一个劲儿地埋怨我："买得太多了，又不是不常回去，买这么多干吗？"可是我觉得怎么说也是一个多月了，多买点，婆母就能多吃点不是。也许你不相信，一个多月不见婆母，还真有点想老人家了呢！不知道为什么，我总是担心婆母在老家吃不好，因为我觉得婆母脸皮太薄，一向不肯说出自己想吃什么。老家的弟弟妹妹的生活还是不如城市生活，根本也没钱给老人家买这些零食的。所以每一次回去，我都尽可能的买的品种多些，让老人能够尽可能的多吃几天。丈夫这一点也比较放心，只要回家他都不用操心该拿什么，我都会自告奋勇地准备好，哪一次都会令丈夫满意。

一切准备就绪，上午 9：30，一家三口驱车赶往沾化老家，不到一小时我们就到家了。到家第一眼看到婆母的脸黑黑的，显得有些憔悴，心里便有些不安。问过才知道婆母身体一直很好，就是因为每天跟老姐妹在院里聊天晒黑了。我拿出买来的水果和各种好吃的，让婆母一一品尝。看着婆母吃得带劲儿，心里有种说不出的欣慰。丈夫和儿子也来帮着婆母清洗和削皮，儿子还把削好的水果一块一块地放到奶奶的嘴里，这个小小的举动，得到大家的一致称赞。我看在眼里，甜在心里。真是应了那句老话：母慈子孝！

三弟妹非要包饺子款待我们，我们说买来了粽子、锅子饼还有新鲜的面条，就不用麻烦了，可是三弟妹执意要包饺子，竟然说自己想吃饺子了，这个善意的谎言，我又怎么能看不破呢。拗不过弟妹，就和大家一起包饺子，弟妹们不肯让我包，让我在屋里陪婆母说话，我便说我也想练练包饺子的手艺啊！其实这里有个故事，刚结婚回老家时，我不会包山东的饺子，我包的饺子长长的扁扁的，被大家笑话了好一阵子，气得我索性不包了。后来丈夫还专门给我当师傅，耐心地指导我包这种圆鼓鼓的山东饺子。功夫不负有心人，我还真学会了。今天弟妹们一看我包的饺子，还夸我包得好看呢！到底是人多力量大，一会儿工夫就包出了四屉饺子了。丈夫和弟弟们自己动手做了几个小菜，叔侄六人便畅饮起来。自己人喝酒，不比其他应酬，大家都很自觉，喝得实在，说得开心。四弟是个活宝，喝了酒话也多，也爱闹，逗得一家人笑得肚子疼。特别是四弟驯狗，那样子更是可爱。小狗在四弟的指令中，不断地变化着动作，叫声吵得四弟妹说老四神经病，结果四弟和弟妹你一句我一拳，闹得不亦乐乎，喜得婆母合不拢嘴，喜得一家人一时之间忘了喝酒吃菜。就这样一家人在一起过了一个热热闹闹的端午节，虽然山东没有东北的端午节形式丰富，但是全家人能够一起陪婆母吃粽子、包饺子，也是一个令人难忘的节日！

下午四点左右，丈夫因为接到一个电话，有事要处理，我们便与大家依依不舍地告别，婆母拉着我的手，眼里又有了泪花，嘱咐我好好照顾自己，别惦记她，不要大热天的老是跑来跑去的。又嘱咐丈夫喝酒别喝多了，身体喝坏了就晚了。最后，还不忘嘱咐儿子，要听爸妈的话，大人说的话要听，现在不听话，老了就后悔的。听着八十三岁高龄老母亲的肺腑之语，我的心里升起一种幸福的感觉。《母亲》那首歌的歌词写得真好：

你爱吃的（那）三鲜馅
有人（他）给你包
你委屈的泪花
有人给你擦
啊，这个人就是娘
啊，这个人就是妈
这个人给了我生命
给我一个家
啊，不管你走多远
无论你在干啥
到什么时候也离不开咱的妈
你身在（那）他乡住有人在牵挂
你回到（那）家里边有人沏热茶
你躺在（那）病床上有人（他）掉眼泪
你露出（那）笑容时有人乐开花
啊，不管你多富有
无论你官多大
到什么时候也不能忘咱的妈
……

是啊，随着年龄的增长，随着皱纹的渐生，我们对妈妈这个词的理解也就越来越深刻，对娘亲的精神需要也就越来越强烈。世界上有多少人懂得应该善待母亲的时候，偏偏没有了机会。世界上有多少人，因为忙碌，因为路途遥远，还没来得及为父母真正做点什么，就永远失去了这个资格。现在我和丈夫已年过半百，还有老娘的疼爱和叮嘱，这是多么幸福的事情啊！我们真的应该好好疼爱这个娘亲，多挤出一点时间陪伴在她左右，多在她的身边陪她聊聊家常，多给她老人家买点什么，不用太贵重的东西，一瓶奶，一个苹果，一块糕点就是一份心意，不让“子欲养而亲不待”成为人生的遗憾！

半亩方塘　李线长／绘

◎第三辑 岁月剪影

雄鸡报晓 李线长／绘

双飞图　李线长／绘

醉雪

一醉：十五雪打灯

“下雪了，真的下雪了！”我心里念叨着，手里正拿着锅铲在厨房做菜，一时间心却乱了，不是忘了放盐，就是放了两遍盐。好不容易把十个菜做好，等小姑子一家来过元宵节。趁着他们还没来，我终于腾出一点空，站在婆母的院子里，仰脸看起飘雪来。

傍晚时分，天渐渐黑了，雪也大起来了。刚开始是小雪粒，落在脸上有些痛感。打在窗子上、灯笼上还有沙沙的响声。看着红红的灯笼上，落了一层白白的雪，我就想起了爹活着的时候，常常对我说的那句话：正月十五雪打灯，今年好年景！

我那时很小，加上在东北常常下雪，也没有在意这雪打灯是如此的美妙。后来发现，山东下雪的时候很少，尤其是正月十五下雪就更难得了。今天仔细观看一下，才发现那真是美呢！

你看，漫天飘扬的雪花，洁白的地面，只有红灯笼在这洁白的世界里飘荡着、闪烁着。雪花一层一层地落在灯笼上，有的被飘荡的灯笼晃掉了，有的被灯光的微热融化了，有的却不顾一切地缠绵在灯笼上，给红红的灯笼披上一层洁白的、毛绒绒的披肩，在灯光的映衬下，晶莹剔透，闪着银光，分外美丽。此情此景，更给元宵节增添了节日韵味，这番景致对我来说，足以弥补元宵之夜的无月之憾啊！

再仔细想想，为何老辈们要说雪“打”灯，不说雪落灯呢？今天经过这一看一想，倒也让我明白了这“打”字的绝妙之处。我想这“打”字，强调的是一个硬度，既有声音，也有重量。雪本身就是一种轻的物质，而且也是一种变化的元素。“打”字把雪的力量刻画得惟妙惟肖了。好一个雪打灯啊，思绪从这“打”字上回到眼前，再去看这雪打灯的景象，不能不让我沉醉。晶莹透明的雪，在风的鼓舞下，绕着这红红的火球般的灯笼一起飞舞着；一白一红两种对比鲜明的颜色，交织着、缠绵着；加上雪打在灯上发出的的特有的乐曲，这样的美妙，只有沉浸在其中的人，才能真正体会。

二醉：雪夜念发小

吃过元宵节的团圆饭，窗外依然在下雪。雪很大，大片大片地落着，没有停止的意思。邀请妹妹和妹夫一起看花灯，一行三人，全副武装，顶着风雪，一路小跑着来到灯展区。不巧的是，因风大，怕不安全，今夜关闭灯展。看不到灯火通明的景象，妹妹和妹夫都很失望，提议赶紧回家。可是，我很想在这雪地里走走，也很想好好品读一下这久违的寂静飘雪之夜。拗不过他们，我只好带着些许遗憾转回家中。

回到家里，看不下去我喜爱的电视剧，也无心做其他事情。我一遍遍地站在窗前，望着窗外那飞扬的雪花，听着那雪落的声音，思绪飘向了远方，儿时的故事在脑海里浮现。

三十多年前，也是这样飘雪的夜晚，也是这样的元宵节，天气要比现在冷多了。我和发小凤子、大仓子提着灯笼，一起到村东头抱大树。抱大树是东北的一个传统习俗，希望孩子们能像大树一样茁壮成长，禁得起风吹雨打，禁得起天寒地冻，将来长命百岁。男孩子十二岁和女孩子十五岁那年就要抱大树，大人不能陪着，还要念几句口诀，好像是：“大树大树你别长，我长三年你再长。大树大树你真高，保佑我的身体年年好……”抱着大树，闭着眼睛转三圈，一边转，一边念口诀，还要烧纸烧香，最后再抓一把香灰放在衣兜里，就完成了。回家时，一路小跑，别回头，回头就不灵了。

那一天雪下得好大，地面上大约有一尺多厚了，村东头离我们家有一里路左右。我们三个女孩子，在这样的雪夜里深一脚浅一脚的，打着纸灯笼，心惊胆战地向村东头走，一边走我们一边相互鼓励，一边唱歌壮胆。走着走着，我们就不害怕了，因为我们发现这飘雪的夜晚好漂亮，整个村庄都是白色的，好干净，好清爽，我们开始踩脚印玩。我踩一朵梅花，凤子踩了一只小鸟，大仓子就踩了一个房子。我们开始比赛谁踩得快谁踩得最像。我们还在雪地上用手指头写诗歌，手指头冻得疼了，我们就用嘴哈气，暖和了再写。我们踩着、写着、笑着，我们不冷了，也不害怕了。还没到村东头，我们灯笼里的蜡烛就快烧没了，这时我们才意识到我们无法去抱大树了。这时鬼心眼最多的大仓子出了一个主意，“何不在地上画一棵大树许愿呢”，我们一听也觉得有道理。于是我们一起画了一棵大树，并把我们要说的话写在地上，烧了纸和香，也没忘了抓一把香灰放在衣兜里，然后高高兴兴地回家去，说好谁也不能说，谁说谁是小狗。

往回走的时候，我们做了很多雪团，留着白天打雪仗用。由于做雪团，双手要握雪，我们的手冻得通红。这时大仓子又开始使坏，看谁不注意，就会用双手去捂谁的脸。这一下我最吃亏，常常是我被捂得最多，因为我跑得最慢。从那个雪夜以后，我们的友谊更深了。每到下雪的时候，我们就相约出来一起玩耍，打雪仗、堆雪人、踩脚印、在雪地里画画，也常常回忆起那晚有趣的故事。

在雪地上抱大树这个秘密一直到现在老人们还不知道，这个秘密成了我们友情延续的纽带。雪在我们三人心里都有一个特别的情结，每当下雪的时候，我们都会想起彼此；看到下雪，我们都会很激动，尤其是我，雪就像是一个我走失多年的老朋友，已经很长时间不曾谋面，心里总是隐隐地等待，盼望能和雪相会的时刻。

今夜久违的雪终于如约而至，它带来我对发小们的回忆，也带来我对她们的思念。雪花在我的思念中继续飞舞，随着风扭动着一身洁白的裙摆，像披纱的月娥般娇柔。我的眼睛却渐渐有些模糊，恍惚间，发小们的影子就在眼前。我知道这是一种错觉，这是浓浓的思念。

雪花啊，请你告诉我，远方的她们——凤子和大仓子——今夜是否感受到了我的思念？她们是否也在思念我这个久别的老友？我何时能再与她们一起赏雪？何时我们还能在雪地里一起嬉闹？

三醉：雪魂灵性时

下了一夜的雪，我也一夜无眠。我不敢睡去，我怕这盼望已久的雪精灵从我的眼前消失；我也无法睡去，因为我的心里满是雪的温柔。清晨，天还没有亮，我便迫不及待地穿好衣服，拿上相机冲出门去，把整个身心交给这个清爽银白的世界。

好美呀，我望着这一片白茫茫的世界，我真想用力张开我的翅膀，把整个银白，一点不漏地拥抱在怀里。我不想看到，天亮以后，来来往往的人们，把这个精美的大银盘踏碎。我自己也不舍得往前走一步，就怕我走过去，在我的前面仍然是完美的，而在我的身后，却是凌乱不堪的。我蹲下身子，轻轻地捧起雪，让那毛绒绒的雪花轻轻贴在我的脸颊，慢慢地融化，直到那冰凉的水滴从脸颊顺着脖颈流下。我又捧起一把雪花，用力地来回握，就像小时候一样，把它握成团。雪团里面是结实的雪心，而雪团的表面却晶莹透亮白玉一般，在被雪冰得通红的手心里来回打转。

看着这个精灵一样的雪团，我的心里充满了感动。都说水是有灵性的，因为她懂得改变自己，让自己随着环境的变化而改变。水的灵魂是裸露的，她具有强烈的洞察力，当她以瀑布的形式表达出无穷的力量和勇气时，当她以狂风巨浪的形式表达她的勇猛无畏时，水给人们带来的心灵的震撼是不能用语言表达的。水，拥之则合，碰石则散，受热则汽，遇冷则冰。这就是水的灵性——可以改变自己。

雪是水的化身，它又何尝没有灵性呢？

雪的灵性有她天然的一面——柔美和纯洁。正像《我爱你，塞北的雪》里所唱的：“你的舞姿是那样的轻盈，你的心地是那样的纯洁，你是春雨的亲姐妹哟，你是春天派出的使节……”雪也有它气势磅礴的一面，伟人毛泽东在《沁园春·雪》里，把雪的这一灵性渲染得淋漓尽致：“北国风光，千里冰封，万里雪飘。望长城内外，惟余莽莽；大河上下，顿失滔滔。山舞银蛇，原驰蜡象……”

在我心里，雪的灵性还不尽于此，它还有包容性、可塑性、预示性和联想性。

雪，她不像雨那样狂躁，不像风那样张扬，不像雾那样暧昧，更不像雷电冰雹那样暴戾。雪，总是悄无声息，轻柔地抚摸着山川，亲吻着大地，不忍心伤害一砖一瓦，一草一木。即使在黑夜里，它也不忍心打扰沉睡的田野，划破时空的静谧，惊醒世间万物的甜梦。这种包容一切的灵性，曾经给古今中外多少文人骚客以创作的灵感，写出千古流传的佳句：“新年都未有芳华，二月初惊见草芽。白雪却嫌春色晚，故穿庭树作飞花。”

雪是丰收的希望。“瑞雪兆丰年”是天下人对她灵性的最高赞誉。她心甘情愿地牺牲自己，将身体化作大地的母乳、甘露，滋润万物，哺育田野；为大地注入勃发成长的新鲜血液和力量，预示着来年的丰收景象。

雪在寒冷中诞生，从苍穹中走来，驰骋于乾坤，泽被于天地，不择贵贱，不选高低，一视同仁，博爱无限；她容不得玷污，倘若杂染其身，她宁愿融化自己，也要独善其身，这是她高洁品质的灵性。

如果你看过雪雕，如果你亲手做过雪雕，我想你一定会被雪顽强的一面折服。在人们的心目中，雪总是以她柔弱的外表示人，其实，她内心的坚实与硬度有时可以与玉石相媲美。重压之下她不但没有粉碎，反而更紧密地团结起来，更顽强地坚持自己的使命；在雕刻艺人的精雕细琢下，她既有石雕的粗犷敦厚，也有牙雕的细腻圆润，银白圣洁，富有光泽，雅俗共赏，成为人们叹为观止的雪雕艺术品。尽管雪雕的寿命和其他雕塑作品相比十分短暂，但雪雕作品却富有其他雕塑作品没有的灵气。

天渐渐亮了，我却醉在这雪的灵性中不能自拔，当我凝神于这一地的洁白，在阳光中发出耀眼的银光时，眼前便闪现出老母亲的满头银发；当我迷醉于大地的银装素裹，耳畔里便有儿时发小的呼唤；当我展开双臂想要拥抱这不期而至的白雪公主时，一抹思念便牵出万千缠绵；当我想要亲吻这白白的、冰爽的、富有灵气的雪花时，心头便涌起无限想象！

我醉了，醉在这满是感动的回忆中，醉在这雪的灵性里。

2022 年 3 月 1 日

晴沙集影　李线长／绘

悼念恩师王运昆

2021年的5月31日注定是一个凄风苦雨，让我们悲痛欲绝的日子，也是一个让我们无法相信，又不得不痛心接受的日子。胜利油田的一代文学家、书法大师、我们的好师长王运昆老先生，因心脏病突发不幸仙逝。正如诗友们所言："遗泽惠亲友，英采驻尘寰。此去有新诗，听君梦里传。""墨宝厚题犹在墙，惊来噩耗怎堪伤。音容笑貌泪中忆，历历如新思断肠。""惊悉王老鹤驾魂，夜阑幽梦泪沉沉。书画寄情担道义，诗词歌赋立翰林。十年学会征程路，盛誉心谦谆众人。文坛痛失运昆度，骨寒祭台浩然存"……一时间胜利诗词学会群一片哀声，一首首悼念诗词接连不断。

一整天我也无法安心做事，心里堵得慌，我无法相信王老真的就这样离我们而去了，这样一个心地善良，待人温厚，笑容可掬，有求必应，诗词歌赋、书法绘画俱佳的好师长、好大哥，就这么一夜间天人永隔了。当我接到会长的讣告，不得不接受这个惊天的噩耗时，我伏在爱人的肩膀失声痛哭，任爱人百般安抚也无法安静下来。这是我继几位亲人离世痛哭流涕外，唯一一次难以承受的悲痛。一夜难眠，王老的音容笑貌一次次浮现在眼前，王老为胜利诗词学会鞠躬尽瘁的场景一次次在我脑海中放映，王老挥毫泼墨的情景一次次再现，王老耐心指导我的画面一次次在脑海中闪过，王老为我画的梅兰竹菊还泛着墨香，我说过给王老回家接风的承诺再也无法兑现……

十年前，我刚刚加入胜利诗词学会，我对诗词还只是懵懂浅知，对王老这样的诗词大家更是崇拜有加，不敢上前说话，也不敢讨要书法作品。可是，当我在一次庆祝活动中见到王老，与他交谈后发现他是那样的亲切随和，温厚谦恭的面庞带着微笑，没有一丝的疏离感，让我勇气倍增。我壮着胆子向王老请教诗词的格律和韵律问题，王老不仅愿意赐教，还耐心地给我讲解诗词的写作技巧，鼓励我大胆创作，熟能生巧。他还对我的写作进行指导修改。于是，我向王老提议拜师学习，虽然王老谦虚推让，没有举行拜师仪式，但在我心里已经把王老敬为恩师，决心当好王老的学生。

2012 年，胜利诗词学会一行十一人到新疆胜利西部会战前线采风，王老亲自带队，我有幸同行，获得了更多向王老学习请教的机会。采风中我亲眼见到王老作为副会长，不顾自己年老体弱，坚持到西部环境最恶劣的前线去采访。众所周知，王老曾经得过脑血栓，腿脚不是很灵便。这样的戈壁沙漠、长途跋涉、早出晚归，对年轻人来说尚且辛苦，对王老这辛苦的程度就更不用说了。每天，我们看得见他一身的疲惫，也看得出他为能够走进前线，了解到胜利铁军的工作、学习、生活而感到满足。我们看到他不顾身体的劳累，连夜和几位老艺术家一起为前线的将士们挥毫泼墨，这种忘我的老石油精神打动了在场的每一个胜利员工，也深深激励了每一位前去采风的胜利诗人。在与同行的张永亭老总交流后，我才了解到，王老是将门之后，他父亲王大中是抗日名将，且书法造诣颇深。王老从小受父亲的熏陶，艺术天赋极高，在书法绘画、诗词楹联、文学创作领域都有较高成就，系中国书法家协会会员、中国楹联学会会员、山东民族书画院副院长、山东画院院师、山东政协之友社社员，也是胜利诗词学会的倡导者和组建人之一，他对胜利诗词学会的热爱近乎痴狂。胜利诗词学会成立的大量工作都有王老的奉献。王老用余生的所有精力，以诗词和书画的形式歌咏胜利油田、歌咏伟大祖国、歌咏大好河山。耳听为虚眼见为实，此时此刻，让我深深敬佩的不仅是王老渊博的诗词研究、精湛的书法艺术功底，更有以王老为代表的老一辈胜利人的奉献精神和家国情怀。采风途中，无论是在颠簸不稳的车里，还是在会议室、餐厅、树荫下，都有我向王老请教的身影。王老的耐心讲解还在耳畔回响，王老的亲切鼓励还在心头安暖，王老的师者风范还在眼前耸立……

打开手机，我情不自禁地翻看着王老的照片，有“翰墨城南大义圆梦书画展”中一张张神采飞扬的留影；有“素月秋泓古琴诗词雅集”中挥毫泼墨的画面；有在胜利采油队采风时为采油工传经送宝的场景，有在胜利测井公司参观幸福画廊的影像，有在胜龙、渤海、临盘、胜南、河口等地采风的身影。泪水模糊了荧屏，却模糊不了王老那一次次“笔端通造化，池砚罄胸襟。晋贴魏碑意，古今翰墨心”的执着；模糊不了王老一次次为学会活动创作的大气磅礴的对联、长卷、歌赋；更模糊不了王老送给我的珍贵墨宝和为我与爱人结婚三十年所创作的诗词。忘不了最后一次见到王老是在为庆祝学会成立十周年筹备工作中的一次午宴，想不到那一次的亲切交流，那一次的举杯同饮，那一次的接风约定竟成了最后回忆！

回想十年来，王老为胜利诗词学会的创立和发展，付出了太多太多，无论是学会创建伊始的资料筹备、部门批准、资金运作、学员招收，还是学会各项活动的准备、开展、诗词修改、会刊出版，哪一个微小的细节没有王老的呕心沥血、鞠躬尽瘁？哪一次采风不是王老率先领头？哪一本会刊不是王老的诗词量最多？哪一次采风活动没有王老为基层赠送的书画作品？

王老啊，您是会长最好的臂膀，是学会最坚硬的脊梁，是诗友们的主心骨，是胜利诗词的一员大将！您用一颗火热的心和满腔的爱，为胜利诗词的腾飞插上翅膀；您用宽广的胸怀和谦恭仁和的品德为胜利诗词培养了一批批贤良后备之才；您用梅花的傲骨、兰花的清雅、竹子的谦逊、菊花的芬芳为胜利诗词人谱写了一篇篇锦绣华章；您对于胜利诗词的贡献大家是有目共睹的，您的作用是无可替代的！可是，您还没来得及领回属于您的、会长亲自设定的、席书记亲自颁发的胜利诗词特殊贡献奖奖杯，还没来得及品味一下胜利诗词十周年成长的甜酸苦辣，还没来得及好好休息一下，怎能就这样匆忙地抛下我们，抛下您退休后倾尽全力所热爱的胜利诗词文化大家庭，西去远行呢？

您可知道我们的心痛，我们的不舍，我们的无奈和我们的撕心裂肺吗？您可知道十年来我们已经习惯有您的身影、有您的谈笑风生、有您的书画作品、有您的亲切指导吗？十年啊，您是大腕也是兄长，您是恩师也是朋友，您是学会的副会长也是一起同甘共苦的兄弟！

我最敬爱的王老啊，您慢些走，您再看一眼学会全体同胞为您送行的长龙，您再听一听我们心痛的哭泣和思念的心语，您再等一等，等我们用李老的大作再送您一程吧！“浑然苍劲稳如松，气韵天成不露锋。横看蛟龙行古道，竖观飞瀑下苍穹。世事消磨棱与角，笔落何愁水墨清。弟子未有一笔像，来世仍做君学生。”

2021 年 6 月 1 日

怀念陆兄

陆衡先生是我的老师、诗友，也是兄长。

初识陆兄是在一次党校系统朋友的聚会上。那时，陆兄是党校的工会副主席，五十多岁，意气风发，谈吐风趣，幽默洒脱，豪情万丈。陆兄出口成章，妙语连珠，给我留下深刻印象。

世界万物的碰撞都是缘分，我和陆兄也是如此。加入胜利诗词学会以后，我对陆兄的了解不断加深。陆兄作为胜利诗词学会的副会长和创始人之一，在胜利诗词学会的创立和发展中立下汗马功劳。建立学会档案资料、学会的联谊活动、学会与东营市的朗诵活动、学会的各届年会等等，无一不浸透着陆兄的汗水和辛劳。多少个日日夜夜，陆兄是在办公室度过的，多少个节假日陆兄为了学会的活动方案废寝忘食，多少次陆兄为了制作精彩视频熬红了双眼，多少次陆兄代表胜利诗词参加东营市的大型诗词朗诵比赛获得大奖，为胜利诗人争光。

我和胜利诗人一起见证了陆兄的贡献和奉献，也一起见证了陆兄的横溢才华。陆兄不仅工作出色，业绩突出，还满腹经纶，诗词造诣颇深；他不仅善诗词歌赋，还善书法绘画、喜好音律。我曾经聆听他那悠扬的笛声，也曾经见过他发表在《太阳河》杂志上的曲谱，曾经被他气吞山河的词风所折服，也曾经为他柔情似水的音律所感染。他是我迄今为止最多才多艺的朋友。

陆兄不仅才艺过人，人品也令人敬佩。记得刚加入诗词学会的时候，我对诗词格律还不甚了解，便拜王老和陆兄等前辈为师，虚心请教。王老和陆兄对我不吝赐教，悉心指导。从平平仄仄到修辞对仗，从语意语境到词牌典故。通过学习，我不仅诗词水平有了提高，对诗词研究的兴趣也大增。我主动加了陆兄为好友，在网络上欣赏和拜读陆兄的作品，学习他的写作技巧，不断弥补自己的短板。陆兄爱好广泛，知识渊博，上知天文，下知地理，通晓音律，善赋诗文，我对他的敬佩之情油然而生。于是，我与守星大哥多次到陆兄办公室闲坐，喝茶聊天，探讨诗文。我看到陆兄的书架上、办公桌上、茶几上到处是书……有史学类、文艺类、政治类、体育类，也有健康、食品、生活类等等。我顺手翻到一本《人间正道》，正是我们胜利诗词学会会长王晓义先生和潘京女士编著的文著，见我爱不释手，陆兄便将此书赠与我，同时，还把《舒婷诗集》《工蜂诗歌集》一并赠与我，还有那句已成遗言的教诲心语："读书破万卷，下笔如有神。多读多看多写是你提高诗词水平唯一的途径。别人的指导是一时的，自我提高才是一辈子的。"

最难忘的还是那次胜利诗词学会去新疆采风，一行十二人，大多都是诗词界的前辈和精英，正是我拜师学习的好机会。一路上大家以诗会友，诗句接龙，把疲劳的旅程，变成一次诗歌盛会，这是任何一次采风都没有过的盛况。陆兄首当其冲，又是吟诗，又是高歌，给这场盛会掀起一次又一次高潮。至今陆兄朗诵舒婷的《致橡树》还萦绕在我的耳畔：

如果我爱你，
绝不像攀缘的凌霄花，
借你的高枝炫耀自己；
我如果爱你，
绝不学痴情的鸟儿，
为绿荫重复单纯的歌曲；
也不止像泉源，
常年送来清凉的慰藉；
也不止像险峰，

增加你的高度，衬托你的威仪。

…………

陆兄忘情地朗诵着这首脍炙人口的诗歌，声音是那么洪亮，神情是那么飞扬，仿佛是为心中的女神而高歌，把所有人的激情都调动起来了，大家随着陆兄一起朗诵，整个车厢成了诗歌的海洋。

在采风过程中，陆兄是最累最忙的，他不仅要安排大家的吃住行，还要忙着照相录影，还要收集采风资料，这一切的一切都烙在诗友的心里，挥之不去。

有一天采风回来得早，吃过晚饭，守星大哥和申弟邀请陆兄一起在宿舍小聚，吟诗饮酒，畅所欲言。我也有幸参加了这个雅聚，那氛围别有一种情致。

那天陆兄慷慨地买了啤酒和火腿肠等小吃，从楼下的小超市一路扛到宿舍，累得气喘吁吁。

雅聚开始了，一向活跃的申弟率先唱起了新疆民歌《小山羊》，引得我们捧腹大笑，自然啤酒也喝下去好几杯。守星大哥讲起了在老山前线蹲猫耳洞差点丢了小命的故事，讲得大家眼里都潮湿起来，也不由得心生敬意，自然为此又多喝几杯。我提议再让陆兄为我们朗诵一遍《致橡树》，大家一致同意我的提议。陆兄借着酒劲儿，便大声朗诵起来，他抑扬顿挫带有磁性的男中音惊动了隔壁的诗友前来探寻，他们随后也加入了这个雅聚。夜深了，诗友们却诗兴正浓，谈兴正浓，友情也正浓。为了不影响第二天的采风，我们不得不收场，各自回到自己的宿舍休息。月光下，我躺在床上，庆幸自己能够加入诗词学会，庆幸自己能够认识这么多老师和诗友，让我的退休生活有了寄托，也有了诗情画意。

采风结束后，我和陆兄等老师们也成了无话不说的朋友，这是这次采风的意外收获。

天有不测风云，人有旦夕祸福。谁也没有想到，一向开朗乐观且才艺双优的陆兄竟得了喉癌。我听到这个消息时真的不敢相信，真的不愿相信。我的陆兄是那么好的人，那么才华横溢，那么真诚善良，那么勤勉克己，那么无私博爱……我很难过，我很心痛，可我也有一丝侥幸，现在医学发达，陆兄的病一定能治好，陆兄一定能够闯过这一关，陆兄一定能再回我们身边，为我们朗诵《致橡树》……

所幸陆兄手术以后，基本恢复如初，只可惜嗓音不再洪亮。陆兄又能和我们一起参加诗词活动，一起用诗情丈量岁月，用画意点缀晚晴。

谁知几个月后，我接到会长的电话，他告知我们陆兄病情复发，如今在医院里所剩时间不多。本来一颗沉重的心已经恢复平静，不曾想病魔还是不肯放过陆兄。听到这个消息，我二话没说，和爱人一起带上营养品，前去看望病重的陆兄。

来到陆兄的病房，我惊呆了。骨瘦如柴的陆兄目光明显有些呆滞，但还是认出了我们。他伸出双手，想努力握紧我们的手，可是，我还是感觉到那力量是如此微弱；他抬起眼睛，努力想微笑，可是那笑容是那样的艰难。我强压住眼眶里的泪水，轻声说："我还要听你朗读《致橡树》，我想向你要一幅墨宝，等你好了，就给我画一只大公鸡好吗？咱们还要在一起喝酒，不醉不散！"陆兄艰难一笑，示意我坐下，还没忘了和老伴介绍我们。陆兄就说了几句话，我明显看出他的疲劳，看出他呼吸不均匀。我想留下多陪他一会儿，我知道这样面对他的机会真的不多了，又怕他因为我们而疲惫，而难受。而我真的不想走出这个病房，真的不想离开这个良师益友般的兄长，真的不敢面对再次失去兄长的痛苦。想起和陆兄同岁的亲哥哥，前两年也是这样用呆滞而混浊的眼睛艰难地看着我，我也是这样带着千般不舍万般不愿离开了病房，再也没能和哥哥说上一句话，哥哥再也没能睁开眼看看我。想到这儿我的心一阵阵刺痛，我还是赶紧跑出了病房，我怕我控制不住，放声大哭出来，我怕陆兄看出这是最后的离别，我更怕影响陆兄的休息，哪怕是多一分一秒的休息。

从陆兄的病房出来不到三天的时间，听到了噩耗。我想，那时我和诗词学会的所有同仁一样，除了悲痛还是悲痛，除了流泪还是流泪。悲痛天妒英才无力回天，心痛兄长英年早逝才华难留。至今想起来，我的心依然疼痛不已。

陆兄追悼会到场近千人，全是陆兄的生前好友和亲戚朋友；胜利诗词学会的全体会员无一不在，会长亲撰祭文，王老亲自泼墨书写祭文，申学军、方华两位诵读祭文，全体会员哭声一片。不论是高龄的老艺术家，还是小有名气的年轻文豪，都为陆兄洒下两行清泪。

屈指算来，陆兄已经离开我们快一年了，可陆兄的音容笑貌历历在目。诗友们每一次聚会都会想起陆兄，想起陆兄的豪气，想起陆兄的才艺，想起陆兄的歌声，更想起陆兄的人格魅力；甚至也想起陆兄曾经的豁牙子。我们多么怀念那些和陆兄一起吟诗作对的岁月，那些和陆兄一起浅酌微醉的时光，那些或多或少，或深或浅的心语碎片。

怀念陆兄，怀念那个亦师亦友的兄长！

2018 年 8 月 16 日

发小情谊

相信每个人都有几个难忘的发小，心里永远都有一个角落是属于发小的。那里有太多儿时的回忆和快乐。

相见亦难别亦难。年轻时的离别只是一瞬间，想念却是一辈子。

1984 年至今已有三十八年了。三十八年，哪一年哪一天不曾想起过呢？一个还在东北，一个却来到山东，一个还在儿时的黑土地上生活，一个却在黄土地里扎根。

天涯海角啊，思念就像黄河的水，时而风平浪静，时而波浪滔天。我好想回到童年，与她们滚在一起，在麦地里、在青纱帐里、在冰天雪地里、在小雨霏霏的林荫路上、也在我们热乎乎的土炕上……

怎能忘记儿时的端午节，凤子、大仓子、还有我小喜子，我们三个是形影不离的发小，我们相互梳辫子，把自己用麦秸精心编制的龙尾，相互戴在辫子上。再把五彩丝线编制的手带，互相系在手腕上。天还没亮，我们手拉手，疯子一样跑到麦田里，用麦苗上的露水洗脸。传说，端午节这天，王母娘娘要给七仙女洒甘露，这一天的露水有灵气，用这一天的露水洗脸，就能长成美女。传说总是美好的，人们也是宁可信其有，不可信其无。这个习俗也不知流传了多久，但女孩子们是每年都会盼着这一天的，不管真假，我们几个总能堂而皇之地在一起疯，那是最开心的事情。

我们边洗脸边嬉笑着在麦地里疯跑。小个子的大仓子跑得最快，瘦弱的我跑得最慢，惹得大仓子总是催促我。凤子总是一次又一次地等着我。跑累了，我们就滚在一起，仰面躺在麦地里，说着悄悄话。直到天快亮了，我们才依依不舍地走出麦田，在地头上，还要采摘一些艾蒿，回去烧水洗澡，祛除一年的疾病和邪气。

我也忘不了，在寒冷的隆冬，我们三人一放学就会凑在一起玩嘎拉哈。别小看这些嘎拉哈，家里嘎拉哈多的，说明富有，吃肉多。也说明家里的男孩子多，出去狩猎，逮到的狍子多，所以，那最好看，大小合适的狍子嘎拉哈就会多。自然，我家就少的可怜，养父年迈，不能打猎。家里穷，也买不起猪蹄和羊蹄。养母和邻居要了几个猪嘎拉哈，又大又笨，一点也不好玩。还是发小们给我凑了四个狍子嘎拉哈，我爱如珍宝，只有发小们过来我才拿出来玩，平时都是放在小布兜里珍藏。凤子家的嘎拉哈最多，我们两个去凤子家玩的次数也最多。一个沙包，几个嘎拉哈，三个小姐妹，一玩老半天，天天如此，不厌不弃。我想发小的情谊在我们幼小的心灵里就有了难舍难分的缘分吧。

记忆最深的还是过年时的经历。那时虽然很穷，但是一年一度的过年，却是每家每户的大事，谁家也不会不重视。东北的过年和南方不同，那是进了腊月就有了年味。家家开始准备年货，因为东北有天然的大冰柜，零下三十多度的气温，把年货埋在雪里，浇上水，就是一个大冰柜，想要多大就多大。富裕的家庭，院子里的“冰柜”大得像个碉堡，穷人家也就像个大锅。富人家到了腊月要杀猪宰羊，还要杀鸡鸭鹅。一大块一大块的猪肉，堆成小山。还会用铁钻头在江面打出窟窿，再下网打鱼，一麻袋一麻袋的鱼都会冻在院子的“冰柜”里。过年前，人们会买整板整板的豆腐冻起来，包子、年糕、馒头都冻起来，可以吃整个正月。这些都要在腊月里完成。

我也和所有的孩子一样，盼着过年，但我又害怕过年。盼着过年，想穿新衣服，想吃好的，想放鞭炮，也想有个压岁红包，最想的是可以打着灯笼到发小家去玩。大人们有个不成文的约定，过年这几天不能让孩子生气哭闹，如果哭了，一年都不顺。

要说怕过年，那是因为别人家都是热热闹闹地杀猪宰羊，而我们家冷冷清清三口人，穷得只能买上三斤猪肉，还要分上八份，大年三十、初一、初二、初三、初五、十一、十五、二月二各一份。

用黄豆换上几斤豆腐和粉条冻起来，再蒸点粘豆包，烙点粘饼子，就算年货了。收成好的时候还能杀两只公鸡和大鹅；收成不好，养的鸡鸭鹅不多，还要留着下蛋卖钱供我读书呢！至于新衣服也不是每年都有，那要看爹爹的手里有没有余钱。不过，每年的新头绳、新灯笼、鞭炮是要有的。

邻居们杀猪，半条街都请来吃肉，那猪肉炖粉条的香味，让我不敢喘气，生怕自己失态让人笑话。发小家里杀猪，会邀我过去观看，整个杀猪过程很残忍，我不敢看，就和发小聊天，两三个小时杀完猪、做好了猪肉酸菜炖粉条，给我盛上一大碗，大片大片的猪肉摆在酸菜粉条上面，还有地道的血肠，美美地吃上一顿，做梦都是香的。吃完还要给我爹娘带回一碗，爹娘的脸上都乐开花。

那年年三十，刚吃完饭，大仓子和大平子提着灯笼来家里找我玩，我也点着爹爹给我用彩纸糊的新灯笼，和他们一起去村口抱大树。这也是一个习俗，说年三十抱大树，孩子就能长得高。我们三个轮流抱完就往回走，不许回头，回头就不灵了。谁知，刚走没几步，调皮的大平子，突然喊了一声“鬼来了”，吓得我们撒丫子就跑，冰天雪地的，哪能跑得快，我们都接二连三地摔倒了。这时大平子哈哈大笑起来，听着他那坏笑声，就知道我们又上了大平子的当了。

大平子是我的邻居，是发小里最调皮的一个。那晚在回家的路上还差点闹出事故。大平子见大家都怕鬼，就从兜里拿出一个小鞭炮给大仓子，让她点鞭炮壮胆。因为没有火柴，大仓子就用灯笼里的蜡烛来点。大仓子小心翼翼地点，谁知大平子突然吹了一口气，火苗升起，还没等大仓子躲开，就响了，炸得大仓子一屁股坐在地上，满脸都是黑灰，差点把大仓子的眼睛弄瞎。

大仓子又气又急，第一个拿起土块就打了过去，我也团起一个雪团打过去，大平子也不示弱，接二连三地打回来。最后我们三个人扭在一起，帽子掉了，手套没了，新衣服都沾满了泥巴。谁也不敢回家，都怕挨揍。大仓子鬼机灵，说：“放心吧，今晚过大年，他们不敢打我们的。”一句话提醒了我们，我们高高兴兴地回了家，尽管家长都很生气，倒是真没有打我们。

随着年龄的增长，这种无拘无束的打打闹闹少了，除了学习以外，凑在一起，多了心里话的交流。我和凤子是学习比较好的，自然在一起交流学习的机会更多，慢慢地我们成了无话不谈的闺蜜。那时没有电话，虽然都在一个村子，有了心里话，也得故意找理由去见面，毕竟我们都有自己的学习任务，耽误时间太多，家里都不高兴。

高一那会儿，我知道了自己的身世。我的心情不稳定，学习成绩下降。凤子看出我的变化，问我原因，我就告诉了她这个秘密，从此我多了一个分享我喜怒哀乐的朋友。

多少次我们姐妹俩坐在墙头上一聊就是一个夜晚，只有天上的星星懂得我们的心事。多少次我们在路上漫步，春夏秋冬，寒来暑往，那条路上留下了我们多少脚印，多少秘密。多少次我们相拥而泣，不舍得分离，为了和亲人团聚，不得不各分东西。多少次我们在夜里给彼此回信，泪洒信笺，相思难眠。多少次我们看到彼此的照片，知道彼此安好，家庭幸福，都默默为彼此祝福和庆幸。多少次我们都为我们的工作和下一代而忙碌，却无法忘怀我们的姐妹情义，仍会相约见面。

终于，有了机会，2001 年的夏天，那是在我们分别十七年后的一天，我踏上了那个记载着我童年欢乐与艰辛的小村庄——大同村。十七年啊，我多么想念这块热土，多么想念这块热土上的不是亲人的亲人。

我怎能忘记那一次我与发小凤子在松花江边紧紧相拥、喜极而泣、泪洒江畔的场景；我怎能忘记，我们在凤子的小卧室里彻夜畅谈。变的是我们的容颜，不变的是我们无话不谈的亲密。

一觉醒来已经上午十点多了，和在家一样，晚上贪玩，早晨贪睡，没有一点出门在外的状态。只见凤子和妹夫都已经把菜肴准备好，正准备下饺子呢！还是那种手捏的长饺子，一个个像小孩的耳朵一样，均匀的小褶子，圆圆的身子，横七竖八地躺在盖子上，似乎在等待我的赞美。看着这些久违的东北长饺子，不由得想起初到山东就被婆家人笑话不会包饺子的事情。

那是1984年中秋节，刚结婚不久的我随老公回老家看望公婆。公婆便提出包饺子招待我这个刚过门的儿媳。于是大家一起动手包饺子，我也不甘示弱，也想展示一番我的手艺。于是我便用心地捏好每一个褶子，力求均匀美观。在我看来已经近乎完美的小长饺，却惹得小姑子、小叔子一阵大笑。这个说我不会包饺子，那个说我包的饺子丑死了，这么长，还这么多褶子，就像丑媳妇的大脚丫，好难看啊！在一阵笑声中，小姑子把我包好的饺子重新加工，只见两手一握、一挤，就变成了一个圆圆的、鼓鼓的、没有褶子的圆饺子。她说这样的饺子又好看，又好吃。于是，小姑子、小叔子都抢着来当我的师父，手把手教我包饺子，很快我就学会了包圆饺子。从那时起，我再也没包过长饺子，更没吃过长饺子。现在一见这些带着温馨记忆的长饺子，内心不由得一阵激动，后悔没有早起，和发小一起一边唠嗑一边包饺子，再包一次这样长长的、带褶子的饺子该是多么高兴的事情。

在凤子的催促下，我急忙梳洗了一番，来到桌前准备吃饭。谁知一坐下，就被桌上的几道菜惊住了。那热乎乎香喷喷的猪头肉、那油亮油亮的、让人垂延欲滴的猪蹄、那一片片粉白粉白的、带着金黄色肉皮的肘子肉，还有那清爽诱人的、黑白分明的凉拌木耳；这四个小菜不多，可个个都是我小时候最爱吃，最想吃，也最难吃到的菜肴啊！面对这些精美的菜肴，我知道发小用了多少心思，我知道凤子和妹夫需要起多早才能做好，我也知道这是怎样的一份发小情啊！

我的另一个发小大仓子也通知了我的小学同学，一起请我聚餐。这些同学多数都是本村的，两小无猜的情谊，一经提起，便有说不完的故事，让人回味无穷。饭后，大仓子领着我单独玩了玩，我们一起又钻了玉米地，掰了很多苞米，一起采摘西红柿、甜瓜，一起回忆小时候我们在生产队劳动的岁月。那时候我瘦弱得跟不上趟，大仓子总是帮我接垄。小时候大仓子很厉害，我们经常吵架，也经常和好。大仓子是个快言快语的人，做事雷厉风行，爱帮忙，也爱管闲事。十七年不见，岁月的风霜，给大仓子增添了皱纹，但这热情似火的性格却是一点没变，还是那么大嗓门，还是那么爱说爱笑。

大仓子带我走进我十七年前住过的茅草屋。屋里屋外没有大的变化，我当年养鸡的笼子还在，当年土炕的绿色电光纸还在，冬天取暖的火炉还在……过往历历在目，不由湿润了双眼，发小也陪我落泪。

参观完我的老屋，大仓子邀请我去她家里坐一坐。走进这个陌生的小屋，我不敢相信，大仓子的生活看来太艰难了，几乎一无所有，我有些心酸。大仓子是我的邻居，也是我从小玩到大的伙伴。那时候她家里的条件比我好多了，父母都年轻，又有兄弟姐妹的陪伴，她的爸妈都是生产队的劳动力，生活虽不富裕，尚能够维持。我五岁照片中的衣服，还是借大仓子的呢！怎么十七年后，我的发小生活竟然没有改变？发小执意留我吃饭，我还是坚持去了凤子家。不是我嫌弃，而是不忍心大仓子为我破费。回来后，我给她邮寄了两千元，算是对发小的一点心意吧！

紧接着两年后的正月十六，我又回了一次大同。没有亲人可以惦念，只有发小和同学让我牵肠挂肚。

我读师范时的同桌杨春华杨三姐病危，接到这个噩耗，我坐飞机直飞东北，赶在三姐临行前，见上最后一面。那是一次痛苦的会面，那是我们最后的告别，那是一次她对儿子的临终托付，那也是我不悔的一次远行。

二月初二前一天，凤子就提前发话：二月二不许在外面吃饭，谁请也别去，我专门给你烀猪头、烤猪蹄、包饺子。我愉快地答应了。我了解凤子，我要是不让她忙活，她非和我急眼不可，况且我也真想再尝一尝地道的东北特色，找一找小时候的感觉。

小时候，二月二我吃不起猪头的，最多就是吃豆子，吃面旗子。面旗子是妈妈亲手擀，亲手切，亲手炒的又香又脆又酥的小零食。

第一次在外面过二月二，又是在儿时生活的地方，我的故乡——

东北黑龙江绥滨小镇，从记事起就在一起玩耍的发小凤子家里。可以说这是一个最有意义、永生难忘的二月二了。

我望着发小给我准备的一桌子小时候吃不到的美食，心里五味杂陈，既有深深的感动，又有太多的感慨。如果有来生，即使再吃苦，再受穷，也愿意再遇到这个没有血缘却深深牵挂，不是亲人却胜似亲人的发小！

这次回来没有见到大仓子，因为她去了住在齐齐哈尔的儿子家帮忙带孩子，有些遗憾，也可以理解，这也是中国父母的特色，全部的爱都给了孩子，甚至孙辈，我又何尝不是呢！

2016 年 6 月，我再一次踏上这片故土，只为凤子女儿的婚礼，只为再与发小重逢，只为心里的那份思念。路远，心的距离却不远，还是儿时那份期盼，还是儿时那样无拘无束，还是儿时那为发小跑前跑后的状态。不同的是，我们都多了一些深沉，少了一些急躁；多了一些厚重，少了一些天真。

如今我们都在为孙辈忙碌，走动少了些，电话也少了些，但心底那份情谊是难以忘记的。六年没有见到发小了，心里的思念又在蠢蠢欲动，或许哪一天，我们又会相拥。满头白发的老姐妹相拥在一起，相互擦着泪花，这是不是人生一道亮丽的风景呢？

2022 年 4 月 27 日

老友疗伤

站在屋中央，不知道今天该怎样打发。懒散的心情，空白的心绪，无由的寂寞与孤伤，就这样不时地敲打着心房。走到落地窗前，抬眼看了看院子里那几株寂寥的白蜡树，秋风中，偶尔几片枯黄的叶子从树上飘落，没有声音，也不潇洒，它们是不是很无奈呢？我尽量不去想。草坪还有一些绿色，可是没有一点生机，干瘪且略带枯黄，有些已经枯萎。加上管理不好，一些杂草横七竖八地躺着，让人倍感秋日的荒凉。

不知从何时开始，想想也就这个月吧，我总是喜欢在客厅里静坐、看书，偶尔看电视，有时也上上网看看我的博客，有时打打牌。但是就是不愿意动笔，心里有很多感触，很多感慨憋得心里发慌，但还是不想动笔。看着很多的家务需要打理，但还是告诉自己一会儿再干吧！很多的朋友包括爱人一次又一次地嘱咐我到外面走走，看看，锻炼身体，找朋友聊聊天，到商场逛一逛买点衣物，我觉得很有道理，可是还是不想动，一次次地在心里和自己说，下午吧，明天吧。为了给自己打气，把要做的事情写在一张纸条上，告诉自己完成一件就画掉一件，结果，一天天过去了，一个也没画掉。只有在与朋友聚会的时候，我又展现了我的豪情，我的风采，那时的我依然还是信心百倍，依然还是那样激情四射，依然还是那样滔滔不绝。因此最近每次聚会，每次醉归，每次都悔恨交加，第二天更是加重我的惰性。自己知道不该这样，这不是我的风格。一遍遍问自己，那个开朗热情的我哪儿去了？那个充满活力的我哪儿去了？那个闲不住的我哪儿去了？那个把朋友的事情当做自己的事情，永远不知疲倦的我哪儿去了？那个溢满幸福整日挂满甜蜜微笑的我哪儿去了？生活还是原来的生活，丈夫还是疼爱我的丈夫，朋友还是知心的朋友，家还是温暖的家，为何我却变得如此孤独伤感？为何我把快乐遗忘？为何我的惰性疯长？为何我要这样自我惆怅？难道我真的老了？难道这就是人们所说的女人不可逾越的更年期吗？难道我真的这么快就走上了女人生命的必经之路吗？每每思绪到这里，不觉间眼里已经蒙上一层云雾，心脏仿佛停止跳动，身子也倍感沉重，隐隐感觉自己是一个孤单单、病恹恹地在风雨中跌倒没人怜悯的弱女子。这些日子，我在睡梦中常常梦到故去的亲人，常常无故地想起小时候的事情，想起很早很早的一些有趣的事，有时还常常在老公回来的时候装做很快乐的样子，生怕丈夫窥探到我内心深处的寂寞，怕朋友感受到我的孤独，怕人家问起我都在做什么。这些变化就这样在我毫无准备的情况下过早地走进我的心灵世界。但是另一个声音却时刻在提醒我：快快离开，快快振作，快快找回自己！

是什么让我重新拿起笔，鼓起勇气写出我的心事？是什么让我大声地喊出我要站起来，我要走出去，我要还原我自己？

昨日茗茗新友来访，我叫上了多年老友陪酒。酒会在愉快的氛围中进行着，新老朋友让我倍感亲切与温馨，我表现得非常快乐。我喝了点红酒，当我与老友碰杯的一刻，能分明感受到老友看我的眼神里有些诧异，那眼里似乎有个问号，似乎在寻找答案。

酒会结束后，老友叫我到他办公室一叙，我没有拒绝。我大约有好多年没有到老友那里小坐了，也好久没有和好友谈心了。就这样我随老友走进办公室，老友倒茶并拿出瓜子。我和老友边吃边聊，不着边际。不知不觉话题就扯到了我退休后的生活、兴趣以及健康饮食上了。我知道这是老友有意聊起这个话题的。我也知道我不可能向这位二十多年老朋友隐瞒我的真实情况。我就把我近段时间出现的心理状态及我的懒惰向老友和盘托出。当我讲完这些时，顿时有一种轻松感。老朋友一直没有打断我的话，认真倾听。当我讲完后，并提出我的疑问：“是不是这就是更年期啊？大嫂是不是也曾经这样？”老友站起来，没有回答我的问题，只是说：“我带你去一个地方，你自己寻找答案吧！”

这时，我看见老友准备了照相机和矿泉水。我们打车，沿着老友说的方向，到了东营区广场。下车后，我们沿着石桥走进刚刚建成的东营市国际会展中心。映入眼帘的是宽阔的水面，一条条蜿蜒曲折的木板桥和木亭子，最壮观的是中心的钢性走廊。没有旅游圣地的建筑和风景，没有青翠的树木和漂亮的花草，但是这是东营特有的标志性油井和大面积的水面。一时之间我忘记一切，我走在木板桥上，垂手怕打水花，走进亭子里坐下，走上钢廊眺望东营全景。老友静静地陪着我没有说话。只是不时地告诉我要小心，告诉我向这里走，向那里走。征得我的同意后，老友给我拍了很多照片。站着的，坐着的，蹲着的，还有倚在桥栏的……大约走了一个多小时，我们来到亭子里坐下喝水休息。老友问我心情怎样？和来之前有什么不同？我答非所问：“真想在没有人的时候，和老公在这里牵手走一走，在这个桥栏上坐一坐。也想和几个好友在这里小酌几杯，要是有音乐就更好了。”老友说：“我已经想好了，周末夕阳西下之前，我们三个老铁就约你们夫妻来这里看夕阳、喝小酒如何？我准备酒菜，老夏准备音乐，你们俩呢，就准备地毯。”我知道老友的良苦用心，心存感激，我没有拒绝，也没有答应。我知道老友现在有多忙，他安排这些是为了调整我的心情。其实，当我一到这里，就知道老友太了解我了，老友是到这里给我疗伤来了。他说：“中午喝酒时，第一眼就看出我的眼睛里有一种不快乐。这是我表面的开心所不能掩饰的。他说我的状态根本不是更年期的心态，我只是为自己找这样一个借口而已。他说他知道我的伤不是情感的打击，也不是生活的磨难，而是一种落差。我是那么热爱我的工作，近乎痴狂。而且我有个原则，对待工作，要么就不干，要干就干好。所以这些年，不论是作为教师，还是作为校长，还是最后两年作为工会主席，我都能取得优秀的业绩。现在一下子清静下来，我不是想不开，我能理解一切。年龄到了，退出职位，这是天经地义的事情。可是当一个拉满的弓，突然放松了弦，可以想象会是怎样的状态呢？尽管我在给自己找各种各样的事情来填补这一空白，想用写作来代替以往的工作时间，代替内心里那份失落，可是越是努力不让自己表现出这种失落感，越是压抑这种自然产生的失落感就越失落，压抑越大，那么这种情绪的反作用力越大。而我要强不屈的个性迫使我不承认自己有失落感，这样久而久之，就会产生一种病态心理（假性更年期症状）。老友说："治疗这种心理的最好办法就是走进大自然，让大自然的魅力，给我自然疗伤，这远比讲道理要好得多。特别是我这样的女性，没有什么不懂和不能做到的，只是想不想做的问题。老友的话让我不得不佩服，他一针见血地指出了我的问题所在。同时，在老友面前我终于掀开面纱，告诉老友我想找点事做，哪怕是慈善事业，请老友帮我联系。我真的很压抑很失落，感觉一下子没有了朋友，形单影只，我成了世外之人。我想起一个网友的名字，孤独的深蓝，我一直不明白孤独到底有多可怕，现在我真的懂了，孤独到深蓝的感觉，那是无法言传的一种寂寞，那是黎明前的那种深蓝，接近黑色的深蓝。而这种寂寞与孤独，就连深爱的老公也无法言说，不是不信任，而是不愿意把这样的一种心境，这样的一种连自己都害怕的孤独带给最爱的人，越是爱就越是想给他快乐的一面。也许这也是一种善意的谎言吧！老友以他多年对我的了解，帮我解开这个心结，并用特定的方法、特效的手段真正地帮我辽伤。让我懂得我今生最骄傲的还是拥有真正的知己。最近几年新的工作环境，让我拥有了很多新的朋友，也让我体验到了新的快乐！但是现在真的有一种感受，朋友就和酒一样，存放的时间越久，酒香越浓啊！能拥有一些，不，哪怕一个真正能懂你，了解你，能从你的一言一行、一举一动、一颦一笑、一个眼神中读出你内心深处喜怒哀乐的朋友，此生真的无憾！

从会展中心往回走的路上，遇到一个圆池子，里面装了很多鹅卵石，我情不自禁地俯身拾了很多，放进手提袋里。老友看到这个细节，便说："我放心了，从前的那个你，那个快乐也调皮，那个无忧无虑的孩子般的你又回来了！”是的，回来的脚步是那样的轻盈，那样的有力，回来的天空更蓝更高了！走在秋日的暖阳下，我不自觉地脱掉风衣，红色的毛衣和我略带笑意的脸庞映在水面上，让我感受到这深秋的东营真美丽！我依然年轻充满活力！

是啊，老友，多么难能可贵。人有四宝，老窝、老伴、老友、老本。老友就是这四宝之一，是人生最珍贵最重要的存在。也是人生路上不可或缺的一个情感元素，是可以分享喜悦分担痛苦的人，是可以为你疗伤而不求回报的人，是可以随时打电话而不嫌烦的人，也是几十年如一日，不因贫富而远近，不因年龄大小而悲喜，不因生命的明暗而亲疏的人！

2009年11月19日

承载生命与希望的恩情

又是一年一度的教师节，老师，您还好吗？您是不是又有了新的白发？您的皱纹是不是又加深了几许？您是不是还那么康健硬朗？您是不是还那么忘我地忙碌和奔波？

每一次想起您，我的心都会发烫。因为您对我来说，不仅仅是授道解惑的先生，也不仅仅是爱岗敬业的班主任，更是承载着生命与希望的恩人。您是我的恩师，情深义重，永难相忘。

我清晰地记得，您是在我初二时成为我的数学老师兼班主任的。听说要换班主任，我和其他同学一样，非常忐忑，心想：新班主任会不会很凶？讲课能不能听懂？

当您推开教室门的一刹那，我们就从您温厚祥和的笑容里读到了一种亲切，从您那从容矫健的步履中读到一种信任，从您扫视全班每个同学的眼神里读出一种亲和力。总之，第一面您就给全班同学留下了深刻的印象。

紧接着您“短平快”的自我介绍更是让同学们心生敬意。您说：“我叫于长海，从今天起我就是你们的数学老师兼班主任。我愿意和你们一起，让我们初中二年级十六班成为大同中学的优秀班集体，成为红旗班！你们愿意吗？”立刻，铿锵有力的“愿意”两个字响彻教室。

您接着说：“班干部暂时不调整，半学期后根据学习成绩和表现再进行调整。”这句话又给原来的班干部吃了定心丸，使班级能有条不紊地过渡，同学们的情绪没有因为更换班主任而有丝毫影响，学习成绩也就没有大的波动。相反，班干部会更加卖力，因为初中生的自尊心是很强的，谁都不想半学期后被调整出去。

接下来，您不像其他班主任一样，给同学们讲大道理，讲班规，讲学习的重要性，也不讲班干部的职责和作用，而是开门见山地让每位班干部介绍班级的学习、劳动、卫生、荣誉等情况。这是同学们没有想到的，大家也自然实话实说。我当时作为班级的学习委员兼语文课代表，我也如实反映了班级的成绩是全年级倒数第三的状况。您没有拿笔记录同学们反映的情况，可您在总结班级现状时，却简明扼要，准确无误，让同学们不得不佩服您超强的记忆力。您让同学们自己说说如何提升现状？如何夺得红旗？您从同学们七嘴八舌的发言中提炼了三条措施：第一，不让每一位同学学习掉队，班干部每人承包一位后进生。第二，在学校开展劳动、卫生、体育、文艺各项活动时，班干部每人负责一项活动，年终评比谁的活动最好，平均分最高，奖励一套学习丛书。第三，自愿组织一队检查小组，负责班级的预检，不合格的部分要及时整改，确保夺取流动红旗。这三项措施的实施，让我们倒数第三的初二十六班一跃成为年级第二。从此您在我们心中的形象越来越高大，您的话就是圣旨，我们心甘情愿地服从。

您的数学课也赢得了满堂彩。我记得您总是夹着教案本走进教室，可是整堂课您都没有看过一次教案。每一个例题、每一个公式、每一道作业都印在您的脑子里。您的教学简捷明了，直奔主题；您的提问由浅入深，层层深入，点拨引导，让学生自己发现规律，掌握解题的方法；您与学生互动，语言诙谐幽默，让枯燥的数字在学生的思维里舞蹈，让呆板的线条变幻出灵动的图形；您从不搞题海战术，而是进行集理论与实践于一体的综合性思维训练；您为学生补课也不是一遍又一遍地为学生讲题，让学生做题，而是发现问题、指导思路、举一反三、循序渐进。

有道是“新官上任三把火”，您作为新班主任，也给我们点燃了三把火，点燃了我们的热情，调动了我们的学习积极性，激发了我们的集体荣誉感。不得不说您是一位教学经验丰富又充满智慧和爱心的师者！

我怎能忘记，在我家境最艰难，面临辍学的当口儿，是您把心爱的钢笔送给我。那是您上大学时，您的父亲为您买的。您的父亲已经去世，您对这支钢笔的爱惜程度可想而知，那是您对父亲的一份深深的纪念啊！为了一个穷困学生的求学，您毅然奉献出这支珍贵的钢笔。您说：“如果它能让你的学习得以提高，那么这支钢笔在你这里比在我这里更有价值。”我还曾经为此写过一篇作文《一支钢笔的感动》，这篇文章被作为范文在语文课堂上朗读。

天有不测风云，人有旦夕祸福。就在老师和邻居们的尽力资助下我能勉强上学的时候，我六十六岁的养父得了白内障，无钱医治，也无法去责任田干活儿，养父母被迫让我辍学。不仅辍学，还为我招了养老女婿。突如其来的打击让我陷入极度痛苦之中。

也许这个时候我应该早点向您求救，让您帮我指点迷津；也许我应该找政府解决我们家的困难，相信党会给我一个上学的机会。而我早已绝望，没有抗争，产生了默默离开这个世界的念头，我唯一留恋的是对您、对同学乃至对学校的不舍。

是您向养父母说明事情的原委，让养母为我退婚，也是您奔波多次向公社有关部门为我家申请了困难户补助，更是您让我重新返回校园，继续我的求学之路。

我怎能忘记，为了更好地资助我的求学，您把儿子托付给我的养母照看，让师母出去工作贴补家用，您每个月付给养母十元钱的报酬。十元钱对于现在人来说不算什么，可对于二十世纪七十年代每个月也就三四十元钱工资的工薪阶层来说，也是三分之一的收入啊！我家有了这十元钱，困境得以缓解，我也能够买书买本子、能够交学杂费，不至于辍学。可您家每月少这十元钱，生活质量会下降，一家人的支出也会相应减少。您说：“这钱是大娘劳动所得，理应酬付，不用多想。”是啊，这就是您的高风亮节，付出而不求回报，奉献不铭于心。

您不仅在物质上尽力资助我，还在生活上给我最大的关爱。

还记得那年您帮我家割草吗？那是我全家都无法忘怀的记忆。说起割草，也许很多人不知道它的实际意义。如果你是二十世纪五六十年代的东北人，你就会知道，当时因为贫困，家家户户的茅草房都需要那种紫根草来修护。这种紫根草只有江通的大草甸子才有。所以每年的夏天家家户户都会到离家很远的江通去割草，这成了一种惯例。这个惯例对我这个老的老、小的小的家庭来说也不例外。我十三岁就开始和六十多岁的养父去割草。也曾差点被狼吃了，也曾割破手指鲜血直流，也曾累得坐在路上不肯起来。一老一小虽然割得慢些，割得少些，可毕竟有伴也能坚持。这一年养父白内障看不清道路，养母小脚不能走远路，割草的重担不得不落在我这个十五六岁的女孩身上。我如何能在狼群出没的大草甸子一个人割下两大马车草呢？我无助，也害怕！养母也为此事特别犯愁。

当您下班接孩子回家时，听到养母嘀咕这个事情，您立即安慰养母："别犯愁，车到山前必有路。我去帮你们家割草，怎么也不能让我学生一个人去大草甸子，那还不让狼给吃了？"养母感激涕零，称您是我们家的恩人，说我这辈子能遇上您这样的好老师，不知道是我哪辈子修来的福分。

那一天，天刚蒙蒙亮，您把大扇刀绑在自行车上，让我坐在后座，然后直奔江通的大草甸子，太阳出来老高才到达目的地。您用大扇刀先圈起一大片草地，还认真地做了记号，以防再来找不到。大扇刀在您的腋下虎虎生风，一片片青草顺势倒下，嚓嚓的割草声掩盖了风过草头的呼呼声！汗水湿透了您的背心，您的前额头发也打绺了，我看在眼里，心里一阵阵发烫。是感激、是感动、还是感谢？真是百感交集！我就想，我怎么这么好命，能摊上这么好的老师呢？如果我有一天能够考上大学，我有钱有能力了，将来一定要报答您的恩情。我想那个时候，我已经把您作为亲人来爱了！是的，是亲人！从小到大，除了养父母，我没有兄弟姐妹，也没有七大姑八大姨。除了年迈的两位老人，身边没有亲人，我不知道这种感觉谁能体会。

您帮助我家起早贪黑整整割了三天草，足足两大马车紫根青草，拉回家，码成两大垛。不仅解决了来年草房的翻修问题，剩余的青草还用来烧了几个月的饭呢。

像割草这样的事情还有很多很多，桩桩都是感人的故事，件件都是师生的情谊。

老师，每每想起您，我都会心发烫，都会倍感温暖。是您给了我第二次生命，也是您让我圆了大学梦，更是您的烛光精神，照耀着我人生前进的征程！“长大后我就成了你”，我也成了一名光荣的人民教师！成了一个爱岗敬业的山东省先进工作者！成了孩子们喜爱的孩子王！我想，这也许是我对您最好的报答吧！

2018 年 9 月 10 日

有一种幸福叫被人想起

记得曾经收到过一个短信：“有一种感动叫被人惦记，有一种幸福叫被人想起……”虽然当时看到这个短信，也曾感到一种别样的快乐，但是我还不能完全理解这种被人想起的真正感觉。

也许那时工作忙碌，也许那时心情浮躁，也许那时身边的朋友很多很多……现在静静地想一想，那时被人想起是经常的。可是大多数的想起都是开心快乐的事情，大多数都是找我一起吃饭、喝酒、唱歌，这种感动似乎并非是久远的记忆，这种幸福只是时间范围的一种情感体现。可是有一种想起，却能够让心灵久久激荡，从内心深处体会一种信任，一种深交，一种无法言传的感动。

前几日，手机里传来一个久违的熟悉声音：“姐，明天你有没有空？医院有没有认识的人？你能不能陪我去医院看看病？我感觉这些天不舒服，心里老是犯嘀咕，想来想去，只有你陪我最放心。”听到这话，我的心一紧，没来得及思考，一口答应陪好友去医院。放下电话，我却呆呆地愣了好一会儿。

玲是我在小学工作时结识的忘年交，现在算起来我们相识快二十年了。玲漂亮、大方、不善言辞，性格直爽，对人诚恳。刚来学校的时候，谁也不认识，玲感到很孤单。我的年龄虽然比玲大很多，但在学校还算小的；加上我的性格开朗、热情豪爽、乐于助人，不知道从什么时候开始，我们越走越近，成了无话不谈的好朋友。玲有心里话总是喜欢和我说，包括她的恋爱、婚姻以及她的工作和生活琐事。那时我俩几乎形影不离，好得跟一个人似的。那时，玲的婚姻受到家庭的阻挠，玲为了爱情，不顾父母反对，毅然决定嫁给她心中的白马王子。玲需要我的支持和帮助，我也竭尽全力帮助她渡过难关。我和老公曾多次去拜访玲的父母，劝解老人理解支持女儿的婚事。可是老人爱女心切，不肯听我们的劝说，坚持己见，反对女儿的婚事，不肯参加女儿的婚礼。玲为此特别烦恼，一边是深爱的情人，一边是含辛茹苦的父母，玲左右为难，反复掂量之后，玲还是做出一个惊人的决定，自己办婚礼，不用父母操心，将来父母理解了再去孝敬父母，给父母赔罪。为了支持玲的决定，我作为玲的知心好友，毅然担起了玲的婚礼主管，帮助玲设想所有的婚礼事宜，包括布置新房，布置婚礼的场所，参加人员、车辆、录像等事宜。那时生活条件不好，加上没有让双方父母操心，财力上自然不足，婚礼以简单热闹有纪念意义为原则。现在想起来，我和丈夫还觉得真是办了一件好事，成就了玲的美满姻缘。婚礼还算圆满，也算当时很时髦的婚事新办吧！丈夫亲自给玲主持了婚礼，那是他第一次担任主持人，没想到从此以后一发不可收，接二连三的朋友都请他来主持，在老乡中也算小有名气的“主持人”了。婚礼的礼堂就在学校的教室里，全体教师和校领导都是两位新人的嘉宾。礼堂在女老师们的精心布置下，红红火火、喜气洋洋。本来玲说不用汽车了，走到礼堂就行了，我还是让丈夫找了两辆车，打头的还是白色皇冠呢，以此象征一对新人白头到老。丈夫还自告奋勇的做了宣传科的工作，让公司电视台的两位专业人员录像照相。可以说在当时也算比较场面了。虽然双方老人没有参加婚礼，略有遗憾，但是这样的婚事新办，也给人一种耳目一新的感觉，小两口被幸福包围着，真是郎才女貌，天生一对。

除了生活上我们这样惺惺相惜，工作上我们也是好伙伴。那时我教数学，玲教音乐。虽然工种不同，但是我们都有一个共同的特点，就是好学上进，不肯落在别人后面。我们经常在一起探讨教学方法和教学经验。我比玲年长，教龄长些，就帮玲备课、听课、给她指导教学中存在的问题。有时我们也为一点小事争论不休，甚至是落泪哭鼻子。可是没有几天我们就会忘了那些不愉快，又在一起谈天说地，交流工作，不亦乐乎。值得庆幸的是，我们的努力没有白费，我们的教学公开课和教学论文连年获奖，我们也被评为岗位明星、教学能手、优秀教师等。

1995年老校长退休，我被提拔为副校长，从此我和玲成了上下级。虽然个人感情依旧如初，但是平时在一起的时间渐渐少了，工作上的探讨也逐渐减少，两人的亲密感也被冲淡不少。有时为了学校的利益，我也不得不委屈玲做些不愿意做的事情。1998年我调到党校，我们见面的机会更少了，有时一年也见不到几次面。我的交往层面有了新的渠道，接触的人不断更新，可是每一次见到玲，我们还是有说不完的话题。

这或许就是知己朋友，没事可以不联系，有事必全力以赴！有生之年能够拥有被想得起，被时刻惦记着的知己朋友，我感觉很幸福！

2012年秋

满怀深情忆 八年党校情

时光荏苒，岁月如梭。我离开党校工作岗位已经十六个年头了。回想在党校工作的八年时光，那是我最充实、最自豪、最荣光的八年。八年时间，在人生长河里，不过是匆匆一瞬，但对我来说，却是难忘的、值得回味的。足够让我在漫长的退休岁月中，细细咀嚼，经久回忆。回首八年的党校工作生涯，眼睛还是禁不住湿润起来。一幕幕往事，如过电影一般浮现在眼前。

结缘党校，爱上党校

我与党校结缘始于1998年夏。因工作需要，我从胜利测井小学副校长的职位，被调到胜利测井党校副校长的职位。虽然都是学校的教学管理岗位，同样都是抓管理，抓教学，但工作性质、方式方法、教学内容、教育对象都是截然不同的。面对这全新的工作，我也曾手足无措，也曾茫然无助。但生性要强的我，很快理清头绪，找准了方向。我想，党校与小学不同，教学对象由小学生变为成年人、党员甚至是领导干部。教学内容也由小学的知识点，变成党的教育理论、党性修养，党史党建、政策法规等等。我欠缺的不是教学能力、管理能力、办学能力，而是工作的新思路、新模式、新措施。因此，只有对党的忠诚和热爱是不够的，必须有丰富的理论知识和党性修养，必须切实了解党校工作的性质和教学定位，必须抓紧学习、求教、融入、提高，让自己在短时间内，快速进入这座红色的大熔炉，使自己的思想境界、眼界、修养都能有大的飞跃。既然我有缘成为一名党校人，那我就要用满腔的热忱去触摸和感受党的光辉，用全身心的投入去宣扬党的政策法规，用无尚的荣誉感去履行好党校人的职责，用毕生的精力去拼搏、创新，开创党校工作的新局面。

有了这样的认识。我反倒有了小小的窃喜。我为今生能有缘成为一名党校人，站在党的阵地最前沿而感到光荣。我心想：自己应当为党做点实实在在的工作，为鲜艳的党旗争添一份光芒，为党性的弘扬和传播做一份贡献，这是我工作生涯中的一段难得的机遇。

珍视职位，锻炼成长

“党校”二字在我的字典里是神圣的、崇高的。当我第一次站在党校的讲台上，手拿党章小红本，向学员讲解党章的内涵时，我的心情是激动的、澎湃的。那一刻，当年站在党旗下向党宣誓的情景再次呈现眼前。今天能够站在这里，与学员们一起重温入党誓言，解读中国共产党的章程，党员的责任感、荣誉感便油然而生。作为一个教龄十五年的小学老师，此时此刻，站在党校的讲台上，我的心脏突突突地跳个不停，脸颊发烫，完全是一个刚入职的年轻老师的状态。尽管我在备课上下了很大功夫，自以为能够如鱼得水、挥洒自如，可现实完全是个新手的状态，心里没有一点底气。

王树桐老校长看在眼里，鼓励我说：“党课教学，不同于中小学，既要严谨，又要放松，既要有逻辑条理性，又要联系实际，生动有趣，才能让学员学得轻松自然，理解深刻到位。讲台就是最好的锻炼提升的平台，只要你对党校事业有至深至爱的情怀，就一定能够讲好党课，深受学员欢迎！”

老校长语重心长的引导和鼓励给了我深刻的启发，让我信心倍增。同时也让我懂得了打铁还要自身硬的道理。要把党校工作做好，不仅要有满腔的热忱，更要有对党校事业至深的情怀，有珍视职业荣誉的情怀，有要做好教职工和学员的行为示范的情怀。只有这样，才能带领全体员工，以高度的职业责任感和自豪感，来热爱党校工作，珍惜在党校工作的机会，全心全意地投入到党校工作中去！

认识到这些后，我便沉下心来，扎实学好理论，掌握方式方法，结合实际，认真钻研业务。功夫不负有心人，半年后，在学员的课堂考核中，我荣获了满意率97%的优秀成绩，成功地成为一名合格的党校教育工作者！

创新工作新思路，开创党校新局面

我深知，除了提升自身的理论素养，上好党课，更重要的是要带好队伍、创新办学思路、开创党校工作的新局面。

说起队伍建设，我还真是费了一番脑筋。众所周知，党校的中心工作，就是提高教学质量，而提高教学质量的关键在于教师的业务能力和素质。当时测井党校的专职教师只有两人，师资严重缺乏。一名专职副校长，两名专职教师，就算三头六臂也是难以承接全部教学任务的。如何解决师资力量不足的问题，一度是令我头疼的难题。

我多次找公司领导反映情况，了解到公司没有合适人选调配。于是我组织召开校务委员会，商议补充师资力量的办法。会上大家群策群力，献计献策，终于商议出一套切实可行的好办法，即实行三聘制：一是聘任公司机关思想过硬，业务精湛，素质优良的科室长和三级单位领导担任党校的兼职教师，充实党校的师资力量。二是聘任局党校有关党建理论的专家教授担任党校的客座教授定期授课。三是聘请二级党校的实力教师为外聘教师，解决临时师资短缺问题。这一做法，不仅解决了测井党校的师资不足问题，还让党校密切了机关科室的关系，与局党校、兄弟党校也成了联谊单位。可谓一举三得。这一做法还荣获局党委党建工作创新成果二等奖。

我还抓紧落实了三项措施，来提高专职教师的业务能力和教学水平。一是定期采取内部自学自修，互学互研，共同提高的师资培训措施；二是派专职教师外出进修学习，开阔眼界，提升修养，学习好的教育教学方式方法；三是邀请外地和局党校的教育教学专家教授来校指导。

实践证明，这些措施是行之有效的，不仅解决了师资不足问题，党校教师队伍的素质和教学水平也有了大幅度提高！刘海青老师在省委宣传部组织的优秀党课评比中荣获二等奖就是最好的证明。

记得刘老师在拿到省委宣传部颁发的大红证书时流泪了，她激动地说：“从来没想过这辈子还能获得山东省的大奖，如果不是学校开展这些提高教学质量的活动，不是领导逼我学习、参赛，帮我备课、听课，恐怕就错过了！”看着她那满满的成就感和自豪感，我深感欣慰！

2001 年，我组织的老年服务中心和资料解释中心联合开展“一老一新”青年党员教育创新活动，此活动荣获测井公司党建和思想政治工作创新二等奖。我以此活动为主体撰写的《努力探索新形势下党校工作的新路子》一文获公司思想政治工作研讨论文一等奖和管理局勘探系统研究论文一等奖。《胜利日报》先后两次报道了该项活动，在群众中产生了强烈反响。我撰写的两篇论文发表在《党校学报》和《理论月刊》增刊上。特别是我撰写的《谈如何有效地建立团队》发表在全国中文核心期刊《求实》杂志上。受到局党校和公司党委的表彰。

春华秋实，硕果累累

千帆过尽，百舸争流。八年的党校工作，如今回味起来，付出很多，收获也颇多。八年里，测井党校连续荣获八次局级先进党校。四次省级先进党校。一次省级示范党校。我个人也多次荣获公司和管理局优秀思想政治工作者。2002 年，我被山东省委宣传部评为山东省优秀党员教育工作者。这些成绩的背后有全体教职工的共同努力，也有公司党委的大力支持；有公司有关科室的密切配合，更有各位名誉副校长的积极协调和帮助。回想在党校工作八年的奋斗历程，有苦有累也有甜。那段时间，我沐浴在党的光辉下，聆听党的教诲，深入且系统地学习党的理论，更加深刻地认识到中国共产党的先进性。对党和国家更加热爱，更加拥护，也更加忠诚。在党校的这八年是我陶冶情操、思想升华、能力提高的八年。每每想起来总能让人感到自豪！

八年党校人，一生党校情。岁月失语，惟石能言。韶华易逝，真情永存。如今虽然已离开党校多年，我依然怀念那段激情澎湃的岁月。我多么庆幸能够有机会从事党校教师这崇高的职业，庆幸能竭尽全力，做出一点点成绩，在退休赋闲的时候，不会因碌碌无为而悔恨，不会因蹉跎光阴而羞愧。

此时此刻，我只想说：我骄傲，我曾经是党校人！

2022 年 10 月 8 日

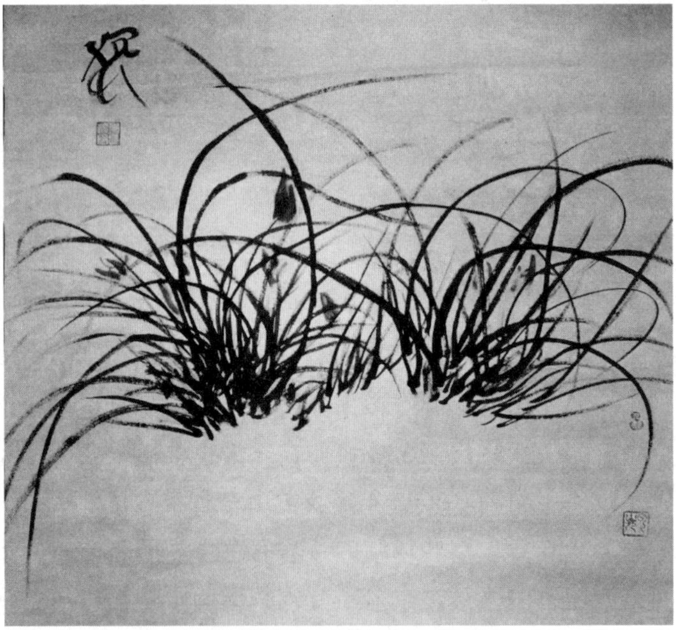

兰香　李线长／绘

我身边的大国工匠

不知道你是否看过中央电视台播放的《大国工匠》系列记录片，如果你看过，相信也会被震撼。影片中的八位“工匠”，他们都是普通的工人技师，却做出不普通的成绩；他们的身上都有一股“坚持钻研、忘我奉献、执着追求、不懈努力”的工匠精神；他们的成功，源于一种对党和国家的无限热爱和崇高的责任感，正是这种责任感，才能让他们在平凡的本职工作中，缔造一个又一个奇迹，成为国家的顶级工人技师，成为某一领域不可或缺的人才。其实，在我身边也有这样一位“大国工匠”。他是山东省首席技师，中华技能大奖获得者，全国五一劳动奖章获得者，国务院特殊津贴专家。他也是谦虚贤达、孝爱至上的好儿子、好丈夫、好父亲、好朋友，他就是胜利油田首席技能大师吕幸端同志。

自学成才的工人专家

吕幸端同志是 1971 年初中毕业来到胜利油田工作的。年仅十七岁的吕幸端和所有新来的工人一样，先被分配在野外小队工作。艰苦的野外施工环境磨练了他的意志，也锻炼了他坚韧不屈的性格。他与其他工人最大的不同就是特别喜欢看书。不仅喜欢看文学名著，也喜欢看技术类书籍。看不懂，他就请教老师傅或者领导，不耻下问几乎成了他的名片。这对一个乡下来的孩子来说，不能不说是一种优势。工友们都喜欢打牌，每一次叫他，他总是摇摇头说：“我不会，你们玩吧，我还得看书呢。”时间长了，工友们都叫他书呆子，玩牌的事情再也不叫他了，他也正好落得清静。他就是凭着这股呆劲儿，几年内硬是把高中课程全部啃下，甚至还把大学的微积分、英语、普通物理等知识也啃了个七七八八。于此同时，他还认真研究能接触到的地球物理勘探技术的书籍，甚至提出一些有见解的问题，找技术员解答。总之，他的业余时间除了学习几乎没有其他事情。他这种学习精神被上级领导发现了，领导看在眼里，记在心里。在选拔去南开大学参加计算机培训班人选时，领导第一个想到了他，想到了这个虽然只有初中学历，但却酷爱学习，耐得寂寞，喜欢钻研的小伙子。这正应了那句话——机遇是留给有准备的人。

吕幸端不负众望，一年后，他以优异的的成绩，在南开大学首次为石油系统举办的计算机应用的“黄埔一期”圆满结业了。他带着崭新的、前沿的计算机知识和技能，也带着崭新的精神风貌，回到胜利油田测井公司，回到这块培养他成长的土壤。他被重新分配到公司的绘解室工作，充分发挥了他的计算机特长。一个初中毕业生能够进入高端计算机技术研究领域，这在计算机尚未普及的二十世纪七十年代是一件不敢想象的事情。

吕幸端到新的工作岗位后，迅速适应新的环境和新的工作，又一头扎进新的技术研究里，白天黑夜地泡在计算机机房和测井资料里，除了吃饭，几乎不出门。因此，他又获得一个绰号“工作狂”。计算机几乎成了他形影不离的“恋人”，在他与“这个恋人”的密切合作下，一条条精美的高质量的解释曲线蜿蜒而出，为地球物理勘探开启了明亮的道路，为测井公司的腾飞插上智慧的翅膀。

随着时间的推移，计算机知识的更新换代异常迅速，吕幸端深知，要想跟上时代的步伐，仅靠从南开大学学来的那些计算机基础知识是不够的，于是，一场艰苦的自学之路便开始了。

吕幸端从计算机的C语言学起，逐步向软件工程、系统架构、数据库等不同方面迈进。要学好这些知识，不仅要有良好的计算机基础，还要精通计算机英语、高等数学等，这对于初中毕业的他来说，是多么大的考验。我最佩服的就是他这种迎难而上，不攀高峰不罢休的劲头。他一边认真工作，一边自学软件编程技术。几乎每个夜晚都是在三点以后才睡觉，几乎每个星期天都在单位啃书本泡计算机。他的这种“饿狼扑食”的学习状态，哪还有时间谈恋爱找对象呢？可老家的老母亲急了，不依不饶地催促他的婚事。没办法，吕幸端只好按照姐姐的安排，回老家相亲。也是他的缘分到了吧，吕幸端勤奋善良，博学多才的优秀品质赢得了乡村女教师全秀华的爱慕，成就了一桩美好姻缘。

吕幸端的婚后生活并不是卿卿我我，轻松自在的浪漫生活，相反，他像以前一样，继续啃书本学技术。幸亏全秀华也是一位积极上进热爱学习的好姑娘，她不但坚决支持丈夫的事业，不拖后腿，还加强自身的工作提升，努力考取事业编，以此来充实自己的业余生活，与丈夫比翼齐飞，共同进步。有道是，爱情是事业的加速器，爱情让吕幸端的干劲儿更足了，信心也更强了。

功夫不负有心人，经过两三年的拼搏，他硬是学完了高等数学、离散数学、线性代数、场论等与测井专业有关的大学课程，还把计算机英语、测井专业英语、测井原理、操作系统原理、编译系统、软件工程学等全部吃下嚼烂，所做的笔记本、验算草稿本摞起来差不多有一人来高。这是何等的毅力和速度，又是何等的决心与耐力，没有一种大智慧和大思路、没有拼命加巧劲儿是不可能做到的，而吕幸端这个倔强而又憨厚的农村娃做到了。

吕幸端这种拼命学习的精神和积极的工作热情感动也感染着身边的同事和领导们，大家都在人前人后对他竖大拇指，称他是“拼命三郎”！

就这样，经过一个又一个寒来暑往，吕幸端终于能够运用所学的知识自主研发一套《测井数据处理自动化控制》软件，这一创举不仅解决了工作中的一个又一个难题，还提高了工作效率，为公司创造了可观的效益，被公司授予“自学成才先进个人”的荣誉称号。这是他人生路上迈开的第一步，也是最艰难的一步。

有道是万事开头难，有了这第一步，吕幸端的脚下似乎生了风，一发不可收。他一边继续加强学习和研究，一边自觉地把所学知识投放到科研中，检验学习效果。他发现从国外引进的3700数控系统无法编译解码，无法发挥数控测井的最大作用，降低了引进设备的利用率，浪费国家基金。吕幸端就决心编写一种与数控测井相对应的资料解码程序。在没有参考资料的情况下，他利用自己所学的软件编写知识，一个字节一个字节地硬是抠出一套灵活、自动、仿真的数控测井数据记录过程的软件。既能逆向处理资料，又能修复残缺的资料。这项科研成果在全国同行业中得到大面积推广，从而获得部级科技进步三等奖和管理局工人专业技术拔尖人才的称号。这是吕幸端在科研道路上的敲门砖，或者说是奠基石。继这次获奖之后，吕幸端一路披荆斩棘，科研成果不断，荣誉也接踵而至。先后获得全国技术能手称号、中华技能大奖获得者、全国五一劳动奖章获得者等重大荣誉。这不得不让我更加相信“知识就是力量”。

小有成就的吕幸端，没有沾沾自喜，停滞不前。相反，他觉得自己能够获得一些荣誉，这是公司培养的结果。如果当年公司不送他去南开大学深造，也许他现在还是地面工，顶多也就是野外操作员。如果没有同事的合作、家人的支持，就不可能有今天的成功。只有加倍努力，继续前行才能对得起公司和家人的厚爱。

在科研上尝到了甜头的吕幸端，又瞄准了更高的目标。但他看到长源距声波全波列波形分析从复杂地层中提取信息的技术，全世界只有斯仑贝谢等少数几家大公司具有，我国没有相应的数据处理系统时。他就与同事闫树纹一起，在没有资料且缺乏经验的情况下，经过一年多的艰难钻研，终于攻克了这一技术难关，成功研发了优于国外同类技术的具有自主产权的《长源距声波全波列波形分析系统》，一举打破了西方国家对我国技术的垄断，并取得了显著的经济效益和社会效益，填补了国内长源距声波测井波形分析的空白。这一成果获国家科技进步成果奖。

开弓没有回头箭，吕幸端不顾前期科研的疲惫，又马不停蹄地投入到国家863计划的子课题《生储盖综合评估系统》的研究中。

这个项目对石油工业的意义在于给油田地下油藏安上“透视眼”，让扑朔迷离的地层一眼望穿。这是国务院审批通过的重要课题，当然也是胜利石油管理局的尖端课题。吕幸端和他的科研小组的同志们没日没夜地奋战一年多，终于取得了突破性进展，一举踏上国际最高研发水平。这是一个值得中国人为之骄傲的重大成果。

这个成果的认证会是吕幸端同志代表胜利油田在北京国家科技部组织的。面对全国各地的权威和专家，作为一名工人的吕幸端，用专家的水平报告这一高级别的课题，不得不让人怀疑吕幸端到底是工人还是专家？其实，这并不矛盾，此时此刻的他，就是一个真正的工人专家，他的血液里流动的是中国工人阶级的先进性和坚定性，他的骨子里是大国工匠的胆魄和才略，他的生命里有一种最强音，那就是热爱祖国。

坚守恪操的血性本色

吕幸端的成长道路是艰难的，也是成功的。当鲜花和掌声来临的时候，吕幸端很淡然，很平静，似乎这一切都不是他的，又似乎他早已领略过，心里已没有波澜。是啊，这一切和他这么多年的艰苦自学，奋发拼搏比起来，不过是烟花飞瀑，灿烂却短暂。他宁愿享受努力的艰辛过程，享受战胜困难迎来曙光时的愉悦心情，享受研发产品创造价值后的满足感觉。

他记得1998年他被推荐参加全国技术能手大赛的时候，他也曾经为是否能够获奖而彷徨，也曾为能否胜出而紧张。当他得知自己在全国几亿的产业大军的选拔中成功成为百名获奖者中的一员，并且要在人民大会堂的最高领奖台上作典型发言时，他也是十分震惊。人民大会堂这是多少人梦寐以求希望一见的地方，而自己一个石油工人也能进入，进去领奖，还能要在高高的领奖台上发言，这样的幸福他怎么也没有想到。幸福来得太突然，一向沉稳干练的他还是湿润了双眼。他为自己，也为胜利油田的二十万产业大军自豪！

在鲜花簇拥的人民大会堂发言席上，吕幸端说：“我是胜利油田的一名普通工人，是地地道道的农村孩子。如果没有党的培养和好的政策，没有单位领导的支持与关怀，没有同事的合作与努力，我的一切都无从谈起！我作为胜利油田的一名工人，今天能来到人民大会堂，能有机会讲这些话，我要感谢党，感谢这个时代，它给我们工人创造机遇和搭建舞台，我会更加努力地工作，为国家和油田的发展做出更大的贡献！”吕幸端的演讲真实而又谦虚，他的感恩之心、崇高的责任感、奉献的信念鼓舞着所有入会的代表，也鼓舞着远在东营的胜利人！

他说，从走上人民大会堂的领奖台那一天起，从面向来自全国各地的获奖代表演讲的那一刻起，他便再不觉得自己渺小，不再觉得工人这个岗位渺小，而是觉得工人是伟大的创造者，必须要在这个岗位上做出对得起人民的事业，要对得起党和国家给予工人的支持和信任！

2014 年，吕幸端作为中华技能大奖获得者再一次登上人民大会堂的领奖台，与当时的国务院副总理黄菊同志亲切握手。此时的他没有了彷徨，不再紧张，他被至高无上的尊重所感动、所激励，所温暖！他说，从来也没有一首歌像今天的《咱们工人有力量》这么好听，这么鼓舞人心。他在心里默念着：我们赶上了好时代，赶上了一个尊重知识，尊重人才，尊重创造的好时代啊！

是啊，吕幸端赶上了一个好时代，所有的工人大军赶上了一个好时代，只要你立足本职，在技术、技能上创新超越，就会得到应有的尊重和厚爱！吕幸端的中华技能大奖就是一个真实的案例！他在全国七百名全国技术能手中决胜前十名，这是怎样的技能人才？是怎样的技术实力？软件科学本身就是工人里少之又少的工种，他却能够在众多的高级人才聚集的领域脱颖而出，就足以说明吕幸端的技术水平之高，技能之强，也可以感受到他的付出有多大，这个一等功臣的荣誉不是白给的。

从人民大会堂回来，吕幸端似乎变了一个人，不是变得趾高气扬了，也不是变得口若悬河滔滔不绝，而是变得神情更加坚定，态度更加谦和，语气更加沉稳，工作更加认真。似乎获大奖，戴红花，上北京是别人的事。面对油田开展的轰轰烈烈的向吕幸端学习的活动，吕幸端认为，这个要学习的吕幸端不是我个人，而是整个石油产业，是像我一样为祖国的石油事业爱岗敬业、默默奉献、拼搏实干，勇于创新，攻坚克难的工人们，我不过就是其中的一个代表而已。吕幸端就是这样用自己的行动，参与着这个群体，并推动群体力量不断扩大和增强。

最让我震撼的一件事是1992年吕幸端和助手王雷去北京主持进口软件验收工作时发生的故事。

验收工作说容易很容易，说难也难。一看验收人员是否认真负责，铁面无私；二看验收人员的技术是否过硬，是否能够找出问题所在。公司放着大学生不派，而要派初中毕业的吕幸端去验收，很多人不明白，甚至有人说三道四。

吕幸端接受任务后，整夜没有休息，查找有关进口仪器的资料，做了详细的验收准备工作，第二天才启程前往北京与美方代表劳拉·盖儿女士会面。一见面，吕幸端就对面前这位金发碧眼，带着金边眼镜的精明女人就有了防范。吕幸端不卑不亢，相互道明来意。劳拉·盖儿按照正常的验收手续简明扼要地介绍软件，然后拿出合同请吕幸端验收签字。吕幸端接过合同，一丝不苟地看了一遍，表面上没有看出什么，便把合同合起来。劳拉看在眼里，露出轻松的一笑。吕幸端也还以礼貌的微笑。验收似乎到了签字的环节，可吕幸端并没有签字，而是站起来客气地对劳拉说，要把软件的源码及目的码全部进行核对和检查，根据检查情况再决定是否签字。劳拉虽然不悦，但还是保持礼节性的微笑，表示同意。她相信吕幸端一行人不可能查出问题。

可事情往往是出乎意料的。吕幸端和他的助手，每天起早贪黑，一遍又一遍地核对相关源码，一次又一次地查阅相关资料，一个多月的时间过去了，还是没有发现问题。可是，吕幸端坚信自己的判断，一定有问题，不能轻易放过，否则公司就会有损失，也会让美国人看不起中国人。果然，在反复的查阅和比对中，终于发现三处隐蔽性的重大问题。也就是说，如果草率签下合同，企业遭受的损失是巨大的，也是不可弥补的。

当吕幸端把问题所在指给劳拉看的时候，这个看着彬彬有礼的美国人却焦躁起来，指责吕幸端的合作诚意，并且要挟取消合作，后果由中方负责。面对这样的要挟，吕幸端同样严肃地告诫劳拉，要想合作，要想赚钱，必须修改软件源码，否则，中方有权拒绝合作。当即起身，离开会务室。就在吕幸端准备行李的时候，劳拉打来电话，态度极其友好地说，万事好商量，如果能够顺利签下合同，一定会给吕幸端二人好处的。吕幸端拿着电话的手气得发抖，很不客气地对劳拉说："对不起，我代表的是中国人的人格，我来验收的目的就是为了避免企业的损失。我更不会为了钱损失我的人格。"说完，吕幸端重重地放下电话，对助手王雷说："走，我们回家。"

回到家的第三天，油田外事处电话通知吕幸端重新回去验收，说软件已经修改好了。吕幸端一行二人再次回到北京重新验收，果然已经修改完善。美国的首席代表丹斯也亲自到北京道歉，并邀请他们参加答谢酒会。酒会上丹斯邀请吕幸端去美国的跨国公司工作，试用期月工资一千二百美元，转正后工资翻倍。这确实是一个很大的诱惑，一千二百美元在当时就是人民币一万二，而吕幸端当时的工资还不到两千元。他们需要的是吕幸端的技术，他们认为中国人不会拒绝这么好的工作薪酬，一定会愉快地接受。吕幸端笑了笑，没有丝毫的犹豫，果断地说："谢谢信任，对不起，我不会离开中国，我的技术是为中国石油服务的。"丹斯没有想到吕幸端会拒绝，一时之间不知道该怎么说。不过，也看得出来，丹斯还是很佩服吕幸端的骨气。

是啊，作为养家糊口的男人，吕幸端也希望能有这笔收入，这样他就能给老婆孩子富裕的生活，给老母亲一笔丰厚的养老金。可是，作为一个男人也必须要有自己的操守、自己的血性，要把党培养的技术技能，用在中国的发展上。这就是吕幸端的职业操守和血性本色！

孝爱传家的好男儿

劳模也好，大师也好，都是活生生的人，不是神。只要是人，那就有儿女情长，有喜怒哀乐，就离不开一个“家”字。

好儿子

虽然吕幸端是有名的书痴、工作狂，但是从小在讲孝道的家庭长大，孝敬父母自然成了吕幸端首要的做人原则。何况他是长子，在他心里孝养母亲是天经地义的。他把母亲接来，一住就是三十年，其他兄弟姐妹只要来看看就行了（十六岁那年，吕幸端的父亲去世）。

说起吕幸端对母亲的孝道，我想我作为他二十多年的好朋友，应该是很有发言权的。因为吕幸端的母亲和我的养父母是好朋友，他们常常坐在一起聊天，偶尔我也会插话聊上几句。虽然说我也算孝顺的女儿，但和吕幸端比起来，我还是有差距的。我的孝顺是衣食住行样样不缺，有病有灾尽心伺候，父母要求尽最大努力满足，我觉得我已经很孝顺了。可是，自从听了吕幸端的母亲吕妈妈说起儿子的孝顺，听了邻居们对吕幸端的夸奖，看到吕幸端对老母亲的照抚，我很惭愧，只能对着父母的照片忏悔我的不孝，请求父母原谅我的粗心，来生再做女儿好好报答。

记得有一次，吕幸端的母亲来我家找我养母聊天，养母看到她的肩膀处、脖子处都有紫色的痕迹，就问：“大妹子，你这是怎么了？”没想到吕妈妈却说儿子给捏的。母亲吓了一跳，就不分青红皂白地骂了吕幸端一句，扬言要找找他，替吕妈妈出气。这下可把吕妈妈笑坏了，吕妈妈一边笑一边解释说：“不是不孝顺捏的，是因为我的肩膀风湿病严重了，吕幸端给我按摩揉捏留下的痕迹。”吕妈妈告诉我母亲，她儿子最孝顺了，从来不顶撞她，想吃什么就给买什么，不管下班多晚，回家也要先到吕妈妈的房间，看看睡没睡？没睡就给她按摩一会儿，松松筋骨，说说话。如果睡了，就盖盖被子，轻轻地退出房间。是啊，这看起来是小事，可是，每天如此，也不是每个人都能做到的，细微之处见真情啊！

一次，邻居张老师到吕幸端家请求帮忙修电脑，意外地看见吕幸端正一口一口地给吕妈妈嚼排骨，吕妈妈也不嫌脏，高兴地一口一口等着儿子喂她。张老师很不解，就问吕幸端，你为何要这么喂老人，不怕细菌感染吗？吕幸端语重心长地告诉张老师：“老人老了，就是孩子了，让她高兴比什么都重要。我们小时候，老人嚼饭喂我们，现在老人嚼不动肉了，我也可以嚼肉喂她，只要她高兴就好。”张老师说，什么是孝顺，没有什么大道理，只要老人高兴，就顺着她吧！听了这个故事，我哭了，我总是想，要给妈妈吃好的，穿好的，可我怎么就不知道妈妈最高兴的是什么呢？

那一年吕妈妈得了脑血栓，住了院，我去看望吕妈妈。在医院的一小时里，我真真切切地感受到吕幸端对母亲的孝顺，那是一颗心在陪伴，而不是身体在陪伴。吕幸端坐在老人的床边，不是坐在椅子上，他看着老人的眼睛，微笑着，一会儿点头，一会儿晃动，一会儿给老人唱歌，一会儿握着老人的手拿在自己的嘴边亲一亲，拍一拍……那祥和的眼神、那亲切的动作、那微妙的歌声，那一件件微不足道的小事，让每个做儿女的人都会感到亏欠父母，让每个老人都羡慕吕妈妈有个好儿子，他的孝道告诉我们，孝顺父母同样可以当劳模获大奖，做好工作，也能做个好儿子。

好父亲

吕幸端是个好儿子，也是一个好父亲。在女儿吕楠的眼里，爸爸虽然陪伴她的时间很少，虽然关心她生活的事情不多，但她还是一个幸福的女儿。

吕楠说，她在爸爸身上学到了坚持就是胜利，也学到了生活需要拼搏，工作需要拼搏，只有不断努力，才能实现人生目标。在女儿的成长中，吕幸端从没有打骂过孩子，也没有纵容过孩子。有道是身教胜于言传，他用自学的身影为孩子树立了学习的榜样，用积极的工作态度，为女儿树立工作的楷模，用谦虚礼貌的言行让女儿懂得什么是修养，用对老人全心全意的爱护告诉女儿怎样为人子女。这一切都不是用金钱能买来的，也不是用时间能换来。

在我看来，吕幸端对女儿最大的爱，就是给了女儿一个努力的方向，培养了孩子学习的兴趣和方法、吃苦耐劳的精神、勤俭节约的作风和不屈不挠的毅力。这比给孩子留下房子、车子、票子要明智得多。在他的教育和影响下，他的女儿研究生毕业，也继承了爸爸的优良传统，默默奉献、刻苦钻研、爱岗敬业，争创佳绩。女儿在日记中写道："当我还是个婴孩，您就用双手捧起那柔弱的身体；从我记事起，您像一盏明灯照亮我的心灵，许多的第一次都是您教会我的，每一次新的尝试，都令您欣喜若狂。现在我长大了，您再也不能把我举过头顶，我再也不能坐在您宽阔的肩膀上，去逛花灯、看表演，却可以握着您的手感受人生。如果有一天，我要独自试着穿越黑夜，只要远方有您深情的呼唤，我就能摆脱胆怯，迎来新的光明。因为，我的身体里流淌着您的血液，我的骨子里有着您的坚强。"在胜利油田第七届"名师带高徒"培养工程中，吕楠通过考试，给自己的父亲当上了"关门弟子"，并且在工作中取得了较好成绩。参加局重点科研课题《随钻测井数据处理与资料解释技术研究》等六项课题，其中获得一等奖两项，二等奖一项，三等奖两项。撰写科技论文五篇。她完成了五十多井次的固井资料解释，为采油厂提供技术支持。在对三十多口重点探井的测井资料精细评价中，她为提高测井解释符合率做出了贡献，获得了较好的地质效果和经济效益。

正所谓父母是孩子最好的老师。"忠厚传家久，诗书继世长"，若干年后，谁又敢保证不会出现另一个"吕大师"呢。

好丈夫

提起妻子，吕幸端说自己的一生不愧天不愧地，不愧党和国家，就是亏欠老婆多些。这些年自己没白天没黑夜地上班加班，把一个家都扔给老婆了，没给家里做啥家务，也没给她买过什么礼物。特别是老人病了，孩子病了的时候，她挺难的。等退休了，再好好弥补她吧！短短的几句话，让我们看出一个大国工匠的家国情怀。他不是不爱妻子，是对党和国家的一份责任让他没有时间去好好地爱护妻子。他不是不想去疼她，而是工作需要他加班加点，他没有时间去疼爱她。他也不是不懂浪漫，而是科研道路上的艰难让他没有办法分身去购买礼物让妻子高兴。而这一切在妻子全秀华的嘴里却完全没有埋怨的意思。全秀华这样告诉我们："老吕对我挺好的，从来没有对我发脾气，家里的事情都让我说了算。不做家务没啥，男主外女主内吗？谁家男人做家务了？我也不需要他买什么礼物，两口子过日子，整那虚的干啥？只要他身体好好的，比啥都强！"

你听听，多好的女人呢！怪不得人家都说，一个优秀的男人身后，一定有一位贤惠通情达理的好女人！

好朋友

吕幸端是胜利油田首席技能大师，山东省人大代表，全国五一劳动奖章获得者，国务院特殊津贴专家……他的科研成果就有二十七项。这些桂冠并没有影响到他交朋友。相反，他的朋友遍布整个油区，乃至石油系统。有老有少，有男有女，有领导也有普通工人。只要问问他的朋友，对他共同的评价就是：好人，善良、真诚、孝顺！

是啊，不是有人讲过，三种人不能交朋友，第一种就是不孝顺的不能交朋友，第二种就是不真诚的人不能交朋友，第三种就是心地不善的人不能交朋友。我想，吕幸端能够有这么多朋友，正是他具备了做朋友的三个条件真诚、善良、孝顺。

在我的记忆里，他给我留下最多的就是感动。记得有一次我和他还有其他朋友一起聚会。席间，我突然腹痛难忍，朋友们都不知如何是好，因为男女之别，没有人敢动我。吕幸端二话没说，背起我就向最近的医院跑去，其他朋友也跟着过去了。经过检查，正是急性阑尾炎。如果不是送医及时，也许就耽误了。在我病情好转以后，大家对吕幸端的仗义、果敢、心胸都赞扬有加，让我更加感动。这种过命的交情，令我永生难忘。

还有一次，我的养父病危，当时爱人正在外地出差，情急之下，我给吕幸端打了电话。他二话不说，撂下手头的急活儿直奔我的家中，把养父送到医院，养父得到及时抢救。类似的事情在很多朋友的嘴里也听到过。只要是他的朋友，或多或少都得到过他的帮助，有的是技术，有的是生活，也有心灵的帮助。

他是普通工人的时候我们是朋友，如今桂冠压顶的时候我们还是朋友。二十年前我的电脑是他修理，如今我还是习惯地找他修理。他像一片厚土，只要你愿意在这里种上一棵植物，只要你能够给这棵植物一点水一束阳光，他就会给你秋的收获，给你累累的硕果。

我曾经这样问过吕幸端："大师，您拼搏过、辉煌过，如今退休了，有什么感慨？"思考片刻，他眼神祥和，语气坚定地说："奥斯托洛夫斯基在《钢铁是怎样炼成的》中说过，人最宝贵的东西是生命， 生命属于人只有一次，一个人的生命是应该这样度过的，当他回首往事的时候，他不因虚度年华而悔恨，也不因碌碌无为而羞愧。我想我作为胜利人，我能在我的本职工作中尽最大努力做出一点成绩，在我生命中有过担当，有过作为，那到我死时，不会因虚度年华而悔恨，也不会因碌碌无为而羞耻了！"

这就是我身边的一位技术过硬、亲切和蔼，顶着诸多辉煌桂冠的朋友，他谦卑有礼、退休不退志，单位有技术难题随叫随到；他视朋友同事为亲人、孝爱儒雅、依然活跃在技术领域。他因此赢得油田内外，单位上下尊敬；他明亮而不耀眼，厚实而不张扬，高峰而不陡峭。他就是我身边的大国工匠——吕幸端！

2017 年 5 月 3 日

活出霞光的味道

每一种花都有自己的绽放方式，或温馨，或激扬，或深沉，或热烈。人也不例外，纵观古今，有人甘洒热血保家卫国，有人默默无闻甘做人梯，有人利欲熏心自毁前程，有人碌碌无为虚度一生。每一个人都用自己的方式绽放光华，都有自己独特的生命轨迹。而她，测井公司解释中心副主任、测井分析专家李绍霞，却活出了霞光的味道。

说起我与绍霞的结缘，还是因为父辈的世交。当年，二十一岁的我只身从遥远的东北来到胜利油田投亲，一切都是那么陌生。在父亲和兄长的引荐下，我认识了绍霞的父亲——李东来叔叔。东来叔在惠民老乡里很有威望，老乡们都听他的招呼。东来叔通过父亲了解到我从小被迫送给养父母，一个人在东北和养父母长大，是哥哥千里迢迢把我找到，我才能带着养父母回山东老家工作，与亲人团聚。东来叔对我的身世非常同情，招呼惠民老乡对我这个小老乡格外照顾。我也常常与哥哥一起去东来叔家串门、聊天、蹭饭，一来二去也就和绍霞熟悉、亲近起来。

光阴如梭，转眼已经三十多年了。三十多年的风风雨雨，老乡的情意没变，变的是绍霞的成长和进步，姐妹的情感没变，变的是她的霞光已经光芒万丈，美不胜收。

她是一道耀眼的霞光。从 1987 年参加工作至今，绍霞一直从事石油测井资料解释工作。一路走来，她先后做过野外测井资料验收员、解释员、审核员、主任师、资料解释研究中心副主任，出席过山东省东营市第六届人民代表大会和第十二届全国人大代表大会。她现在已经是远近闻名的测井分析专家了，她把测井解释的天空映得一片璀璨，她让测井曲线在生命的音符中奏响使命的乐章，她让测井人的名字在全国人大代表的名册中熠熠闪光！

她也是一道具有穿透力的霞光。她先后参加了五十多个油田12963井次的老井复查，提升油层2948层，厚度为8898.9米，推动50余口老井重新获得工业产能，这一复查成果配合上报探明储量3749万吨，控制储量770万吨，预测储量3500万吨。这是怎样的骄人成绩？也许不是石油行业的朋友不能理解这些数据的意义。老井的出油量每年在递减，有的甚至已经停产。随着胜利油田勘探开发难度的加大，能够创新技术，让老井焕发青春，提升产能，这对于油田的发展非常重要。绍霞她用满腔的热爱，高度的敬业，严谨精细的作风和高效创新的能力，赢得了测井分析专家的美誉，她让老井提升产能，她给新井提供技术支撑，她为测井市场的开拓，披上一道绚丽的彩虹。

她是一道喷薄而出的霞光。她参与完成的“深层天然气测井评价方法研究”成果应用于渤南油田、东营凹陷北部陡坡带的深层气勘探中，取得了较好的勘探成果。页岩油气测井评价技术研究成果填补了国内空白，处理解释156口井，符合率达86.5%，在中石化内油田推广。她积极投身科研攻关，埋头新技术推广。多少个夜晚，星星陪着她探索深层天然气测井评价方法，月光抚摸着她的那因思索而皱紧的眉头。多少次午餐，她因为寻找页岩油气测井评价技术的数据而错过食堂的开饭时间，只能吃饼干或方便面充饥。多少次她因为颈椎过度劳损，晕倒在计算机的旁边，被同事送到医院，她却坚决不住院……不知道经历了多少次失败，也不知道熬过多少通宵，终于攻克了技术堡垒，她负责和作为主要参加者完成的十多项局级及以上科研课题研究，其中的三项成果获中石化科技进步奖，十一项成果获局科技进步奖，填补了国内测井解释的空白。这些干巴巴的词条在白纸上就是几道黑杠杠，而对于绍霞来说，那是汗水与心血流淌的痕迹，是坚持与执着迸发的魅力，是泪光与霞光的交相辉映！

她是一道无与伦比的霞光。她是一个冲锋陷阵的“战士”，更是一位出色的“将领”。作为解释中心一名分管培训工作的领导，绍霞深知抓好人才队伍建设的重要性。要想队伍有后劲儿，就必须做好“传、帮、带”，只有年轻人的技术和干劲儿都跟上，公司才能持续长效发展。绍霞针对实际情况，建立健全培训体系，开展“导师带徒”活动，鼓励青年员工敢于创新、善于创新，无私的传授技术知识和技能技巧，严把培训质量关，以训带练，以考促学。据不完全统计，经过她的严格培训，先后有八十余解释员能力得到全面提升，其中有五人获得刘兴材地学开拓奖，两人代表公司参加油田见习生论文竞赛获优秀论文一等奖，两人获油田科技技术创新奖。四名职工获石油工程公司“金钥匙”技术竞赛奖，一名职工获山东地学科技创新奖。

更加可喜的是，在她具体负责的中石化技术比武参赛人员的培训中，测井公司在专业业务竞赛中有六名选手挺进十强，获得两金两银两铜的优异成绩。在这可喜可贺的骄人业绩的背后，是她付出的心血。当时绍霞的女儿正值高考冲刺的关键阶段，她却把全部的精力都投入到学员的赛前封闭训练中。为了帮助学员提高学习效率，她根据自己的工作经验和学习体会、总结归纳知识点，整理了大量的学习资料；为了让学员们安心训练，她主动承担起后勤服务工作，生活起居全部包揽，可女儿却只能常常吃快餐。女儿高考期间，李绍霞没有请过一次假，没有耽误过一次课。相信每个听到这个故事的人，都会心生敬意，也都会为绍霞的大爱所感动！

无独有偶，刚刚又传来新的喜讯，“绍霞团队”荣获中国石化工人先锋号荣誉称号。“绍霞团队”是绍霞一手带领起来的、老中青相结合的、专家型、创新型、创效型的团队。这是一支以服务地下资源勘探开发为目标，以效益为导向，践行劳模精神、工匠精神，加大加强科技创新和技术攻关，发挥地下资源评价先锋作用的团队。2018 年成立以来，这支队伍先后奋战在胜利、新疆、四川等十二个国内市场，土耳其等六个海外市场，实现科技增效三千余万元。我们祝贺“绍霞团队”，也祝贺绍霞的名字再次在中国石化领域绽放光芒！

她是一道光芒万丈的霞光。工作三十二年来，她一路汗水一路歌，一路披荆斩棘，一路光环绕顶。她摘取了“全国五一巾帼标兵”，又捧回了“全国五一劳动奖章”，她进军“齐鲁巾帼十杰”，又擎起山东省“三八红旗手”，她是局里首届“为民技术创新奖”铜奖的获得者，也是“科技兴油先锋”，她被推举为东营市第六届人大代表，又出席了第十二届全国人民代表大会。那一刻，我和我的老乡们为她喜极而泣，那一刻她团队的战友们为她欢欣鼓舞，那一刻测井公司乃至胜利油田为她沸腾，因为那一刻她代表胜利油田的一员走进了庄严的人民大会堂，她代表胜利石油人受到国家领导人的接见，这份荣耀已经不是她个人的荣耀，而是全体胜利人的自豪和骄傲。

让人更加感动的是，虽然她是一个铁汉子，工作上敢打敢拼，不屈不挠，但她也是一个好妻子、好女儿、好儿媳、好母亲。她用心经营家庭，让家充满幸福和温馨。她善待双方父母，只要有空，就会倾心陪伴，跑前跑后，尽心尽力扮演好女儿与儿媳的角色。在女儿成长的路上，虽然因为工作强度大，少了很多陪伴，但只要有时间，她就会与女儿沟通和交流，与女儿建立起朋友式的母女感情，小家里常常是母女的欢声笑语和探讨课业的轻声细语。所谓身教胜于言传，她的刻苦学习、努力钻研、争优创先的实际行动，就是孩子最好的榜样，也是最好的教育。

2013 年，她的女儿以 699 分的成绩考入了浙江大学。当收到录取通知书的那刻，绍霞百感交集，应该说她比女儿更激动，更兴奋。因为毕竟自己的科研占用了很多与女儿一起成长的时光。作为母亲，她又怎么能不担心，不心焦呢！看到女儿考得这么好，并没有因为她工作的忙碌而影响成绩，那一刻，她的心彻底放下了，些许的愧疚也如释重负了。事实证明，绍霞她不仅仅是优秀的领导、工匠，也是成功的子女教育者，更是一个幸福家庭的经营能手。她的霞光在家里也同样美轮美奂，无可替代。

一顶顶桂冠，一项项荣誉、一次次嘉奖，没有让她放慢追求的脚步，却让她更加坚定了学无止境，勇攀高峰的决心。她用汗水和智慧，点燃了生命的火把，照亮了人生的奋斗之路，也映红了创业者微笑的脸庞。

李绍霞，我的老乡妹子，她真真正正地活出了霞光的味道，她的世界美不胜收，她把不悔与无憾，写进生命的史册，她把“霞”这个字眼，诠释得如此美丽，如此绚烂，如此醉人！

让我们和绍霞一起，用我们对党、对祖国的无限忠诚和热爱，努力绽放出属于我们自己的霞光。让霞光满天，让国旗更红，让油龙更长，让生命更加璀璨！

2019 年 9 月 6 日

◎ 第四辑

文学浪花

湿地月光　李线长／绘

连年有鱼　李线长／绘

梅雨墨美文欣赏

浅秋微雨，独坐窗前，听那委婉低沉的《等夜色陶醉清风》，读那《漫天荷香藏心间》，品那《桃花心事桃花酒》……那是一种怎样的享受？怎样的洗礼？怎样的静怡？我分明听到自己的心跳是那么急促，我甚至感受到灵魂已经不在我的身体内，它顺着梅雨墨的笔端，悄悄潜入月夜，踏着那温润的月色，轻轻靠近荷塘，聆听荷吐心语，静赏荷叶浮动，轻嗅荷花芳香。一阵清风袭来，我的纱裙飘起，似青烟袅袅。恍惚间，我的思绪也随着烟雾，飘然荷塘之上。

穿越吗？不，我真真切切地感知到我灵魂深处的呐喊，我被俘虏了！被梅雨墨那灵性的文字，被那美得欲醉的句子，被那透着情与爱的情结，被那独特的欢畅的生命情感俘虏。

梅雨墨是著名散文家、冰心奖获得者赵立新老师的笔名。认识赵老师是在 2011 年全国首届人文地理散文大赛上，赵老师作为一等奖获得者，也作为参赛代表的客座文学研讨讲师出席了那次比赛现场。他的文学见地、文学素养以及对古今中外文学的思考，给我一种洞穿心扉、摄人心魄的感受。作为文学爱好者，能够在文学成长的道路上得遇这样的良师益友，不得不说是一种上天的厚赐，可遇而不可求。此后，梅雨墨的博客便是我闲暇时光心灵的栖息地。夜深人静的时候，心情惬意的时候，或是情绪沮丧的时候，我都要去读一篇他的美文，让他那唯美的画卷拂去我的忧郁，让他那空灵清雅的文字赶走我的疲惫，让他阳光般温暖的话语，捂热我一个个冰冷的寒夜，让他那轻柔细腻的话语，抚平我生命的感伤。

梅雨墨，诗意的名字，诗意的文笔，诗意的人生。读他的散文，其实也是躺在散文诗里享受诗情画意的过程。他的散文，字字句句都是诗的语言，诗的韵味，诗的美感。特别是《等月色陶醉清风》，无论是题目，还是段落、句式都堪称唯美的散文诗。正如他写的：“多少个夜晚，我将自己捻成粉尘，任身体弥漫成月光下的虚无，让窗口爬满相思的藤蔓……”当你读到这样的句子，能不感受到诗的意境，能不被这样缠绵的爱意击穿？梅老师笔下的女子，都温柔似水，美若天仙。我想这也正是他心中对爱情的眷恋和对人性崇高与美好的诠释吧！

不敢写什么评论，唯有心中的一份敬仰与钦佩，时时触动我的灵魂，令我不得不写下这些浅陋的文字，作为鞭策自己的一种方式！

2016年8月27日

只在无人处 婷婷花自舞 李线长／绘

大爱至雅写春秋

——读许好成先生《悟庐文集》有感

结识许老不能不说是一次机缘巧合，亦或是命中有缘吧！在一次胜利诗词学会同仁的聚会上，王晓义会长有幸邀请到许老参加，我有机会和许老晤面。刚开始，我听说许老的名头很大，在东营市文化界大名鼎鼎，是书画界领军人物，琴棋书画无所不能。我有些胆怯，自己只是一个名不见经传的文学爱好者而已，因此不敢与许老正面接触。可是，一顿饭下来，我发现许老不仅是一位儒雅、博学的大家，更是一位健谈、幽默、温厚的长者。从他的谈吐中我真切地感受到许老文化底蕴之深厚，从他温和的话语中，我深切体会出许老善待他人之品行，从他爽朗的笑声里，我确定许老更是一位胸襟宽阔，豪放豁达的大先生。短短的两个多小时，我与许老从陌生到熟悉、从胆怯到亲切，到后来成为忘年交。我庆幸自己参加了这次聚会，感谢王校长的引荐和提供的平台，更感谢许老的情谊。有了第一次的良好印象，在去年一年多的接触和交往后，我便把许老视为良师益友，视为生命中的一次恩遇。

许老馈赠我的这套《悟庐文集》，已经成为我的枕边书。每一次翻阅，都会令我肃然起敬，钦佩不已。读了许老的文集，我才知道什么是大家风范，什么是学识渊博，什么是博古通今，什么是文化大餐。我被深深地震撼了，也被深深地感动了！读了《悟庐文集》，我对许老又平添了几分敬意和爱戴！

我敬佩许老六十岁还敢于尝试新事物——学古琴，学书画，这需要多么大的勇气和毅力啊！这足以说明许老是一个热爱生活、勇于创新、永不服输的人。我想许老之所以有今天的成就，这跟许老骨子里的这种积极向上、不屈不挠、不怕吃苦的精神是分不开的。想起自己，多年来一直喜欢古筝，喜欢那份古典的神韵。为此，五年前就想参加古筝培训班，可是，一直没有付诸实施。总觉得五十不学艺，这么大年龄了，还能学会吗？现在看来都是自己的惰性在作怪，和许老比是多么汗颜！

我敬佩许老在巨大的疾病面前表现出的坚强乐观、无畏洒脱、大智大勇的气概。这不是每个人都能做到的，也不是每个人都能重新站起来，重新投入到他所热爱的文化事业中去，这需要与病魔作斗争的意志，需要一种良好的心态，更需要一种对文化和艺术狂热的钟爱！许老做到了，并且做得风生水起，蒸蒸日上。成为东营文化界受人瞩目和爱戴的文化艺术家！在读到许老病中的那段文字的时候，我几次落泪，被许老的坎坷命运触动心灵，被他坚韧的品格折服，更为自己能认识、了解和走进这样一位值得学习和爱戴的德艺双馨的老艺术家而庆幸。

我敬佩许老的学识渊博，涉猎广泛，精益求精。从许老的四本《悟庐文集》中我看出他老人家不仅是功底深厚、博古通今的文学泰斗，是书法绘画界令人敬仰的艺术大师，还是戏曲、器乐、茶道的有心人！他在《夫妻井》《长天厚土不了情》的两个剧本里，整整写了九十页的文字，这倾注了许老多少心血和情感，那惟妙惟肖的语言，那激动人心的画面，那扣人心弦的场景，那可歌可泣的故事，无一不说明许老对戏曲、对话剧的热爱与通晓，无一不说明许老文化底蕴之深厚！我在《献给黄河母亲的歌》《黄河口放歌》《我爱故乡，黄河入海的地方》《爱在黄河口》《我们是黄河口人》《家在黄河口》等诗歌中看到了许老对黄河母亲的热爱，对家乡的热爱以及对家乡黄河口细致入微的观察力、想象力，和对诗歌题材的把握力、驾驭力！这些诗歌读起来朗朗上口，字字珠玑，韵味绵长，看得出许老在这些诗歌的创作中倾注了多少的情感与心声，也看得出许老对黄河口的一往情深，他的内心世界也一定和这波涛翻滚的黄河一样，时而惊涛骇浪，时而宁静舒缓。读许老的诗歌，让人激情澎拜，让人赏心悦目，更让人的心灵充满阳光。我在《笔》《墨》《纸》《砚》《梅》《兰》《竹》《菊》八首诗里，读到了许老对传统文化的执着与热爱，对书法绘画艺术的情有独钟，对中国古典美的孜孜以求！我读到了许老如梅的傲骨，如兰的幽深，如竹的虚心，和如菊的清香！我读到了许老的低调做人、高调做事的品格，也读到许老的大爱与至雅！

我敬佩许老不忘初心，感恩父母，感恩故乡的情怀！从《故乡记事》《故乡的小湾》《老宅子和那颗苦楝树》《姥姥的故事》《请影》《祭父母文》等文章里，我们不难看出许老对这几篇散文的用情之深，用墨之厚，用爱之大。正如许老所说“一个不孝敬父母的人，不可能有真正的朋友；一个不爱家乡的人，谈爱国那是扯淡”。许老的这几篇文章，不仅细致入微地描写了家乡的一草一木，描写了儿时的有趣故事和发小玩伴的难忘岁月，更着重描写了父母教养的辛劳与艰辛！相信每一个读过此书的人都会为之动容，都会情不自禁地想起自己的儿时，想起自己的父母。这份触动和碰撞感，不仅仅是写作手法的高超，更重要的是那份感恩之心的融合，让读者迅速走进作者的世界，并产生强烈的共鸣！这也正是许老的那份不忘初心带给读者的震撼！加上许老对家乡史料的深入调查，对散文精髓的妙用，对情感语句的渲染，让这几篇文章深深地打动读者，并被作者这根“心”线紧紧牵着，进入了作者的整个精神家园！

我敬佩许老的铁骨柔肠，大义深情，翰墨高风！我不懂得书法，也不擅长作画，只是一个书法绘画艺术的欣赏者。我的养父酷爱书法，却因为贫穷没有培养这一兴趣，养父也只是经常给村民写写春联，给村里的红白喜事写写帖子，给我写写信件。我至今都后悔没有留下一幅父亲的墨迹作为纪念。也许是对父亲的愧疚，也许是受父亲的熏陶，我对书法绘画是情有独钟，以至于和很多书法界人士成为好朋友。

读了许老的《说艺》，我仿佛看到了清瘦矍铄的许老正在挥毫泼墨，艺海扬波，也仿佛看到许老正和一些艺术家们一边品茶，一边谈天说地，把自己多年艺术生涯里沉淀的宝贵经验，滔滔不绝地介绍给同道朋友。

读了《说艺》我仿佛看到许老笔下的张荣庆先生那不温不火，潇潇洒洒，似清风明月，刚健中不失清丽，苍劲中更显温润的墨迹。我仿佛看到徐恩存先生那茂林丛中的茅草屋，浓墨淡烟中的溪水小桥。我仿佛，看到徐永先生那琴雅飞白雪，笔墨为平生的人生雅境，仿佛听到他那高山流水的琴韵，我也仿佛和爱人牵手走进徐公那月下竹林，共赏蜂蝶翩翩，共听林间小溪，一起陶醉在那温馨与静怡的时空里。

我仿佛看到唐辉的“唐风宋韵，明姿清辉”图。我仿佛正在赏隋牟的“萧散古风，纯朴天趣”水墨人物画。我也仿佛正在聆听许老与窦希铭先生的忘年莫逆的故事。

在许老的《说艺》中，我不仅了解到东营市著名书法家陈锡山先生的书法艺术成就、成长经历、以及他的书品与人品，了解到“老圃少严“两位北京著名画家的画风画韵和画技，以及他们的相同与不同，我还了解到山东汉子王汉东的山水情怀，刘国卿的花鸟丹青精神，官员艺术家任勤林的笔墨语汇，石建勋的黄河口情结，杨长喜的高山流水，青春的书与印，刘福海的艺术之路，王锡强的本真，孙西贞的书印发展，栾长征的水墨痴心，杨洁的山水工笔，董小华的人物工笔以及秋人的秋风秋意秋韵，李有来、陈巨锁、钮博山、赵怀忠、张志俊、许晓华等著名书画家的创作经历和发展成就等等。

可以说，《说艺》让我读后十分感动，许老在自己勤奋创作之余，能为这么多的书画家著书立说，我想这不仅仅是友谊，也不仅仅是练笔，这是作为一名资深的、优秀的、成功的老艺术家对同道的关心、支持、爱护和帮助，这是一份大爱，是我们的财富。

我敬佩许老那穿透生命的强者之音，更敬佩许老那虚怀若谷甘愿为他人做嫁衣的高贵品格。是的，他被病魔抢走了“脾”和“胃”，从严格的意义上说，他不是一个完整的人了。他是那么清瘦，是那么文弱。但是，他的笑声是多么洪亮，他的飞墨是多么的苍劲有力，他是生命的强者，也是艺术的强者，我想，这六十多万字的《悟庐文集》

就是一个有力证明。

在这套文集里，我没有看到许老写过自己的成就，没有炫耀和哗众取宠，书中除了对故乡的热爱，对父母亲人的怀念，对黄河母亲的歌颂，就是对朋友书画的评论和作序。我们在他的《序语》里可以清楚地看到全书共有六十七篇，每一篇都是妙语连珠，古韵雅风，华彩宜章，卓然不群。读许老的《序语》那就是享受。我们都知道，一篇序是一部书的敲门砖，如果这扇门打不开，就无法走进整部书的核心。因此，序是重要的，也是难写的。不仅要有深厚的文学底蕴，还要对写书的人或者某个事件熟悉或了解，并且要有满腔的热情，满满的欣赏，还要花费较大的时间去通读整部书，找到闪光点，才能写出好的序。为此，写序是一个光荣的差事，也是一个为人做嫁衣的差事。一个人能在一段时间内一下子写这么多序委实不容易。我钦佩许老的《序语》，更钦佩许老这种不怕辛劳甘愿做嫁衣的无私品格。

最后让我用几首不敢称其为诗的顺口溜结束我的感怀。

许老印象

初识老师情胆怯，再见许老格外亲。
才高八斗谦君子，学富五车性温馨

文集解读

清吟戏曲与诗魂，散记乡愁和童真。
说艺翰墨弄山水，序语雅风卓不群。

读书心语

高风畅谈古今事，亮节书写身边人。
大爱挥毫舞香墨，小雅杯茶话知音。

心境絮语

幸有会长贵引荐，得遇高风倍欢欣。
不求良师传技艺，只为肝胆照知音。

许老品学

大爱至雅写春秋，悟庐文集情悠悠。
虚怀若谷品高尚，诗情画意数风流。

2017年2月25日

大观图　胡法岭／绘

高情大爱　厚德孝行

——有感于樊俊利老师的手稿《举手擎天》

作为文学爱好者，读过文友的作品少说也有几百篇，有的如过眼云烟，有的却直达心底，有的触动心弦，有的让我泪目。但还真没有一本书像《举手擎天》一样，让我几天几夜不能放下，眼里心里都是书中的画面，那些画面不仅撞击心扉，更重要的是勾起我童年的回忆，引发我对人生的思考，让我对生命有了新定位。

能够提前拜读樊老师的《举手擎天》手稿是樊老师对我的抬爱，也是缘分。2017 年，我们因为一起参加中石化作协组织的赴四川重庆涪陵页岩气公司的采访活动，才算真正结识。之前在《太阳河》上看过樊老师的多篇散文和诗歌，印象深刻，受益匪浅。三天的采访活动，让我对樊老师有了新的认识：他举止文雅，朴实真诚，做人低调，谦虚厚道。一路上我们探讨文学，也聊家庭生活，彼此敞开心扉，相谈甚欢，成为真正的文学朋友。采访期间，樊老师认真细心，不遗漏任何一个细节，我自然也不能错过任何一个深入了解的机会。采访一结束，很多文友都在聚会喝酒，有的看夜景，有的寻小吃，有的喝茶聊天，樊老师却在宾馆里开始了文学创作。这种勤奋，这种担当，这种忘我，怎么可能不出好作品？正所谓天道酬勤，写作和其他艺术一样，除了内心固有的一点天赋外，更多的就是勤学苦练，笔耕不辍。果不其然，他的采访成果，短篇报告文学《男儿如钢》荣获中石化报告文学评比三等奖。在樊老师的身上，我领悟了文学创作的真谛：热爱、苦读、勤写、修炼。

我打开《举手擎天》这部十一万五千余字的书稿，一页一页如痴如醉地拜读，一篇一篇仔仔细细地品赏，一句一句用心咀嚼。我不得不说，这是一部厚重的，带有泥土芳香的，又极具感情色彩的纪实文学，是樊老师真实的心里路程再现，是樊老师生命中爱与情碰撞的交响曲，是孝爱文化继承和发展的路标。

他以其独特的、诙谐幽默的、声情并茂的笔触，对家乡的人文地理，对父辈的生活轨迹，对童年的艰苦岁月，对亲人的生老病死，对儿女的牵肠挂肚刻画得惟妙惟肖、淋漓尽致。他观察之入微、想象之丰富、思索之深刻、分析之透彻，引领读者进入一个时代、一种境遇、一次洗礼。也许是他对家中这些往事记忆犹新，也许是他对生活素材挖掘精深，他笔下的人物都透着时代的灵气，给人以返璞归真的韵味，让人回味无穷，欲罢不能。

开篇以写父亲的诗歌作为起始，为读者营造了一种“父爱如山，大恩难报”的意境，与读者的心紧紧相连，叩响了每个读者潜意识里的善念，从而成功地搭建了一座读者与作者心灵契合的桥梁。

整部书稿分为《花的根是苦的》《一路泪水，一路风霜》《苦菜花儿开》《黑黑的石油梦》《大约在冬季》五个篇章，每个篇章又分若干个小标题，可以说布局合理、引人入胜。

在阅读中我发现樊老师的文章有三个特点值得爱好写作的人学习和借鉴：

不隐恶，不虚扬

作为家庭纪实文学，多数的文人都是隐恶扬善，特别是对自己虚美者多之。但是，樊老师敢于揭示自己内心真实的一面，勇于写出自己在某个情境中凸显的一种不满与挣扎，这是文人难能可贵的品质。比如：“我把枪口对准爹一阵猛射：孩子从小长大恁出了多少力？这么点事都不做，白当爷爷吗？”“我有点不耐烦：你顾自己吧，还操那么多闲心！”“我又急又无可奈何，训斥娘：你是不是想把我累死、折磨死？你省下钱带进棺材里吗？”类似这样的话，我们每个人或多或少都曾对亲人讲过，我们总觉得是亲人不是外人，说话不注意，伤人的话张口就来，说完又后悔。樊老师把最真实的情景展现给读者，非但没有影响个人的形象，反而让读者感觉真实、交心，可信度高，从而更增加了作品的可读性。

在写自己的孝顺和对家庭的贡献时，樊老师没有大篇幅地渲染自己，而是用一些心理描写和老人对他的依赖，以及老人的只言片语来一带而过，把自己留给读者去思索去品味。比如："我朝还在哭哭啼啼的娘发火：'你怎么搞的？给俺爹吃了多少药？'""娘一脸委屈：'我按着恁说的给他喂的，俺大字又不识一个，恁埋怨俺啥用？'""都怪你！让你和我住一个小区不愿意，来回这样折腾想折磨死我啊？我不依不饶。"

因为父亲生命危险，樊老师对母亲发了火，说明樊老师是多么着急，多么紧张！他责怪母亲不愿意住一个小区，说明樊老师害怕老人有任何危险自己不能及时赶到。可以看出樊老师是一位孝顺父母的好儿子。再比如："好几次半夜我被娘揪起，我感到身心疲惫，又时常受到良心的谴责。不知'好歹'的娘一有点小事就爱给我打电话。时间一长，我才理解娘：我是她的拐杖，是她的精神支柱啊！"从这段话可以看出，樊老师嘴上烦着，心里急着，大事小情却都要管着。樊老师虽然没有大篇幅地书写自己如何孝顺，但是，透过老人家的做法，我们看到了一个真真正正的孝子。这就是樊老师的匠心所在。

语言美，情感丰

纪实文学鲜少有大笔墨的环境描写，而樊老师的这部纪实文学，不仅以生动的故事情节、饱满的人物情感，让读者跟随他的脚步，一步步走进他的家乡，走进他的家庭和内心世界，而且他擅长运用拟人化的语言，把所在的环境和内心深处的情感变化描绘得栩栩如生，从而更增加了作品的可读性，让作品具备一定的文学美感。比如："临近中秋，低矮的乌云黑压压，如倒塌的山，压得人喘不过气来。路旁的柳树耷拉着脑袋，无精打采；田野的庄稼好似患上了病，没有一点精神劲儿。树上的知了有气无力地叫两声歇三下，眼含泪水，唱着挽歌。膏药旗遮天蔽日，硝烟弥漫，血肉横飞，东洋魔鬼的爪牙撕破了山河、撕破了家，撕破了宁静祥和。每天的日子战战兢兢，流淌着泪水，空气中弥漫着血腥。”从这一段环境描写中，我们不难看出，这是在日本铁蹄的践踏下，当时的沉闷心情。以景寓情、以情写景，把下文要表达的故事情节铺垫得十分到位。

再比如“热浪翻滚，滚烫滚烫的大地蒸熟了一个个脚印和影子。院中的大枣树喘着粗气，一片片叶子卷曲，愁眉苦脸，苍白萎缩。叶子却不躲不藏，用自己的身体遮挡着骄阳，为了果实，为了子孙，她撑起一把伞，洒下一方绿荫，以自己的生命向强暴顽强抗争着。”从这一段的景物描写中，我们能真切地感受到作者当时生活的艰难，这段描写也暗示着父母为儿女坚强地与命运拼搏的精神。

再比如“往事如烟，泪眼朦胧。棱角分明的轮廓，缠绕在头顶的云雾，纵横的沟壑储藏着岁月沧桑……爹老了！而我却奔波在家庭的马路上，忽略了爹。不经世事，人发现自己的缺点真难。白色的房，白色的人，白色的心……窗外滚滚红尘；窗内经历着生与死的决战！两个世界相互隔绝而又彼此相邻，既和谐又悲凉！”这一段的环境描写，把当时作者父亲住院、病危时，他内心的焦急、悔恨、惧怕、绝望描写得淋漓尽致、扣人心弦。我不得不为樊老师超强的文字功底叫好！

乡韵浓，真善美

樊老师是从黄土地走出来的资深作家，对故乡有着浓浓的深情，对泥土的味道有着深深的眷恋，对故乡的人与事都有着割舍不下的情意。从《爹是一条弯弯的河》《难忘那只小花狗》《哦，甜甜的小枣》《又到麦子飘香时》等文章中不难看出，这些文字里都飘着泥土的芳香，浸润着故乡的情愫，深埋着乡土的气息。从《一包萝卜 两条人命》《我的“疯娘”》《心中有一轮太阳》《我的“窝窝头梦”》《刻着伤疤的那一夜》《奶奶的最后时光》《想您的时候，我的呼吸有点痛》等文章中，我读到了一个个鲜活的、爱恨交织的人物故事，这些故事都在泥土中发芽，在乡韵里开花，在真情真爱里成长。每一篇都有血有肉、有情有泪、有爱有恨，深深地刺痛读者的心，俘虏了读者的眼眸。

我想这正是乡土文化的魅力所在。文化的最终目标就是在人世间普及爱和善良。《举手擎天》就是一部以乡土为背景、以孝爱为依托、以传播真善美为目的的文学作品。作品描写了父亲对党、对教育事业、对大家族、对小家庭的大爱与真情，母亲的善良与愚昧、亲人的善行与无助，以及作者在人生经历中的情感变化、道德升华。

是啊，乡土是一块抹不掉的文化胎记，通过阅读《举手擎天》，我被樊老师独特的文学审美、彰显乡土气息的文化思维、赋有孝爱道德情感表征的艺术追求深深震撼了。豁然间，我悟出：樊俊利老师不仅是完成一部书稿，完成自己内心对父亲的敬爱、对乡村教师的敬重、对曾经苦难岁月的铭记、对党和祖国的热爱与歌颂，更重要的是通过自己特有的乡土视角，以其自然平易，清淡无华，近似本色的真诚文字感染读者，引导读者从一人一物一事中，由此及彼、由表及里、由现象到本质地去发现生活中的真善美，领略乡土文化的真谛：乡土文化是中华民族得以繁衍发展的精神寄托和智慧结晶，是民族凝聚力和进取心的真正动因。

合上书稿，我的眼前似乎闪现一个普通却高大的身影，这个身影透视着八个震撼心灵的大字：高情大爱，厚德孝行！

2019 年 11 月 18 日夜

在浪花里起舞的帆

——《红帆诗集》序言

打开这泛着墨香的《红帆诗集》文稿，我的眼睛不自觉地热了起来。这就是我四十六年不曾见过面的小学同桌的诗稿吗？我虽然不敢相信，事实却是他真的要出诗集了！那个大眼睛的小男孩，那个总是欺负我的调皮的小男孩，那个也被我用圆规扎破耳朵的小男孩，如今已经是中国诗歌网、中文诗歌网和中国作家网鼎鼎有名的“红帆”诗人，他的粉丝早已超过十万。

时间是雕刻人生画卷的一支笔。四十六年，多少往事已经化为烟尘，可我与红帆却戏剧性地联系上了。我的一篇获奖散文在同学中流传，心系文学的红帆通过同学主动联系到我。一个在黑土地坚守，一个在黄土地奔波，两个小学同桌终于通过网络“见面”了。是的，“见面”了，我们都老了。我已不是那个喜欢穿花衣服，扎着两个小辫子，爱跳皮筋的小女孩；他也不是那个睁着忽闪忽闪的大眼睛，喜欢捉弄女生、爱劳动、也爱帮助同学的小男孩了。我们已华发丛生，皱纹爬满眼角。好在我们心中都有一块绿洲，那就是对文学、对诗歌的热爱，让我们能在繁琐的生活中，有一种心醉的冲动，有一颗善于捕捉美好的心灵，有一种淡然的心境，更有一种在文字中呼吸，在诗意中舞蹈的激情！虽然四十六年没有见面，但因彼此对文学的挚爱，我们一经相逢，便能心有灵犀，畅所欲言。我们都很疑惑，为什么全班四十多个同学，偏偏我们两个同桌喜爱文学，并坚守多年不曾放弃？为什么我们得知彼此都在文学的道路上前行，却并不感觉突然，仿佛早已了然于胸。难道真的被班主任说中（班主任曾戏说我们班有两个文曲星下凡）？儿时的趣事常常划过我的梦。还记得我们一起蹦跳着去供销社买年画的情景；还记得夜里他和班上的其他几个男孩子一起偷我家李子，被我父亲撵得钻进麦草垛的情景，也记得我们彼此不许过“三八线”，而他几次三番故意过我的三八线，被我用圆规扎破耳朵，疼得大喊大叫，害得我被老师罚站的情景；更记得他几次三番用毛毛虫吓唬我，吓得我抱头鼠窜的情景……可是，命运就是这么奇怪，当同桌的名字出现在微信里，我还能第一时间想起，惊喜这么多年不见，却不陌生。文字成了我们最好的媒介，对诗歌的欣赏，又让我们越过三八线，拉近彼此的距离。

言归正传，前不久，红帆让我为他的诗集作序，我十分惶恐，断不敢接受。一来我的诗词造诣本就在红帆之下，二来给诗集作序也是破天荒头一次，哪敢造次？但红帆执意要我写几行文字，哪怕一句也好。他说他看中的不是身份地位，而是同桌这份情谊！为了这份同桌情谊，我只好硬着头皮尝试一番了！

红帆是他的笔名，故诗集取名为《红帆诗集》。

诗集分为两部分：一部分是一百三十首现代诗，另一部分是五十首旧体诗。这一百八十首诗是近期闲暇之时，所作的诗篇，还有大量的诗作我还尚未看到。

从这些诗作我们不难看出，红帆不仅是一位诗歌天赋极高的人，也是一位特别勤奋、善于捕捉灵感、善于发现美好、善于用心记录生活的人。在一遍遍品读这些诗作后，我敢说，红帆的诗有一个共有的灵魂，那就是爱。是对生命本身的尊敬，对爱情的哲思，对儿时记忆的怀念，对身边事物的思索，对祖国山水的纵情，对爱人的刻骨爱恋。他的诗通过小爱反射出对祖国、对社会的大爱。

作为一名诗词的爱好者，我深知这些诗作从创作，到发表，到成书需要多少业余时间的支撑和对诗歌痴爱的坚持。当我一遍又一遍翻阅这些诗稿的时候，当我咀嚼着这一首又一首诗的时候，我不得不为红帆广阔的情感视野，强烈的精神愿景，纯美隽永的诗歌意象所打动，所折服。我终于懂了加拿大诗人蒂姆·利尔本对诗歌的诠释：“诗歌是诗人以情人的角色了解世界表达世界的方式。”是啊，只有以情人的角色来抒发所见所闻，所感所悟，才能让诗歌穿透物象本身，给人以灼热的感官体验，进而达到洗礼灵魂的效果。

诗歌中的美学从古到今都是华彩纷呈、浩如烟海。诗能给人带来生命的启迪与生活的雅趣，让人向真向善向美。

诗人之所以成为诗人，他的灵魂一定是活跃的、激扬的、或者是深度忧伤的。在《红帆诗集》中我们可以读到柔情似水的美，也能品到狂傲不羁的情;可以听到流畅美妙的声音，也可以感受到撕裂、撞击、翻涌、呼啸的内心变化。你看《我们在此相聚》这首诗:

拢几根春藤
蔓延过头顶
花开时
匍匐在阴郁的屋檐下

弯弯的月儿
缀满心结
随着那舒缓的弧线
开启一幕秋千的思绪

走过这条长廊
我们在此相聚
这才发现
心的栅栏
早已美丽了

一个天
一场梦
一张网
一段情

从这些诗句可以看出，诗人以细腻的笔触，把一场相聚写得如此多情，如此美丽，如此难忘。通过“心结”“梦”“网”这些元素，诗人将这场聚会的盛况表达得异彩纷呈，美不胜收，给读者带来美的享受和情的绽放。正如诗人王恕所说，诗是生命的呼吸，灵魂的花朵。一个字可以表激情澎湃，一句话，可以藏万千柔情。这就是诗的魅力吧！

再看《雪花开了》这首诗：

这个世界
不经意间
只剩下一种颜色
簌簌
雪花开了

一只精灵
不知何时
落在枝上
滋滋
沾满晶莹

冬天有雪
谁还有听到细枝末节上的声响

这首诗很短，只有十二行五十六个字。可就是这五十六个字，却能把一个懂雪，爱雪的人的灵魂紧紧抓住，把他的眼和心都抓得没留一丝缝隙。我和红帆都在东北的黑土地上挣扎过，在冬天漫天的大雪里奔跑过，对雪都有极深的感情。雪曾经让我们的童年受尽苦难，手脚被冻伤的疼痛至今还隐隐发作。单薄的衣服里裹着的瘦小身躯，在雪地里打滚，那扎心的冰凉，至今还让我们胆寒。可雪来了，年也就快到了，就有肉有饺子有粘豆包可吃了，这对于一个穷人家的孩子来说是怎样的诱惑？雪来了，小伙伴们一起打雪仗，坐爬犁，点灯笼，放鞭炮那又是多开心的事情？雪，让我们这些东北娃又爱又恨；雪，给了我们快乐的童年；雪，也给了我们晶莹的心底世界。我在红帆的这首短诗里看到了惊喜，看到了雀跃，看到了他对童年满满的回忆，也看到了他内心中隐约的思念。雪，本是静的，在雪面前，任何声音都显得刺耳。可诗人却说："冬天有雪，谁还有听到细枝末节上的声响。"这分明就是告诉读者，诗人此时此刻的内心是多么宁静，宁静得只能听到雪的声音，宁静得除了雪，任何事物都可视而不见、充耳不闻。一句话，让我们深深听懂了诗人对雪是怎样的热爱、怎样的情感？这份深爱深深藏在这首小诗里，只有懂雪的人才能发现，才能感动。再比如《儿时中秋》这首诗：

小时候过中秋
是从划着小船开始的

儿谣 儿诗 儿梦
在眼神中数落

一封家书
一经提及可到唐朝

家家早早的搬两包挂着
生怕迟过了圆满

一股浓香
满屋温暖

一不小心

笑靥从门缝跑出

站在院中
对月画圆

识不识
再登高看看

有多高上多高
和伙伴儿一起呼出玉盘来

这首诗带我们游曳于想象与现实的童心世界，让人保持在不忘初心的状态。“小时候过中秋，是从划着小船开始的。”“小船”二字是诗眼，打开我们的想象空间，让我们不由自主地想到儿时盼望中秋，从月牙一点点长大，一直盼到月圆时刻。月牙像小船在天空摇荡，摇啊摇啊，摇到外婆桥……儿时的歌谣也就顺着这小船自然而然地溜出口来。“一股浓香，满屋温暖”，让我们真真切切地想起一家人只能分吃一块月饼的岁月。咬上一小口，便是满嘴的香味，每个人的脸上都洋溢着笑容，那真是“一不小心，笑靥从门缝跑出”啊！这种温馨，也只有儿时的中秋才会有！最后用“有多高上多高，和伙伴儿一起呼出玉盘来”收尾，把儿时的中秋场景刻画得淋漓尽致，让整首诗都在童心的世界中漫步，让读者回味无穷。童心带着我们找回童年的乐趣，也让我们在当下喧嚣的世界，拥有一刻柔软，一刻宁静，一刻回味。我们从诗人的字里行间，体味到沧桑、刚劲、柔和、率真，不由地与作者的心更靠近了几分。

好诗都是直抵心灵的，使人得到美的同时并能令读者参悟自然和人生的奥秘。读红帆的几首爱情诗，如《寄语》《爱的世界不能没有你——相约 2.14》《你的名字》等，不能不让人惊叹他独特的诗意表达所呈现的浑厚的意境和语言的灵性。爱情是所有诗人共同的素材，怎样不落俗套，让相同题材的诗歌有新意，这是诗人对诗歌语言的驾驭与文学修养的锤炼。

我们再来看看《红帆诗集》的第二章旧体诗部分。

无论是《春分》《夏至》《芒种》《秋分》《寒露》《大雪》，还是《清明雨上》《村晓》《阳春时节》《秋露凝霜》《落雪三千》《银杏叶》《挽柳》《争春》《赏荷》，每首诗都凝结了诗人满满的故乡情结和对儿时岁月的追忆。在诗人的笔下，大地就是一张干净的纸，任何风物都可以在这张纸上留下美的烙印。大到整个苍穹，小到一粒种子，动如驰骋的心马，静如镜面的湖水。他用那饱蘸着童心和梦幻的心笔，在他爱的世界里描绘着春夏秋冬的美丽，描绘着人生四季的眷恋，描绘着大千世界的神奇。

如果说红帆的诗是悟性，是意境。透过他的诗，我可以看到一个包容、乐观并极富爱心的人。是的，生命的本质就是世界与自我的对望，一首诗，几句话便温暖了整个世界，便点燃了所有的情。

从《京城赏叶》的四句诗“满园纷飞竟天游，回度时节重季秋。不知天庭新寒客，一肩挑尽古今愁”中，我们不难看出诗人的悲悯情怀。“满园纷飞竟天游”道出了诗人眼中的落叶，就像浪迹天涯的游人，虽然饱览大好河山，但却不免有“独在异乡为异客”的心绪。赏落叶的舞姿之美，却不免为落叶离开大树的怀抱而感伤，借此表达作者内心的思念家乡之情。“一肩挑尽古今愁”更是把诗人的家国情怀袒露无疑。“一肩”一词用得好，给诗句以厚重大义之感，让人过目不忘，触景生情，家国抱负，情重如山。“挑”这个动词用得妙，使景物拟人化，让这句诗动感十足，带给人心灵的跃动，有挥之不去的韵味。“千古愁”则把作者的个人情感升华为家国情怀，把整首诗推向高潮。

再看《归燕》“晨光归途乍阁暖，春色及第先故园。绕飞云霄敢做雨，浇湿禾苗一亩田”这首诗，从字面上看作者是写春天的燕子从南方归来，给故园带来春的暖意，春雨也把田地的禾苗滋润，一派春意盎然的景色。其实诗人是借用归燕来抒发自己难以返回故乡的心情。一个“敢”字便把归燕的俏皮和灵性展现得淋漓尽致！一个“乍”字把归燕的时令交代得清清楚楚！整首诗意境优美，活灵活现，用字用词考究，隐喻暗喻巧妙，是一首不可多得的好诗。

记得有人说过：好诗就是第一眼看过去就让人动容动心动情；好的诗会让人瞬间失神；好的诗也经得起反复推敲和琢磨。最重要的一点，好诗不仅能够带给人快感，而且，它能够让人在读过之后，还会常常忍不住再读，百读不厌，并受到熏陶，变成一种力，一种潜移默化的追逐向美的心力。当时听到这些解读的时候，我并没有真正理解，近来，在反复阅读红帆的诗作时，才真正懂得了它的深意，不免庆幸能够接下这份赶鸭子上架的差事，才能读到这些好诗，才能读出这些诗的灵魂所在！真的是幸运啊！

纵观整部诗集，无论是现代诗还是旧体诗，都有一个共同特点：生喜动人，朴素别致，构思新奇，清新不俗，充满灵气。时而如婉转的音符，时而如潺潺的小溪，时而如初升的太阳，时而如皎洁的月亮，时而如崇山峻峭，时而如大海波澜壮阔，让人读后欲罢不能。既有春风拂面的温暖，又有秋月当空的爽意，既有夏日荷花袭鼻的香韵，又有冬天雪花飘飞的静怡。

读红帆的诗，我看到了跳跃的浪花，看到了浪花里的那只红色的帆，那只在浪花里舞蹈的帆。读红帆的诗，我听到了一首旋律，一首生命连同灵魂都飞升的旋律，那是生命与大自然的美妙交响。读红帆的诗，我想到了大地，大地上那大片大片的金色麦子，红色的高粱，黄色的向日葵，白色的玉米穗，还有与它们息息相关的蝈蝈、蚂蚱、蚂蚁，甚至是蚊虫。读红帆的诗我打开了儿时所有的记忆：甜的、苦的、酸的、辣的；也想起了雪花里我的红头绳，我的滑冰鞋，我的雪爬犁，还有爱我的养父母……

罗丹说：“生活里不是没有美，而是缺少发现美的眼睛。”红帆啊，我多想借你这双睿智的眼睛，把我的故乡，我的童年，我生命里的所有故事，用诗的色彩、诗的情韵、诗的灵性表达出来！我多想借用你诗集里的每片树叶，每朵花瓣，每条河流，每颗星星……献给我的爱人、我的亲人、我的朋友、还有我的老师和同学们！我多想在我有限的生命里能够看到，看到你的诗意人生更加辉煌、更加灿烂！

2020 年秋

槐香入梦时

5月16日是一个槐花飘香的日子，也是胜利诗词学会召开第一届槐花诗会的日子。我有幸作为会员参加了这个盛会。盛会场地不是会议室，不是高级宾馆，而是别具一格的、绿荫如盖、花香四溢的万亩槐林。

这一天的孤岛槐花林打破了它独有的沉静，红旗招展，锣鼓喧天。歌声、诗韵伴随着飘飘洒洒的槐花雨一起在槐林里飘荡，姑娘们飘逸的舞姿在绿树白花的映衬下更加优美，主持人那富有磁性的声音把全体参会人员带进一个又一个诗意的瞬间，就连领导讲话也不枯燥冗长。东营和胜利的十二位著名书法家、画家现场捐献了他们为这次盛会专门创作的艺术作品，特别是七十二岁的孤岛采油厂原工会主席袁础老先生，他捐赠的《孤岛槐花赋》长达十米，初夏时节的孤岛被他描写得如梦似幻，他也因此博得经久不息的掌声。“愿槐香胜利，祝龙腾油洲”更把槐香映衬下的孤岛写得气势磅礴，荡气回肠！

是啊！这是一次文学和诗歌的激情相约。在槐林深处，在沁人心脾的槐香里，诗人们，文学爱好者们渐渐地开始诗意迸发，纷纷登台朗诵饱含浓情的诗作。申学军的一首《槐香如故》把我带进了童年时代，潘京的《槐树林》让我想起了故乡的父老乡亲，特别是局党校陆纾主席的一首《槐花礼赞》让我听得如醉如痴。

如果说开幕式已经让人心灵颤动，那么别有一番情趣的槐花午餐会让人更难以忘怀。一张张四方形的小桌子，五六个、七八个人围在一起，几包干净卫生的熟食，还有已经洗好的黄瓜、西红柿、水萝卜，再倒上一杯孤岛自己酿的欣马酒。一边听着地做琴，树为弦，风儿伴奏的槐林乐曲，仰头嗅着落在唇边的槐花瓣的香气，一边聊着闲情逸致的话题，再一边夹着简简单单的小菜，轻轻地喝上一口咱胜利人自己酿的欣马槐花酒。没有宾馆里酒桌上那世俗的喧闹，没有工作上必须的礼节应酬，也没有了领导和长幼。就这么随意地喝着，也这么随随便便地说着笑着，这种美妙岂可言表。

不知道是谁起的头——和诗助兴。借着酒劲儿，也借着这槐花的灵气，大家纷纷现场作诗吟诗。哪知一发不可收，一首首以槐花为题的诗作即兴而生。特别是胜利著名诗人马立军现场为袁础主席作诗。笑声和掌声此起彼伏，最后都一起淹没在槐林沙沙的风声里。在大家的感染下，我也当了一次“诗人”，现场朗诵了一首我写的藏头诗，祝贺胜利油田诗词学会槐花诗会圆满成功。诗会在胜利油田首席技能大师、山东省人大代表吕幸端的一首《同一首歌》的歌声中落下帷幕。

槐花诗会结束了，槐花雨依旧在飘着，槐花的醇香依旧在飘着，我的槐香梦也依旧在飘着……

2014年5月16日

遇见美好

遇见就是缘分，遇见就是天意！每个人心中，都有一份美好的遇见，或爱情，或友情，或事物。我也一样，有一种遇见，一经相遇，便再也不想离开，那就是我与胜利诗词。

说来也巧，四十七岁的我刚刚退休，从紧张忙碌的工作状态一下进入无所事事的二线状态，那份空虚和落寞是不言而喻的。于是，我拾起青春文学的心梦，没事时写点心情随笔、旅游杂记、散文故事，偶尔也写写散文诗、古诗顺口溜等打发时间。

就在这百无聊赖的闲散中，我结识了《胜利油田党校学报》的编辑、胜利诗词学会秘书长潘京老师。共同的文学爱好，让我们走进彼此，成为知心姐妹。潘京力劝我加入胜利诗词学会。说实在的，以我当时的诗词水平，是不足以成为会员的。而让我勇敢走进诗词学会，除了潘老师的热情相邀以外，还有一个更重要的原因，那就是胜利诗词学会有一位好会长，他的名字叫王晓义。

我是在参加局党校的二级党校工作会议的时候认识王校长的。在长达半小时的领导讲话过程中，王校长不看稿、不停顿，不卑不亢、有理有据、侃侃而谈，让在座的所有二级党校校长们敬佩，也让刚刚走上校长岗位的我，深深地记住了这位高水平的领导。

会议结束，我和东辛采油厂党校的校长一起，到王校长办公室拜访。王校长一反台上的严谨认真，而是幽默诙谐，笑容可掬，像老朋友一样询问我的工作变动和单位工作情况，让我很快放松了紧张的心情，我把自己初入党校系统的不适和当时的党校现状以及自己的工作创新思路做了详细汇报。王校长也就我汇报的重点给予积极的鼓励与点拨，让我受益匪浅。临走前，王校长还赠送我一本由他和潘京、丁红梅编著的《人间正道》。

我想，这是我进入党校工作的开门之运。我之所以在长达八年的党校工作中，能够多次取得局先进党校、省先进党校、省示范党校，与王校长的暖心鼓励和指导帮助是分不开的。我之所以在文学的道路上能够有所突破，与这本书的启迪也是分不开的。退职后，能够加入胜利诗词学会，在这样的好领导麾下，一起学习，一起创作是多么难得的机遇！正如铁凝所言：“在浩瀚的宇宙之中，假如人生似一棵绿竹，以我这并不年轻的生命，仍愿做背着书包的那一棵，急切努力，去做人生的学徒。”想到这儿，我抱着拜师学艺、做一个并不年轻的小学生的心理加入了胜利诗词学会。

走进胜利诗词学会，我才知道什么叫藏龙卧虎，什么叫群英荟萃，什么叫百花齐放，什么叫家国情怀。这里有八十多岁仍然精神矍铄、笔耕不辍、勤勉进取的老艺术家、大书法家、文坛泰斗；也有油田各级退休领导、文人墨客，有在职的油地文化传播者，也有退职的文学爱好者。在这个大家庭里，我不仅取到了真经，还饱尝了一次又一次文化大餐，同时也收获了真挚的友谊。我常常问自己：你何德何能有幸追随会长麾下？何德何能拜王老等大师为师？何德何能走在夕阳的路上遇见这些美好？

如果说在党校工作期间，对王校长只能是一种敬佩和崇拜，加入胜利诗词学会后，那我敢说我已深深地感恩感佩感谢这位好领导，好大哥！十年下来，我亲眼目睹会长横溢的才华、高尚的人格魅力！我也亲身体会到会长是如何地关心关爱学会的每位会员，如何为学会的长远发展竭尽所能，为学会筹集资金，开展丰富多彩的文化活动，让胜利诗词走进油田的每个角落，走进山东省诗词学会，乃至中华诗词学会。我也曾亲耳聆听了会长的大思维，大格局，正能量！正如李天龙老艺术家对会长的“三子”之誉：“铁汉子、真才子、美男子。”这里的铁汉子指的是会长的工作作风，雷厉风行，铁肩道义；真才子自然是指会长的满腹经纶；美男子指会长人品的善良厚德之美。也正如原胜利文联副主席王运坤老先生所说：如果没有王会长尽心尽力的为学会筹谋，胜利诗词走不到今天，即使能够存在，也是死气沉沉，一盘散沙，根本不可能有今天的辉煌！

十年，我们不仅见证了会长的卓越领导力、家人般的亲和力、出口成章的才华魅力，更见证了胜利诗词的壮大与腾飞！

记得第一次跟随胜利诗词学会采风，是远去北疆胜利西部会战前线采风。那是2012年的秋天，成熟、多彩的秋天。我们一行十一人，在会长亲自联系安排下，由副会长王运昆老先生带队，“驾银鹰，携海韵河风，腾霄天，赴新疆大漠；降龙虎，抒诗怀赋胆，展壮志，歌西部铁军”。虽然如今已经过去九年了，但那激动人心，荡气回肠的场景，仍然历历在目，回想起来，我仍不免眼窝湿润。

我们一行十一人，兵分三路，深入到渤海钻井新疆分公司5009钻井队、物探2114队，井下测试试油22队等一线采访。亲眼见到胜利外部市场将士们艰苦恶劣的工作环境；亲眼见到他们在风沙里穿行，在油泥里滚打；被他们那爬冰卧雪，披荆斩棘，战天斗地，勇往直前的“铁人”精神震撼，被他们那种舍家为国，吃苦耐劳，无怨无悔，甘于奉献的石油人品质深深感动。我们亲耳聆听他们感人的故事和心灵之语。他们不怕苦不怕累，怕的是，夜深人静时的那份难熬的思念，那份对父母妻儿的愧疚与无奈！是啊，他们是人，是活生生，有血有肉，有情有爱的大活人，可以有铁人的精神，却不可能有铁人的心肠啊！

那一个个惊天动地的事迹，让我们热血喷涌，那一个个感人肺腑的故事，让我们热泪盈眶。他们在我们的眼里心里，一点点高大起来！他们就是那沙漠里笑傲风沙的胡杨，任凭沙暴施虐，任凭酷暑严寒，任凭长年累月，他们依然无怨无悔的守候着心中的执着……

有人说，最好的学习，就是走进心灵的撞击！此时此刻，我们每个采访者，早已心如潮涌，感慨万千。讴歌他们的事迹，书写他们的情怀，宣扬他们的精神，成了我们心里压不住的火焰！回程的路上，在颠簸的车里，大家就开始诗词创作。“浩气天山凌日月，雄风戈壁贯霄虹”“我今欲展鲲鹏至，立马天山唱大风”“暴风沙尘烈日炎，难摧将士意志艰。红柳胡杨傲大漠，堪比铁军战荒原。”一首首激情洋溢的诗篇出炉，一团团滚烫的心火蔓延。

这哪里是采风，这分明是心灵的拷问，是生命的淬炼！我多么荣幸能够加入胜利诗词学会，能有这样的机会使灵魂得到洗礼！我多么感谢会长对我这个并不年轻的小学生的收留，我才能够有机会与高人为伍，与智者同行！

前线采访结束，王运昆、王学勤、张永亭、王俊棋等老艺术家，不顾年老体弱，不顾长途跋涉，连夜为西部将士们挥毫泼墨。可谓：狼峰到处蛟龙舞，墨海泛舟意韵通。行云流水起霄汉，烟霞缥缈贯长虹。一幅幅浸着墨香，也浸着老艺术家深情厚意的墨宝，飞到将士们手中，将士们如获至宝，爱不释手，抚摸着，亲吻着，傻笑着，仿佛是家人亲人送来的温暖，不舍得放下。一个深深的鞠躬表达了他们深深的感激，胜过千言万语。

其实，此行受益最大的人是我。一路上王运昆老先生对我的诗词创作悉心指教，一字一句地修改，一遍一遍地讲解。从格律到韵律，从对仗到语境。我豁然开朗，我的诗词创作水平有了质的提升。王老成了我诗词创作的第一位恩师。在恩师的一言一行上，我不仅看到了真才实学，更看到了谦虚勤勉、助人为乐，善待他人的优秀品质。从恩师的身上，我也看到了胜利诗词蓬勃发展的大好前景。

在此之后，我又多次参加胜利诗词学会组织的基层采风活动。比如：2012 年的春天，我们一行十七人，统一佩戴红围巾，走进胜利采油厂 22 队采风采访。同年初夏采访胜利测井公司。2014 年 5 月又到胜利油田钻井院参观学习。同年 8 月，我们去了仙河镇呈东管理区考察采风。随后还去了渤海钻井总公司、临盘采油厂、石油开发中心、胜南社区、胜北社区等等。

可以说，每一次采风活动，都有不同的感受和体验，都有其各自的重大意义。在一次又一次的采风中，我深切的感受到会长的伟大，感受到会长真的太不容易了。作为民间团体组织，一没成本，二没资金，人力物力都极为匮乏，要想让学会生机勃勃，就要多开展各种文化活动，而开展任何活动都需要资金的支持和机构的配合。会长在多少个不眠之夜绞尽脑汁苦苦思索这些问题，又花费多少心思，动用自己的人脉为学会谋福利、筹资金、找出路，提升学会影响力。这每一个活动的开展都倾注了会长的心血。

纵观油田和地方的众多协会、学会都是静悄悄的，好几年开展不了一个采风活动，即使会员愿意出钱也没有人操心费力组织活动。而胜利诗词学会所有活动免费，多数活动吃住行游全包。难怪众多仁人志士都踊跃参加胜利诗词学会。目前胜利诗词学会会员已有二百余人，会刊《胜利诗词》已发刊二十余期，学会会员个人出版诗集文集二十余部。会员在会刊和地市级刊物发表的古风诗词楹联四千余件，诗赋四十余篇，现代诗五百余篇，长诗两部。会员十年磨一剑，已有八名加入中华诗词学会，二十名加入山东省诗词学会。王会长当选山东省诗词学会理事。本人也有幸加入了山东省诗词学会。可以说，胜利诗词学会是胜利油田，乃至黄河口文化园中的一道靓丽风景线！我为自己能够成为其中一员而感到荣幸，而感到骄傲！

十年来，我不仅跟随胜利诗词学会的脚步，弘扬时代旋律，传承中华文明，发展胜利文化，丰富石油文学，充实胜利精神，我也深深感动着胜利诗词带给我的文化大家庭的温暖。

在负伤瘫痪的任学伦身上，我们看到了会长与学会主要成员的热心帮忙、爱心鼓励，特别是精神上的支持鼓励，吸收他加入胜利诗词，并帮助其出版诗集，这对于一个瘫痪的诗词爱好者来说，这份鼓舞的力量，不是亲人、朋友、同事能够实现的，这是大爱！

还有每天都要透析的重病才女王东燕也同样得到了会长和学会的真诚帮助。从捐款，探望，到关怀，接纳，胜利诗词学会帮助她出版诗集，在精神上和生活上给予最大的援助，让她能够发挥用武之地，让其自强不息的精神鼓舞和激励学会会员和身边的人。在她生命的最后一程，学会助她画上圆满的句号。

最难忘的是学会副会长陆珩先生的离世，那是我们全体会员的伤痛。学会失去一个好臂膀，我们失去一个好兄弟。会长带领我们一次又一次地去探望，在他弥留之际给他关怀和温暖，也给他的诗意人生最好的尊严。当他带着诗友们的深情永不回头的远行之时，诗友们化悲痛为动力，自发地创作诗词歌赋和文章来祭奠他、怀念他！会长组织学会的会员们举行了一个小型的追悼会，用诗词送他最后一程！真乃长歌当哭，痛失仁兄，肝肠寸断，一腔热血花飞雨，两行泪流悼才雄。天上人间永难见，唯愿英魂早安宁……事后，会长又为完成陆珩主席的遗愿，组织人力物力为他出版《路拾集》。我的《悼陆兄》《陆兄你慢些走》《怀念陆兄》也收录其中。

我本人也是深受会长大恩！会长得知我为婆母举办八十五岁寿庆，亲自带领诗词学会的老艺术家们前来庆贺，并挥毫留下墨韵丹青，所有参加寿庆的亲友都被会长的热心与爱心感动，老人有生之年，能够享受如此大场面的寿庆，是老人家的福气，也是我们做儿女的荣耀。还有儿子的婚礼，会长不仅亲自主婚，还组织学会的老艺术家们献墨宝祝贺，著名朗诵家申学军、方华为其深情朗诵，著名歌手王光辉歌声祝贺！别样的婚礼给儿子留下深刻的记忆，给我们全家带来极大的喜悦，也给所有参加婚礼的友人带来文化上的享受！

正如许好成老先生所说：晓义先生与胜利诗词学会，古道热肠，胸襟豁然，坦荡荡真诚热烈，浩浩乎义薄云天……感恩晓义会长的热心帮助，感恩诗词学会诗友们的深情厚谊！

回想这十年来与胜利诗词的点点滴滴，都是生命中最宝贵的财富！因与胜利诗词的遇见，才有我人生的诗意，才有夕阳路上的美好，才有丰硕的晚秋，才有对生命的热爱与不悔！感恩遇见！感恩美好！

写在胜利诗词十周年之际

2021 年 5 月 19 日

我与《太阳河》

《太阳河》对我而言，与其说是一本刊物，一本杂志，不如说是一股清泉，一缕春风。多少个困惑、烦闷的夜晚，我打开枕边的《太阳河》，与里面一个个陌生又熟悉的作者对话，走进他们笔下的大河山川、山间小溪，或者一个个活生生的故事，我仿佛喝到清凉的山泉，心情顿觉清爽与惬意。杂志中的一篇篇小说、散文、游记、随笔……把我的灵魂收拢，让我心甘情愿地陪她一个又一个夜晚而不疲惫，陪她哭陪她笑而不自知。那些带有墨香的文字，似有磁性一般，让我几度想要放下，却又万般不舍，困到实在睁不开眼睛了，才不得不合上杂志，美美地睡去。这如醉如痴的感觉，也许，就是我与《太阳河》的缘分吧！

相识《太阳河》

十七年前，我还在测井党校工作的时候，对文学还只是喜爱，或者说是梦想吧，我喜欢把所见所闻、所思所想用文字记录下来，作为灵魂的憩息。对于能否在文学刊物上发表，我从没敢想。

在一次朋友的聚会上，我幸会了付秀华和耿庆昌两位老师。席间二人高谈阔论，文学造诣溢于言表，心生佩服。耿老师听说我也热爱文学，就把随身携带的一本《太阳河》杂志赠送与我，令我非常感动。是哪一年哪一期我已经记不清了，但它为我指明了文学方向，让我更加坚定了我的文学梦！

我与《太阳河》的故事说来话长，开始吸引我的是这本杂志上耿庆昌老师的一篇作品《读娘》，因为刚刚结识耿老师，聆听了他对文学写作的独到见解，我更加期待拜读他的作品。为此，对《读娘》这篇作品就格外关注。我不禁被作品的情节感染，也被耿老师一片孝心感动，同时，也让我想起了我的亲生母亲、养母、继母和婆母。想起我坎坷的人生经历，不由萌生了用文字来纪念娘亲的愿望。经过几个夜晚的回忆、构思，我的一篇散文《我的四个娘》出炉了。我把我的粗陋习文发给耿老师，请他指点，得到了耿老师的鼓励和好评，他将我的作品推荐给《太阳河》杂志。过了几个月，本来我已经忘了这件事，耿老师却兴冲冲地告诉我，我的散文在《太阳河》上发表了。这个消息让我激动，更让我振奋。激动的是我的文字也走进我们胜利人自己的文学平台《太阳河》了，我也可以用文字与胜利文学界的老师和文友们互通心声了。这是我的第一篇在正规文学刊物上发表的文章，激动的心情可想而知。这件事激励了我的创作热情，我一直认为自己文学功底浅薄，写作技能技巧不够娴熟，文笔不够流畅，发表文章只能是做做梦而已，没有想到这一天真的到来了，这对我这个老文学青年来说，这就是一针强心剂，让我信心倍增。同时，我也非常感谢耿老师的指导和帮助，感谢他这个文学红娘，为我与《太阳河》牵线搭桥，才使我有机会与《太阳河》相识，并深深爱上这个“文学朋友”。

相知《太阳河》

人与人的相知靠的是投缘，人与其他事物又何尝不是如此呢？在我一次又一次地把我的喜怒哀乐寄托在《太阳河》上的时候，在我一遍又一遍地翻阅《太阳河》，抚摸它的封面，嗅闻它的墨香的时候，在我被《太阳河》里一个又一个故事感动得泪流满面的时候，我的内心早已千百次地拥抱她，热爱她，愿意用余生的时间去懂她，欣赏她！

通过用心寻找，我发现我这个“文学朋友”也和我一样，有着坎坷的经历。她的前身叫《奔腾》，由于条件不好，文化资金更是匮乏，《奔腾》一年才出两期。但是，这两期《奔腾》是多少胜利人仅有的一点精神食粮啊！随着胜利油田的发展与壮大，《奔腾》已经不能满足胜利石油人的精神胃口，于是《黄河三角洲》诞生了，它担起了二十世纪七十年代胜利油田文化繁荣的重担。尽管它前进的道路十分艰难，但它还是用它特有的石油文化吸引了众多的文学爱好者，让作家们拿起手中的笔，讴歌油田，讴歌为祖国献石油的石油工人，为油田的文艺工作奉献一份力量。1987 年《黄河三角洲》正式更名为《太阳河》，直到今日，已有三十周年了。三十年啊，《太阳河》已经长大、成熟，如今它的作者遍布整个油区，很多当年的文学青年，在这块阵地上成长为中石化作协会员，中国作协会员，国家一级、二级、三级作家。《太阳河》的创刊，给油田的作者提供了一个发表作品的平台，也给作者们创造了一个与其他油田作家交流的阵地。

当年的作者如今恐怕都已两鬓斑白了吧？当年《太阳河》的编辑高勇、刘国启、付秀华、孙和林等元老可都安好？《太阳河》不会忘记你们，没有你们当年兢兢业业的付出，没有你们辛勤的耕耘，哪有今日《太阳河》的繁花似锦？老作者们不会忘记你们，没有你们的心血，哪有今日的硕果累累？油城的老石油不会忘记你们，没有你们的编辑与创作，哪有茶余饭后的石油故事？

喜看今日的《太阳河》，在振鲁主席的正确领导下，在炳华、卫良两位老师的不懈努力下，《太阳河》之花已经在胜利油区竞相开放，成为人们爱不释手、争相传阅的优秀期刊。作为《太阳河》的忠实拥护者，我为她的美而幸福，我为她的强而骄傲，更为她的锦绣未来而欢欣鼓舞！

相守《太阳河》

爱上一个人，便会守候一座城。同样，我也因为喜欢文字，与《太阳河》相守近二十年。从最初的相识，到相知，再到相守，不是喜欢到骨子里，相信不会如此。

记得，2000年的正月十五，下了一场大雪。作为东北长大的女子，我对雪有着特殊的感情。我顾不上家中的客人，一个人站在雪地里，仰脸享受雪花打在脸上的爽意，光手搓雪揉雪，体会小时候玩雪的乐趣。这么折腾，就是为了重温小时候在雪地里打雪仗、拉爬犁、堆雪人、做雪灯的时光，再将这些记忆形成文字。我的《醉雪》就是这样完成的。偶然的机会，我认识了《太阳河》编辑部主任苑炳华老师，我们一见如故，相谈甚欢。我把《醉雪》拿给苑老师指导。苑老师看了后，当即鼓励我说，这篇散文不错，活泼生动，语言流畅，故事感人。并指导我再简练一些，删除一些不必要的繁琐句子，文章会更出彩。我按照苑老师的指导，重新加以修改后发到《太阳河》编辑部。两个月后，很多朋友在《太阳河》杂志里看过这篇散文后，都说它真实、生动、趣味浓厚。我也把发表《醉雪》的《太阳河》杂志送给我的朋友们，和他们一起分享我的喜悦。

还记得，2008年8月，我初中班主任于老师生日快到了，给老师什么礼物呢？冥思苦想之际，看到了案头的《太阳河》，顿时眼前一亮，用了一个通宵的时间，写了一篇散文《我与恩师的兄妹情》。由于整个事件都是我的亲身经历，自然写起来也是得心应手，自我感觉也非常满意。为了让这个生日礼物更有意义，我连夜发给朱卫良老师，看能否发表在《太阳河》上。朱老师作为《太阳河》的副主编，既要对刊物负责，又要鼓励作者的创作热情，自然不能马虎。卫良老师也是连夜检阅，对我的这篇文字也是十分欣赏。朱老师说，张姐的文字没有华丽的辞藻，但却字字真情，真情是最能打动读者的。于是，我如愿以偿地拿着这个别具特色的生日礼物——一本发表我和老师真实故事的《太阳河》杂志，为恩师过了一个别开生面的生日。我的这个创意老师特别喜欢，老师说，这是用金钱买不到的礼物。这么多年过去了，你还能清晰记得当年的点点滴滴，说明你是一个懂得感恩的人，也是现在这个浮躁的社会环境里最为缺乏的。老师的话也赢得了大家的一致赞同。

从此，《太阳河》成为我生命里不可或缺的一部分。生命里最重要的爱情、亲情、友情，我用文字存储在《太阳河》里，喜怒哀乐忧，我也让《太阳河》帮我分享和分担。我与《太阳河》已经难解难分，我仿佛重新找回恋爱的感觉。

是啊，世界上没有无缘无故的爱，也没有无缘无故的恨。在与《太阳河》近二十年的相守中，让我懂得一张纸，一本书，一段文字，都是有生命的。她们也和人一样，从懵懂无知的幼儿，成长为天真烂漫的少女，再经过几年岁月的洗礼，就出脱为穿着婚纱的新娘。三十周年的《太阳河》如今正是新娘的味道，美丽惊艳，高雅多情，可遇不可求。我愿意在黄昏里守候你，与你一起看夕阳，听涛声，诉说衷肠！我也愿意在轮椅上陪伴你，与你一起度过最后的慢时光！

2017 年 10 月

让我们一起在文字中起舞

《太阳河》杂志平台就像一个美丽的大花园，在这个花园里有四季常青的松柏，有艳冠群芳的牡丹，有古韵暗香的梅兰竹菊，也有蒹葭苍苍的芦花飘雪。而我就是这个大花园里默默坚守的一株小草，没有五彩缤纷的色彩，没有醉人的芳香，有的只是一抹绿色，心甘情愿地为这个大花园增添一道风景。

最近，我常常叩问自己：文学到底有什么意义？特别是对于我这位有两个孙女需要陪伴，有九十二岁高龄并患有脑痴呆的婆母需要照顾的人来说，生活已经不能用忙碌二字来形容，为何还对文学这个爱好默默坚守不肯放下？

细细想来就是两个字：热爱。

记得在小学四年级的时候，学校来了一位浙江女知青，姓庄，她一身时髦的衣服，大眼睛，长辫子，辫子梢系着紫色的蝴蝶结。她教我们语文和历史。巧的是，学校没有宿舍，她被大队安排在我家住（每个月换一家）。她每天晚上都要爬格子写小说。我写完作业，有时就趴在她的桌子旁边看着她写，她就把以前写过的给我看。时间长了，我就觉得看她写小说，读她写的文字成了我最大的乐趣。等到她轮到去别人家住，我感觉特别苦闷，就偷偷地学着写东西，写的什么记不得了，只记得我写了好几个练习本，还拿着本子去她住的社员家里让她看，被人家的狗咬了一口，从此落下怕狗的心理阴影。庄老师，看了我写的所谓小说，笑着抚摸我的头，夸奖我写得不错，继续练，将来就是大作家。一个十多岁的孩子，得到老师的表扬，心里多美啊。从那以后，作文课成了我最喜欢的课了，我的作文也常常在班级作为范文被朗读。也许，这就是我文学爱好的启蒙吧！

在十五年的小学工作中，学校数学老师少，校长安排我担任两个班的数学教学，加上养父母需要赡养，上有老下有小，从什么时候起忘记文学这个爱好的我不知道，我知道的是那段时间我几乎没有读过文学著作，几乎没有写过豆腐块，文学的大门已经对我关闭了很久很久。

调到党校工作后，也许工作不是那么紧张，也许是儿子上了大学，我有了闲暇时间，也许是心梦复苏，我的心里又慢慢滋生了文字的馋虫，开始睡前看书，闲暇时间写写随笔，偶尔诗情泛滥，偶尔文思泉涌。

我真正闯进文学殿堂还是在退休后。我也曾想过返聘单位再发余热，也曾想过找个合适公司为儿女存点余钱。可是，内心深处总有一股力量让我欲罢不能，总有一个声音在耳边呼唤，那就是对文字的热爱，那就是对文学的向往。

毕淑敏说过："呐喊是必须的，就算一辈子无人听见，回声也将激荡久远。"我想我对文字的热爱，也许就是在心底里对人生想要发出的呐喊吧！

今年对我来说也算一个小丰收年，有六篇散文先后在《东方散文》《大爱文学》《西部散文选刊》《黄河文艺》《太阳河》《海河文学》上发表。另外，散文《商海里的书香女子》荣获第二届国际东方散文优秀奖，散文《读你千遍不厌卷》荣获首届曲江海洋极地公园杯全球华语散文大奖赛优秀奖。散文《承载生命与希望的恩情》荣获首届梅娘文学优秀华语女性文学奖。散文《与狼对峙》荣获大理笔会征文评比优秀奖。诗歌《霞光满天》荣获胜利金秋诗歌评比三等奖，散文《活出霞光的味道》获得中石化散文评比优秀奖。

多年来，我像蜗牛一样在文字中慢慢地、坚持不懈地爬行，尽管前行的速度很慢，离目标还很遥远，但我觉得每前行一步，都有一种愉悦，一种清新。这就是文字带给我的心灵体验吧！

通过与文字的密切接触，特别是外出采风与文学大咖们的交流学习，我深深地感悟到写作不仅仅是满腔热爱，也不仅仅是生命记录，更是对生活地挖掘与思考，对现实地发现与梳理，对真善美地发现与感悟。常言说得好：道得人人意中语，千回百转费寻思。如果我们把生活看成一棵树，写作就是让树枝繁叶茂，开花结果的过程。所以说，文学可以丰富我们的生活、滋养我们的生命，记录我们的生命轨迹，文学也是一种自我救赎、自我坚守的方式。不仅是抒情言志，表达内心情感的载体，也是让我们融入历史，丰盈文化，维护正义，传达意愿的媒介。在与文字对话的日日夜夜里，我虽然会感到辛苦，但更多体会到的是一种来自内心的欢愉，那是生命浪花在年龄之外的舞蹈，那是经过净化的灵魂在这个依然沉重的世界里的呐喊，那是与文字恋爱才能享受的收获幸福的感觉，那是在文学的沃土上耕耘的人才能体验到的一种不可言传的快乐！

就让我们在《太阳河》这个充满阳光的大花园里，继续相拥着，一起在文字中起舞吧，用心灵的笔触来感知花园里的每一道暖心的风景，用文字来记录我们身边的所有温暖，用爱来融化世界上所有的冷漠和悲伤，好吗？

写在胜利油田文联2019年编创座谈会召开之际

2019年12月5日

商海里的书香女子

有一位女子让我过目不忘，她不仅有妩媚的面容、甜美的声音、姣好的身材、柔婉的性情以及那一身靓丽的红妆，还有她奔放的豪情、坚韧的毅力、善良的品格、豁达的胸襟和她对文学的执着与热爱，都让我钦佩、痴迷。

她就是东莞青年作家李婷女士。我不远几千里，从孔子的故乡山东来到广东的东莞，参加《东方散文》组织的2019年全国作家春季笔会暨李婷散文集《圭江流韵》首发式结识的文友。

我相信，人世间是有缘分的，邂逅李婷，也许是我与她之间的不解之缘。

退休后，我每天带孩子、做家务、照顾老人，非常忙碌。可是，当我得知《东方散文》组织的这次笔会，却心动不已，执意申请参加。是南国的美丽风光对我这个在冰雪世界长大的女人的诱惑，还是众位文学大咖云集对我的吸引？或许是兼而有之吧。

鬼使神差，征得爱人的同意后，我放下繁重的家务，甚至放下多年来一直参与的另外一场文学盛会，一路南下，来到梦中的东莞，与来自天南海北的作家朋友会合。

当一位长发披肩、面带微笑的红衣女子走上台前，用她那特有的南国女人的娇美音质，介绍她的散文集《圭江流韵》时，我的心莫名地跳动；当她谈到她打工的艰辛，创业的艰难，摸爬滚打，几经沉浮而几度哽咽时，我的眼里也分明有泪花莹动；当她说到她的事业、家庭、文学梦的小有成就而神情洋溢出成功的自信与喜悦时，我在心里千百次地为她鼓掌，为她喝彩！当我看到她坐在台前签名赠书的那一刻，当我捧起那沉甸甸的、散发着浓浓墨香的《圭江流韵》文集时，当我细细品读书中的每一篇饱含真情的文字时，我忽然明白了，原来冥冥之中，她就是我梦中的南国之光，她如珍珠般在岭南这片热土上熠熠闪光，无论过程怎样艰难曲折，也无法淹没她在奋斗中绽放的光华！

鏖战商海

李婷二十二岁就开始下海经商，但这并不是她的初衷，早在学生时代，她便有了作家梦。她说："初二那年，语文老师曾经布置过一篇作文《我的梦想》。有的同学写下当科学家、当军人、当医生、当警察、当教师的梦想，而我呢？则写了要成为一名作家的梦想！"可以想象，写作在李婷幼小的心灵上生根发芽，为此，在生活所迫，不得不下海经商之前，李婷选择的职业是幼儿教师。那是一个神圣而纯洁的职业，也是一个责任与希望并存的职业。透过幼儿的世界，李婷的内心是柔和而善良的。如果没有朋友的影响，不是生命强者在她内心的驱使，也许孩子王就是她一生所爱。

命运让她带着作家梦重新选择了工作：弃教从商。为了家庭的责任与担当，她义无反顾地和朋友合伙投资开公司，先后做过中央空调安装、室内外装修、水电安装、土方工程等工作。这注定是一条艰辛的路，也注定是拼搏厮杀的历程。是的，别说是女孩子，就是铮铮男儿，也常常会被压得喘不过气来。弱小的李婷同样经受着商场的较量，同样有过困惑、有过窒息。但是，李婷一贯勤奋好学、积极向上、乐观自信、不服输不怕苦，她百折不挠、勇往直前，在商业大潮中站稳脚跟，并做出一番业绩。

也许是命运的安排，也许李婷就该吃这碗饭。富有灵性和智慧的她，一直坚持自学，或参加培训班、或读函授，先后取得中英文秘书证、会计证、会计员证、助理会计师证、英语六级证书、碳审计师、碳资产管理师、心理咨询师（二级）等资格证书。经过不断充电，她的商业意识和市场经营理念不断更新，她的事业也一步步走向成功。

从 1995 年 9 月开始，她又投资了服装店。1996 年又和朋友合伙投资承包酒店，从事餐饮、旅游业。每一次新的尝试，都会有新的困难，可是，困难在李婷这里似乎已经司空见惯，有多大的困难，就有多大的挑战，有多大的挑战，就有多大的动力。只有笑着迎接扑面而来的困境，才能继续前行。李婷就是这样一位智慧、乐观、坚强、勇敢、笑傲商海的女性。

也许有人会说是她的运气好，也许有人会认为她有后台、有背景。现实是李婷从打工妹做起，她所承受的磨难、所遭受的委屈、所承受的压力是我们不敢想的。不说别的，就说她下海经商，创业初期的投资资金都是她向家人借钱凑的。没有自信，没有胆略，她怎么敢借这么多钱？一旦有任何差池，就会惹祸上身。就这一点，我就很佩服李婷！

从 1999 年 6 月开始，李婷开始扩展业务面，她一方面和丈夫（他是律师）一起开律师事务所，从事法律工作。另一方面自己投资开贸易公司，从事节能环保产业、低碳产业、经营茶业等。在商海里博弈二十几年的李婷，曾几度被逼到死亡边缘。比如 1995 年她被朋友骗去十多万元，她哭过，伤心过，也对人性的善良怀疑过。1996—1998 年经营酒店亏损五十多万元，她动摇过，退缩过，灰心过。后来工程款被拖欠而追讨无门，她惊悸过，愤怒过，无奈过，但由于她始终坚定“天无绝人之路”的信念，始终相信“留得青山在，不怕没柴烧”的古训，始终坚持遇到再大的困难，也要微笑面对生活！所以她没有在绝境中趴下，也没有被形形色色的伤害挫败！而是坦然面对所有的境遇，积极想办法解决一切问题。

不仅如此，她从商多年，赢得了良好的口碑，业界都知道她有一套雷打不动的原则：宁可少赚钱也不与人结怨；能赚十元，只要五元，让利给客户五元；有钱大家赚，给同行留有生路；本本分分经营，和和气气生财。对待员工，她也是处处替他们着想，让他们在公司有家的感觉，无论顺境还是困境，再难，她也坚决不拖欠员工的工资，哪怕是借款、贷款，都要按时发放员工的工资；并且，国家规定的带薪假期，每年一天不少都给到员工。这一点有人说她不像一个老板，倒像一个家长。因为她懂得“水能载舟，亦能覆舟”的道理，一个公司是否有生机、有潜力、有发展势头，不仅仅取决于决策者的正误，也在于管理者素质的高低。爱总是能够创造奇迹的，也正是她的经营思维不偏离正常轨道，她本人具有胜不骄，败不馁的个性，这一切成就了她事业的辉煌！

事业的成功，带来了更大的经济效益，她没有躺在金钱上享受、炫耀，而是热心公益，乐于助人。不管是亲戚朋友、邻里乡亲或员工有困难，她都慷慨解囊。比如 1995 年，她工地上的一名来自重庆的工人因妻子生病住院要请假，李婷除了及时支付他应得的工资，还额外给了他三千元资助。2008 年她加入东莞市志愿者组织，成立了“让爱心伴行”“妈妈团”，开展慈善公益活动，经常看望孤寡老人，给老人送去食品、生活用品，还经常陪老人聊天，帮老人打扫卫生、洗衣、洗被子、洗头发。她用爱心温暖着老人的心灵，驱散他们心中的孤寂。

除此之外，她还资助困难家庭的孩子读书、无偿帮助了上百名心理疾病患者康复，还参与了法律咨询、心理咨询和家庭教育等慈善活动。她的爱心，她的名字和那真诚的笑容，在东莞、在家乡、在敬老院、在需要心理疏导的家庭，成为一束阳光，走到哪里，哪里就有了温暖的记忆。

奏响爱曲

作为一个事业成功的女人，多数人都会为欠缺丈夫、孩子、家庭而心生愧疚和遗憾。可是，李婷却是例外。她深知做女人要经营好家庭。她懂得作为女人最大的成功，是拥有幸福的家庭和健康优秀的孩子。于是婚后的她毅然退居二线，以辅助丈夫工作、照顾培养好儿子、经营好家庭为主，兼顾自己的事业。这个决心并不是随便下的，这也是她经过几个翻来覆去睡不着的夜晚，反复斟酌，流泪做出的决定。毕竟她为这番事业付出过全身心的努力，在事业顶峰的时候，抽身而退，有不舍也是难免。

退居二线之后，她首先辞退了家里的保姆。并非是经济情况不允许，而是，李婷要用全部的爱奏响这首家的交响曲。所有的家务她都是自己做，坚持自己亲自带孩子，白天她全身心地投入工作，夜晚全身心地陪伴孩子。儿子几个月大，她就天天带着他去上班，儿子一岁半时她就送他去幼儿园。一直到儿子上初中前，她都坚持每天亲自接送孩子，并带着儿子一起去买菜、做饭、吃饭。饭后陪儿子玩游戏或聊天。儿子做功课时，她一直守在旁边：或看书读报，或写日记、写文章。儿子学习上需要帮助，她及时给予辅导。待儿子睡觉后，她再去做家务：洗碗、洗衣、搞卫生……每天晚上都是忙到半夜才休息，每天早上五点半前她就要起床，她竟然雷打不动地坚持了二十几年！

也许你会说，这不是司空见惯的家务劳动吗？每个家庭每个女人不都是如此吗？但我要说，对一个事业成功的女人，能及时抽身全身心地顾家已经实属不易，这是明智！有了一定经济实力而不请保姆，还要亲力亲为的不多，这是睿智，也是深爱！能和孩子一起买菜、做饭、做家务也是难得，不但给孩子幼小的心灵里播种了母爱的种子，同时也播种了生活需要艰苦打拼，现在的生活得来不易的理念，这是教育的智慧！能每天陪孩子做游戏、交流、学习，并且用自己的看书、学习、写作来影响孩子的人更是极少极少，这是母爱的光辉，也是作为孩子的第一任老师的母亲的最好示范。

最让我感动的事是李婷坚持为儿子写了六十九本育儿日记，在儿子十八岁即将走进大学时，李婷把自己的六十九本日记作为成人礼送给儿子。我没见到这个场景，我只是在李婷写的一篇《儿子即将远行时》中看到。我抑制不住内心的感动，泪水夺眶而出，打湿了书页，也打湿了我的记忆。

我想起我生儿难产时的甜蜜痛楚，我想起了月子里儿子胖乎乎的可爱小脸，想起了在草地上和儿子嬉闹游戏的场景，也想起了儿子调皮倔强不听话的小样子，还有一次次和儿子的紧紧拥抱，一次次送儿子出发的不舍，想起儿子结婚时我写给他的长诗《我想对你说》，想起有了小孙女时儿子脸上的喜悦……

我也曾为儿子写过六本日记，从他出生的那一天，到他的每个第一次：第一次会翻身，第一次坐，第一次站立，第一次叫妈妈……点点滴滴浮现在眼前，这一幕幕画面是那么亲切，那么美好。

遗憾的是，不知从什么时候开始，我中断了这份承载母爱的记录，儿子的多少快乐趣事和成长的烦恼都已模糊。从什么时候开始，儿子和我不再那么亲密，对我不再那么需要，我记不清了，但今天我在李婷身上找到了差距，找到了母爱的真谛，就是无声的陪伴、榜样的示范和点点滴滴的记录。一次记录容易，十次记录不难，百次记录也能做到，她一写就是十八年，一写就是六千五百七十多天，这不是一般母亲能做到的。李婷做到了，当她把这些日记呈现在孩子面前的时候，还有什么礼物比这更珍贵呢？我想有一天孩子结婚了，有了自己的儿女时，再看看这些日记，还有比这份真情更好的再现吗？有一天母亲老了，儿子看看这些日记，还有比这更触动人心的纪念吗？

“妈妈，谢谢您，您为我写的日记让我太震撼了，太珍贵了！您是我人生最好的导师，也是我一生最好的榜样。您放心，我一定不会令您失望的，大学期间我会更加努力，一定在学业上取得更大成就，来报答您的养育之恩！”这是儿子对李婷说的话，也是给李婷这些年作为母亲所有付出的最好回馈！可以想象，他们母子相拥的那一刻是多么激动、多么幸福。那是什么语言能够代替？什么文字可以表达的呢？那一刻母亲是这个世界上最幸福的母亲，儿子也是这个世界上最幸福的儿子！

是啊，优秀的母亲培养的优秀的儿子，不仅学业优秀，人格方面也是非常优秀。这样的儿子在大洋彼岸的美国留学，母亲放心，安心！

一个真正的成功女人是事业和家庭的双丰收，她是一个好老板、好妻子，也是一个好母亲！这三重角色被李婷演绎得如此完美，怎能不让人敬服！

圆梦文学

在诸多的成功里，李婷还有一项成功就是文学梦的实现，这也是让我非常敬佩的。

为了这个文学梦，李婷在激烈的商海鏖战中坚持笔耕不辍，坚持每天看书，坚持写日记，坚持用文字表达内心世界。这一坚持就整整三十年。整整三十年的坚持，说起来容易做起来岂是那么容易的？多少次在工作中累得筋疲力尽的时候，她多想好好睡一觉，可是她每天要坚持看书至少二十分钟，这是她给自己定的守则。多少次她抚育孩子焦头烂额的时候，想好好放松一下，“不行，我要坚持看书！”她这样告诫自己。多少次她在看书时睡着了，醒来她恼恨自己，并在备忘录上备注，当天一定挤时间补上。就是这种严谨自律的作风，给她的坚持输送了力量，也输送了成功的基础。

李婷的坚持终于迎来了她文学的春天。正像《东方散文》主编憨仲先生所讲：近年来，李婷的创作热情如井喷一般，乡间记忆、家长里短、血脉之情、名胜古迹、山情水韵、悠然行走，一并走进她的创作源泉，她的文章也源源不断地见诸报端，频频摘冠与夺魁。

2019 年 3 月 15 日，对李婷来说，是一个难忘的日子，也是一个值得祝贺的日子。《圭江流韵》首发式在这一天隆重举行。来自北京、天津、山东、贵州、甘肃、江苏、安徽等十六个省市的六十多名散文作家参加了这次文学盛会。本次活动由《东方散文》杂志社亲自主办，总编憨仲先生向与会人员介绍李婷的文学创作情况，李婷本人汇报了自己的创作历程；中国作家协会会员、一级作家、“广东省第七届鲁迅文学艺术奖”获奖者曾明了老师，中国作家协会会员、中国散文学会理事、“全国第八届冰心散文奖理论奖”获奖者王散木老师，《海河文学》主编张莉莉老师，以及甘肃的杨金锁、河南的田启礼、山东的杨玉泰等作家，都分别从不同的角度对《圭江流韵》进行了评析和解读。李婷现场进行了签名赠书，全国各地的诗人，书画家向李婷赠送了诗作和书画作品。

我想，恐怕没有多少作家的作品发布会如此隆重！那一刻我分明看到了李婷眼里的泪水。那是喜悦的泪水，那是感恩的泪水，也是多年坚持终于有了收获的泪水。那一刻的开心不是商场上赢得百万利润的开心，也不是一路走来成为一个成功的商界精英的开心，而是心中那个再苦再难也不肯丢弃的文学梦终于实现的愉悦！这是一次灵魂的飞跃，是痴迷文学的馈赠，是生命里文学种子的破土拔节！更是文学驿站的再出发！

如今的李婷是南国文坛的新秀、是怒放在岭南文苑的一朵娇艳欲滴的红玫瑰，是东莞文学界的一颗耀眼新星！她是中国散文学会会员、东莞市作家协会会员、东方散文杂志编委、《海河文学》和《芙蓉国文汇》的签约作家，她创作了大量的优秀散文作品，她的作品频频在全国大奖赛中获奖，《圭江流韵》是她近年来文学创作的结晶和集中展示，从中我们看到了她对故乡的留恋与热爱，对自然风光的向往与欣赏，对古文化的寻访与探究，对亲情的眷顾与深爱！从中我们也不难发现李婷是一位宽容、善良、慈孝、贤德又不乏睿智的东方女性！

从小怀揣作家梦的人很多，但大多数人的作家梦只是梦想而已。而李婷却在严酷的商海竞争中，把这个不赚钱又浪费时间的梦坚持下来，并让这个梦伴随她在书香中闪光，这是她独有的魅力，也是她广受业界好评的原因之一吧。

在我还没有认识李婷之前，就听过几位作家文友对李婷的欣赏与赞美，也看过好几位作家写的有关李婷的文字，从中也了解到李婷待人热情直爽、善良豁达，文笔丰盈凝练，是一位灵性而不失温厚的女人。在与她的接触中，我在她的脸上看到最多的就是真诚而又甜美的微笑，听到最多的也是她那可以穿透灵魂深处的带着南方特有娇媚的笑声，以及她那雷厉风行又不乏细腻稳重的做事风格。在不经意间，我们相拥过，像多年不见的老朋友，像渴盼已久的亲人。我脱口而出“我爱你”！她也回应我“我也爱你”并紧紧地拥抱。我至今回味起来，仍然有一股馨香萦绕心头。这股馨香是那种带有书香气息的，没有任何铜臭酸腐气味的，并似有前世注定相识的一种情缘的香韵。我为能够结识这样一位才华出众、品德宽厚、待人亲切的妹子而感到幸运，为有幸参加她的作品首发式而自豪，为生命里从此有了一份惦念而欣慰。

李婷，就让我们用文字、用真情、用大爱来纪念我们的相识、相知、相爱；让我们一起携手徜徉在书山文海，让心梦飞跃大江南北，让温暖拥抱我们的心灵世界，好吗？

2019 年 4 月 16 日

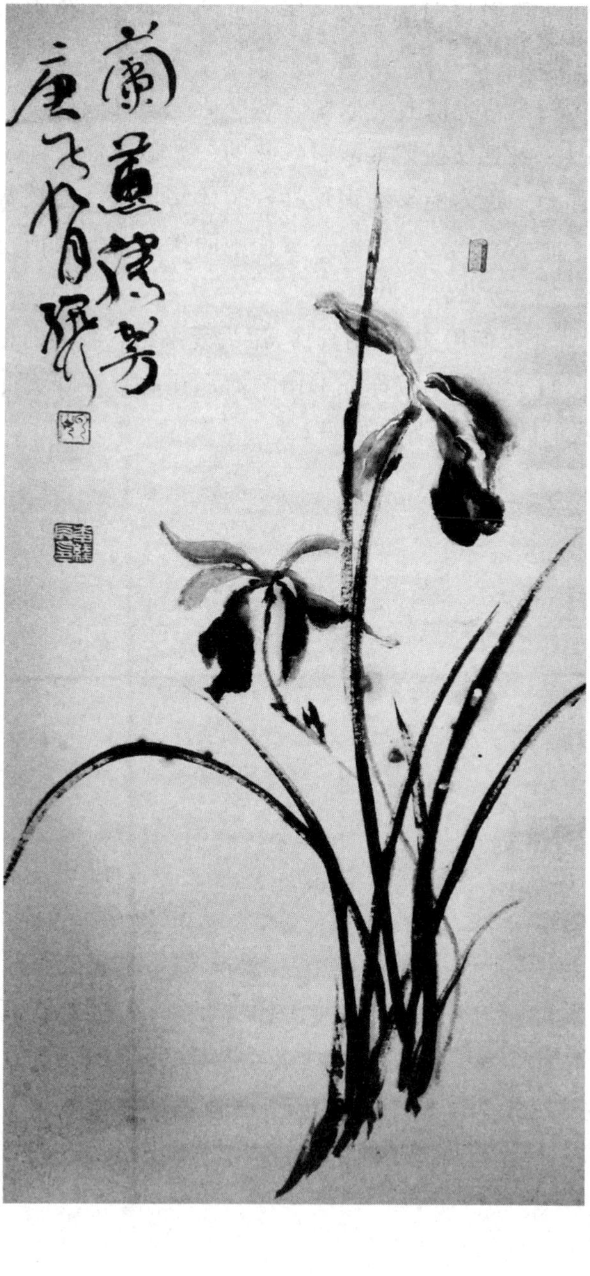

兰蕙腾芳　李线长／绘

◎ 第五辑

山川旅痕

湖塘大隐图　胡法岭／绘

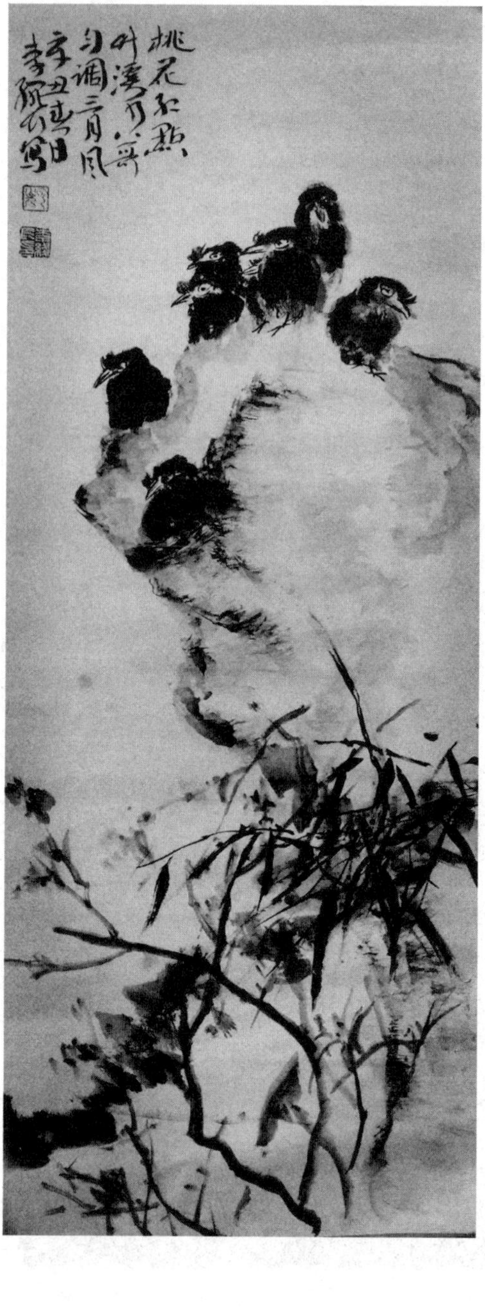

八哥桃花图　李线长／绘

浅梦黄河口

作为东营胜利人，我有幸陪同外地作家文友多次亲临黄河口，领略黄河口湿地春夏秋冬的不同景致。那春的清秀、夏的广袤、秋的神韵、冬的素雅，至今仍在我的心海跳跃，令我无法忘却。

记得2011年春季，《北方文学》佟坤主编、《作家报》张富英主编等四位老师前来东营洽谈文学活动，我受邀陪同四位老师游览黄河口，我愉快应邀。这对我来说，不仅仅可以饱览黄河口的春色，更是一次学习提高的机会。

我随四位老师来到黄河口，一下车大家就被那股清新的空气所吸引。这种清新和海边的空气所带来的感受不同，没有湿闷感，也没有腥气味道，有的是清爽愉悦、沁人心脾的草香气息。头顶是湛蓝的天空，大片的白云在变幻着形状，一会儿像山羊在吃草，一会儿像牛在哞叫，一会儿又像马、像兔、像山、像花……一眼望去，绿油油的芦苇和水草寂静深远，辽阔的水面，清澈见底；小鱼儿在水里自由自在地游着，触手可及；这样的静怡之感，对我们这些城里人来说，确实久违了。大家都不说话，谁都不愿意打破这份寂静，怕惊扰了悠闲的鱼，惊跑了蓝天上那些“牛”和“羊”……

浅水柳林也是黄河口湿地的一景。它们是从黄河上游漂流到这里的种子自然生长的。一丛丛、一簇簇的柳树，并不高大，但姿态却是婆娑迷人，柳条宛在水中，好像女子在水里梳洗着那又细又长的辫子，真是婀娜多姿啊！微风吹来，她们翩翩起舞，柔软的腰身，绿色的纱裙，娇媚的舞姿，把春天的湿地打扮得分外迷人。再看那水中的倒影，煞是好看，水纹荡漾，柳树在水中变幻出五彩缤纷的图案，给春天的湿地增添了立体感。湿地的路边长出了各种野菜：苋菜、马齿菜、蒲公英……还有很多我们叫不上名字的野菜。我们想起小时候采摘野菜的情景，气氛也就开始活跃起来。大家讲着儿时的故事，爽朗的笑声在湿地上空回荡，惊吓了芦苇里偷偷恋爱的鸟儿。它们叽叽喳喳叫个不停，胆小的飞到空中，有的落在树上，有的飞向远处。不想惊扰它们，还是惊扰了，它们会不会怪我们没有礼貌？它们会不会不敢回家？会不会抛下它们的情侣或孩子远走高飞？我拿出望远镜，顺着鸟儿的叫声望去，我看到了细脚的丹顶鹤、黑老鸹，精巧的杜鹃，还有很多叫不上名字的、羽毛非常漂亮的鸟儿在湿地上空飞来飞去。远处水草丛里，成群的野鸭在嬉闹玩耍，有的在悠闲地走着，有的趴在岸边晒太阳，还有的相互啄着对方的羽毛，这样温情的场景我只在电视上见过。如今，我亲眼所见，自然是兴奋不已。由于我的发现，朋友们争先恐后地抢起望远镜，个个乐得像孩子，都觉得能亲眼见到这么多鸟儿，不虚此行！是啊，鸟儿是人类的朋友，我们要保护它们，就像保护我们自己一样。如果没有了鸟儿，谁还能点燃我们对天空的渴望呢？

2012 年的夏天，我陪济南的朋友再次来到黄河口，我们一行六人沿着栈桥，走进湿地深处。

夏天的黄河口湿地与春天的景象相比，少了些嫩黄，多了些广袤和翠绿。齐腰深的芦苇和蒲草，在浅水里青茂淡雅，从远处观看，像极了水草丰美、引人迷醉的大草原。当你走在悠悠的栈桥上，迎着风，听风儿吹过芦苇的声音，看那一抹阳光穿透柳丝射出的光亮，注目那或哺育或温存，或嬉戏或展翅的白天鹅，赏它们独有的韵律和美感，拍摄他们千姿百态欲飞欲落的瞬间，你的心间能不流淌出一种别致的、与众不同的情愫吗？

“浅水之中潮湿地，婀娜芦苇一丛丛；迎风摇曳多姿态，质朴无华野趣浓。”不知道在哪里看过这首诗，此时此刻，我才读懂这首诗的味道，作者一定是亲眼看到了黄河口湿地的美景，才会触动心中的灵性，写出这么美的诗句啊！

这一次，我们除了欣赏夏日黄河口湿地的风情，还应朋友之邀，坐游船进入黄河尾闾，一览黄河入海的壮丽场面。

走近黄河入海口，这里喧嚣的气息与湿地那辽阔的沉默截然相反，它时而缓慢、时而湍急，向前奔流不息。它携带着黄土高原无尽的泥沙，执着地向渤海湾填充。让蓝色一点点地变成黄色，黄色再一点点一点点地变成了绿色，形成了这片共和国最年轻的土地，它用年轻的字眼朦胧了久远的历史故事，孕育了东营人的勤劳淳朴、胜利人的勇敢执着。

这里风景独特，远远望去，广阔的海面上，碧水黄流，泾渭分明，河海交汇处黄蓝交错，犹如一条蜿蜒的长龙，在水面上翻滚、游动、深入大海。黄蓝两种色彩浑然相接、自然天成的独特景象，堪称天下奇观。“黄河之水天上来，奔流到海不复回”描述的就是这滚滚黄河携带中原厚土涌入渤海的壮丽景象吧！

你看，这奔腾不息的黄河不再咆哮，仿佛一个安静的孩子，投入了大海妈妈的怀抱。此时此刻，我们坐在船上，看傻了，忘了拍照，忘了争辩，仿佛也忘了呼吸。眼看着这两条美丽的彩带越来越远，才突然有人大喊，快拿相机给我，快拍下来！这一喊，惊醒了梦中人，大家才急忙拍了起来，可惜的是，美景不常在，那种浑然天成的韵味已经渐行渐远。也许，这是上天有意留给我们的遗憾，给我们留个下次再来的念想吧！

秋天的黄河口是一年四季里最美的时候，也是东营人邀请朋友游玩的最佳时节。芦花飘雪、红地毯、万鸟飞舞、滩涂捉蟹，都是这个时节黄河口特有的景致。也正是因为这样，每年在秋天陪朋友游览黄河口成了我乐此不疲的事情。

在诸多秋游黄河口的经历中，就数 2013 年陪河南文友秋月的那次最开心，最难忘。

阳光明媚，秋高气爽，我知道这样的天气，芦花飘雪的景象最好看，于是就和几个最好的朋友商议，第一站，就陪秋月看芦花飘雪吧。

我们一行五人来到黄河口芦花大道，秋月顿时惊呆了，就连看过好几次芦花的我也被惊了一下。看来，秋月真是好福气。这样的秋阳高照，这样的蓝天白云，这样的微风习习，这样的金黄色的芦苇杆上飘着闪着金光的白色芦花，还有我们身上五颜六色的服饰，那是怎样的一幅画卷呢？

松软的、发亮的白色芦花，温润如丝，如绸如锦，在微风中颤动、飞舞、跳跃。我两眼凝视着这片芦花海，一种深深的震撼触动着我的心，使我禁不住有一种要大声呼喊的冲动。这样的美，这样震撼灵魂的生命律动，不是哪个画家，摄影家能够捕捉的。此刻，我无法形容那种被深深陶醉的感觉。当轻风拂过，芦花左拥右簇，频频向过往行人点头致意。她们轻轻摇曳，像少女扯着黄裙、头戴白纱，和着风儿的轻声细语翩翩起舞。她们又像一枝枝向天而书的狼毫，挥舞着让王羲之也汗颜的狂草。她们更像石油女工的发梢，日日夜夜、不知疲倦地在荒原上坚守、舞蹈。

飞雪抚颊丝锦柔，洗尽铅华素韵酬。
但见白浪浮彼起，原是芦花舞深秋。

我情不自禁吟出了这样的诗句，才疏学浅，词不达意，我想如果李白在此，该有多少美妙的诗词流传于世呢？

望着眼前的芦花，我突然懂得了极致的美是淡雅！芦花没有姹紫嫣红的色彩，没有高大伟岸的身躯，有的只是平凡的白色和坚强的生命，它们在风雨中成长，在孤寂中壮大，任狂风暴雨傲然而立。它们就这样一代接一代，前赴后继地为黄河口装扮着，美丽着，奉献着。

“姐，快来呀，我们和芦花合影吧？”秋月的一声呼唤打断了我的凝思。我和秋月高叫着，奔跑着。我们一会儿钻进芦苇丛里拍照，一会儿又捧着芦花合影。我们忘情地望着蓝天，挥舞着我们的彩色纱巾，大声地喊着：“芦花，我爱你！黄河口，我爱你！”我和秋月紧紧拥抱，尽情释放我们的异地闺蜜情，尽情挥洒我们对彼此的思念！

跑累了，我们就在芦花丛里牵手漫步。微凉的风吹着，两边的芦花飞着，朋友的相机在我们的前后左右咔嚓咔嚓的地响着，我们的眼里装满了雪白的芦花，也装满了纯洁的友谊。

看罢芦花雪，我们带着满满的留恋往前走，一直走到那一丛丛、一片片、一堆堆的、长着红红的野生植物的滩涂边。秋月被这大片大片的酡红迷住了。我对秋月说："这就是黄河口在秋天特有的景色'红地毯'。这种植物的学名叫碱蓬，又名翅碱蓬，我们都叫它黄须菜。黄须菜耐旱涝、耐盐碱，在黄河三角洲沿海的荒碱滩上年年生发，岁岁枯萎。每年春天，我们都会采集很多，凉拌、辣炒、包饺子、包包子，是天然的绿色野生蔬菜呢！晚饭我一定请你尝一尝。"

秋月听了我的介绍，惊讶地说道："天哪，有谁能想到，这样不起眼的野菜，却能呈现这样美丽的韵味！"

是啊，在这一望无际的滩涂上，黄色的河流，白色的芦花，绿色的柳树，映衬着这大片大片的酡红，多么引人注目。这一片片苍茫的红色，确实像红色的地毯一样浑厚大气。极目远望，它像火海在燃烧、似朝霞在蔓延，它给秋天的黄河入海口披上了艳丽的红装，谁人见了不惊叹，谁人看了不迷醉呢！

这时我的朋友吕大哥告诉我们，在二十世纪六十年代，这里闹饥荒，盐碱滩本来就不长庄稼，赶上大旱就更是颗粒不收了，很多老百姓就是靠这黄须菜撑过来的，黄须菜也是救命菜呢！听到这儿，我似乎明白了，黄须菜为什么到了秋天这么美丽，因为它的生命里流动着老百姓的血液，这红色不正是它舍己为人，甘愿奉献的精神写照吗？想到这儿，我再看那"红地毯"，心中便多了一份感动和敬意。我在心里默念，黄须菜啊，黄须菜，你生长在黄河岸边，你吮吸的是黄河的泥沙和苦涩的海水，可你却把青春的绿意献给春天，把火红的姿色献给秋天，你把内心积蕴的火热情感，用燃烧的姿态，来化解盐碱地的苦难，用血一样的火红，来温暖黄河口的秋天，这红韵就是你生命的灿烂！你的品格多像那些常年在野外作业的石油工人，他们为了国家石油事业的发展，抛家舍业，露宿风餐，烈日严寒，风雨无阻。他们用自己的青春，自己的奉献，换来了石油滚滚流啊！他们身上的红色工装，和你秋天的红妆一样，都是那么美丽，那么令人难忘！

冬天的黄河口很少有人去游览，草枯了，树叶落了，芦花也早已飞跑了，很多的鸟儿也迁徙到南方去了。可是，在我看来，冬天的黄河口也别有一番韵味。

去年冬天，刚刚下过大雪，几个文学朋友别出心裁，要去黄河口看看。有的反对，说这是自找苦吃，冰天雪地的，有什么好看的，路还不好走，开车很危险。也有的积极响应，说一直想在下雪的时候去看看黄河，看看那片芦苇荡，看看那些鸟儿冷不冷？他相信一定别有情趣！我好奇心强，就跟着响应者去了黄河口。别说，还真让他们说对了，由于去的人少，路上的雪很厚，又滑。我们开得很慢，小心地前行，走了快两个小时才到达黄河口。

下了车，有人就后悔，海边的风很大，生冷生冷的。白茫茫一片，也的确没什么好看的。我和另外两个朋友却不后悔，我们觉得在城市里待久了，这样的冰雪世界，这样的洁净之感还是少有的。我踩着洁白的雪向前走着，身后留下歪歪扭扭的脚印，把这张完整的白锦瞬间破坏了。万物萧条的冬天，那些枯黄的芦苇在我的眼里依旧还是一道不可或缺的风景。这些芦苇站在冰层里，迎着海风，坚强地摇曳着，依然展示着它那昂扬的气魄和不屈的个性。给茫茫的冬季湿地增添了一份生动。

最幸运的就是看到了冬天黄河的冰凌浪，那是很多人一生也难得一见的景致。那是一排排透明雪白的波浪型冰凌，那是大自然创造的冰凌奇观，那是用语言无法描述的壮观景象。可以想到，黄河的波涛正在汹涌奔腾的时候，天气突然变冷，瞬间把他们凝结成这样的波浪冰雕。这样的鬼斧神工，只有大自然才能创造。而我们也因为不怕寒冷，不惧危险，才能有幸欣赏到这样独特的景观，不得不说这是老天对我们的奖赏。顺着这冰凌浪排，我用望远镜向远处观望，大海深处依旧波涛滚滚。黄河的冰凌和流动的海水相接，形成了一道更加美妙的风景。白色与蓝色的交汇，静止与动态的碰撞，这道天然屏障，好像是在告诉我们，哪里是黄河，哪里是大海，黄河是在这里与渤海相遇的。这样的场景，震撼了我们，我们每个人脸上都露出惊喜之色！“哎呀，太美了，来对了，长这么大还是第一次看到这样的冰浪呢！不虚此行，不虚此行啊！”大家七嘴八舌地说了起来，同时，大家也用相机把这难得一见的景色记录下来。此时此刻，什么道远路滑，什么冰天雪地，什么寒冷，什么危险，统统都被抛在脑后，心里只有满满的得意和兴奋，再看看大家被寒风吹得通红的脸上，也都洋溢着醉人的笑意。

从黄河口返回的路上，我们看到很多石油工人还在冰雪里不停地劳作。他们终年在这片荒凉的盐碱地里全心全意为祖国奉献石油，他们同样是黄河口一道亮丽的风景。他们与这里的黄与蓝、白与红、绿与黑和谐交融，一同展示着他们独有的魅力，张扬着他们无私的大爱！他们的存在标志着这片土地正是我国东部重要的石油工业基地、我国的第二大油田所在地，这里正是崛起的胜利石油之城！

浅梦黄河口，万顷芦花飘。
最美大湿地，百鸟翔云霄。
红毯迎宾客，黄蓝魅力抛。
怪柳水中舞，谁能相与娇？

黄河口，这个我生活了三十多年的地方，这个走不出我的浅梦和爱恋的地方，你如画的风姿在我的心海弥漫，你灵动的身影在我的梦里徜徉。我要用怎样的笔墨描绘你的美丽？我能用什么语言表达对你的眷恋？就让我写下这篇拙文纪念我的所见所想，就让我用这散碎的文字作为余下年轮的回味吧！

2014 年秋

与美丽同行

出行对我来说并不陌生，每年都有两到三次的出游机会，每次出游或多或少都有一些感动，一些难忘的故事。但是要说与美丽同行，只能说是这一次的菏泽牡丹园之行了。

晚春四月，正是春光明媚，百花盛开的季节，也是菏泽牡丹香满园的时候。我在一次偶然的机会中，得知朋友们要去菏泽看牡丹，急忙申请同去，得到首肯后，我兴奋了一夜。多年的向往，多年的情结，就要实现了，怎能不让人思绪联翩呢？

说起这个牡丹情结，那也是一个真实的感人故事。

1984 年 7 月 18 日，也就是我和爱人结婚的那天，老公就在他那间窄小的宿舍里，为我深情地唱了一首《牡丹之歌》：

啊牡丹
百花丛中最鲜艳
啊牡丹
众香国里最壮观
有人说你娇媚
娇媚的生命哪有这样丰满
有人说你富贵
哪知道你曾历尽贫寒
…………
冰封大地的时候
你正蕴育着生机一片

春风吹来的时候

你把美丽带给人间……

这首《牡丹之歌》是爱人送给我的唯一一份结婚礼物。他说："我老家在农村，没有钻戒，没有婚纱，更没有豪华的婚礼，只有这首歌可以表达我对你的一片深情。你在我的心中就像牡丹花一样珍贵，你吃过苦，你曾历尽贫寒，你美丽漂亮，你的到来给我带来生命的春天……"

从那时起，这首歌就和丈夫一起走进我的生命。牡丹的名字也就深深地烙在我的脑海，每当我看到牡丹的图案，都会情不自禁地想起丈夫那浑厚的音韵，想起他给我的深深的爱。我也时不时地查找有关牡丹的故事和资料。特别喜欢吟读那些关于牡丹的诗词，比如刘禹锡的《赏牡丹》：

庭前芍药妖无格，池上芙蕖净少情。

唯有牡丹真国色，花开时节动京城。

还有徐凝的《牡丹》：

何人不爱牡丹花？占断城中好物华。

疑是洛川神女作，千娇万态破朝霞。

随着时间的推移，我对牡丹的喜爱度非但没有降低，反而日益提升。我已经不能满足于这样一种热爱，而是希望、盼望有一天能够亲眼看到牡丹盛开的壮观景象，亲临牡丹园静静地欣赏牡丹到底是怎样的国色天香。

也许是我对牡丹的钟爱感动了牡丹仙子，施法让我获得这样一次难得机会。4 月 22 日，我们一行十二人，驱车直奔菏泽牡丹园。路上，得知司机师傅多次带游客去牡丹园，我便高兴地缠着师傅讲述牡丹园的事情。从师傅那里我了解到曹州牡丹园是世界最大的牡丹种植园，占地上千亩。菏泽牡丹种植的特点体现菏泽人普遍喜爱牡丹，也善于种植牡丹，农村院前屋后，少则几亩，多则上百亩。用当地人的话来说就叫大田牡丹，与生长在花园里的牡丹相比，大田牡丹有种非比寻常的气势，那是要多美有多美，要多壮观有多壮观。让师傅说得我觉得这车实在太慢了，我恨不得插上翅膀一下子飞到菏泽。

上午十一点终于来到那个让我魂牵梦绕的地方——菏泽牡丹园。带队的领导问我们是先看牡丹还是先吃饭，我顾不上礼貌，抢着说："我们不饿，先看牡丹吧！"大家听了我的话都乐了，笑着说："看你急的，女人就是喜欢看花，那就依你先看牡丹再吃饭吧！"他们哪知道我与牡丹的这份渊源呢？

一跨入牡丹园，我就被这满园的似锦繁花吸引了。那丛丛盛开的牡丹，有紧挨着地皮的，也有比较高的。再看那颜色也是多种多样的，白的是那样的圣洁，而红的、紫的又是那样的富贵，真是千姿百态，一下子迷了我的双眼，我觉得我的眼睛不够用，不知道该从哪朵开始品读？也许我对牡丹过于钟爱，以至于我驻足太久，同行的朋友不知何时已经无影无踪，再看看拥挤的人流里，没有发现朋友的影子，我干脆一个人随性游赏，反倒少了催促。

我先看了看牡丹园的大体方位结构。园内有三个观赏区，西区、北区和东区，若干观赏点，每区各成体系形成园中园。我先从西区开始边走边看，只见这里除大片牡丹外，还有松柏编制的鸟兽人物和牌坊，有现代化温室，有举办各种展览用的仿明代建筑——观花楼，园中专门开辟了紫牡丹和白牡丹观赏区，园内立着葛巾、玉版这两个花仙的雕像，身披朝霞，红装素裹。我心思不在这些雕塑上，就直奔那牡丹观赏区而去。

远看，这满园的深红浅紫，满园的娇绿明黄，正享受着和煦春风的抚摸，摇曳着美丽的身姿，吸引着游人贪婪的目光。一簇簇一片片的牡丹，在微风中扇动着层层叠叠的花瓣，犹如水中泛起的涟漪，在绿叶的衬托下更显自然和谐，更有一股带着泥土清幽的芳香让人心旷神怡。

我俯下身子，近距离的观赏眼前的这株紫色牡丹，雍容华贵，紫光灿灿，皓茹灼灼，姿美典雅，浓香宜人，兼有色、香、韵三者之美，怎能不让人为之倾倒？再向前走，那白牡丹娇艳端庄，瓣白如玉，内吐金蕊，底晕红酥，如云锦布地；红牡丹富丽堂皇，花姿绰约，如紫气东来；黄牡丹高贵典雅，摇曳生姿，如金玉铺地；还有那红白相间、粉白相间、紫黄相间、淡绿相间的花，如锦似锻、娇嫩润泽、凝脂盈玉，真是美得令人惊叹不已。这真是“竞夸天下双无绝，独立人间第一香”啊！我是真正读懂了“国色天香”这个词了，难怪长期以来人们把牡丹当做富贵吉祥、繁荣兴旺的象征呢。牡丹的确堪称国花，她的美是无与伦比的，是不能用语言描述的，我暗暗地庆幸能有此一行。

行走在这样的美丽中，我的神情有点恍惚，这到底是人间还是仙境？不免想起蒲松龄在《聊斋志异·葛巾》中描写的神话故事。曹州牡丹名冠齐鲁，洛阳书生常大用慕名而来，在花园中偶遇一美貌绝伦少女，转瞬而逝，常大用爱慕至极，相思成疾。一天常大用又遇这位少女，跪在地上苦苦求婚，女子被他的诚意感动，就同常大用一起回到洛阳。又把妹妹玉版介绍给常大用的弟弟常大器作妻子，并且各生一子。两对夫妻虽相处日久，但姐妹二人终未吐露身世，只说她们的母亲是曹国夫人。常大用起了疑心，托故来菏泽打探究竟，始知曹国夫人原是牡丹葛巾紫。大用十分惊异，回到洛阳，天机泄露。夫妻感情破裂，葛巾、玉版一怒之下离开常家，临行将两个男孩抛在地上。次年，在原地生出两棵牡丹，一紫一白，即葛巾紫和玉版白两种牡丹。想到这里，再看到那紫色牡丹和白色牡丹，竟有点与众不同了，怎么看怎么觉得漂亮、大气、深沉、忧伤。看来，人对自然界万物的认识，往往都是与人的情感相连的。我之所以这样迷恋牡丹，也绝不仅仅因为它的美韵，更多的是对爱人的一份深情吧！

看过了曹州牡丹园，满足地沿着路标往北行走，我便来到了百花园。在百花园门口的标牌上我了解到，百花园内的“太空牡丹”有四十棵大株，二百多棵小株。这些“太空牡丹”属第一代，花期比普通牡丹长两天左右，颜色有粉、粉蓝、紫红、墨紫、白色等。开花早、谢花迟是园内牡丹品种的特色，有九大色系，八百二十个品种。该园独占地利，以牡丹株龄长、树冠大、开花数量多、花朵大著称，一些牡丹株龄达百年，有的有一人多高，彰显出牡丹的王者之气。看到这里，我便迫不及待地开始寻找太空牡丹。正当我左顾右盼之时，听见有人喊：“啊！太美了！”“呀！太漂亮了！”“这是真花吗？”循声望去，只见很多人围着一株很高的开着鲜艳的花的植物。我三步并作两步，挤到这株花卉跟前，只见这株极其漂亮的花卉下方的牌子上写着太空牡丹。这太空牡丹与正常牡丹相比，长势强，枝干壮，花朵大而娇艳，直径大约有二十厘米。硕大的花朵惹人注目，五彩缤纷，绚丽的色彩也与众不同。咋一看还真不像真花，有点塑料花的感觉。闻一闻，也没有那么浓的花香。听其他团的导游介绍，太空牡丹还真与太空有关，太空培育的种子随飞船在太空中围绕地球飞行了一百零八圈，太空环境中的宇宙射线辐射、高真空、微重力等综合因素，促使牡丹种子的芽胚产生变异。正常牡丹要栽种四至七年才开花，而“太空牡丹”栽种三年便开花；太空牡丹的花期比普通牡丹也长两天，花蕾比同龄的普通牡丹也大三至五厘米。听到这里我不禁想起唐朝武则天怒贬牡丹的故事：相传武则天于寒冬季节令百花开放，当时，其他的花都依照命令冬天开放，唯独牡丹不畏强权，没有开花，于是被赶出长安贬到洛阳，这也体现了牡丹的气节。我想如果故事发生在科技高速发展的今天，牡丹能在太空遨游，又岂会遭受强权的蹂躏？想到这儿，真为这些美得秀韵多姿，美得雍容华贵，美得绚丽娇艳，美得惊世骇俗的国色天香不平，世人都有爱花意，大唐女皇怎会如此无情？

看罢太空牡丹继续前行，不知不觉便来到了古今园。听说古今园是以名贵品种黑牡丹为特色，我便细心观赏，唯恐落下。终于看到了一株黑牡丹，原以为黑牡丹是黑色的，看后才知道黑牡丹并不黑，而是花色较其他牡丹花颜色明显浓、深，花瓣像绸缎般舒展开来，有种柔情似水的味道，黄黄的花蕊点衬其中，更加显衬出它独特的魅力。它开得如此高贵，如此典雅！怎能不让人销魂！我整个人真的像触电了一样，不由得看痴了！

这一路走来，满眼都是华贵、娇艳、纯洁、剔透、秀雅、雍容、妩媚，满心都是震撼与感动。这样的一次与美丽同行，就像在梦中一样，真是看不够，喜不够啊！正在这时看见几个小朋友吆喝着卖牡丹花环，五元一个。真是天遂人意，我便选了一个花色各异的牡丹花环，我要更近距离地赏其花姿，寻其花韵，觅其花魂，听其花语，嗅其花香。细细看了很久，一口吹去，花瓣颤动，有种吹弹可破的感觉。再定睛细看，虽然这牡丹花经过孩子们的编织，已经不是那么娇艳欲滴，可我还是看到了其华贵而不孤傲，妖媚而不轻浮，有傲骨却无傲气的倾国倾城的韵味。顺手把花环戴在头上，一股悠悠的清香沁人心脾，我全然不顾自己花粉过敏，贪婪地深吸着，感觉真爽！

再取出相机，我要把这美丽存储起来，永远存放在心中最温暖的地方。

与美丽同行，又何尝不是与我心中的那份爱同行呢！

2012 年 4 月

读你千遍不厌倦

——西安曲江海洋极地公园一瞥

曲江海洋极地公园，我从遥远的东营来读你，读你曲江悠久的文化底蕴，读你这颗镶嵌在曾经久负盛名的皇家园林的明珠，读你这颗在千百年的黄土地上安家的蓝宝石，读你带给曾经的十三朝古都的一丝清凉，读你给“曲江流饮”“杏园关宴”“雁塔题名”“乐游登高”等佳话又添新韵，读你给曾经繁华的长安披上蔚蓝的轻纱，也读你为曲江奏响海洋生命的乐章！

“极地”和“热带”这二者是如何结合在一起的？一个是万里雪封无人迹，冰雪精灵自生存；一个是热带雨林神秘处，远古幽梦奇幻中。就是这样两个毫无关联之地，却偏偏在芙蓉园，琼花梦里相遇；在芳林苑里偶会；在梨园曲中相拥。

让我如何解读这一梦难圆的境遇？又如何不想知道你的前世今生和古往今来的灿烂文明？

读曲江之史，我发现，这块热土原来竟是中国古代园林及建筑艺术的集大成者，被誉为中国古典园林的先河之一。早在秦朝时，就在此开辟了皇家禁苑——宜春苑。隋朝又把曲江挖成深池，成为帝王的游乐之地。开皇三年（583），隋文帝正式迁入新都，更换新名“芙蓉园”。隋炀帝时代，黄衮在曲江池中雕刻各种水饰，君臣坐饮曲池之畔享受曲江流饮，把魏晋南北朝的文人曲水流觞故事引入了宫苑之中，给曲江胜迹赋予了一种人文精神，为唐代曲江文化的形成和发展奠定了基础。唐代扩大了曲江园林的建设规模和文化内涵，总修紫云楼、彩霞亭、凉堂与蓬莱山之外，又开凿了大型水利工程黄渠，以扩大芙蓉池与曲江池水面，使此地成为皇族、僧侣、平民会聚盛游之地。“曲江流饮”“杏园关宴”“雁塔题名”“乐游登高”等脍炙人口的文坛佳话均发生在这里。唐朝时期的曲江，已经成为长安唯一的公共园林，达到了其发展史上最繁荣昌盛的时期，是唐文化的荟萃地，是长安的标志性区域，也奏响了中国文化的最强音。

而今之胜彩若古之辉煌几何？目前的大唐芙蓉园座落在曲江旅游度假区里，总占地约一千亩，其水域面积已达三百亩，是中国第一个全方位展示盛唐风貌的大型皇家园林式文化主题公园。全园景观分为十二个主题文化区域，从帝王、诗歌、民间、饮食、女性、茶文化、宗教、科技、外交、科举、歌舞等方面展现了大唐盛世的灿烂文明。我不禁感慨：一千年前，在你的怀抱里诞生了多少诗人？一千年后，在你静寂的石道上涌现了多少人才？你看游人如织，国泰民安，大唐芙蓉园显示着一派和谐的民乐图景。

曲江海洋极地公园是一个由海洋馆、极地馆及黄金海岸商业街、海韵广场等几部分构成，集海洋极地文化体验、休闲娱乐、科普教育、广场文化等诸多功能于一体的，具有海洋科普教育基地功能的，展示海洋世界景观、极地旖旎风光的文化主题公园，其建造可谓匠心独具。炎热的夏季，前来寻找大唐古韵的游人，怎能不发现这样一处清凉景观？同样带着孩子们来参观海洋馆的游客，又怎能放弃探寻大唐文化的机遇呢？

我在炎热的七月来读你，读你张扬的巨轮型创意外观，象征着黄土地上的人们对海洋的无尽向往和对生命的执着。众所周知，海洋对于人类社会生存和发展具有重要意义。海洋孕育了生命、连通了世界、促进了发展。当今世界正面临百年未有之大变局，全球海洋问题形势严峻，制约着人类社会和海洋的可持续发展，成为国际社会共同面临的重要课题。人类居住的这个蓝色星球，是被海洋连结成的命运共同体，各国人民安危与共。“集思广益、增进共识，努力为推动构建海洋命运共同体贡献智慧。”这是一个长期的、艰巨、紧迫的任务，从幼儿期就要培养人类爱护海洋生物，保护地球家园的意识。曲江海洋极地公园的诞生，正是基于这样的理念和情怀，着眼于海洋发展与繁荣的光明前景。我们相信，我们必将同世界各国人民共同建设我们的地球家园。

我读你那带着海洋气息的海底隧道，读你那抹梦中的蔚蓝，我读到了大海的宽广胸襟，读到了大海的包容壮观，甚至是生气时的怒吼和咆哮。你那八十一米长、三百六十度的隧道蕴含着六千吨的力量，是全视觉的盛宴。我透过晶莹透明的亚克力隧道墙壁，读到了你怀抱中那些游动的精灵，那悠哉悠哉散步的白鲨，似乎并不可怕；那摇着扇子起舞的鳐鱼正在我的头顶炫耀它的身姿；那流线型的剑鱼，在我的身侧滑过；那多姿多彩的蝴蝶鱼好像在我的脚底逗我开心；我好像整个人都在你的心脏里呼吸、徜徉、雀跃。

啊！我看到两条“美人鱼”进入“海底”与你们共舞，你们是如此亲密，如此和谐。我闭上眼睛，让我的思绪漫游，我与你对话：“喂！我喜爱的精灵们，你们从哪里来呀？在这里生活习惯吗？有没有发现我们是好朋友？今天你们来到我们的家园观光，改日我们会去你们家做客，去学习更多的海洋知识，去发现更多的秘密，我们共同为捍卫我们赖以生存的地球努力，好吗？”“好啊，好啊，我看到了，看到这么多小朋友都很喜欢我们，看到他们惊喜的笑脸，也看到他们对海洋世界的向往，听到他们要保护我们的心声。我们愿意用我们的生命去改变自然，改变地球，让我们的美好家园更加纯净、更加生机、更加美好！”

我读你五彩纷呈的水母族，读你那一把把色彩艳丽的“小花伞”，读你美轮美奂的“千手观音”，读你风中盛开的、摇曳的“花朵”，读你蓝天上朵朵婀娜的“云”，读你倒挂在水中的“吊钟”，也读你新娘头上那白色的、飘逸的“纱巾”……

我读你六亿五千年的水母史，读你二百五十余种类别的水母情。水母的生命周期只有三到五个月，最长的也只能存活十四个月，在繁衍后代之后便会死亡，虽然造物主对你是如此的刻薄，你却没心没肺，不痛不痒更不会悲伤，你只一心一意把快乐传递给我们，传递给这个你只能拥有几个月的时光。

水母还有个好听的名字叫“水中彩虹”。水母文化是爱情的象征，相传，水母能给人带来好运和财福，能让心灵减压。水母是洛神的化身，是飞天时遗落的飘带。你看她那裙带飘飘的曼妙舞姿，晶莹剔透的亮丽颜色，那梦幻般的触手就像一条条美丽的绸带，多情、温柔、浪漫，引起人们无限的遐想……

是啊，当我读到你这优雅轻盈的姿态、随波逐流的自在、一尘不染的意境、超凡脱俗的梦幻，我有一瞬间是远离尘世的感觉。是仙界？还是魔界？灵魂冻结的那一刻，我不想梦醒，这里没有喧嚣，没有污浊，没有利益，也没有欺骗。我知道了，你们就是为世界呈现你们的美丽梦幻而来，为净化人们的心灵而生。为了能够保护自己，繁衍下去，你们也练就了“杀手”的本领，美丽温顺的外表下你也隐藏着“毒手”。如果遇到不怀好意的人与物，你们也会毫不犹豫地毒伤他。

哦，水母，我在朦胧的梦中读你，不需要任何言语，不需要任何粉饰，只要有心的默契便足够，你就在我的世界，在我的心底，升起了彩虹……

我读你冰雪覆盖的极地世界，读你穿着白色“皮草”的北极熊先生，还有跟在你身边悠哉悠哉的小白熊，你们那旁若无人的、慵懒的、恣意的生活态度让我羡慕，也让我领悟到：生活应该放慢脚步，才能更好地欣赏身边的风景，享受生活中本应享受的乐趣。

哦，慌神的那一秒，我忽然瞥见一只北极狼从冰雪洞中走出，不，不是一只，身后还有一只小狼仔。那是怎样的画面？一脸温柔的母狼带着慈爱的眼神，与小狼相依相偎，这是狼吗？不仅我，我相信所有看见这对母子的游客，都被这一幕惊呆了，融化了！或许，在我们的惯性思维里，北极狼也好，草原狼也罢，都是凶残的动物，它们眼里射出的应该是凶光，它们都应该是凶恶的本性。这样的温顺慈爱画面应该属于羊，属于鹿，属于……可是这一刻，不仅温柔了整个冰雪极地馆，更温柔了所有游客的心。

世间万物都有其本善的一面，都有一处最柔软的地方，只是我们不能及时发现，不能用心体会。天地之间，都是相互依存，相互制约，相辅相成，和谐与共的关系，只有用善意去维护这样的平衡，不去为了某种目的，刻意打破这种自然与平衡，才是生命最好的状态。

读罢北极熊、北极狼，我的目光又搜寻到一只酷似家犬的海豹，体黑腹白，流线般的身段，让人不由得笑口大开；还有那站立行走的企鹅，健步如飞的海狮、海狗，无不让人欢欣鼓舞，心情愉悦。

最引人入胜的还属海豚表演，那是一场难得一见的视觉盛宴，那也是一场令人震撼的海洋交响乐，每每回忆起来，还令我心情激荡，久久不能平静。犹记得，你那嘹亮的歌声，唱响了整个剧场，你那优美的舞姿，惊艳了所有的眼眸，你那惟妙惟肖的顶球、钻圈等绝技，博得一阵阵经久不衰的掌声和喝彩声，还有你与人的亲密互动，让我多想把你搂在怀中……

我读你热带雨林的惊险与幻梦，我读你幻梦中那些高科技光影的神秘，我读你幽幽暗暗的座座迷宫，我读你奇妙的热带景观。隐蔽处那逼真的大蟒蛇、夺人眼球的巨型远古恐龙，水池中，树洞里那些鱼与龟，巨蜥、穿山甲……

与其说你的神秘让我喜欢探寻，不如说你的古与今，动与静、幽与明、浅与深、神与奇冲击了我的灵魂，让我产生了从未有过的对生命的思索：从远古开天辟地，到今天的科技迅猛发展，对于人类也好，对于高山大海也罢，唯有生命的和谐，才是终极的目标，没有生命，便没有一切意义。保护海洋，爱护天地间的所有生命，才是我们最高的生命境界。

曲江海洋极地公园，读你千遍不厌倦……

2019 年 8 月 18 日

鸣翠湖，我在秋天来看你

金秋时节，我随“百年义和·文旅田园”山东作家采风团来到东营市河口区义和镇采风，来到这个让我心灵怡然，有超然于世之感的鸣翠湖。

漫步翠鸣湖畔，满眼都是空旷、苍茫、远逸，是真正的大空间、大水面、大生态！可以说一望无际，二望无际，三望还是无际！哪个城镇还能拥有这么辽阔的自然湿地景观？哪个城市公园可以与之媲美？

鸣翠湖两岸树种繁多，有白蜡树、杏树、青桐、碧桃树、银边大叶黄杨、柿树、垂柳等等。我最喜欢湖边的垂柳，像一条条黄绿色的丝带，在风中飘荡、摇曳，给美丽的翠鸣湖以朦胧的幽静之感。

湖里一簇簇的芦苇丛，银白色的芦絮像仙女头上的白纱巾，在湖面上翩然飞舞，让人遐思，惹人爱怜。这一时刻，我懂得了，为什么那么多游人不远千里，来赏这黄河口特有的秋天的芦苇，独爱那芦花飘雪的神韵了。不能不说这独一无二的意境，值得他们千里奔波，一饱眼福；也值得文人墨客记录她，歌颂她。

秋天的鸣翠湖别有韵味。满地的落叶，或红、或黄、或橙，在寂静的湖畔，在繁华之外，演绎着鸣翠湖秋天的故事。

每一处景色都是一幅画，令人迷醉，令人遐想，令人不忍离去。

走在秋天的鸣翠湖长堤上，看着秋风把一片片落叶吹入湖中，落叶在湖面上漂浮、摇晃、远去，怎能不让人文思泉涌？又怎能不爱上这个地方？

午后的阳光撒在湖面上，像撒了一层层的金子，波光粼粼，耀眼夺目。这景象让我突然想到苏轼的《饮湖上初晴后雨》：

水光潋滟晴方好，山色空蒙雨亦奇。
欲把西湖比西子，淡妆浓抹总相宜。

是啊，这鸣翠湖原也是东营河口的“小西湖”呢，如今经过河口区政府的“梳洗打扮”，这个“西子”才能这么美丽妖娆、人见人爱、一见倾心！

环绕七点五公里的鸣翠湖健康长廊，我发现长廊上那些造型各异的雕塑特别温馨。

你看那个穿裙子的女孩在干什么？哦，她正在喂食一群黑天鹅。大大小小的黑天鹅，有的展翅欲飞，有的引颈抢食，有的默默等待，好一幅田园雕像风景图！

你再看那一家三口，小男孩指着天空在对妈妈说着什么？妈妈低头欣喜地看着男孩，穿着风衣的帅气爸爸正在打电话，这样的幸福多么让人憧憬，让人羡慕！

再往前走，湖边的一对黑绿色羽毛的中华秋沙鸭，正在残荷边展翅对鸣，是在窃窃私语？还是在谈情说爱？在这样的湖光芦花畔，想必它们也是陶醉了吧？

再往前，那头老牛背上展翅站立的一只白色的、红脖子、长颈鸟在等待什么？走到近前，熟悉鸟类的朋友说这是牛背鹭，是珍稀鸟类品种。它在告诉人们：我是人类的朋友，你们要好好爱护我哦！

还有那长长的一排树枝上落满了各种各样的鸟，黄的、蓝的、红的、白的、花的，它们形态各异，像在唱歌，又像在聊天，看得你都不敢走近，生怕惊吓到它们，更怕失去它们的陪伴，让人与自然失去平衡，失去乐趣。

前面还有跑步的、打球的、做操的、骑车的、弹琴的、吹箫的，很多与健康有关的人物雕像，极富有生活气息和美感。走在这样的湖畔长堤上，怎能不惬意不愉悦？怎能不让人流连忘返？

再向湖中心一瞥，那一座造型别致的拱形“鹊桥”贯通南北，在湖光山色中格外引人注目，别具韵味。据了解，每到周末和假期，都有一对对新人在拍婚纱照，他们也想借鸣翠湖的鹊桥，搭建自己的爱情鹊桥，度过一生中最幸福的甜蜜时光。这是多么美妙的场景，如果时光能够倒流，我想我也会在此留下与爱人的第一张合影，记录我们的执手之约。

你看湖中央，游人正悠闲地划着船，在鹊桥下的湖面上穿行，他们一边悠闲地欣赏着鸣翠湖的美景，一边惬意地品味生活的乐趣。

鸣翠湖有很多野生候鸟，有国家一级保护鸟类大鸨、中华秋沙鸭、黑鹳等，还有国家二级保护鸟类白天鹅、黑天鹅、鸳鸯等。这些鸟是鸣翠湖的一道动态风景，给鸣翠湖增添了多少灵动的境界，给游人带来多少大自然的情趣，其他城市公园怎能与之相比？

我多想守候在湖边的草丛里，等待一只鸟儿飞来，自然地落在我的手心，转动它那机灵的小眼睛，友爱地看着我，看着我的微笑，看着我的满心欢喜，也看着我对它的钟爱。我相信随着人们对自然的保护意识的增强，随着国家和社会对鸟儿提供的自然条件的改善，鸟儿们一定会飞来，飞到我的手上、头上，飞到我的眼里、心里。

如今鸣翠湖湿地城市风景区已经定位为省AAA级景区和河口城市心灵空间，正在争创国家AAAA级景区。总体空间结构为“一湖、两心、一带、多组团”。景观体现“黄河、石油、海洋、湿地”四大主题文化。该项目分为黄河文化广场、海洋文化公园、湿地主题公园、石油文化公园、湿地体育公园五部分，在湖东岸、南岸配套建设水岸休闲街区、现代游乐场、影剧院、喷泉广场、景区主入口、温泉度假酒店、游船码头等景区配套旅游设施。主岛建设的标志性建筑物鸣翠塔正在修建中，现在已初具规模，是一座八角七层的传统仿木楼阁式塔。塔内是要作为河口地方特色文化的展览馆，展览馆具备登高赏景、休闲游乐等功能，并满足吃、住、行、游、购、娱各项需求，更有功能齐全的河口区旅游服务中心，为来自全国各地的游客提供良好的服务。

我期待着鸣翠塔的完工，我会在来年的春天、夏天或冬天再来看你，看你朝气蓬勃的样子；看你草树葱茏，百花盛开，候鸟翔集，鱼跃水间的姿色；看你披上银装的素雅魅力。

当然，我还会在秋天再来看你，看你“落霞与孤骛齐飞，秋水共长天一色”的深邃、旷远；看你日出的红霞与日落的余晖；看你夜色里的神秘与清幽；看你五彩斑斓的全貌；更看你带给市民与游人的欢乐与幸福！

2018 年 11 月 18 日

疏烟笼鸟图　李线长／绘

醉在秋天的义和庄园

多少次在梦里我回到那个难忘的、带给我快乐也带给我伤痛的东北农家小庄；多少次我梦到在秋天我与爹爹一起割豆秧、掰玉米、拔萝卜……多少次我想起在秋天我和发小一起摘苹果、采南瓜、捡豆子……虽然至今落下一身的病痛，但是，那秋天里五彩斑斓的田野风光让我迷恋，那秋天里丰收的喜悦让我怀念，那秋天里庄稼与瓜果的香韵让我沉醉。

想不到在这个金秋十月，竟然有机会可以圆我农家的秋梦，更是文学的秋梦，这是多么难得的机遇！

来到河口义和镇的怡丰庄园，我一下子被迎面走来的七八只白羽毛、红嘴巴、黄爪子的大白鹅吸引了。它们在通往庄园的土路上，旁若无人地、大摇大摆地、踱着方步悠闲地朝我们走来，不时地嘎嘎叫上几声，好像在和我们示威，又好像看家护院的卫士，对我们的到来表示抗议。我急忙跑过去，想捕捉它们最神气的姿态，谁知，它们见我过去，不但不害怕，反倒伸着长脖子来啄我，吓得我急忙闪到一边，手里的相机却是不停地咔咔快拍，一组精彩的“咏鹅图”落入我的镜头。

随着采风大部队的靠近，它们似乎懂得人们的心思，排着队向路边移动，快速隐蔽在路旁树后的草丛中。我们顺着它们消失的踪迹望去，只见水塘边有十几只毛茸茸、圆溜溜的小鹅仔，嘎嘎地叫个不停，原来它们找到了妈妈，兴奋地扑棱着翅膀，恨不得一下扑到妈妈的怀里。鹅妈妈用宽宽长长的嘴巴，反复啄着小鹅仔的羽毛，仿佛在安慰孩子们：妈妈在这里，妈妈陪着你们，妈妈不走了……

此刻，对于在农村长大的我来说，这种田园韵味，最能勾起我的童年记忆和对家乡的思念。

我记得小时候，我家每年都要孵化小鹅。有时候是让老母鸡抱窝来孵化，有时候是人工孵化。那时候我每天放学回来都要打开用来孵化小鹅的棉垫子，学着母亲的样子，用手来回抚摸那些鹅蛋，希望那些小生命突然出现在手心里。

我每天摸啊摸，盼啊盼，也一天天掰着手指头数，感觉二十七天那么漫长。我看见母亲用书本卷个筒，对着灯光反复地看那些鹅蛋，感觉很奇怪。母亲就让我也看一看，问我是红的还是黑的？我说有的是红的，有的是黑的。母亲就很神秘地告诉我，这变红的就是有了血液了，再过几天就能生出小鹅了，这发黑的，就是没有血液，还是生鹅蛋，是不能生的，需要拿出来吃了。我问母亲，为什么有的蛋能生，有的蛋不能生？母亲便欲言又止：这个嘛，你长大就懂了。

我记得有一天放学，母亲正在炕头上摆弄那些孵化快一个月的鹅蛋，母亲把一个个蛋壳都扒开一点点小缝，有的露出湿乎乎的羽毛，有的露出小鹅头，有的小鹅直接挣出来。我都看傻了，想轻轻摸摸它们，母亲不让。母亲说，现在它们刚出生，还不硬实，怕风，也怕冷，需要扣在筛子底下一阵子，小鹅能自己站起来，能吃小米了，也就能摸了。

于是，我就一边写作业，一边等待着小鹅自己从蛋壳中爬出来、自己走过来。我顾不得吃饭，一次次地掀开筛子，看了又看。我看见小鹅从最初的弯着头、闭着眼，到抬起头、睁开眼，到挣脱蛋壳、张开嘴啄食蛋壳中的血液，到自己在筛子里晃晃悠悠地来回走动。这样由一个个鹅蛋，经过二十七天地抚摸，慢慢变成一个个小生命的过程，是多么神奇，多么有趣，多么难忘。我把小鹅放在手心里，亲它那毛茸茸的并不干净的身子，看它的小眼睛，与它对视，听它微弱的叫声，是那么可爱，那么暖心。

也许这就是女性特有的一种保护意识吧，小小的我，就有了母爱的天性。现在回想起来，还是那么温暖，那么爱意浓浓。

此时此刻，我真想下到河塘边，再抱一抱那些可爱的小鹅仔，亲一亲那淡淡的、软软的、鹅黄色的羽毛，让整个身心都回到那没有忧虑、没有烦恼、只有天真和快乐的情境里……

思绪被同伴的催促声打断，我们继续前行。一路上没有了高楼大厦、商业建筑，也没有了喧嚣和嘈杂，只有静静的河塘、树木、庄稼、菜园……

秋天的田园味就这样扑面而来。

微风中，柳拂水面，层层涟漪荡漾开来，一片片飘落的黄色柳叶在水面上摆动，就像一叶叶小舟。偶尔有几只野鸭从苇丛里游出，追逐，嬉戏，给静静的河塘带来活力。这种久违的怡然，让我驻足欣赏。

路旁菜园里翡翠般的大白菜也是一景。那份天然的绿意给周围橙黄色的草木带来颜色的冲击，让人耳目一新、精神一震，让人想大口呼吸，更想立马掰开菜心，品尝这原生态、无公害、水灵灵、城市里根本看不到的大白菜！

继续前行，又是一震，这是一片金黄色的果林。金黄的、半黄半红的、黄中带绿的树叶给这片果林披上秋日的盛装，也把我们的眼眸锁定。那些浸满爱恋的红叶和写满思念的金叶，向一片片信笺，铺满大地，诉说它们对春的挚爱、对夏的热恋、对秋的不舍。满园的桃树、杏树等都过了采摘季节，只留下这一树树的橙黄与秋天做伴。

向果林的深处走，没想到一个惊喜与我们撞个满怀。满树玛瑙般的山楂正红，仿佛在等待我们的欣赏。发现这个新大陆后，有的文友急着与它们合影，记录这个精彩瞬间；有的采摘一颗放到嘴里品味；有的只呆呆地站在它们身边，凝神不语，我想，他们心里一定都有关于山楂树的故事。

听义和镇的领导介绍，怡丰庄园建于 2014 年 1 月，总面积七百多亩，是集生态植被、家禽养殖、有机蔬菜种植、瓜果采摘、农家乐餐饮、溪流垂钓为一体的乡土风情家庭农场。目前已开辟建设园林、果树林、有机农产品采摘基地、钓鱼台、月亮湖等景点十余处。农场中心位置建有小溪环绕的怡丰渔岛一座，西北侧建有一座月亮湖，湖周边养殖白鹅三千余只，是爱好田园之旅的绝佳之地。

年丰庄园比怡丰庄园建的早些，有耕地一千多亩！种植玉米、谷子、大豆、富硒黑小麦等农作物。有冬暖大棚、春暖大棚四十六亩。有绿化树木两万余株，建有农产品加工厂一个，并成功注册了“义和三丰”“义和庄”等品牌。这是一个现代化的集农业生产、水果采摘、休闲度假为一体的示范基地。

在义和镇领导的指引下，我们走进了几个大棚，看到了大棚里的油桃、葡萄和无公害瓜果蔬菜等。

进入葡萄园内，我发现大串大串的紫色葡萄从叶子缝隙里垂了下来。它们晶莹透明，像水晶般圆润，像宝石般剔透，又像一颗颗大珍珠般光洁水润，既让人垂涎欲滴，又不忍下口。

我最终还是忍不住摘下了一颗最大最紫的葡萄，轻轻扒掉葡萄皮后，迫不及待地将它放入嘴里，好甜啊！看看文友们的表情无不如此，想必也是被甜到了。

“采菊东篱下，悠然见南山。”住在城市里的我们，多久没有体验这怡然自得的田园生活了？今天来到这葡萄架下，亲身体验这久违的农家乐趣，远离城市喧嚣，感受田园气息，是多么心旷神怡，多么神清气爽，我醉了！

在辣椒大棚里发生一个故事，我至今想来还想笑。也许大家采摘品尝习惯了，有个文友顺手摘了一个比较大一点的辣椒，一口咬下去，便是一声大叫：“啊！啊！辣死我了！”接着便是一阵猛咳。文友们大笑起来，纷纷献计，有的说赶紧喝水！有的说我这儿有糖，赶紧吃一颗！还有的直接把一块糕点塞进他嘴里。

接着我们又参观了农产品展馆。墙上是农产品介绍和特色品牌介绍。有好吃、光滑、匀称，没有虫蛀，不用化肥和农药的小围子地瓜；有远近闻名的、真正卤水老手艺的五二豆腐；有百年老店的薄老五烧鸡肴兔；有大山西瓜、宝二杏、申丰草莓、西韩无花果及博丰大棚菜等。

展台上是成品的杂粮、石磨面粉以及各种蔬菜水果和特色产品。

真是琳琅满目，应有尽有。我毫不犹豫地买了一袋石磨面粉，是为我一岁半的小孙女的辅食而储备，也许这就是隔辈亲吧，没有孙辈的人难以体会！

走出年丰庄园，我们又进了九丰农业科技示范园。这里是九丰农业开发有限公司独资建设的高科技示范园。这里与年丰庄园不同的是这里到处都是智能设施设备，让人不得不赞叹如今农业科技的飞跃，感叹这种日新月异的变化。这里有智能室温四千五百平方米、冷库两千五百平方米、冬暖智能大棚十八万平方米、春秋智能大棚十八万平方米、垂钓园两万五千平方米，并有健身中心一千平方米。这里的智能化达到国家一级标准，形成了集科普、生产、销售、加工、观赏、娱乐、度假为一体的综合性农业园区。

置身于高智能的农业园区，我怎能不震撼？我怎能不感慨？一个乡镇，如今都能形成智能化产业链，不得不佩服义和镇领导的思维和胆略，不得不欣喜这里的农民朋友赶上了好时代好领导。

最让我欣喜的还是梁家苹果基地。当我一眼看到那大片大片的苹果园，看到那满树的红苹果时，我不敢相信自己的眼睛。不是不敢相信，而是无法相信，那一个个压得枝条乱颤的红苹果，正是我梦中的样子，那酸酸甜甜的味道也正是梦中的味道。

这一树树包着通明塑料膜的红苹果多像一个个红灯笼，装点着秋天的丰盈，装点着劳动者的笑脸，也装点着生活的喜庆。

我情不自禁地扒开一个苹果的薄膜，看到露出真容的苹果，红中透着淡淡的绿，阳光照在苹果上，泛出红晕。我凑近苹果一闻，甜甜的气息扑鼻，是那么诱人，那么迷醉。我怎能禁得住这种诱惑，看四下没人，便急忙用手简单擦拭几下，便咬了一大口，甜脆清新的味道瞬间传遍整个味蕾，大有不虚此行之感。

紧接着两口、三口……我又吃出了原始的生态味道，那是童年的、自家的味道，也是妈妈的味道。

还记得儿时的庭院里有一棵很粗很老的苹果树，每到春天，满树淡粉色的苹果花，是我们破旧的老院子里的一道迷人的风景，也是我唯一可以向同学们炫耀的地方。

待到花落，树上结满绿豆豆般的小苹果，我就开始偷吃，尽管满嘴的苦涩，可我还是忍不住偷吃，甚至有时会吐酸水。想想那个时候有多傻，可是，我不仅自己犯傻，还会偷偷地装满衣服兜子，让最要好的姐妹也跟着我一起犯傻。

待到满树的苹果红了，那可是我们最忙碌也最开心的时候，邻居们三三两两地来我家玩，其实是来摘苹果的。他们一边夸我们家的苹果好，一边动手采摘。有的邻居摘三五个就不好意思了，有的摘上七八个还是不肯罢手，这时我看妈妈的脸开始变红，看得出心疼了，嘴上却说："多摘点，多摘点，给孩子们尝尝！"每逢这时，妈妈总是给我使眼色，让我说话。我便心领神会地帮妈妈圆场说："大娘大婶啊，我想去你们家找某某玩，你带我去呗。"我这样一说，人家也知道是不该再摘了，也就顺口回应我："好啊好啊，改天去我家吃甜瓜啊，我家的甜瓜可好吃了！"

每到苹果成熟的时候，妈妈总是半夜里把我叫起来，一家三口到院子里摘苹果。我和妈妈负责摘，爹爹负责往屋里运。一般摘五六筐就不再摘了，树梢上的留着给邻居，也是想吸引"客人"。就这样，整个秋天只要这些红灯笼还在，家里的"客人"就特别多。

在我初中毕业那年，老苹果树没再发芽，全家人都很难过。我偷偷哭了好几回。妈妈说苹果树是累死的，每年结那么多果子，从来也没给它施肥浇水，不累才怪。苹果树死了，妈妈不让爹爹砍掉，说留着冬天挂玉米也是有用的。我知道妈妈是舍不得砍掉它，有树在，苹果的味道就在。

想起这些往事，我更加喜爱这梁家苹果，征得带队同意后，可以采摘购买。于是，我便像小时候一样，小心翼翼地挑选又红又大的、没有伤疤的、朝着阳光的苹果，整整采摘了一塑料袋子。我要把这些原生态无公害的苹果带回家去，给我最爱的小孙女补充能量，让她茁壮成长。据说这可是山东省果科所和青岛农大的无公害生产技术，是取得无公害认证的、含有富硒微量元素的苹果呢！

最后，我们还参观了申丰庄园。申丰庄园位于义和镇薄家村黄河故道生态经济腹地，占地六百亩，庄园内一年四季可以为游客提供不同的采摘体验。有草莓、蓝莓、樱桃、苹果、黄瓜、西红柿、甜瓜、西瓜、葡萄、桃、火龙果、冬枣等，并且全年可进行各种蔬菜采摘。园内可进行休闲垂钓，有供儿童游乐的滑梯、蹦蹦床、木马、秋千等。农家乐提供笨鸡、野生鱼、大鹅、山羊以及各种无公害蔬菜。此外，庄园还为烧烤爱好者提供了十余亩杨树林作为烧烤场地。

你看，这些庄园虽然都是田园休闲，却又各有自己的特色，各有自己的品牌。

在申丰庄园里，给我印象最深的就是采摘火龙果了。

走进火龙果养殖大棚，一阵热浪袭来，温度比其他的大棚高了许多。我是第一次见到火龙果树，一进来我就被火龙果的叶和茎惊住了。它的叶是三瓣菱形的，像极了家里养的仙人剑。其实我根本分不清究竟是叶还是茎，或许这叶就是它的茎。茎的边呈锯齿状，有尖尖的刺，不小心便会被刺到。火龙果的花苞绿油油的，隐约还有淡淡的紫色，它就像害羞的、安静的、睡着的小姑娘，非常可爱迷人。火龙果花瓣是白色的，花蕊是黄色的，花瓣的顶端是粉红色的，是那么洁白无瑕，那么娇艳欲滴，让人不忍心去触摸，不忍心去打扰。

万绿丛中一点红，红色的火龙果在绿茎环绕中显得格外鲜艳，它像美丽骄傲的公主，在“带刺侍卫”的保护下，令人不敢侵犯！它又像熊熊燃烧的火球，把人的爱意点燃，又令人爱不释手。

果农告诉我们：火龙果起源于中美洲热带雨林地区，后由法国人、荷兰人传入越南、泰国等东南亚国以及我国。火龙果蕴意吉祥、健康、富贵、长寿，被很多民族视为圣果。火龙果的茎叶很泼辣，把它栽到盆里放到阳台上，即使四个月不浇水它也能顽强地活下去。我被它的顽强品格打动，同时也勾起我在家养殖的兴趣，等到小孙女长大，我一定要在家养几盆，让孩子吃到我亲自栽种的火龙果，岂不快哉？

想到这儿，我也想尝一尝它的味道和超市里的是否一样？我小心翼翼地托起一个火龙果，准备采摘它，没想到还是被叶子上的刺扎了一下，我手一抖，手劲一大，便把它的外皮撕破，露出里面紫红色的果肉。这下想不吃都不行了，露出果肉的火龙果该怎么保存呢？

于是我把它的红色外衣全部脱掉，露出更加鲜艳的果肉，那是高贵的紫红色，是一般的水果没有的颜色，也许这也是它被人们喜爱的原因之一吧。我轻轻咬了一口，一股清甜的味道让我欲罢不能，我顾不上擦拭嘴边的红色痕迹，大口吃起来，直到一滴不剩。不得不说，这种味道比超市里火龙果的味道不知要好过多少倍！一是甜度高，二是新鲜清爽，三是水分大。是啊，超市里的火龙果经过长途跋涉，还没有成熟就得摘下，还要使用防腐保鲜剂，它的味道怎么能和这天然的、自然成熟的，现摘现吃的火龙果相比呢？

经过了解，我知道了火龙果有很多品种，有玫瑰红肉、鲜蜜红肉、冰甜白水晶、红水晶、黑龙、黄龙等优良品种。我刚刚品尝的就是玫瑰红肉品种，也是最好的品种。于是我又采摘了一些火龙果带回家去，让我的小孙女好好吃个够。

看着自己摘的火龙果，美得像朵花一样，我的心也美醉了。

还有一醉就是农家乐门前的几棵柿子树，它们把那抹夺人心魄的橙红挂在枝头，在秋风中自然摇曳，透着它特有的喜气，透着它的圆润与盈实，给秋天带来祥和与醉人的美感，让每一个经过它的人，不能不仰视，不能不驻足，不能不留恋！

柿叶翻红霜景秋，碧天如水倚红楼。
隔窗爱竹无人问，遣向邻房觅户钩。

这是唐朝李益的诗句，也是我的心情写照。倚在树干上、看碧天如水，看被风霜染红的柿子叶落满地，看光秃秃的枝头上依然风姿妖娆的橙红色，怎能不让人醉意朦胧呢！

我醉了！醉在秋天的义和庄园不舍离去；醉在丰收的田园秋色不能自拔；醉在那些童年的记忆里不愿出来；醉在大美义和的赤橙

黄绿里品味人生的舍与得！

2018 年 11 月 28 日

荷影摇动　李线长 / 绘

飞雁滩，飞在我睫毛上的泪滴

飞雁滩，这个诗意的名字，在我的记忆里，有着触及灵魂的心醉和感动。那些刻在深层的心音，被一而再、再而三的触及，便再也无法安静地停放心隅，悦动着、奔腾着，带着湿润微咸的气息，冲出我的眼眸，飞在我的睫毛上，化成点点泪滴。

当你一眼望向那大片大片的红地毯，那褪去了绿色，裹上了石油人红装色彩的碱蓬，那一簇簇幻化浪漫奇妙的黄须菜，在这金秋时节，在苍茫的飞雁滩滩涂上，是那么惹人爱恋。走进这片滩涂，我极目远望，在接近大海的地方，这片深红一直蔓延到天边，像火海，似朝霞，更像一对对穿着红装的恋人匐匍在地说着悄悄话。一阵海风吹来，银色的芦花随风舞动，在那大红之间，探出头来，不停地向我们招手，那份奇妙可以直抵灵魂，让人不舍离去。

站在这片红色的滩涂上，我突然想起跟随胜利诗词学会到河口采油管理一区参观时听到的故事。

那是在二十世纪九十年代初期，河口采油厂发现并开发了飞雁滩油田，产量巨大，这在当时引起了不小的轰动。于是，飞雁滩油田迅速投入到了夺油的生产会战中。

茫茫飞雁滩，天气变化无常，海潮肆虐、暴风雨雪、风沙冰凌，那是怎样的艰苦工作环境啊，谁愿意去这样的地方工作安家呢？

人员紧张，产量紧迫，怎么办？五十名油田技校的毕业生被陆续充实到了飞雁滩。这些学生就这样成为一批光荣的“为祖国献石油”的石油工人。最初由于好奇和新鲜，加上刚毕业那股子豪情壮志，他们干劲儿冲天、生龙活虎，给飞雁滩的荒原滩涂增添了一抹亮色和生命活力。但时间长了，每天面对着茫茫的海滩，枯燥的工作，恶劣的环境，又没有年轻人必要的娱乐设施，很多人便开始不安心工作了，干劲儿一落千丈。领导看到这种情况，一边与他们交流谈心，一边努力改善工作生活条件。慢慢的，他们开始逐渐适应，学习老石油人那种吃苦耐劳的精神，安下心来，埋头工作。

由于受环境条件限制，交通也不是很便利，再加上都是未婚青年，所以基本不回家，吃住都在队上。飞雁滩成了他们学习、工作、生活、娱乐的基地。他们在工作中加深了解，在生活中发现美好，在艰苦的环境中彼此关心，在大自然中萌发爱情。飞雁滩的一草一木都见证了他们为石油事业的拼搏、奋斗和奉献，飞雁滩的海滩印证着他们相知相恋的足迹，海鸥听懂了他们爱的誓言，冰凌凝结了他们爱的心声，芦花为他们击掌欢呼，碱蓬为他们带上红头巾……二十二对青年男女就这样成为了知心爱人。

二十二对恋人成就了二十二个家庭，这是怎样一种奇迹呢！难怪这里的红地毯是这么红这么迷人，他们正是踏着这里的红地毯走向爱情的殿堂和人生的幸福家园。他们选择了彼此，就是选择了荒原、选择了风沙、选择了海潮、选择了扎根飞雁滩！他们的爱给飞雁滩插上了彩色的翅膀，让爱的力量鼓舞着所有飞雁滩人勇往直前、无私奉献！他们的爱灼热了飞雁滩的每个角落，让飞雁滩从此有了美丽的传说，有了浪漫的故事……

正如胜利测井原宣传科科长王守星老师所写的歌词：

飞雁滩，滩飞雁，
雁滩滩雁两相恋。
我恋你，你恋我，
有你有我恋雁滩。
潮来是海，潮去是滩，
历尽沧桑心不变。
送月落，迎日升，

海枯滩退到桑田。

你是我的雁，我是你的滩，

共同守望咱家园……

想到这里，再看一眼红地毯，我的眼睛模糊了，我为飞雁滩上石油人的爱情感动，我为飞雁滩人的豪迈壮举感动，更为飞雁滩上那千百万吨油龙喜极而泣！

如果说，飞雁滩之恋是一道风景线，那么，我要告诉你，飞雁滩绝不只有这一道风景线，还有更多的风景线让人惊呀！让人赞叹！

陈峻这个名字，或许你没有听说过，或许你以为这是一位男性？

不！她就是人称铁姑娘的采油女工！河口采油厂采油一矿采油五队 64 号站班长。她是一位真真切切的女性，但却不是一位普普通通的女性，因为她不仅有女性的风姿、女性的细腻、女性的灵气，还具有男性的勇气、男性的坚韧、男性的干劲儿。

陈峻相继提出建立了成本“三色”预警系统和“堵、围、巡、拦、封、换、装、埋”污染防治“八法”，使班组管理在创新中不断发展进步。她研制的抽油机皮带四点一线标定器使皮带的使用时间从以前的三十天延长到一百二十天，有效地延长了皮带的使用寿命、减少了材料消耗、提高了开井时率，更好实现了降本增效。

这些干巴巴的数据里，流淌着陈峻多少的汗水和心血，只有这个铁姑娘自己最清楚。用陈峻自己的话说就是：“越是艰苦的地方，越能锻炼人。人的潜能只有在艰苦的环境里，在克服困难的过程中才能得到最大限度的发挥。飞雁滩虽然艰苦，但正是这种环境磨练了我坚强的意志，增长了我工作的才干，使我由一名不懂事的孩子逐步成长为一名合格的采油工和女班长。”

是啊，作为一个女孩子，谁不想穿衣打扮？谁不想花前月下？谁又不想好好享受爱人的疼爱和关怀呢？可她就连恋爱的时候都是在井场上、抽油机旁度过的。男朋友约看周末电影，她忙得无暇应约，反倒是男朋友常常陪着值班加班，成了免费的帮工。也许是陈峻爱岗敬业的执着精神打动了小伙子的心，也许是同样为石油事业甘愿奉献青春的情操赢得了铁姑娘的爱。谁想到，帮着帮着，却帮出了爱情的火花，成就了美满姻缘。

她也曾冒出过工作不上不下过得去就行的念头，可作为有志女青年，那种敢闯敢拼的劲头又时时占据上风，脏活累活她总是抢着干。冬天，她领着头迎着刺骨的寒风为管线、井口包扎玻璃丝布；夏天，她抢着钻进温度高达五六十度的配水间里调配水量，遇到管线穿孔，她就掏出早已削好的木楔子冲进油气雾中，像推磨、碰泵、调平衡这些又重又累的活儿她也不怵。在七八级大的狂风挟着海潮汹涌而来的时候，她没有退缩，和男工们一样坚守岗位。她和工友们一起蹚着没有退尽的海水前去开井，通往9口油井的小土路全被冲没了，齐腰深的海水一步一滑，她好几次险些跌入水中。师傅怕她吃不消，赶她回去，她咬牙坚持不下一线。呈58井抽油机由于缺一相电，电机被烧，该井远离公路二百多米，车辆无法接近，三十七千瓦的电机近四百公斤重，很难整体抬进。她们就把电机拆卸成三块，一块一块抬进去，然后再组装起来，一直干到中午才把这口井开起来，这时她们三个人已变成了泥猴。可此时的“泥猴”心里别提多开心了。

当你听到这个故事的时候，能不为之动容落泪吗？

据我所知，飞雁滩不仅有很多这样的扎根荒滩、乐于奉献的铁姑娘，更有很多勇于拼搏、敢于争先的好男儿。比如带领班组连续五年获得油田“金牌队”的采油厂劳模张强、研发创新成果并获得国家实用新型专利的油田劳模岳明东、采油队上的香饽饽、“十佳明星班组长”于增伟、埕东铁汉之称的河口采油一矿七队指导员郭同建、为石油工业贡献青春的青年突击手李东海等等。一个个英模先进，就像颗颗耀眼的明星照亮了飞雁滩的天空。一名名石油建设者用勤劳与智慧滋养了飞雁滩这块热土。

吃完午饭我们来到了“望海亭”。望海亭也算是飞雁滩的标志性建筑了，但凡来到飞雁滩的都会到这里一看。胜利诗词采风团二十余人，从考斯特上下来，那抹红色的风景便簇拥着，欢笑着涌向望海亭。

由于正是涨潮时，海水拍击着大堤岸边的礁石，发出啪啪的响声，甚是壮观。潮水一浪高过一浪，撞击在礁石上，泛起白色的浪花，似乎她也知道，无论她怎么努力，都无法撼动这些礁石！无论是夏天还冬季，无论是狂风还是骤雨，这些礁石都岿然不动。

我攀上观海亭，让视野更宽阔一些。发现一眼望不到边的海面上有很多的海鸟、野鸭在浮动，远远望去，一个个小黑点在移动，仿佛在告诉我们，它们是这里的精灵，无时无刻不陪伴着我们的石油战士，也只有它们能够知道，我们飞雁滩的石油人是多么的不容易，夏天一身汗，冬天一身冰，秋天一身泥，春天一身油！那每一滴油珠都是石油人的汗珠凝结而成的，那每一条油龙都是石油人的热血铸就的！

收回目光，我看到望海亭上的那副对联：波涛声震飞雁滩，云雾润泽生态园。这样的深情的诗句，这样壮观的气势不正是我们石油人的写照吗？

如果说飞雁滩的女子就像那生生不息的红柳，扎根荒滩，不畏盐碱、抵御风沙，坚韧不屈。那么飞雁滩的男儿就是那抵挡海潮的礁石，任凭海潮滔天、狂风暴雨、台风肆虐、沙尘蔽日，他们都岿然不动，始终坚守在这片荒滩上，艰苦创业，为国采油，无私奉献，创造了一个又一个奇迹，书写着飞雁滩的昨天、今天、和明天！

如今的飞雁滩，再也不是二三十年前的飞雁滩了，而是以“奉献清洁能源，践行绿色发展”为理念，以“清洁、高效、低碳、循环”为创建目标，从“绿色发展、绿色能源、绿色生产、绿色服务、绿色科技、绿色文化”六大行动入手，围绕清洁生产，创新工作机制，实施绿色埕东管理模式，推行清洁生产评价模式，把绿色低碳发展理念融入生产经营全过程和员工群众日常生活，打造新型绿色清洁示范管理区。现已成为油田第一批绿色基层单位。

当我们走进注采104号小站，门口“滩海创业　为国采油”八个雄浑有力的大字，让人心潮澎湃，精神振奋。小站内干净整洁的地面、洁白的墙上挂着一块块雁洁文化的宣传牌，关于雁洁文化的内涵、体系、实施一目了然。小站职工黄美玲为我们详细讲解了雁洁文化，加深了我们对雁洁文化的理解和欣赏。

采访中我们了解到黄美玲原来是胜利测井的职工子女，顿时感到格外亲切，娘家人的情感油然而生。我对美玲能够安心在这荒凉的小站工作心生敬意，我为我们娘家人能够怀揣为祖国献石油的梦想，勇敢无畏地战斗在这片石油前辈用热血和汗水浸染的飞雁滩上而自豪！

是啊！绿水青山就是金山银山！为了保护飞雁滩油田自然保护区生态环境，在绿色新理念的引领下迈出了新的发展之路。108 口井退出自然保护区，63.2% 人员“走出去”挣效益，展现出飞雁滩与时俱进的改革形象，这是时代的需要，是创新发展的需要，虽然不舍、心痛，但飞雁滩人责无旁贷！

带着沉重而又兴奋的心情走出 104 小站，迎面就是一座高耸的铁塔，铁塔下“飞雁滩欢迎你”六个红色大字赫然入目，不由得心头一热，有种荡气回肠之感！抬头望向碧蓝的天空，不远处就是涛涛的海水，回眸间看到我们都身穿石油人的红装，白色头盔，顿时热血沸腾。这一刻我们就是石油战士！这一刻我无比自豪！这真是：走进飞雁滩，碧海共蓝天。黑油不污染，绿色好家园呢！

蓝的是天，绿的是水，黑的是油，红的是装！不！蓝的是雁洁，绿的是理念，黑的是脸庞，红的是心房！

这一道道活生生的生命风景，有谁能真正看懂？真正体会呢？

乘风破浪会有时，直挂云帆济沧海。

站在四十六年的起点上，埕东和雁滩人一定会不忘初心，牢记使命，斗志昂扬，乘势而上，阔步朝着绿色油田、和谐家园的目标挺进，谱写更加辉煌的明天！就让我用油田原文联副主席王运昆老先生的七律来圆梦飞雁滩吧！

拓荒驱浪志弥坚，管理一区克万难。

飞雁油歌千古醉，埕东铁塔九霄天。
宏图伟业腾龙虎，胜利铁人傲世寰。
使命担当血汗铸，敢凌霄汉立峰巅。

2020 年 11 月 18 日

借巢图　李线长／绘

深秋坝上草原行

十月是一个赏秋的好季节。恰巧朋友要自驾去坝上草原一游，机不可失，我毫不犹豫地跟丈夫商量，随朋友一起出发，开启了我向往已久的草原之行。

也许是我期待了太久，也许是我向往草原的情结太浓，刚走不多远，我仿佛听到了马蹄的声音，问了一下朋友："快到了吗？"这一问惹得朋友大笑："早着呢，快睡一觉吧，到了告诉你。"自己也觉得好笑，哪能这么快就到了呢！于是，闭上眼想美美地睡一觉，养足精神看草原。可是，怎么也睡不着，心里想的全都是电视上草原的美丽景色，还有那些悠扬的草原歌曲，不时在脑中回荡。睡不着，索性不睡了，打开手机，搜索坝上草原名字的由来，才知道，坝上草原位于河北省丰宁满族自治县，是坝上高原的重要组成部分。现在张家口以北一百千米到承德以北一百千米处，统称为坝上草原。坝上草原总面积约三百五十平方千米，是内蒙古草原的一部分，平均海拔一千四百八十六米，最高海拔两千四百米。这里天高地阔，草肥花艳，天蓝欲滴，野果飘香，令人心驰神往。

傍晚，我们一行六人，终于到了目的地。朋友给我们联系了一家农家院，安排我们住下休息，待明天酒足饭饱，再游览草原美景。我虽然着急，也只好客随主便，入住农家小院。

这个农家小院干净整洁，院前种了一排地瓜花，粉红色的，又大又圆，煞是好看，还有一些金菊和步登高花，五颜六色，给小院增添了诗情画意。院主是杨家父女二人，他们经营着一个农家饭店叫《塞外野味苑》；还有一个简易旅馆，有五六间客房。客房虽小，但是布置得雅致整洁，雪白的被单，干净的设施，特别是用酒瓶插的野花，让人看得出主人的兰心蕙质。父女俩热情淳朴，丝毫没有生疏感，让我们觉得就像在家里一样自在。

入住这样别致的农家院我还是第一次，有一种别样的亲切感。听说晚饭就吃她们自家院子里种的绿色蔬菜，我和吴姐便自告奋勇地到小菜园里采摘蔬菜。小菜园不大，可蔬菜却应有尽有，茄子、辣椒、豆角、芹菜、西红柿、丝瓜、南瓜，还有沙果呢，这可是我儿时最爱吃的水果，真是久违的亲切啊！我们俩在菜地里一边采摘，一边吃西红柿和沙果。顾不上清洗，用手擦一擦就大口大口地吃起来，这种感觉，就像回到了家乡，回到了农村，回到了儿时，心里特别激动。我们一边摘，一边吃，一边说，一边笑，开心极了。

晚餐很简单，除了一个野味——红焖獾子，剩下的都是我们自己采摘的绿色蔬菜。这对于长期在城里生活的人来说，没有比能吃到这些放心的蔬菜更美味的了，我庆幸能跟随朋友一起出来。

第二天一早，吃过早餐，我们就跟随导游走进草原了。这里，我还要补充一点，早餐是杨家女儿杨华起早包的菜团子，对我来说，更是难得的口福，这是我三十年没有吃到的家乡菜了！饭后杨华主动为我们带路，担任起导游角色，这给我们的草原之行带来便利。

在杨华的带领下，我们直奔木兰围场。我顾不上秋风的凉意，打开车窗，提前饱览草原风光。映入眼帘的首先是大片大片的、黄绿白相间的草和树，最震撼的是那湛蓝湛蓝的天空，还有那变幻莫测的云朵，有的像棉絮，大块大块地堆积在一起，不肯散开；有的像羽毛，轻轻浮动，不停地变换着形状；有的像一条条小鱼，在蔚蓝色的大海里畅游，有的像一匹匹骏马，在草原上尽情奔跑；还有的像峰峦，像河川，像雄狮……它们把天空点缀得分外美丽。要不是在车里，我真想把每一朵白云都拍下来，留在未来的岁月里咀嚼。

到了木兰围场，一下车，我便被坝上那彩色的秋日写意图深深吸引了。这是多么美的画面啊！蓝色的天幕上，悠悠白云在飘着，彩色的地毯上，一群群牛羊在缓缓移动着，牛儿在自由自在地啃食秋草，骏马在草地上奔跑，牧民的鞭声在空旷的草原上回荡，远处层林尽染，黄绿杂糅，相得益彰。如果有一把琴，我会用琴声来描绘这深秋的草原之美，如果有一支画笔，我也会把这梦幻的草原秋景搬回家，如果有来生，我愿意把青春留给它！

坝上的秋天没有苍凉，只有收获。她不仅收获着色彩斑斓的图画，也收获着高远的晴空与肥硕的牛羊。牧民们用肥壮的牛羊招待我们，用醇香的羊奶、牛奶款待我们，用悠扬的歌声激励我们，也用最憨厚的笑容感动我们。他们和这秋天的草原一样美，都是我心里一道醉人的风景！

走出木兰围场，杨华说要带我们去看一处最美的景色，我不愿走，觉得这里到处都是美景，一望无际的金黄还没有看够，蓝天白云还没有看够，一群群的牛羊还没有看够，还有比这旷远斑斓的秋天草原更美的吗？杨华笑着说，到了你就知道了，相信你更走不动了，眼睛更不够用了！

车子前行，我的心也在前行，期盼着下一个震撼。透过车窗，我看到一棵棵白色的树木向后飞去，我的眼前一亮，莫不是他们说的白桦？我赶紧叫朋友停车，我要下去看看白桦树。朋友没有停车，而是告诉我美景还在前面，这只是几棵白桦而已，大片大片的白桦林还在前面，还有小溪，还有骆驼呢！我只好耐心地坐在车里，等待下一个惊喜了！

由于路况不好，车子一路颠簸，我有些晕车，每当这时，朋友就讲些笑话分散我的注意力，还说这是免费的按摩，不享受白不享受，你说多气人啊！尽管车速已经很慢，我的胃里还是翻江倒海，忍不住想吐，实在受不了了，要求下车休息。车停在路边，我一头扎进树林，把胃里的东西倒了个干净。

缓过劲儿来，我发现这片松树林也很漂亮，于是我建议在这里玩儿一会儿，就当休息了。朋友采纳了我的意见。杨华就带我们采蘑菇，她认真地教我们哪种蘑菇可以吃，哪种蘑菇不能吃。于是，我们都成了采蘑菇的小姑娘、小伙子。

我一边采蘑菇，一边观察，这里的松树和山东的不同，树干笔直，树叶稀疏，而且树枝一面繁茂，一面稀少，这是怎么回事呢？我请教杨华。杨华告诉我们，这是北方树木特有的习性，因为冬季坝上风大寒冷，成活下来的树木，都是坚强不屈地向上长，西北方向的树枝遭受风寒早，承受的痛苦大，所以这里的松树都有这样的习性。听了杨华的描述，我们对这些坚强壮美的松树有了一种敬意。我们踩在松软的树叶铺就的地毯上，采摘着自然生长的松蘑、白蘑、黄蘑，唱着《采蘑菇的小姑娘》，这样的愉悦心情，让我早已忘记了刚才晕车的难受滋味，心里满是不舍。

走出松林，继续前行，很快我们就到了他们说的最美白桦林。

啊，天哪，果真美极了！一棵棵笔挺笔挺的白桦树，金黄的树叶，随着微风，翩翩起舞，飞旋、飘落，像极了优雅的少女。时而起舞，时而安详，时而欢笑，时而忧伤。远看那一排排白桦树，又像一个个手握钢枪的边防哨兵，不畏严寒，严阵以待。

我穿着粉红色的风衣，在白桦林里漫步，我想，我的到来也给这片黄白相间的秋韵带来了更加美丽的色彩。这静静的白桦林，也一定欢迎我的到来吧！因为我不仅给他们带来了艳丽的色彩，还有深深的欣赏和由衷的赞美，我不会在他们的身躯上刻下伤痕，也不会砍断他们的四肢作为生活材料，我爱他们，爱他们的美，爱他们的奉献，更爱他们不屈不挠、积极向上的品格！

我靠在白桦树上，听着沙沙的响声，仿佛在和我说着悄悄话。我躺在这松软的树叶上，透过树叶的缝隙看着蓝天白云，是那么素净，那么深远，我的内心没有一点杂念，只有眷恋和向往。这时，我想起小时候在东北与我的发小徐凤，也是躺在杨树林里，我们窃窃私语，我们打骂嬉笑，我们唱歌，唱《小芳》，唱《妈妈的吻》，唱俄罗斯民歌《白桦林》：

叶子从白桦树上落在肩膀
它就像我一样地离开了生长的地方

和你在故乡的路上坐一坐
你要知道，我会回来，不必忧伤
……

想着想着眼里有了迷雾，想着想着我又哼起了朴树的《白桦林》：

静静的村庄飘着白的雪
阴霾的天空下鸽子飞翔
白桦树刻着那两个名字
他们发誓相爱用尽这一生
……

也许是我对发小的思念太深，也许是我早已被白桦林陶醉了，朋友们早已走远，静静的白桦林里只有我的呼吸与风儿对叶子的轻声细语，这样的静美必将成为我美好的回忆。

白桦林，秋天的坝上白桦林，我不想吝啬对你的赞美，但却不知道该用什么词汇来赞美你，你的美只能用心体会。

我很庆幸在深秋时节探访这片白桦林，它让我见证了大自然赋予白桦树那与众不同的美丽：纯洁的白，金子般的黄，挺拔向上傲然耸立的意境，它会成为我在每一个深秋时节的怀念。它的美也让我懂得了，任何事物，包括我们，都有金秋。金秋并不一定都是萧瑟，更有别样的美！

走出白桦林，天色已经不早，我们又简单地游了月亮湖、将军泡子、七星湖、滦河源头等地。这次邂逅深秋的坝上草原，让我领略了大自然的美妙，特别是那簇簇相拥的、片片相连的白桦林，阿娜多姿、美丽清秀，让我如痴如醉，流连忘返。看到了一望无际的大草原、变幻莫测的彩云飞。风吹枯草遍地黄、一弯湖水映晚霞、牛羊好似珍珠撒。唯一遗憾的是我这趟旅行没有骑马，不是我胆小害怕，而是我的尾椎伤裂，没有彻底痊愈。不过，我已经做好计划，明年的七月，我要再来坝上，我要看看绿色的草原，采一把草原上各色的野花，我要骑马在草原上溜达、唱歌、欢叫，我要好好品味草原的烤羊、奶茶，当然，我要再来白桦林，与夏日的白桦拥抱！

2015 年 10 月

走在春光里　吕幸瑞 / 摄

美丽与温暖同在

“见过月季花的美丽，没见过这么美丽的月季花。”这样说似乎有点夸大其词，但是，如果你去了河南南阳，看了南阳市花——月季，特别是那种高科技培植的树状月季花，相信，你也会有同感。

早在一年前，看过秋月赏花时的照片，对南阳月季之美垂涎不已，相约来年月季盛开时，便是我们相会之日。因为有这一约定，五一刚过，我便迫不及待地专程赴约，这注定是一次美丽的诗意之行了！

一下高速，我还没从疲惫中缓过神来，没来得及准备好相机，我便与那梦中的月季不期而遇了。马路两侧那些高大的、繁茂的树状月季一下撞进我的眼中，立即俘获了我的心。“啊，真美！太漂亮了！快停车！停车！”我一边高叫着，一边冲下车，向那些在微风中微笑着向我们频频点头致意的、镶着淡黄色金边的红色月季花奔去。身后传来丈夫和同行的朋友们焦急的喊叫声：“慢点，小心车！”

一人多高的月季树，足足有碗口那么粗、香气浓郁的月季花就这样扑进我的眼里，让我有种不敢呼吸的感觉。生怕呼吸重了，这些娇美的花瓣会落下来。我慢慢仰起头，闭上眼，靠近月季花蕊，深深吸上一口，那甜润清香的味道，便由淡渐浓地蔓延开来，我仿佛到了仙界，飘飘然，醉在其中不想醒来……

文友秋月提醒我：“快一点钟了，赶紧吃午饭去吧，明天一早安排你们专程去月季基地赏花，那里的月季比这里的又多又好，品种齐全，色彩斑斓，一定让你看个够！”

是啊，从早晨六点启程，七个小时没有进食，还真有点饿呢！就这样，我一边用手机留下这些美丽，一边恋恋不舍地走到车边，眼睛却依然停留在那美丽的月季花上，直到看不见为止。

第二天天还没亮我就醒来了。是因与秋月的再度相逢兴奋？还是对月季的牵念太重？亦或是兼有吧！睡不着，我便与秋月聊了起来。从秋月的口中，我得知月季那花香暗涌的背后，还藏着很多故事呢！

传说很久以前，神农山下有一户高姓人家，家有一女名叫玉兰，年方十八，温柔沉静，很多公子王孙前来求亲，玉兰都不同意。因为她有一老母，终年咳嗽、咯血，多方用药，全无疗效。无奈之下，玉兰背着母亲，张榜求医：“治好吾母病者，小女以身相许。”有一位叫长春的青年揭榜献方。玉兰母服其药，果然康复。玉兰不负前约，与长春结为百年之好。洞房花烛夜，玉兰询问什么神方如此灵验，长春回答说：“月季月季，清咳良剂。此乃祖传秘方：冰糖与月季花合炖，乃清咳止血神汤，专治妇人病。”原来月季花不仅有观赏价值，还有医药作用呢！这不禁让我对月季又平添几分敬意！

秋月作为南阳的女儿，对月季花也是情有独钟。她翻阅过大量史料，研究过月季的生衍变迁。她说：“月季花原产我国，早在汉代就有栽培，后传入欧洲，经园艺家与玫瑰、蔷薇反复杂交，逐渐培育出现代月季。月季、玫瑰、蔷薇都属于蔷薇科。真正的玫瑰是多刺的，花小、花色单一、花期短。而花色丰富多彩，且四季都能开花的现代月季正在取代玫瑰，被广泛地用于各种社交场合。现在人们在婚礼、生日等喜庆场合所用的玫瑰其实都是现代月季。月季是花中的皇后。”天哪，原来我心中的玫瑰，竟然是月季。这个发现，让我激动不已，当年，丈夫曾偷偷采摘一朵月季，充当玫瑰送给我，我发现后，还狠狠地批评他呢！

不知不觉我们聊到天亮。吃罢早饭，秋月邀请宛城文学网的四个文友和同学，陪同我们到南阳石桥——中国月季之乡，观赏期待已久的南阳月季。南阳石桥月季基地是由赵国有先生创建于 1983 年的企业，该企业集科研、生产、销售于一体，专项生产月季（玫瑰）种苗。这一基地现拥有三千余亩种植区，精优品种六百多个；是目前中国最大的月季种苗繁育基地，先后荣获“中国月季之乡龙头企业”、南阳市“农业产业化重点龙头企业”等称号。2005年该企业顺利通过了ISO9001质量管理体系认证，同年被评为“河南省名牌（农）产品”。2009年12月荣获“中国月季龙头企业”的称号。听完园林经理的介绍，我就更急着一饱眼福了。我拿着新买的相机，随着大家一起走进了月季花海。

正如秋月所说，这里的月季可比马路两侧的月季更多更好看了。满园的姹紫嫣红，如一张张欢喜的笑脸，娇艳欲滴，美不胜收。那火红的、霞粉的、雪白的、金黄的、橙锦的、紫韵的，还有那黄中带红的、粉中带白的各色月季花，争奇斗艳，让人眼花缭乱。远远望去，就像一条条七色锦缎，在风中舞动，煞是美丽。

仔细观察，每个品种的月季都有不同的韵味。你看那雪白的“冰山”月季，花瓣虽然不多，花朵也不是很大，但她洁白、晶莹、透明、一尘不染，如一个纤弱的少女，妩媚含羞，惹人疼爱。那粉红的“和平之光”，色泽鲜艳，花瓣厚实，端庄秀丽，透出一种凛然大义的气息，令人肃然起敬。还有那“彩虹”更是艳丽夺目，如梦如幻，妖娆婀娜。要说最让我心动的还是那紫红色的“朱红女王”了，可以说是绝色娉婷，妩媚多姿，高贵典雅，恬淡沁香，美得让人怦然心动，无法释怀。

悄然间，我看到大大小小的彩蝶在花丛间翩然飞舞，给这些多姿的月季带来另一番景象。彩蝶在月季花间时飞时落，构成了一幅美妙的图画，演绎着一个美丽的传说——蝶恋花。其实，到底是蝶恋花，还是花恋蝶？谁能说得清呢！

还有辛勤的蜜蜂也在这花海里飞舞，她们与蝴蝶争相采集花粉。可爱的小精灵，穿行于花朵之间，鸣唱着，飞舞着，用自己的勤奋，把月季花的甜蜜奉献给人类，使月季花的内在美得以绽放。

这真是蝶舞花海，蜂鸣蕊间，她们给这美丽的世界增添了无穷的乐趣，她们用微小的身躯，做着平凡而又伟大的事业，那就是奉献美丽与甘甜！当你看到这一切，还有什么烦恼不能放下？又怎能感受不到世间的美好呢？

光顾着欣赏，我竟然忘记了拍照。于是，我便不停地穿梭在花丛中，寻找那一幅幅最美的画面。突然一不小心手被月季花刺刺了一下，我哎呦一声，相机差点落地。不远处的丈夫急忙赶过来，一边埋怨我不小心，一边抓住我的手腕，查看我的伤势。看着丈夫担心的样子，我心头一热，一股暖流涌遍全身，这一刻我更加体会到，有人陪伴，有人疼爱，是多么幸福啊！

秋月和朋友们听到我的惊叫，也急忙赶过来，询问事由，我更是不好意思地说:“没事，没事，就是被月季花刺刺了一下，不要紧。”秋月还是不放心，从包里取出一盒红霉素软膏，给我轻轻涂上。她一边涂抹药膏，一边说:“月季花刺有毒，刺破的地方容易感染，最好是涂点药膏，消炎止痛，以防万一。”她细腻的情感，轻柔的动作，心疼的眼神，让我有种被呵护的感觉，我的心里充满感动。这种幸福的感觉，又让我想起两年前，我和秋月在青岛采风，秋月放下自己的事情，坚持照顾半月板受伤的我，那时她也是这么细腻，也是这么无微不至，也是这么让我温暖。她多像这四季苍绿，月月开花，既可与梅花傲霜斗雪，又能与桃李争春夺艳的、源源不断散发美丽的、赠人幽香愉悦的月季花啊！

“姐姐快来合影吧！”秋月的一声呼唤，打断我的思绪。我满怀感激地跑到秋月身边，与朋友们一起合影。我们一会儿站着、一会儿蹲着，变换着各种姿势，把我们灿烂的笑脸和优美的身姿与美丽的月季一起留在相机里，也把我们真挚的情谊一起保存在我们的心底深处。

正如宋代大诗人苏轼在诗中赞美的那样:“花开花落无间断，春去春来不相关。牡丹最贵惟春晚，芍药虽繁只夏初。唯有此花开不厌，一年长占四时春。”时至今日，我才真正读懂这首诗的内涵，读懂月季的与众不同，也读懂了秋月的美！

啊！美丽与温暖同在，我还有何求呢？

2014 年 5 月

西藏，我多想再次拥抱你

进藏序曲

走过五十六个春秋，走过千山万水，没有一个地方让我如此神往，又如此不敢接近。没有一个地方可以让我如此震撼，又如此的难舍难分，以至于灵魂沉淀再沉淀，久久难以提笔。

和很多朋友一样，我最初爱上西藏这地方是因为电视里那湛蓝的天空、随风飘浮的白云、雪山草地上的牛羊、悠闲高歌的藏族扎西和卓玛以及神秘的藏传佛教。我想此生我一定要走进西藏，亲眼看那仙境般的风光，感受那空灵的纯净，亲瞻传奇的布达拉宫，近望歌声里的珠峰雪原，喝一杯藏香味的酥油茶，品一樽藏民亲酿的青稞酒，带上象征吉祥的洁白哈达。

一年又一年过去了，进藏的念头越来越强烈。想想，从青丝到白发，我错过太多进藏的机会。与其说错过机会，不如说是高原反应让我一次次望而却步。和很多人一样，我不敢拿生命去冒险，毕竟，这生命不仅仅属于我一个人，还有我的爱人，我的儿女。是啊，年轻的时候或因为忙碌，或因为经济紧张，一次又一次想起又放下。年纪渐长，又因为高原反应一次又一次地退缩。西行之缘就这么一次又一次地擦肩而过。退休后，也就越发想圆梦西藏了。

也许，西藏注定要成为我生命中不可遗落的一撇。2018 年 8 月，《西部散文选刊》原创版评选 2017 年度优秀作品奖，我有幸获得二等奖，并能够参加在拉萨的颁奖典礼暨新时代散文创作高峰论坛。在收到梅雨墨先生发给我的邀请函时，我非常激动，我想这是我圆梦西藏的最好机会，我不要再错过，我不能再退缩，我要借这场文学盛会的东风，一睹雪域高原的风采，我要去西藏，我要去拉萨！

进驻拉萨

一个人坐在前往拉萨的火车上，心情很复杂。有紧张，有兴奋，有焦急，也有不安。我坐在火车窗边，看着窗外高高低低的丘陵，虽然绿色并不浓郁，但是那种空旷、远寂，那种一览无余的透彻让我心情愉悦。尽管火车上到处都是拥挤的出行游客，吵杂的各种方言，以及随时随地的不文明不礼貌，但在这窗外的一撇宁静里，也显得微不足道了。

出了拉萨火车站，我顺利地联系上同去的文友，我们分别在拉萨车站留下第一张纪念照，证明我们已经来到海拔三千多米的高原，来到梦中的拉萨！随后我们一起来到会务安排的酒店。一进店门，便有一条洁白的哈达恭恭敬敬地递过来，我也学着电视上的人恭恭敬敬地弯腰戴在脖子上，回了一句“扎西德勒”！

本以为这是酒店的招待礼节，后来才知，这是组委会主席梅雨墨先生的精心安排，可见梅先生追求完美的工作风格以及对这次会议和参会人员的重视。细微之处见真情，虽然是一个小小安排，但对于刚刚从天南地北来到高原的我们来说，却倍感温馨！

进驻拉萨的第一个清晨，我与室友早早起来，推窗享受这份久盼的清爽和静怡。窗外黑黝黝的山脉和那些变化着的、黑的、蓝的、灰褐色、浅黄色的以及带着亮圈的白色的云朵，是那么夺人心魄，又是这么真真切切。

想到能借《西部散文选刊》原创版举办的文学盛会，来到拉萨，来到多年魂牵梦绕的地方，并且一夜睡得安稳，并没有太多不适，非常欣慰。欣慰之余也特别感谢梅先生提供这样高端的文学平台，不仅让我在有生之年圆了进藏之梦，而且还能够借此机会见到《人民文学》副编审杨海蒂、畅销书作家雪小禅、国家一级作家张继炼、

《奔流》副主编游磊、中国散文学会理事王散木、著名朗诵家磊明等很多文学大家，能够与他们面对面地交流文学创作，聆听他们对文学的高见，接受他们的颁奖与鼓励，这是可遇不可求的。想到这儿，心情更是舒爽。

早饭后，我带上笔记本、学习资料和记录重要时刻的相机，走进会议室，找到写有自己名字的座位坐下。

放眼整个会议室，文学氛围十分浓厚，用鲜花布置的讲台庄严而有生机，带有布达拉宫图案的、写有 2017 年度《西部散文选刊》原创版优秀作品颁奖典礼暨新时代散文创作研讨高峰论坛的荧幕格外醒目，许多文友已经开始在荧幕下照相，特别是雪小禅老师一身黄色的装束，加上她那温和迷人的笑容，让我也情不自禁地请求合影，以饱多年的敬慕和崇拜之心。台下是干净整齐的桌椅，桌子上早已放好红色的写有参会人员名字的坐席牌和黄色的带有布达拉宫图案的硬皮纸质的会议流程。不客气地说，参加全国各类大小会议不下百余场，还从来没有一份流程可以与之媲美。我想每一位文学朋友拿到手上，都会爱不释手，喜爱它的精美，喜爱它的大气，也喜爱它的雅致脱俗。会议还没开始，仅仅一份流程书，就让我们深深感受到组委会对这次会议的用心。它不仅能让与会者对会议的程序安排和参会人员都了然于胸，还能让与会者心情愉悦、充满期待，可谓匠心独具，给这场文学盛会镶嵌了金色的珠光。

十点整，颁奖典礼正式开始。西藏自治区拉萨市政府副秘书长杨年华先生在百忙中出席会议并讲话。组委会主席梅雨墨先生宣读获奖名单。来自全国各地的获奖者分批分类上台领奖并合影留念。当我带着激动的心情，接过杨秘书长手中的、大红色的获奖证书的时候，我感觉自己是非常幸运的。自己能够加入西部散文学会，能够结识当代散文家梅雨墨先生，自己的散文作品能够在《西部散文选刊》原创版发表，能够参加这场文学盛会，实在是我的荣幸。此时此刻，我的内心是温热的，是幸福的。

下午两点到六点是新时代散文创作研讨高峰论坛的时间，知名学者、著名散文家杨海蒂、雪小禅、张继炼、游磊、磊明、王散木、健如风、阿诺、淮战科等老师分别就文学创作谈了各自的心得体会，广大文友受益匪浅。这样的学习机会实属难得，我也记了满满的五张纸，留待归家后再慢慢消化。正所谓机不可失失不再来，四个小时的文学交流很快就过去了，大家似乎还意犹未尽，怎奈拉萨毕竟是高原地区，过度疲劳对大家的身体不利，于是，会议在梅先生的风趣幽默的总结讲话后宣布结束。

纳木措采风

进藏的第二天，会务组安排了纳木措采风活动。

纳木措对我来说是陌生的，也是神秘的。进藏之前特意搜索了一下，了解到纳木措是西藏三大神湖之一，也是藏传佛教的著名圣地。纳木措纯净圣洁，是高原的一颗明珠。纳木措海拔四千多米，到纳木措要经过五千一百九十米的那根拉山口，对于可能产生高原反应的人来说，登纳木措有一定危险性。

为了能顺利完成纳木措的采风，我在前一天的傍晚特意随邱老师、裴老师、陈老师一起到当地的藏医诊所诊疗。医生检测我的血氧八十三，血压不高，有轻微的心慌。说明高原反应并不严重，吃点药去纳木措没有任何问题。于是，我买了三天的药品，信心满满地等待翌日的纳木措之行。

夜里十一点左右，室友回来，带回一名护士，为她输液补充能量，预防高原反应。护士劝我也应该输液，以保证明天的体力。我说已经吃了藏医给开的抗高原反应的药了，怕两者冲突，不敢输液。护士说，这只是补充能量，不会有任何问题。禁不住美女护士的劝说，于是也输了一瓶。谁知夜里一点左右，突然感觉鼻子热乎乎的，打开灯，用手一摸，满手都是鲜红的血。心里一阵紧张，有大难来临的错觉。急忙请室友帮忙给输液的护士打电话，说明情况。谁知，护士听说是流鼻血，告诉我不用惊慌，内地来的很多人都会流鼻血。

她说不是输液的问题，输液的药品也是治疗高原反应，不会冲突。让我用纸把鼻孔堵住即可。

根据护士的建议，我堵住鼻孔后十几分钟，流血停止了。于是，我清洗鼻血后准备继续睡觉。也许是受到惊吓，我和室友都一夜无眠，无论如何也睡不着了。因为我，室友也没有休息好，我心里非常不安。室友出于关心，劝我不要去纳木措了，她说纳木措海拔高，一般人去都会有高原反应，何况你身体这么差，同样是输液，我没事，你却流鼻血，说明你不适应高原地区，还是不去为好。听了室友的劝说，我心里七上八下的，更加拿不定主意。想到进藏这两天虽说也有高原反应的症状，但是并不严重，没有影响到我听讲座，也没有影响正常饮食和睡眠，藏医也说没问题。但是，输液后反而流鼻血了，到底是两种药物冲突，还是正常的反应？

我想想来了西藏，还没有真正看看西藏的著名天湖，又怎算圆梦西藏？曾经听说去西藏，没去纳木措，那就等于白来。如果就这么放弃，岂不遗憾终生？再说年龄越来越大，是否还有机会再来？再来难道就不高原反应了吗？想到这儿，我决定去纳木措，相信自己的体力应该没问题，流鼻血也许只是两种药物冲突，也许真的如护士所说是气候干燥所致。可是，因为一夜未眠，又流了很多血，加上高度紧张，多年的手部神经性震颤症状加重。如果到了纳木措，真的加重，影响了其他文友的游览兴致，岂不罪过？思来想去，不知如何是好。

早晨六点多钟，天渐渐亮起来，我也实在睡不着，就索性爬起来整理去天湖的用品，带上厚实的防寒服，带上药物和水杯，以及水果等。收拾停当，我便下楼到室外感受一下气温和身体状态。清晨的拉萨还是有些凉意，我打了一个寒战，头脑清醒了许多。看东方的太阳带着红头巾偷偷的从山后走出来，心情顿时明亮起来。深深的吸了一口清气，把一夜的焦虑抛到脑后。返身回到宾馆，到用餐处吃早餐。想不到我的手抖得竟然无法盛取稀饭，还是文友们帮助我把稀饭盛到碗里，我简单用了一点早饭，便匆匆回到寝室。

说实在的，此时我的心情很糟糕。我的手抖已经十几年了，看过很多医生，排除了帕金森和甲亢。东营、济南、北京的专家都说这是特异性震颤症，原因可能是极寒的后遗症，也可能是高度惊吓的后遗症，再或许是极度愤怒的后遗症。分析三种情况，最有可能就是极寒所致。因为在我十三岁那年，养父得了白内障无钱医治，加上他老人家已经六十四岁了，家中责任田里的玉米和大豆被大雪埋在了地里。我只好和老父亲一起用双手扒开厚厚的积雪，把维持一年生命的口粮抢收回来。我记得，那年特别冷，我的手套都被冻在手上，因为需要跪着掰玉米，我的膝盖和棉裤也冻在一起。收工回来，我在炉子旁烤上大半天才缓过来。以至于膝关节炎陪伴了我半辈子，来山东后才渐渐好转。至于手是什么时候开始抖动的，我记不清楚，只是感觉有很多年了，而且一年比一年严重。这一切都是生活所迫，艰苦的环境，虽然带给我身体的病痛，但也带给我坚韧不屈、开朗乐观的性格。一路走来，从青丝到白发，从艰辛到幸福，倒是感谢那段艰苦的岁月，感谢相依为命的养父母。

早晨八点左右我随西散采风团，坐上旅游大巴车，前往心中的圣湖纳木措。出发前梅老师听说了我手部颤抖影响用餐的情况，特地前来关切询问，在确定我的手颤不是高原反应所致才放心离去。像这样的感动不仅有来自梅老师的，也有来自李总、鹿老师、苏老师的。

当我刚刚坐上大巴车，李总看我非常紧张，就安慰我不要紧张，只要心情放轻松，就一定没问题，最高的山口不过二十分钟，过去后海拔就一路向下，很快就到纳木措了。他还说："我从你面像看出你佛缘深厚，一定是善良的人，佛祖会保佑你。"我知道这是李总在好心安慰我，那一刻我抬头看着李总，发现他身躯高大、宽头大耳，慈眉善目，甚有佛意。于是，我伸出手，向李总请求："那就请你给我力量吧！"李总明白我的意思，也伸出他那宽大厚实的手，与我紧紧相握，那一刻，我真的感受到一种力量，感受到一种来自善良、来自爱心的力量，心生感动，心情自然放松，紧张感减轻很多。

山东老乡鹿老师正好坐在我的身边，他告诉我："多看外面的风景，少想高原反应的事情，不妨多念几遍藏传佛教的六字真言唵、嘛、呢、叭、咩、吽！希望你此去安然无恙！”我不懂佛理，但我知道鹿老师的一片苦心，他是希望我借此分心，以保持心情平静，精神放松。不仅如此，鹿老师还为我们讲述藏传佛教的由来、达赖喇嘛和班禅的关系与区别、六世达赖仓央嘉措的传奇故事等等。我怎能辜负鹿老师的好意，于是，我一路上把高原美景尽收眼底，远处看，蓝天、白云、雪山，近处看，草地、牛羊、溪水，真是车行天地间、人在画中游啊！我一边欣赏窗外的高原美景，一边认真聆听鹿老师的讲解，同时也虔诚地吟诵六字真言。到底吟诵了多少遍，我记不清了，但是，我真的不再紧张，没有任何症状，心情大好！

年近七十岁的苏鸾烟老师，为了活跃旅途气氛，也为了给我排解紧张的心情，为大家一路高歌。不顾高原缺氧的不适，不惧自己年龄偏大和体力弱势，精神矍铄，神态振奋，这本身就是给我们这些六零、七零后们莫大的鼓励和鞭策。在苏老师的带动下，全车的人都开始活跃起来了，有的唱歌，有的讲故事，有的作诗，有的朗诵……什么高原反应，什么晕车，统统不见踪影。有道是“百年修得同船渡，千年修得共枕眠”，我们这些来自天南海北的文学信徒，不远几千里，来到此地，共聚三五天，同车上高原，一睹圣湖美，关爱暖心田。这份缘又岂是百年可修的？

十二点左右，终于到达了念青唐古拉山脉的那根拉山口。司机停下车，让我们下车观看山口风景。司机师傅特意提醒，山口海拔高，风大，容易感冒，也最容易发生高原反应，需要速去速回。也许是心理暗示，一下车就感觉了胸闷，我赶紧喝了两只葡萄糖口服液。顾不上太多，我和文友们一起小跑进了观景台。第一次感受到天空和我们竟然可以这么近，真的触手可及。经幡在风中呼呼作响，似乎在告诉我们这里是神圣之地，也似乎是在催促我们不要逗留太久。最幸运的是看见了苍鹰在天空盘旋，引来无数人抢拍。可惜，我的手机速度无法和单反相比，苍鹰在我的眼前渐渐成了黑点。我也在那个刻着仓央嘉措情诗的石头上留影，大声吟诵这些曾经让我感慨万千的诗句：

> 那一天，闭目在经殿香雾中，蓦然听见，你诵经的真言。
> 那一月，我摇动所有的经筒，不为超度，只为触摸你的指尖。
> 那一年，磕长头匍匐在山路，不为觐见，只为贴着你的温暖。
> 那一世，转山转水转佛塔，不为修来生，只为途中与你相见。

是啊，仓央嘉措的诗句，让多少俗人看到了佛教中不为人知的世界，他的诗歌净化了多少藏家子弟的心灵。

据说，这里是号称生命禁区的山口，此时，我有种如释重负的感觉。今天我站在这里，眺望远处的雪峰，似乎生命有了一层新的意义，那就是无畏！今后，还有什么困难我不能战胜？还有什么疾病可以击垮我？我笑了，很惬意。

回到车上，看到很多朋友都和我一样兴奋。或许，对于生命的感受，我们是相似的吧。我庆幸没有放弃此行，庆幸自己没有辜负生命，也庆幸自己因此收获了友谊！

继续前行，半个小时左右，到达纳木措。

不愧是西藏的第一大亮点，这里会让你懂得什么才是湛蓝，什么才是白云，什么才是苍穹，什么才是辽阔！站在湖边，清晰的倒影告诉你，湖水是多么安静，又是多么深邃。蓝天白云与这安静又深邃的蓝宝石般美丽的湖水相交映，犹如神话中的仙境。所有的语言在这里都显得苍白无力。我是真的看傻了，竟然忘记随着采风团前行，以至于没有办法和这美景合影。想起带来的自拍杆，这时也有了用武之地。只是没有艺术可言，照片上留下的都是近在咫尺的画面，那份悠远，那份广袤，都没办法实现。我着实后悔，之前为何没有学习摄影，或许，这个遗憾也是留给我再来西藏的理由吧！

追上采风团后，我发现这里的风景更美，刚才只不过是边缘，而这里才是游客量最大的地方。岸边不是常见的细沙，而是棱角分明的灰白石，显示着这里的神圣和与众不同。岸边的经幡和密密的玛尼堆，代表着人们的希望和祝福。

令人难忘的是见到一对藏族同胞正在这里拍摄婚纱照。淳朴的扎西和漂亮的卓玛，在纯净的圣湖边相依相偎，是那么和谐与美好，引来很多游客围观。同行的三哥做过导演，就主动为男女主角设计动作，让他们的拍摄更加完美。一对新人特别感动，鞠躬表示感谢。文友们盛情邀请一对伉俪合影，让这一刻的感动永远定格在照片里。

又看见有位淳朴的藏家汉子牵着牦牛与游客合影，我也毫不犹豫地掏钱，与牦牛合影留念。来西藏前，有朋友提醒，有藏民会牵牦牛挣钱，要远离。此刻，我非但没有远离，反而主动求之。并非我忘记朋友的忠告，而是我觉得如果在平原，想要见到牦牛只有在动物园里实现，这里的牦牛也许和这圣湖一样，有它的灵性。而挣钱的牧民也需要我们的帮助，一张有纪念意义的照片，却是三个良好愿望的实现，这样的善举岂能错过？

我听说，这里几乎所有的雪山、湖泊均有生命的神灵。雪山为男神而湖泊为女神。那么，念青唐古拉山就是勇猛的男神，而纳木措则是一位温柔的女神，他们是一对恩爱的情侣。我愿意相信这个神话，因为刚刚感受到那根拉山口的雄风，也深深体会到眼前纳木措圣湖的柔美，这不正是一对爱神的传奇之处吗？

我还听说在西藏，神山、圣湖按十二生肖各有属性，纳木措属羊，所以每到羊年，这里将演绎一场大转湖的藏族民俗风情。届时，成千上万的信徒将涌向这高原圣湖，漫长的湖岸线上人潮滚滚，信徒们用脚步和身体丈量着湖边的每一寸土地，以求得佛的保佑。此时，我有个大胆的设想，羊年，就在下个羊年，我要和丈夫来这里度假，在这美丽的圣湖边，让所有的烦恼和忧虑全都烟消云散，只留下两颗不离不弃的心相依相伴岂不妙哉？

朝圣布达拉宫

进藏前，对于西藏，我听的、看的、想的最多的是布达拉宫。

也许布达拉宫是西藏的标志性建筑，是西藏的历史文化符号，是藏民心中最为神圣的地方吧。

多少次我想象着那洁白的哈达、高扬的经幡、林立的玛尼堆、佛塔下的经轮，还有那些不远千里磕着长头、用胸膛丈量信仰的藏族同胞……我想象着在藏族牧民心中至高至上的布达拉宫到底是怎样的？是不是像我小时候渴望见到天安门一样？

进藏的第三天，会务组安排的行程就是参观布达拉宫，我内心是兴奋的，也是急切的。当听到因为票难买，需要等到下午才能进宫参观，我有一点小小的失望。但我的心早已飞到布达拉宫了。

直到下午两点我们才拿到布达拉宫的票，没顾上吃饭，和几个文友一起直奔布达拉宫而去。走了大约十五分钟，果然一所庞大的红色的宫殿矗立在眼前。正如之前看过的介绍：在拉萨的红山之巅，有一座举世闻名的宫堡式古建筑群，距今已有一千三百多年历史的布达拉宫。布达拉宫海拔三千七百多米，占地总面积三十六万平方米，是世界上海拔最高，集宫殿、城堡和寺院于一体的宏伟建筑。

我翘首仰望，只见殿宇巍峨入云、回廊曲径重叠。那拔地凌空的气势，那金碧辉煌的色调，宛如天上宫阙，令人敬仰。果真是拉萨的名片，西藏的名片啊！

是啊，这高耸的布达拉宫，从视觉上就有一种向上的力量，你无论站在什么位置，只要抬头，就能感知到他的力量。即使你闭上眼睛，你的脑海里也会出现布达拉宫的雄姿。他天神般的威仪，有种穿透时间、空间的力量，无时无刻不在你的心底里迸发出神圣的魔力。

进宫殿后发现其建筑艺术体现了藏族传统的石木结构碉楼形式和汉族传统的梁架、金顶、藻井的特点。外体墙壁都是古老的白色和灰色，富有节奏美感。雪小禅老师用她文学家和艺术家的眼光，选择了这样一个古老的断壁回檐处照相录像，看着雪老师那婀娜的身姿，以及低头随意的背影，不得不由衷地感佩她的作家风范和对生活的积极乐观态度。雪老师照完，我们也在此留念，毕竟这里留存着她的馨香。

进得第二道门，换了正式的门票，我们加快了参观的步伐。顺石阶而上，攀爬数百个台阶才到达顶部。我想只要站在这里，没有人不被他的气势震慑，没有人不被他的力量折服，没有人不被他的神秘吸引。据说藏传佛教是从印度而来，千百年来一直为藏民的精神食粮。面对严酷的自然环境，落后的生产力，生活于这片土地的人们只能依靠精神的力量适应并融合自然。他们将自然看得至高无上，神圣无比，神山圣湖在他们的意识中具有无比的力量。有人可能觉得他们太傻了，活得太可怜了。也许，这正是有些人精神世界里缺少的信仰，真正傻的是心里只有金钱的人，在尔虞我诈的环境里做金钱的奴隶，想想不可怜吗？如果西藏也是视金钱为信仰的所在，是否还有这样纯净的蓝天白云、青山绿水、雪山圣湖？是否还有人来虔诚朝拜？

布达拉宫是为了迎娶文成公主而建。相传松赞干布认为自己是菩萨转世，因此取名布达拉，也就是普陀罗的意思。可谁能知道当年文成公主来到这里是怎样的心境？这里既然成了她的家，她也必然融入这个信仰，才能被藏民所拥戴所纪念，不是吗？

进到布达拉宫我想起仓央嘉措的一些故事。我喜欢他的情诗，喜欢《在那东山顶上》这首歌曲，也许因为歌词是他写的情诗吧。我也相信，今天一同来布达拉宫的文学朋友都会想起他，都会想要更多地了解他，研究他，甚至崇拜他。

到布达拉宫后，我就直奔仓央嘉措曾经生活过的地方。地方不大，很精致，也很幽静。我虔诚地抚摸仓央嘉措曾经接触过的物品，我似乎真的感觉到了一种灵气，感觉到他的存在。想象是文学的翅膀，可以让枯燥变得神秘。

听说拉萨八廓街上有一幢黄色小楼，是当年仓央嘉措和玛吉阿米约会的地方。小楼的名字叫玛吉阿米。我很想去看看坐坐，喝杯酥油茶，想象一下仓央嘉措和玛吉阿米的爱情，感受一下那种纯朴的原始的情感。可惜，从布达拉宫回来后，天色已经不早了，身体也极度疲惫，虽然没有高原反应，还是听从了文友建议，回宾馆休息。

游赏林芝

文学采风活动结束后，听说有几位朋友要去西藏的小江南林芝继续游览，我也报名随团一起前往林芝观光。

林芝，藏语意为“太阳宝座”，指太阳升起的地方。

从拉萨到林芝，四百二十多公里，八个小时的行程。穿越米拉山，途经茶马古道，沿着尼洋河畔，奔向人间仙境雅鲁藏布江大峡谷。

一路上，延绵起伏的山峦不断。山间到处可见各种颜色的小花，一丛丛、一簇簇散落在绿色草地上，像画家笔下多彩的画卷，又像织女手中的绸缎，这个时节正是由夏季的葱茏碧绿转向秋季的五彩斑斓的时候，在高原湛蓝澄澈的天空下，每一处都美得惊心动魄、超然脱俗。不愧是高原上的东方瑞士！

一路上，有一种现象让人感动，那就是朝圣之路。他们为了信念，每走三步即行跪拜之礼，五体投地，口诵经文，一路朝拜。有的人耗尽家财，有的人途中抱恙，但依然执着向前。看到这种场面，我相信没有人会不动容。信仰的力量是多么强大！这种力量就像血液流淌于人的身体一样，流淌在这块土地上，使这里祖祖辈辈的人，能够信奉精神比物质更加重要，为信仰活着比为自己活着更重要，来生比今生更重要。

车子行进到米拉山口，只见蓝天白云下，五彩经幡飘荡摇曳，山口的最高处，有一座名为“雪域之舟”的牦牛雕像，昂首前方，象征着坚强不屈，诠释着米拉山的雄壮与威武。这胜景让人油然而生敬意。

车子穿越米拉山口后，开始沿着尼洋河一路下行。尼洋河是雅鲁藏布江下游最大的一条支流。在藏语里，称河为“曲”，湖为“措”，因此尼洋河又叫尼洋曲，听名字你就能猜出这是一条多么美丽的河。

它虽然没有雅鲁藏布江那么大的名气，却也是处处美景。越往林芝方向走，植被越多，树木在阳光下跳跃着多彩的魅惑，给人以想象的灵感。抬头仰望，那天蓝得足以让人心醉，那云白得、静得让人不敢呼吸，那水，披着从云缝中泻下的一缕缕阳光让人不敢睁眼。

我看过太多的山水，发现林芝与众不同。林芝的山个性独立，干爽冰清，不是云雾缭绕，也不是山水相依，只是与云与水遥遥相望，羞涩地表达爱意，让人更加怜惜。

去雅鲁藏布江大峡谷那天，天气本来多云，司机师傅不无遗憾地告诉我们，如果是晴天就能清楚地看到南迦巴瓦峰。可没有想到，等我们绕过几道盘山路，天气突然转晴，阳光直射南迦巴瓦峰，虽然还有一点白云挡住山峰，但也足以让一车人喜出望外了！

在西藏，有世界上最深的大峡谷——雅鲁藏布大峡谷。据资料介绍，世界上最高的河流雅鲁藏布江拦腰切开世界上最高的山脉喜马拉雅山脉，弯弯曲曲流经西藏南部，并且在南迦巴瓦峰形成了一个举世无双的大拐弯，神秘壮阔之美无与伦比。它是地球上“最后的秘境”。它的风光可以用两句话来概括：“高壮深润幽，长险低奇秀。”我想如果你来了，你一定会说，此言不虚！

丹娘的佛掌沙丘是我们停留的第一个地方。一下车我就被这山坡上一大片的形如佛掌的沙丘吸引了。大自然的神奇之处就是创造人力所不及的奇特景观。导游让我们猜测沙丘形成的原因，大家七嘴八舌，我们基本也能猜对一二。原来是冬天的旋风把河床的沙子，卷起吹落在江的对岸，久而久之，沉淀形成了沙丘。

行进到米林县的大渡卡村后，我们换乘景区的大巴车，进入大峡谷。心里怀着对这个世界上最高的河流雅鲁藏布江的向往，总觉得车子太慢，真想马上一瞻它的真容。至于导游在车上的介绍，我一句也没听进去。大约二十分钟后，车子停稳，我们一下车便看到了携带泥沙汹涌而来的黄色的巨大水龙，不用说，这就是大名鼎鼎的雅鲁藏布江了！

在东喜马拉雅山无数雪峰和碧绿的群山之中，这条巨龙硬是切出一条笔直陡峭的峡谷，穿越高山屏障，围绕南迦巴瓦峰来个大拐弯，向南注入印度洋，其壮丽与奇特堪称绝妙。

这个被硬切出的雅鲁藏布大峡谷的两侧，是壁立高耸的南迦巴瓦峰（海拔七千七百八十二米）和加拉白垒峰（海拔七千二百九十四米），其山峰巍峨挺拔，直入云端。峰上冰川悬垂，云雾缭绕，气象万千。真的是看一眼便难以忘掉。

随着景区大巴车，我们先后观赏了大渡卡古堡遗址，这是一个昔日工布首领的庄园城堡，已有五百多年的历史。

再向下走就接近谷底了。环看四周是金色的松林、满目的冰川雪山组成一个令人遐想的童话世界。南迦巴瓦峰的垂直分布带，各类植物都各自有绝佳的色彩层次，雪峰映红叶，秋水共长天，这样的景致，让任何一个身临其境的人都会为之陶醉，为之感动。

此行，除了美景令人难忘外，就数藏家宴了。那是我迄今为止旅游时吃过的最好最开心也最有意义的一次晚宴了。

这个藏家宴是一个具有很浓厚的藏家特色的家庭式餐馆，是林芝旅游餐饮的一道风景。一进院子就有两个惊喜：一个是献哈达，送祝福；另一个是有年轻的扎西和卓玛为你跳舞并合影留念。别小看这两个小小的惊喜，也别总想这是餐饮攻略，起码是让游客心情愉快，有了到家的感觉。

走进藏家宴后，更是惊喜不断。餐馆可以一次性容纳大大小小二十几桌，简直就是一个大家庭啊！主人先给每位客人端上了一碗热气腾腾的酥油茶，我不敢大口喝，怕又膻又腻，谁知感觉味道还很独特，茶香浓厚，奶香扑鼻。随后上来的甜茶，就更像巧克力味儿的奶茶了。桌中间是一个大大的鸳鸯火锅，里面有羊肉和牦牛肉。周围有十几盘藏家特色菜。例如藏鸡蛋，由生长在高寒缺氧环境下的藏鸡所产，营养丰富。香煎香菇和糌粑，我吃的最多，因为这是我的最爱。另外还有牦牛肉，非常筋道，都说“牛吃虫草我吃牛，身体健康不用愁”，可见它的营养价值极高。

我们一边喝着青稞酒，一边品尝藏芹菜、藏木耳、蒸牛舌，一边看着欢快的藏家舞蹈，听着藏家扎西最美的歌声，简直就是一场盛大的宴会啊！最后一个节目全体游客都可以参与，现场载歌载舞，我也情不自禁地舞起哈达，与大家同乐。没想到这个小小的插曲，竟然被文友们录了下来，如今看来也是最好的留念了！

“是谁带来远古的呼唤，是谁留下千年的祈盼，难道说还有无言的歌，还是那久久不能忘怀的眷恋，哦……我看见一座座山一座座山川，一座座山川相连，呀啦嗦那就是青藏高原……”一首《青藏高原》唱出了多少人对西藏的眷恋，如今我终于来到了这里，看到了这真实的一座座山，一座座山川相连，我也无法不眷恋，我眷恋这里的蓝，让人灵魂出窍的蓝，让人忍不住失声惊叹的蓝；眷恋这里的虔诚和安静，那份让生命透亮的宁静，让灵魂安放的虔诚。我更眷恋这里的淳朴和纯粹。

是啊！西藏之旅，对我来说也是一种修行，是一种独特文化艺术的穿透，是一种自然灵性的洗涤，是一种超越自我的体验，是一种精神力量的提升。

西藏，我多想再次拥抱你，再次凝望你如花的容颜，再次聆听你的袅袅梵音，再次感受你纯洁的心灵，再次大声告诉你：我愿意用生命敬仰你！

2018 年 10 月 23 日

梦居新汇东海岸

看着雪花长大的我，何时有了看海的情结？或许是读了《老人与海》？或许是在烟台疗养期间与海有了不解之缘？亦或是听了“大海啊大海，就像妈妈一样……”

不知何时起，我有了一个梦，等我老了，我一定停下脚步，与爱人一起，坐在海滩上，晒着太阳，听海的喃喃细语，也听它的咆哮与怒吼；看海水温柔地抚摸我的脚丫，也看它舞起白色浪花；看它潮涨潮落的模样，也看它潮水退去留下的贝壳与细沙。又或者牵着爱人的手，在海边漫步，回忆我们羞涩的初见，也回忆我们走过的艰难与甘甜，让海风吹起我的纱裙与白发，享受这份静与动的交响，以及慢生活带给我们的纯粹与美好。又或者像个孩子一样，在海水里嬉戏、打闹、泼水，不怕人家笑话，不装高雅，就那么与海浑然一体，忘记疲惫，忘记喧嚣，忘记年龄，也忘记自己……

我总以为这是一个无法实现的梦，等把孙女们一个个带大，接送她们上完幼儿园、小学、初中……也许我们已经走不动了，徜徉海边的梦只能是梦了。直到有一天我跟随胜利诗词学会来到新汇东海岸参观，这个梦又奇迹般复活了。

那是一个初冬的早晨，我与爱人同诗友们一起走进新汇东海岸大厅。大厅宽敞明亮，整洁温馨。新汇人为我们介绍了东海岸的置业规划、楼盘类型、环境设施、周边建设、便利条件、自然景观等等，并带领我们实地考察。一栋栋大院子的别墅在东海岸边座落有致，一排排温泉入户的双拼洋房在海畔不远处等待着主人入住，一个又一个精致的住宅小区已经初见规模。它们东临大海，北望黄河口自然保护区，南接中心城。这里不仅环境优美，还是东营首个低密度纯地中海风情气候，是不折不扣的休闲养生之地。临海的亲水沙滩极为平缓，坡度仅为千分之一，潮差较小，沙子细腻，如果愿意，可以每天赶海拾贝，与大海亲密接触。水上更有多样的游乐设施：时空温泉、游艇、航空俱乐部、水上高尔夫等。这个水上高尔夫球场利用千亩大湖的风光优势，将碧波荡漾的湖面作为整个球场，这是多么有创意，有趣味的活动项目啊！置身在这样的海畔风光里，居住在这样的临海别墅中，随时可以触摸到生活的惊喜与快乐，随时可以与大自然的天然之美不期而遇，这将是怎样的一种诗意生活啊？我被这里的别样之美深深吸引了，准确地说，是被这里的临海而居的梦幻吸引了！

我闭目遐思：如果我能入住这里，清晨推开窗户，便能看到大海，吹到海风，听到大海的涛声，闻到海的气息，看到赶海的场景，多么令人向往啊。

如果我能入住这里，春天我会与爱人牵手漫步在海畔的森湖秘境之中，看草长莺飞，听花开花落，赏千亩浩淼的湖泊，游千亩苍翠的园林。我们或观澜，或赏景，或静坐，或吟诗，或微醉……真可谓面朝大海，春暖花开啊！置身其中，出入皆诗意，早晚入画卷，何愁诗与远方不在？

如果我能入住这里，晨曦微露之时，我会与爱人坐在海边看日出，看那红彤彤的大太阳一点一点升出海面，一点一点光芒万丈。看波光粼粼的海面上，海鸥嬉水，看小船渐行渐远，看潮涨潮落，看爱人微笑的面庞……

也许我会迎着初升的朝阳慢跑，呼吸新鲜空气，舒展整个身心；也许我会捧起细沙，堆成一个个城堡，找回儿时的记忆；也许我会放一段音乐，随风起舞，让心儿依然年轻；也许……

傍晚晚霞燃烧之时，我想我会闲散地依着栏杆，面向晚霞映红的海面拍照留影，与浪漫邂逅；或者捡拾几块石子抛向海面，打破那片宁静的世界，也给自己一份活力与激情；或者静静地坐在石头上看看书，读几页自己喜欢的文字，享受这份静怡的时光；再或者与儿时的发小煲个电话粥，说说悄悄话，让心里珍藏的所有的真情实感得到释放与分享。

如果我能入住这里，我想我也会体验一把水上高尔夫，与年轻人一起，激情一回，放纵一次。握杆、曲腕、挥打……不为输赢，只为放松身心。

如果我能入住这里，我也会坐游艇在海里兜风，享受那份久违的刺激灵感，大声尖叫，把一切压抑通通抛给大海，抛给无边宽阔的海天之间。

如果我能入住这里，我愿意陪着爱人并肩坐在海边、湖畔垂钓。不论鱼儿是否上钩，不论一天收获多少，只为享受这份惬意，享受这份静逸时光，享受与爱人心灵契合、执手人生的感觉。

如果我能入住这里，到了秋天，我会穿上靓丽的时装，与爱人携手走进那既有黄蓝分明的神奇，又有大片大片红毯铺成的湿地盛景，或迎风而立，眺望那一望无际的火海，或蹲下身去抚摸这曾经解救多少饥饿无粮的东营人的碱蓬草，或在这晚霞般的红地毯上尽情疯跑，尽情畅想，尽情放歌，尽情陶醉！

如果我能入住这里，“面朝大海，春暖花开”就是日常，“诗与远方”就在家旁，“观海听涛”习以为常，“赶海拾贝”随心所想，“海边漫步”便饭家常。还有什么烦恼不能遗忘？还有什么忧愁不能消散？

如果我能入住这里，站在自己家的露台上，便能观光赏景，任海风拂面，任诗意流淌，任铁锅炖肉，任小酌怡情，任海天相连，任湖光山色，任四季变换，任岁月静好，想一想，那将是何等的美妙，何等的醉心？

“滴滴——滴滴——”几声清脆的汽笛声，把我的梦惊醒，参观已近尾声。眼里，心里满是醉意。牵起爱人的手，迎风走向海滨长廊。初冬的海风吹动着我的旗袍，也吹动着我的憧憬，或许，不久的将来，新汇东海岸就是我心花盛开的地方！

2022 年 2 月 28 日

漫步测井公园随感

秋天的午后，我抖落一身的疲惫，轻装在离家不足二百米的测井公园漫步。暖暖的秋阳直射头顶，是那么温暖、那么惬意！太久没这么轻松地、独自地、恣意地、毫无杂念地享受大自然的馈赠了。今天，我被这静怡的、暖暖的秋阳醉倒了！此时此刻，我走在青桐树下，在斑驳的树影中，看着棕红色的、蝴蝶般飞舞的落叶飘荡在空中，思绪万千。

从何时起，我爱上美丽的秋天的？是认识了他之后，因为他的生日在秋天？还是因为生活幸福，爱情甜蜜，亲情浓浓，让我忘记了儿时秋风萧瑟，家境贫寒，悲苦无奈？那时丰收的秋天，对别人来说是喜悦，而给我的却是白天黑夜的劳苦。因为父母年迈，又没有其他兄弟姐妹，甚至没有任何亲戚。我只能一个人割玉米，掰玉米，割豆子，打豆子。没有马车、牛车，也没有手推车，我只能手提、肩扛、背回家。那时秋风一起，我就害怕，哪有心思欣赏秋天的美，更没感受过秋天的暖。

我顺着这条林荫路，一眼望去，满目的五彩斑斓，满目的赤橙黄绿，迷醉了我的眼。红红的黄栌树，像一位穿着红纱裙、带着红盖头的新娘子，娇羞地站在那里，妩媚多姿，风情万种，我不由地多看了好一会儿。金黄的银杏树，傲然挺立，像极了盛装的新郎官，帅气而不失风雅，英俊而有傲骨。成排的海棠树上，缀满了红彤彤的海棠果，秋风里，树枝摇动，香气四溢，沁人心脾，丰收的喜悦挂上眉梢。还有那依然翠绿的松柏和冬青，生机勃勃，散发着青春的气息。让我不由得想起了那些在风雪中戍边的战士，想起为国家英勇献身的烈士，他们的英魂在我们的心中永远常青！最是那柔情万千的垂柳，在这秋天里，依然魅力不减，那一头青丝，瀑布般垂直而下，在秋风中飘荡，仿佛在告诉人们，不是只有春天的柳烟美，秋天的杨柳更柔情。谁说秋风劲吹百花残？你看那片月季园里的月季花开的正艳！它们在风中亭亭玉立、婀娜多姿、香气袭人，一时间竟让人忘了此时已是万物飘零的暮秋之际。真是“不比浮花浪蕊，天教月月常新”啊！

穿过测井公园的南部廊道，我来到南湖区域。这里是测井公园最为繁华的地段。南湖中心广场是附近居民休闲娱乐，或者社区开展各类文化活动的场所，也是每晚必有的广场舞健身之地。每到傍晚，这里就会自发地聚集几百号人，有的打太极拳，有的打羽毛球，有的跳广场舞，有的拉二胡唱京剧……更多的是散步遛弯。

秋天的南湖，少了一些葱绿，多了一些飞雪的芦花。一眼望去，一片片白绒绒如纱似雪的芦花，在秋阳里舞动，倒映在水里，波光粼粼，别有一番意境！湖中的野鸭子时而在芦苇荡中穿梭，时而在水面凌波嬉戏，时而潜水嘬鱼，时而列队漫游……给游人增添不少情趣。南湖不仅是风清水秀的生态景观，也是喜爱钓鱼的老人们的宝地。钓鱼的老师傅们，或是悠闲地站在湖边，或是坐在湖边的长椅上，哼着小曲，偶尔也与路过的熟人闲聊几句，有时也闭目养神，一副姜太公钓鱼，愿者上钩的模样！或许他们并非为钓鱼而钓鱼，而是为了享受这悠然自得的心境吧！

我呢，自然是喜欢围湖漫步，看着水中芦苇的倒影与周边高楼的倒影浑然一体，相得益彰，静幽而不苍凉，安然而不神伤。不似多年前这里混浊的水塘和乱糟糟的芦苇荡。同样的芦苇，放在不同的环境里，给人的感受是截然不同的。此时此境，我才能脱口而出“蒹葭苍苍，白露为霜，所谓伊人，在水一方”！

走在南湖北侧幽静的长廊上，扶栏远眺，好一幅秋天的南湖画卷啊！远处五彩的秋色让人心旷神怡，近处是如雪的芦花随风起舞，波光粼粼的湖面，曲曲折折的长廊，三五成群的游人，特别是篮球场上奔跑追逐的孩子们，更是给这秋天的南湖带来青春的动感，让我不由自主地停下脚步，观望凝思：多想再年轻一回，也来它个三步上篮！

夕阳西下，夜幕降临。一抹亮色在湖面荡漾开来。原来是测井公园刚刚完工的、连接南、中、北湖的景观桥和湖心桥的霓虹灯亮起来了。灯光水影，色彩迷离，美轮美奂，甚是好看！它既有夜晚照明的功能，又有美化夜景吸引游客的作用，可谓测井公园的一大亮点。可以看出，有了这一景观，夜晚出游的人明显增多了，闲聊中大家都说，白天没看出这桥有多出彩，晚上看还真有点大城市公园的味道！我也深以为然。虽然早已饥肠辘辘，我却留恋这湖光美色，不想回去。索性一路向北，从南湖经中心湖往北湖，绕园一周，来它个一“醉”方休。

北湖相对于南湖的湖面要大得多，湖面开阔，像一张不规则的大镜子，清澈明亮。湖边虽有路灯和行人，还是深感幽深宁静。北湖的东西两侧，都修有湖堤园林、花园、假山，方便游人行走和观赏。湖里建有多条木板桥，方便游人走进湖里游玩或垂钓。湖心有两座雕刻精细的石龙，栩栩如生，大有镇守一方的架势。

说起这两条石雕龙，我倒不陌生，因为它们在这片水域里已经二十多年了。这里原来是一座人工水库，后经过测井公司改建，在水库周围种树栽花，在水库中修有蜿蜒曲折的木板桥，水库中央建有一处欧式建筑，内有多功能活动厅、舞厅、展览室。因湖心有两条石龙，取名双龙潭。这个双龙潭在九十年代的油田二级单位，一度成为一道亮丽的风景线，吸引了油田的广大职工前来参观游览，丰富了广大职工的业余文化生活。同时也有效的促进了二级单位员工间的联谊。这个多功能厅也一度成为二级单位开展文化活动争相借用的场地。据传这里的舞厅还成功的促成了二十多对姻缘。后来成立社区，这里被社区接手管理，由于多种因素，年久失修，这座欧式建筑成了危房，慢慢淡出人们的视线，双龙潭成了死水一潭。

想到这些，不禁令人感叹岁月真是一把杀猪刀，二十几年过去了，青春流逝，两鬓霜华，几多无奈，几多不悔。我如今年近花甲，又能看到这里已经成为东营市开放型、园林式公园。占地面积将近十六万平方米。通贯北二路和北一路，三湖相连，三桥相通，以休闲游览为主，兼具生态、美化、应急防灾，紧急情况可以停落直升飞机，可容纳或疏散一万余人避难。不得不说这个开放式公园的修建是实实在在的大福利。

是谁让这三个乱草丛生的死水潭变成如今风景如画、赏心悦目的大园林？是谁为我们创造了幸福生活的优越条件？带着这些疑问，我寻访了有关部门，经多方考证，得知这是油地共建的项目之一，也是“油地一家人”“油地一盘棋”“油地一条心”的成功案例之一。

东营这个共和国最年轻的城市，又是国家第二大油田——胜利油田的驻地。东营因油而生，因油而兴。油田因城市的发展而美丽强大。油地同踏一方热土，共拥一片蓝天，只有团结合作，共兴共荣，才能促进区域的快速繁荣与发展，才能共同建设好我们的幸福家园，共享品质美好生活。

喜看如今的东营城市，不论是东城还是西城，不论是新区还是老区，到处都是三百米见绿，五百米见园，出门见景，路边见花。草长莺飞随处可见，公园游园数不胜数。城市的面貌发生了蝶变，城市品味趋向高雅，转角就能邂逅精致的城市一撇，民生大为改善。这样翻天覆地的变化，对于一个盐碱地的城市来说，是多么不容易啊！正是油地共建共享、共兴共荣、共利共益的战略举措，才能有今日东营的大发展，大作为，大巨变！

我相信，东营必将迎来更加繁荣昌盛的新局面，让我们一起努力，一起迎接新的挑战！

2021 年 10 月 30 日

后记

光阴荏苒，岁月如梭。转眼已是花甲之龄。回首六十年的点点滴滴，风风雨雨，我不禁感慨万千。曾经历经磨难，立志苦学；曾经背井离乡，亲人失散；也曾经意气风发，独当一面。不知不觉间，一切已是过眼云烟。如今，我每日在“奶奶，奶奶”的甜美叫喊声中忙碌不停，在提笔忘字的情境中偷闲习文，在偶尔的文朋诗友聚会中畅想远方，在乡里乡亲的大事小情中重拾激情。也许这就是人生一世，草木一秋的含义吧！在春天的新绿中诞生，在夏季的繁茂中成长，在秋韵的丰盈中成熟，在隆冬的寒风中凋零。这是自然规律，也是每个人的必然归宿。

有了这样的感慨，我便有了出一本散文集的冲动。我虽然自感文字水平欠佳，迟迟不敢面世，但想到这些文字都是我生活的真实记录，是我生命的另一种存在形式，更是我心灵深处爱意的流淌。我应该给它们一个充满阳光的栖息地，让文字里的主人公们有缘和大家相识。只有这样，我的灵魂才能得以安放。为此，我在众多的习文中选出六十六篇，二十万字准备出版。

我为文集取名《泉香心语》。泉香二字是我的曾用名，心语二字是我的网络昵称。“泉香心语”就是“我的心里话”的含义。书名简单普通，却意义非凡。用“泉香心语”作为书名，是我灵魂深处对母亲的一份纪念，对亲朋的一份感恩，对岁月的一份追忆，对人生的一份感悟，以及对自己的一份交代吧！

在《泉香心语》即将出版的时候，首先我要感谢与我一路同行的爱人齐殿峰先生，没有他的爱，就没有我的创作，没有他的支持就不可能有《泉香心语》的面世。我还要感谢胜利诗词学会王晓义会长，马祥民主任，李天龙书法家，吕幸端大师，李线长书画家，王守星老师，朱卫良主任，胡法龄老师等老师们对我这本文集的鼓励、支持、关心和关爱。感谢你们对我这本文集的起名、题字、插图以及修改提供的无私帮助。特别要感谢《东方散文》主编、淄博文学艺术研究会主席、中国散文精英奖获得者憨仲老师的鼎力相助，在百忙之中抽出时间为《泉香心语》写序，给这本文集增光添彩，提升品位。也要感谢出版社编辑老师们的辛勤付出和精益求精。

由于自身的文学修养不高，文字水平有限，文章有很多不尽人意之处，敬请文人志士，文朋诗友和所有热爱文学的朋友们批评指正。

一本小小的文集，虽然不算什么成就，但作为一个文学爱好者，我也深感欣慰。在退出职场后，我没有因碌碌无为而悔恨，没有因带孙的繁忙忘记文学梦。也许这份初心，才是我坚持写作的动力。

“路漫漫兮而期修远兮，吾将上下而求索。”我想，六十岁是人生的节点也是起点，六十岁以后，我不会再有工作的应酬，也不会再有没必要的敷衍，时间成了自己的财富，文字也就成了打开自己灵魂的钥匙。或许，夕阳是最美的风景，从现在开始，我将用文字装点我的余生。或许，小孙女的可爱调皮，会丰富我创作的内容，让我的作品更加灵动有趣。或许，爱人的深情久伴会继续成为我文字的主题，让幸福晕染余生的每个角落。或许，或许没有或许，我只做自己喜欢的模样！

2022 年冬日桂珍于东营锦绣家园